rororo

Colin Dexter, 1930 in Stamford, Lincolnshire, geboren, lebt seit 1966 in Oxford. Seinen ersten Kriminalroman *(Der letzte Bus nach Woodstock)* schrieb er 1973 während eines verregneten Sommerurlaubs in Wales. Innerhalb kürzester Zeit gelang es ihm, für zwei seiner Romane den Silver Dagger der britischen Crime Writers' Association zu gewinnen. *Mord am Oxford-Kanal* und *Finstere Gründe* erhielten den Gold Dagger Award, die renommierteste britische Auszeichnung für Kriminalromane. 1997 wurde Colin Dexter für sein Lebenswerk der Diamond Dagger verliehen.

In Großbritannien und den Vereinigten Staaten erlangte Chief Inspector Morse breite Popularität als Hauptfigur einer erfolgreichen Fernsehserie. *Der Tod ist mein Nachbar* ist Colin Dexters zwölfter Inspector-Morse-Roman.

COLIN DEXTER

Der Tod ist mein Nachbar

Ein Fall für
Chief Inspector Morse

Roman

Deutsch von
Ute Tanner

Rowohlt Taschenbuch Verlag

Neuausgabe April 2002

Deutsche Erstausgabe
Veröffentlicht im Rowohlt Taschenbuch Verlag GmbH,
Reinbek bei Hamburg, Oktober 1997

Die Originalausgabe erschien 1996
bei Macmillan London Ltd. unter dem Titel
«Death Is Now My Neighbour»

Redaktion Andreas Feßer
Umschlaggestaltung any.way, Cathrin Günther
Illustration Jürgen Mick
Gesamtherstellung Clausen & Bosse, Leck
Printed in Germany
ISBN 3 499 23223 5

Für Joan Templeton in Dankbarkeit

Schnell, bringt mir einen Becher Wein, auf daß ich meinen Geist befeuchte und etwas Gescheites sage.

(Aristophanes)

Prolegomenon

Januar 1996

Ein ausgesprochener Segen sind Multiple-Choice-Fragen daher für jene Schüler, die entweder gewohnheitsmäßige Faulenzer sind oder sich ganz bewußt der Unwissenheit verschrieben haben. Diese Schüler brauchen sich, sofern sie eine entsprechend einfache Anleitung bekommen haben, nur in jedem Fall für die gleiche Antwort zu entscheiden – zum Beispiel die Antwort (a) bei einer Auswahl aus (a), (b), (c) und (d) –, um etwa 25 Prozent der jeweils möglichen Punktzahl zu erreichen, was in Anbetracht solcher akademischer Inkompetenz ein überaus befriedigendes Ergebnis ist.

(*Gegenläufige Strömungen bei Bewertungskriterien: Theorie und Praxis,* HMSO, 1983)

«Wissen Sie eigentlich, wie spät es ist, Lewis?»

«Daran ist meine Frau schuld, aber sonst ist sie mit dem Frühstück immer pünktlich.»

Morse betrachtete grübelnd die einzige noch verbliebene Frage:

«Wo knusprig Braungebranntes seinen verdienten Platz findet (13)».

Lewis nahm gegenüber seinem Chef Platz und vertrieb sich die nicht unbeträchtliche Wartezeit mit dem Durchblättern einer Zeitschrift.

«Kommen Sie nicht weiter, Sir?» fragte er schließlich.

«Selbst wenn es so *wäre*, bezweifle ich, daß ich von Ihnen viel Hilfe zu erwarten hätte.»

«Man kann nie wissen», sagte Lewis friedlich. «Vielleicht ...»

«Ah!» stieß Morse triumphierend aus und schrieb TOASTSTAENDER in die leeren Kästchen. Dann faltete er die *Times* zusammen und strahlte seinen Sergeant an.

«Sie sind ein Genie, Lewis!»

«Ja, Sir, das haben Sie mir schon öfter gesagt.»

«Und ich wette, Sie hatten zum Frühstück ein gekochtes Ei. *Mit Toast.* Stimmt's?»

«Aber ...»

«Was lesen Sie denn da?»

Lewis hielt ihm die Titelseite der Zeitschrift hin.

«Lewis, Lewis! Es gibt mit Sicherheit Wichtigeres im Leben als die *Thames Valley Police Gazette.*»

«Ich dachte ja nur, daß Sie sich vielleicht für einen der Artikel hier interessieren ...»

Morse schluckte den Köder. «Nämlich?»

«Sie bringen da einen Test, so was, bei dem man möglichst viele Punkte erreichen muß: WIE GEBILDET UND KULTIVIERT SIND SIE WIRKLICH?»

«In Ihrem Fall eine gute Frage, würde ich sagen.»

«Glauben Sie, daß Sie besser als ich abschneiden würden?»

«Da bin ich ziemlich sicher.»

Lewis grinste. «*Ziemlich* sicher, Sir?»

«Hundertprozentig.»

«Wollen Sie's mal probieren?» Der Sergeant lächelte amüsiert, als Morse gleichmütig mit den Schultern zuckte.

«Multiple-Choice-Fragen – Sie wissen sicher, wie ...»

«Jetzt fangen Sie schon an!»

«Sie brauchen sich nur vorzustellen, daß die Welt in genau einer Woche untergeht. Und dann beantworten Sie die fünf Fragen so ehrlich wie möglich.»

«Was Sie bereits getan haben?»

Lewis nickte.

«Nun, wenn *Sie* das hinkriegen ... Schießen Sie los!»

Lewis las vor:

Frage eins
Wenn Sie nur vier CDs oder Kassetten zur Auswahl hätten, welche der folgenden würden Sie zumindest einmal noch hören wollen?
(a) Ein Beatles-Album
(b) Faurés *Requiem*
(c) *An Evening with Victor Borge*
(d) Die Ouvertüren sämtlicher Wagner-Opern

Mit Schwung setzte Morse einen Buchstaben aufs Papier.

Frage zwei
Welches dieser Videos würden Sie sich ansehen?
(a) *Casablanca* (den Film)
(b) Englands World Cup-Sieg (1966)
(c) *Copenhagen Red-Hot Sex* (zwei Stunden)
(d) *Das Habitat des Eisvogels* (Königliche Vogelschutzgesellschaft RSPB)

Zum zweitenmal notierte Morse schwungvoll einen Buchstaben.

Frage drei
Mit welcher der folgenden Frauen würden Sie gern einige – wenn nicht alle – der Ihnen verbleibenden Stunden verbringen?
(a) Lady Thatcher
(b) Kim Basinger
(c) Mutter Teresa
(d) Prinzessin Diana

Ein dritter rasch hingeworfener Buchstabe.

Frage vier
Wofür würden Sie sich entscheiden, um Ihre letzten Tage möglichst angenehm zu verbringen?
(a) Zwei Dutzend Flaschen erlesenen Champagner
(b) Fünfhundert Zigaretten
(c) Eine große Packung Tranquilizer
(d) Ein Faß Ale

Der vierte Buchstabe folgte ebenso rasch, und der Kandidat lehnte sich – offenbar von seinem Erfolg bereits überzeugt – in dem schwarzen Ledersessel zurück.

Frage fünf
Welche Lektüre würden Sie für diese Zeit wählen?
(a) *Don Quixote* von Cervantes
(b) *Die Göttliche Komödie* von Dante
(c) Einen gebundenen Jahrgang von *Private Eye* (1995)
(d) Die *Ilias* von Homer

Diesmal zögerte Morse kurz, ehe er etwas notierte. «Sie haben den Test auch gemacht, sagen Sie?»

Lewis nickte. «Victor Borge; Fußball; Prinzessin Diana; Champagner; *Private Eye.* Jetzt kann ich nur hoffen, daß Lady Di gern Schampus trinkt.»

«Sicher nicht die schlechteste Art, seine letzte Woche auf Erden zu verbringen», meinte Morse zustimmend.

«Bei der Bewertung hab ich allerdings nicht besonders gut abgeschnitten, offenbar gehöre ich nicht zu dem Kreis der wirklich Gebildeten und Kultivierten.»

«Hatten Sie etwa damit gerechnet?»

«Würden *Sie* sich denn dazu zählen?»

«Selbstverständlich.»

«Dann lassen Sie mal hören.»

«Meine Präferenzen, Lewis ...» (Morse formulierte seine Worte mit Bedacht) «... lauten wie folgt: (b); (c); (b); (c); keins davon.»

Lewis schlug die letzte Seite auf und rief sich die richtigen Antworten noch einmal in Erinnerung.

«Ich glaub es einfach nicht», flüsterte er zu sich selbst. Dann sah er Morse an: «Sie haben die höchste Punktzahl erreicht.»

«Wundert Sie das?»

Lewis schüttelte leicht verwirrt den Kopf.

«Sie haben sich für das *Requiem* entschieden.»

«Ja und?»

«Dabei glauben Sie doch gar nicht an diesen ganzen religiösen Kram.»

«Und falls es *doch* stimmen sollte? Eine Art Versicherungspolice. Im übrigen ein sehr schönes Werk.»

«Hier steht: Vier Punkte für (b). Als Empfehlung mag ausreichen, daß es drei der letzten vier Päpste für ihre Beerdigung gewählt haben.»

Morse zog die Augenbrauen hoch. «War Ihnen das etwa nicht bekannt?»

Geflissentlich die Frage überhörend, fuhr Lewis fort: «Dann haben Sie das Sex-Video angekreuzt.»

«Sonst wäre mir nur der Eisvogel geblieben. *Casablanca* habe ich schon ein paarmal gesehen, und nichts und niemand wird mich je dazu bringen, ein Fußballspiel ein zweites Mal über mich ergehen zu lassen.»

«Aber ein Sex-Video ...»

Morse schien von der Mißbilligung seines Sergeant unbeeindruckt. «Wahrscheinlich hätten sich die drei Päpste das auch ausgesucht.»

«Aber das ... das wird doch nach einer Weile so langweilig.»

«Mag sein, Lewis, aber ich nehme für mich ja auch nur das Recht in Anspruch, mich genauso langweilen zu dürfen wie andere Leute auch. Es ist schließlich nur *eine Woche* ...»

«Die nächste Antwort finde ich gut, Sir. Kim Basinger ist wirklich eine tolle Frau.»

«Ich habe lange zwischen ihr und Mutter Teresa geschwankt. Aber die Gott-Karte hatte ich schon gesetzt.»

«Bei der nächsten Frage ...» (Lewis las rasch noch einmal die Antwort) «... ah, kommen Sie, Sir! Sie haben nicht mal das Bier angekreuzt. Wenn Sie nicht ehrlich sind, hat das Ganze keinen Wert.»

«Ich vermute, daß meine Alkoholvorräte auch so bis zum Jüngsten Gericht reichen», entgegnete Morse. «Außerdem will ich mich nicht mit einem gewaltigen Kater im Jenseits wiederfinden. Tranquilizer – das wäre eine neue Erfahrung für mich.»

Lewis sah wieder auf seinen Text. «Zu Frage fünf heißt es hier: Wer einen der genannten Titel gewählt hat, ist ganz offensichtlich nicht für eine hohe Bewertung geeignet und muß hinnehmen, daß man ihm vom Gesamtergebnis vier Punkte abzieht. Besteht die Antwort aus einem unentschlossenen Strich – oder ähnlichem –, werden keine Punkte vergeben, aber auch keine abgezogen. Eine positivere Negativ-Antwort – z.B. ‹Auf gar keinen Fall so etwas› – wird mit einem Bonus von vier Punkten belohnt.» Wieder schüttelte Lewis den Kopf. «So ein Blödsinn! Die ‹positivere Negativ-Antwort›, meine ich ...»

«Ich finde die Formulierung recht gelungen», sagte Morse.

«Jedenfalls kriegen Sie alle zwanzig Punkte, wenn man diesem Schlaumeier glauben darf, der sich das ausgedacht hat.» Lewis las den Namen, der unter dem Artikel stand. «Diesem ‹Rhadamanthys›. Wer immer das auch sein mag.»

«Oberrichter der Berufungskammer in der Unterwelt.»

Lewis runzelte die Stirn, dann mußte er grinsen. «Sie haben geschummelt. Sie kennen die *Gazette* schon ...»

«Nein!» Morses blaue Augen funkelten seinen Sergeant zornig an. «Ich sehe diese Ausgabe jetzt zum erstenmal.»

«Nun, wenn Sie es sagen ...» Lewis klang nicht allzu überzeugt.

«Sie wundern sich doch hoffentlich nicht, daß ich in den erhabenen Reihen der Intelligenzija gelandet bin?»

«Eigentlich eher irgendwo im Kreis der Gebildeten und Kultivierten, wie es hier heißt.»

«Und noch etwas, Lewis: Es gibt drei Dinge, die ich beim besten Willen nicht mehr hören kann: «Hark the Herald Angels Sing», *Eine kleine Nachtmusik* und dieses verfluchte *irgendwo.*»

«Tut mir leid, Sir.»

Jetzt grinste Morse. «Muß Ihnen nicht leid tun, alter Freund. Und in einem haben Sie sogar recht: Ich habe tatsächlich geschummelt – in gewisser Weise.»

«Soll das etwa heißen, daß *Sie* …»

Morse nickte.

*

Jenes zugegebenermaßen vergnügliche kleine Zwischenspiel hätte keine Aufnahme in diese Chronik gefunden, wenn sich nicht das eine oder andere Detail davon im Gedächtnis von Chief Inspector E. Morse, Thames Valley Police, festgesetzt hätte, was sich später als durchaus bedeutsam erweisen sollte.

TEIL EINS

1

In hypothetischen Sätzen, die durch ein «wenn» eingeleitet werden und sich auf die «unvollendete» Vergangenheit beziehen, steht das Verb in der Protasis wie in der Apodosis immer im Konjunktiv des Plusquamperfekts.

(DONET, *Grundlagen der lateinischen Syntax*)

Es mag ungewöhnlich sein, eine Kriminalgeschichte damit zu beginnen, daß man den geneigten Leser an die Regeln für Konditionalsätze in einer unleugbar toten Sprache erinnert. Im vorliegenden Fall allerdings hat diese Vorgehensweise einiges für sich.

Wenn *(wenn)* Chief Inspector Morse das Kleid der Sprechstundenhilfe gesehen hätte, das ein Muster aus ungleich großen blauen, grauen und roten Dreiecken bildete, hätte ihn dieser Anblick vielleicht an die Uniform einer Stewardess der British Airways erinnert. Vermutlich aber nicht, da er noch nie mit British Airways geflogen war. Bei seiner einzigen Flugreise in der vergangenen Dekade hatte er so intensiv um sein Leben gefürchtet, daß er beschlossen hatte, sich fürderhin auf die (statistisch) sehr viel gefährlicheren Transportmittel Auto, Omnibus, Zug und Schiff zu verlegen.

So gut wie sicher ist dagegen, daß der Chief Inspector der Sprechstundenhilfe selbst durchaus Beachtung geschenkt hätte. Sie war das, was der Volksmund in Yorkshire als «flotten Käfer» zu bezeichnen pflegte – eine lebhafte Frau mit dunklen Augen, langen Beinen und einer guten Figur, deren sorgfältig manikürte, unberingte Hände eine eheliche Bindung zumindest nach außen hin nicht erkennen ließen, woraus man vielleicht folgern konnte, daß sie Annäherungsversuchen hin und wieder nicht ganz abgeneigt war.

Links oben an dem farbenfrohen Kleid steckte ein Namensschild: «Dawn Charles».

Im Gegensatz zu manchen ihrer Bekannten (und sicherlich im Gegensatz zu Morse) war sie mit ihrem Vornamen ganz zufrieden. Zwar hatte sie früher in diesem Punkt manchmal mit dem Schicksal (oder mit ihren Eltern) gehadert, aber inzwischen hatte sie das hinter sich. Freunde hatten sie im vergangenen Monat im *Bird and Baby* mit einem total liebenswürdigen und ziemlich aufregenden Studenten aus dem Pembroke College bekannt gemacht. Und als sie sich dabei ertappt hatte, daß sie gedankenlos auf ihrem Bierdeckel herumkrakelte, hatte der junge Mann ein denkwürdiges Gespräch mit ihr angefangen.

«Sie heißen Dawn?»

Sie hatte genickt.

«Und sind Linkshänderin?»

Sie hatte genickt.

«Dawn – die Morgenröte ... Kennen Sie die Zeile aus *Omar Chayyam*: ‹In Träumen, als der Morgenröte linke Hand am Himmel lag ...› Schön, nicht?»

Ja. Wunderschön.

Sie hatte die oberste Schicht von dem Bierdeckel abgezogen und ihn gebeten, das Zitat aufzuschreiben.

Dann hatte er sie leise gefragt, ob sie sich wiedersehen könnten. Vielleicht zu Beginn des neuen Trimesters?

Sie wußte natürlich, daß es dumm und albern war, der Altersunterschied zwischen ihnen betrug gut und gern zwanzig Jahre. Zu schade, daß er nicht zehn, zwölf Jahre älter war ...

Aber der Mensch ist nun mal dumm und albern und klammert sich an seine dummen, albernen Hoffnungen. Und dieser Tag, der 15. Januar, war der erste Tag des Frühjahrstrimesters an der Universität Oxford.

Von Montag bis Freitag arbeitete sie von 18 bis 22 Uhr in

einer Klinik in der Banbury Road (nördlich von St. Giles), und die Arbeit machte ihr Freude. Nach drei Jahren gehörte sie fast schon zum Inventar. Die meisten Ärzte begrüßten sie mit einem ehrlich gemeinten Lächeln, manche nannten sie inzwischen beim Vornamen.

Nett.

Sie war mal in einem Viersternehotel abgestiegen, in dem die Gäste als Begrüßungstrunk ein Glas Sherry bekommen hatten, und wenn auch die private Harvey Clinic mit so einem löblichen Service (vielleicht aus medizinischen Gründen?) nicht aufwarten mochte, hielt Dawn stets zwei Kannen mit frisch gebrühtem heißem Kaffee für ihre Patienten bereit. Die meisten waren gutbetuchte Herren in dunklen Anzügen, von denen einige, wie sie wußte, schwer krank waren.

Ja, sie hatte hin und wieder ein paar Sätze aus Gesprächen zwischen Arzt und Patient aufgeschnappt, die sie *nicht* hätte hören dürfen oder gleich wieder hätte vergessen müssen und von denen sie Außenstehenden nie etwas erzählt hätte.

Nicht mal der Polizei.

Und ganz gewiß nicht der Presse.

Der 15. Januar war, wie sich später herausstellen sollte, ein Tag, der ihr besonders gut im Gedächtnis haften geblieben war, denn genau ein Vierteljahrhundert zuvor, im Jahre 1971, war die Klinik eröffnet worden. An jenem Abend suchten zwischen sieben und halb neun Radio Oxford, die Lokalpresse sowie Wesley Smith und sein Team von den Central TV Studios draußen in Abingdon die Klinik heim. Besonders erinnerungswürdig für Dawn waren jene Momente, als sich die Kameras auf sie richteten. Zunächst hatte sie (auf Wunsch der Fernsehleute) einem falschen «Patienten» eine Tasse echten Kaffee eingeschenkt, dann hatte der Kameramann, hinter ihrer linken Schulter stehend, gefilmt, wie sie mit einem Filzstift einen Namen auf der Terminliste durchgestrichen hatte – natürlich erst, nachdem sichergestellt worden war, daß kein Zuschauer den Namen würde lesen können, wenn das Feature am folgenden Abend über die Mattscheibe flimmerte.

Dawn Charles aber würde ihn nie vergessen:

J. C. Storrs.

Der Name war relativ neu für sie. Dawn vermutete (völlig zu Recht), daß es sich hier wieder einmal um einen jener Patienten handelte, die sich dank ihrer beruflichen Position und ihrer finanziellen Lage nicht in die Schlange derer einreihen mußten, die auf ihren Termin in einem der Krankenhäuser in Headington warteten.

Und noch etwas würde sie nie vergessen ...

Ein Zufall jener Art, wie sie Morse schon häufig zu Hilfe gekommen waren, wollte es, daß gerade in dem Moment, als sich fast genau um halb neun die meisten Medienvertreter zum Aufbruch rüsteten, der Krebsspezialist Robert Turnbull an ihrem Schreibtisch vorbeikam, ihr grüßend zunickte und langsam zum Ausgang ging, wobei seine rechte Hand leicht auf J. C. Storrs' Schulter lag. Dawn konnte später mit Bestimmtheit nur so viel sagen, daß die beiden geraume Zeit leise miteinander gesprochen hatten. Der Arzt hatte, soweit sie sich erinnern konnte, weder wie ein Richter ausgesehen, der soeben über einen Menschen das Todesurteil gesprochen hat, noch wie einer, der dabei ist, einem Gefangenen die Freiheit zu schenken.

Keine augenfällige Verbissenheit.

Keine augenfällige Freude.

Daß sich Dawn ihrer Sache nicht sicher war, hatte seinen Grund vor allem darin, daß mehrere Personen ihr die Sicht auf diese Szene nahmen. Ein Reporter mit Pferdeschwanz, der eine Krankenschwester interviewte und eifrig mitstenographierte, das Fernsehteam, das Kameras und Stative einpackte, der Oberbürgermeister, der eine kurze Glückwunschadresse in das Mikrofon von Radio Oxford sprach – all diese Leute standen zwischen ihr und der obersten der drei mit einem blauen Läufer belegten Stufen, die zum Ausgang führten. Rechts und links von der Haustür waren untereinander zwei lange Reihen von Messingschildern angebracht, zehn auf jeder Seite. Auf dem vierten von oben links stand:

ROBERT H. TURNBULL

Wenn Dawn Charles sich doch nur ein bißchen mehr gemerkt hätte!

«Wenn» ... Daß diese kleine, die «unvollendete» Vergangenheit einleitende Konjunktion in beiden Satzarten den Konjunktiv des Plusquamperfekts erfordert – wie uns Donet in Erinnerung ruft –, war eine Syntaxregel, die Morse bereits früh verinnerlicht hatte. Allerdings hatte er mit seiner Schulbildung auch bedeutend mehr Glück gehabt als die Sprechstundenhilfe der Harvey Clinic.

In den nächsten beiden Wochen hatten die meisten Einwohner von Oxford mehr Glück als Dawn Charles. Der lyrisch angehauchte Student aus dem Pembroke College meldete sich nicht; Dawns Mutter wurde in die Psychiatrie in Littlemore eingewiesen; Dawns Bank machte sie (zweimal) auf die wiederholten Probleme mit ihrer Hypothekenschuld für ihre kleine Wohnung aufmerksam; und zu allem Überfluß hörte sie am Montag morgen, dem 29. Januar, im Radio, daß ihr Lieblingsarzt Robert H. Turnbull, MB, ChB, FRCS, mit seinem Wagen auf dem Cumnor Hill tödlich verunglückt war.

2

Der Master soll nicht über das Alter von siebenundsechzig hinaus im Amt bleiben. Normalerweise wird daher der jeweils amtierende Master gebeten, in dem diesem Geburtstag vorangehenden Trimester sein bevorstehendes Ausscheiden bekanntzugeben. Sofern sich solche Opportunität nicht bietet, wird der Master ersucht, einen Zeitpunkt zu nennen, der in jedem Fall vor dem Ende der ersten Woche des zweiten vollen Trimesters nach der statuatorisch festgesetzten Terminierung *(vide supra)* liegen muß.

(§ 2a der Gründungssatzung des Lonsdale College, Oxford, Übersetzung aus dem Lateinischen)

Sir Clixby Bream würde bei seinem Ausscheiden als Master des Lonsdale College fast neunundsechzig Jahre alt sein. Der Ausschuß der Senior Fellows, dem auch zwei angesehene Lateiner angehörten, hatte vor dem Kauderwelsch der Gründungssatzung *(vide supra)* kapituliert, und da sich keine «Opportunität» (was immer darunter zu verstehen war) geboten hatte, ließ sich Sir Clixby dazu bewegen, zunächst noch kurze Zeit zu bleiben – und dann auch länger.

Was ihm nicht weiter schwerfiel.

Er stand nicht unter dem Druck, in die Nähe von Kindern oder Enkeln zu ziehen, denn seine Ehe mit Lady Muriel war *sine prole* geblieben. Auch die sonst üblichen quengelnden Bemerkungen seitens der besseren Hälfte, wie entzückend doch ein hübsches Strohdachhäuschen in Dorset oder Devon wäre, waren ihm erspart geblieben, denn Lady Muriel deckte nun schon seit drei Jahren der kühle Rasen.

Einem Oxbridge-College vorzustehen durfte als Höhepunkt jeder akademischen Laufbahn gelten; und da drei der letzten vier Master binnen eineinhalb Jahren nach ihrer Ernennung in den Adelsstand erhoben worden waren, schien es ihm nur ganz natürlich, von einem mit solch angenehmen Vorzügen ausgestatteten Ehrenamt angezogen zu werden. Und es *hatte* ihn gereizt – wie es auch auf die verstorbene Lady Muriel eine (fast noch stärkere) Anziehungskraft ausgeübt hatte.

Der amtierende Master, in früheren Jahren ein angesehener Mathematiker, hatte sich noch nirgends so wohl gefühlt wie in Oxford, wo er nun schon seit zehn Jahren wohnte. Die alte Stadt wuchs ihm immer mehr ans Herz, je länger er sie kannte. Natürlich stimmte ihn der Gedanke an sein bevorstehendes Ausscheiden ein wenig traurig. Das College und die Herausforderungen des Amtes würden ihm fehlen, und beim Anblick des Möbelwagens vor seiner von Wisterien berankten Dienstwohnung, der Master's Lodge, würde ihm gewiß das Herz schwer werden. Doch gab es auch Aspekte, die geeignet waren, ihn über diesen Schritt hinwegzutrösten. Vor allem konnte er nun in aller Ruhe, einigermaßen distanziert und mit leicht spöttischem Lächeln die internen Streitereien verfolgen, die seine potentiellen Nachfolger zweifellos untereinander ausfechten würden.

Der Findungskommission (deren Legalität seit langem durch erfreulicherweise leidlich verständliche Statuten der Collegesatzung festgeschrieben war) oblag es, die Bewerber um das Amt des Master auf drei Bedingungen besonders hinzuweisen. Der Kandidat mußte erstens «bei gesundem Verstand und in körperlich guter Verfassung» sein, durfte zweitens «nicht dem geistlichen Stand angehören» und drittens keine Vorstrafen «im Regierungsbereich Seiner (oder Ihrer) Glorreichsten Majestät» haben.

Diese Bedingungen hatte der derzeitige Master schon oft belächelt.

Die Langlebigkeit fast aller im zwanzigsten Jahrhundert

ernannten Master legte den Gedanken nahe, daß sie sich besten körperlichen Wohlergehens erfreut hatten. Mental allerdings war sein unmittelbarer Vorgänger eher labil gewesen, und nach allem, was man hörte, sah es bei dessen Vorgänger damit nicht viel besser aus. Manchmal überlegte Sir Clixby, was das College wohl von ihm sagen würde, wenn er erst weg war ... Der Grund für den Ausschluß der Geistlichkeit mochte darin zu suchen sein, daß die Gründer (wie dreihundert Jahre später Edward Gibbon) Päpste und Prälaten als die Quelle allen menschlichen Übels ausgemacht und sich der antiklerikalen Sache verschrieben hatten. Besonders aber belustigte Sir Clixby die Möglichkeit, der Kandidat könne strafbare Handlungen begangen haben. Verurteilungen wegen Mord, Vergewaltigung, Sodomie, Hochverrat oder ähnlicher Missetaten blieben offenbar unberücksichtigt, wenn sich herausstellte, daß sie außerhalb der Zuständigkeit Seiner (oder Ihrer) Glorreichsten Majestät begangen worden waren. Sehr sonderbar.

Am sonderbarsten aber war es, daß in der ursprünglichen Satzung nirgendwo der Nachweis akademischer Bildung erwähnt war. Zumindest theoretisch konnte ein Bewerber mit Mittelschulabschluß und einer Vier in Medienkunde nicht von vornherein abgelehnt werden. Auch war es nicht Bedingung, daß der erfolgreiche Bewerber dem College angehörte, und mehrfach hatte man «Außenseiter» berufen. Er selbst, Sir Clixby, war aus «der anderen Universität» nach Oxford importiert worden, was er vor allem seinem Ruf als einfallsreicher Geldbeschaffer verdankte.

Diesmal aber sah es so aus, als hätten Außenseiter keine Chance. Das College hatte mindestens zwei Bewerber zu bieten, mit denen nach einhelliger Meinung das Amt hervorragend besetzt wäre. Im Versammlungsraum der Senior Fellows tendierte man stark zu dieser «internen» Lösung, und das Wettfieber stieg entsprechend.

Merkwürdigerweise waren die beiden Favoriten noch nicht eines Eintrags im *Who's Who* für würdig befunden worden, und man darf daraus wohl mit einiger Berechtigung den Schluß ziehen, daß besagtes Werk sich mehr für die Vettern dritten Grades zweitrangiger Aristokraten interessiert als für angesehene Akademiker. Immerhin aber fanden sich beide in Debretts *People of Today 1995*.

STORRS, Julian Charles, geb. 9. Juli 1935; Ausb. Christ's Hosp., Emmanuel Coll. Cambridge (BA, MA); Ehe m. Angela Miriam Martin 31. März 1974; Berufl. Laufb. Captain RA (Indian Army Reserve); Lektor für Sozialanthropologie Pitt Rivers, Senior Fellow Lonsdale Coll. Oxford; Hobbys: Taxifahren, Bridge.

CORNFORD, Denis, geb. 23. April 1942; Ausb. Wyggeston GS Leicester, Magdalen Coll. Oxford (MA, DPhil); Ehe m. Shelly Ann Benson 28. Mai 1994; Berufl. Laufb. Lektor für Mittelalterl. Geschichte u. Fellow Lonsdale Coll. Oxford; Hobbys: Drachenfliegen, Orchideenzucht.

Beide Einträge erscheinen auf den ersten Blick relativ nichtssagend. Vielleicht regen sie aber den aufmerksamen Leser dazu an, die eine oder andere reizvolle Überlegung anzustellen.

War zum Beispiel der Senior Fellow von Lonsdale so gut betucht, daß er es sich leisten konnte, als Transportmittel ausschließlich das Taxi zu wählen? Nahm er nie das Auto, den Bus, die Bahn? Doch, zu bestimmten Anlässen fuhr er sehr wohl mit der Bahn.

Wie wir noch sehen werden.

Und warum hatte sich der bald vierundfünfzigjährige Dr. Cornford vor so kurzer Zeit von den Vorzügen einer späten Ehe überzeugen lassen? Hatte er eine ehrenwerte Frau entsprechenden Alters gefunden?

Mitnichten.

Wie wir noch sehen werden.

3

Wie recht
Hätte ich daran getan, mich fernzuhalten und
Zu lassen dir die harmlos-schuldig-unschuldige Nacht
Des Partnertauschs in deiner eignen tristen Runde:
Wie sinnlos, noch einmal
Der peinigenden Atemlosigkeit der Jugend
Raum zu geben in meinem Sein.

(Philip Larkin, *The Dance*)

Denis Cornford war *omnium consensu* ein hervorragender Historiker. Neben einem scharfen, rücksichtslos ehrlichen Verstand besaß er eine besondere Begabung, Fakten zusammenzutragen und zu interpretieren, um die er von allen Historikern an der Universität Oxford beneidet wurde. Am bekanntesten aber hatte ihn eine kleine Monographie über die Schlacht von Hastings gemacht, in der er die These aufgestellt hatte, die folgenschwere Auseinandersetzung zwischen Harold von England und Wilhelm dem Normannen habe ein Jahr früher als allgemein angenommen, nämlich bereits 1065, stattgefunden.

Im Frühjahr 1994 hatte Cornford, ein mittelgroßer, schlanker Mann mit angenehmen Zügen, ein Sabbatsemester in Harvard verbracht. Und dort hatte sich – irgendwo und irgendwie in Cambridge, Massachusetts – etwas ganz Erstaunliches ereignet. Denn ein halbes Jahr später war der eingefleischte Junggeselle zur Verblüffung und Belustigung seiner Kollegen mit einer jungen Dame zurückgekehrt, die bereit gewesen war, sich in Zukunft nicht mehr Shelly Benson, sondern Shelly Cornford zu nennen. Es war dies eine Harvard-

Absolventin, die gerade ihren Magister in Amerikanischer Geschichte gemacht hatte und sechsundzwanzig Jahre alt war – genau halb so alt wie ihr neuer Mann (bei ihr war es die zweite Ehe).

Möglich, daß Shelly in einer Miss Massachusetts-Schönheitskonkurrenz kaum das Semifinale erreicht hätte: Ihr Kinn war etwas zu kantig, die Schultern etwas zu breit, die Beine vielleicht eine Spur zu kräftig. Dessenungeachtet zeigte sich, als sie dann im Herbsttrimester 1994 ziemlich regelmäßig zu den Andachten, Gastabenden und anderen gesellschaftlichen Anlässen erschien, daß zahlreiche Lehrkräfte und Studenten am Lonsdale College sich stark zu ihr hingezogen fühlten. Das wellige, schulterlange braune Haar umrahmte ein Gesicht, in dessen weit auseinanderstehenden dunklen Augen man, wenn man wollte, so etwas wie eine leise Verheißung lesen konnte, und die sanfte Stimme mit dem New England-Akzent hatte zuweilen einen ausgesprochen lokkend-sinnlichen Klang.

In jenen ersten Trimestern wußten viele Leute über die frühere Shelly Benson vieles zu sagen. Niemand aber konnte in Frage stellen, was Denis Cornford an ihr gefunden hatte, denn es war nur das, was jetzt auch alle anderen an ihr fanden, so daß es von Anfang an viele Männer nach Shelly Cornford gelüstete und ihr Mann heimlich beneidet wurde. Doch schienen die beiden miteinander vollkommen glücklich zu sein. Kein Hauch von Untreue auf ihrer, kein Grund zur Eifersucht auf seiner Seite.

Noch nicht.

Damals sah man sie oft Hand in Hand die kurze Strecke von ihrer Wohnung in der Holywell Street zum *King's Arms* oder zur *Turf Tavern* gehen, in deren segensreich jukebox- und spielautomatenfreien Räumen Shelly sehr schnell den Geschmack von echtem Ale und das Ambiente eines echten englischen Pubs schätzenlernte.

Hin und wieder unternahmen sie auch einen kleinen Ausflug durch Oxford oder in die nähere Umgebung. Kurz vor

Weihnachten 1994 waren sie mit dem 2er Bus vom Cornmarket zu einem anderen *King's Arms* in der Banbury Road gefahren. Cornford beobachtete, umgeben von ungeniert hochgestimmten jungen Nachtschwärmern, wie seine (ebenso junge) Frau mit halb geschlossenen Augen die Schultern sinnlich zu den dumpfen Rhythmen der Popmusik kreisen ließ, während die schwarz bestrumpften Schenkel sich hoben und senkten wie in einem mentalen Disco-Dance. In diesem Moment wurde ihm bewußt, daß er – gut und gern zwanzig Jahre älter als alle anderen Gäste – sich hier gewissermaßen in einem fremden Land befand, ausgeschlossen aus dem Zauberkreis der Nacht, und daß er mit der animalischen Lebenslust der Frau, die er geheiratet hatte, nie würde mithalten können.

An jenem Abend hatte Cornford nichts gesagt.

Auch ein Vierteljahr später hatte er nichts gesagt, als er bei der Trimester-Abschlußfeier gesehen hatte, wie Julian Storrs' linke Hand sich kurz auf den rechten Schenkel seiner Frau legte, die reichlich dem Madeira zusprach, nachdem sie zum Abendessen schon reichlich dem Rotwein und bei dem vorangehenden Empfang ebenso reichlich dem Gin zugesprochen hatte … Ihr Stuhl stand dichter als nötig an dem seines Kollegen zu ihrer Rechten, und lachend rückten die beiden in einem geflüsterten Wortwechsel noch enger zusammen. Cornford versuchte, dem Vorfall keine besondere Bedeutung beizumessen. Dabei wußte er, daß er in diesem Moment eigentlich etwas hätte sagen müssen – eine leichtfüßige Bemerkung, wenn auch mit schwerem Herzen.

Erst gegen Ende des Herbsttrimesters 1995 sagte Cornford etwas zu seiner Frau …

Es war ein Dienstagmittag. Sie hatten in der *Turf Tavern* gegessen, sie auf einer der Holzbänke, er gegenüber, und beide hatten ein Pint London Pride getrunken. Er verbreitete sich mit wachsender Begeisterung über seine neue Theorie, daß die vorliegenden Statistiken über die Zahl der 1348 vom

Schwarzen Tod Dahingerafften sträflich mißdeutet worden und die angeblichen demographischen Auswirkungen dieser Seuche entschieden zweifelhaft waren. Obgleich es sich dabei doch fraglos um ein sehr reizvolles Thema handelte, schien Shelly nicht ganz bei der Sache zu sein, sondern ließ ihren Blick über seine linke Schulter hinweg immer wieder in eine Richtung gleiten, die sie offenbar weit mehr interessierte.

Es war ihm demnach nicht gelungen, ihre Aufmerksamkeit zu fesseln. Nun gut. Man kann nicht von allen Leuten – nicht einmal von einer Historikerin wie seiner Frau – verlangen, daß sie auf die Neubewertung abstruser mittelalterlicher Daten automatisch mit Entzücken reagieren.

Er hatte nicht viel darauf gegeben.

Und hatte sein Bier getrunken.

Sie waren schon am Gehen, als ein Mann an ihren Tisch trat. Er mochte Anfang Dreißig sein – ein hochgewachsener, dunkler, schlanker Araber mit buschigem Schnurrbart. Er sah Shelly in die Augen und sagte leise:

«Madame! Sie die schönste Dame, die ich sehe!»

Dann wandte er sich mit einem «Bitte Entschuldigung, Sir!» an Cornford, nahm Shellys rechte Hand und drückte feierlich seine vollen Lippen auf ihr Handgelenk.

Auf der kopfsteingepflasterten Gasse, die zur Holywell Street führte, blieb Cornford stehen und packte seine Frau so grob an den Schultern, daß ihr nichts anderes übrigblieb, als ebenfalls stehenzubleiben und ihm ins Gesicht zu sehen.

«Du – bist – ein – verdammtes – Flittchen! Die ganze Zeit, als wir dort gesessen haben, als ich dir erzählt habe …»

Doch weiter kam er nicht.

Die hochgewachsene Gestalt von Sir Clixby Bream tauchte in diesem Moment vor ihnen auf.

«Guten Abend allerseits. Ich sehe, Sie sind schon auf dem Heimweg, oder wollen Sie mir nicht doch noch auf einen kleinen Schluck Gesellschaft leisten?»

«Mich müssen Sie entschuldigen, Master», sagte Cornford

und konnte nur hoffen, daß man seiner Stimme nicht anhörte, wie verbittert er war. «Aber wenn ...?» Er sah seine Frau an.

«Nein. Heute nicht. Ein andermal. Danke, Master.»

Cornford ging weiter, ohne nach rechts oder links zu sehen. Er befürchtete, daß der Master die peinliche Szene zwischen ihm und Shelly beobachtet hatte. Und dann geschah nach ein paar Schritten fast so etwas wie ein kleines Wunder: Shelly nahm seinen Arm, und er hörte sie mit leiser Stimme sagen: «Es tut mir so leid, Denis. Bitte vergib mir, Liebling.»

Der Master bückte sich ein wenig, um durch die niedrige Tür die *Turf Tavern* zu betreten, und in diesem Moment hätte ein des Lippenlesens kundiger Beobachter sehen können, wie aus dem lächelnden Mund die genüßliche Bemerkung kam: «Schau mal einer an ...!»

4

Mittwoch, 7. Februar

JÜNGER (weinend): O Herr, ich störe Deine Meditation.
HERR: Deiner Tränen sind viele, der Göttliche Wille ist einzig.
JÜNGER: Ich suche Weisheit und Wahrheit, doch meine Gedanken weilen ständig bei der Lust und den notwendigen Freuden einer Frau.
HERR: Suche nicht Weisheit und Wahrheit, mein Sohn, suche vielmehr Vergebung. Jetzt geh in Frieden, denn wahrlich, du hast mich gestört – beim Meditieren über die Lust und die notwendigen Freuden einer Frau.

(KUNGFUTSE, *Gespräche XXIII*)

«Immerhin ist er pünktlich *abgefahren.*»

«Was kein großes Kunststück ist, der Zug startet ja in Oxford. Aber noch ist nicht aller Tage Abend, unterwegs fällt bestimmt irgendwo ein Signal aus.»

Sie lächelte charmant. «Eigentlich komisch, wo es seit über hundertfünfzig Jahren Signalanlagen bei der Eisenbahn gibt und sie jetzt Computer und all das haben ...»

«Um genau zu sein – und das wollen wir doch –, seit über hundertsiebzig Jahren. Die Strecke Stockton–Darlington wurde 1825 eröffnet.»

«Ja, das weiß ich noch aus der Schule. Stephensons *Rocket* und so weiter.»

«Nein, mein liebes Kind, das war schon ein paar Jahre später. Stephensons erste Lokomotive hieß *The Locomotive* – eigentlich nicht schwer zu merken.»

«Nein.»

Diese eine Silbe kam sehr leise, und er wußte, daß er es wieder geschafft hatte, daß sie sich ihm unterlegen fühlte.

Sie drehte sich von ihm weg und sah aus dem Zugfenster, wo gerade das große Herrenhaus mit der Sandsteinfassade in Nuneham Park am Horizont vorbeizog. Mehr als einmal hatte er ihr von der Geschichte dieses Hauses erzählt, von Capability Brown und einem Sowieso Adams, aber sie konnte sich diese Sachen nie so genau merken, wie er es offenbar erwartete. Beim letztenmal war sein Thema die Verstaatlichung der Eisenbahnen nach dem Zweiten Weltkrieg gewesen. Im Jahre 1947. Oder 1948?

Aber im Grunde war das ja auch unwichtig.

Nur eine Jahreszahl würde sie *nie* vergessen: Das Jahr, in dem die Eisenbahngesellschaft ihren Namen in «British Rail» geändert hatte. Von ihrem Vater wußte sie, daß sie genau in jenem Jahr, genau an jenem Tag zur Welt gekommen war.

1965.

«Getränke? Erfrischungen?»

Ein vollbepackter Wagen ratterte quietschend durch den Gang, und der Mann sah auf die Uhr (10.40 Uhr), ehe er sich an die Frau in dem eleganten Kostüm wandte, die neben ihm saß.

«Möchtest du etwas? Kaffee? Für etwas Stärkeres ist es vielleicht noch ein bißchen früh ...»

«Gin Tonic, bitte. Und eine Tüte Kartoffelchips.»

Blöder Sack. Er war mal wieder richtig unausstehlich heute.

Einige Minuten später, nachdem er die Hälfte seiner Dose McEwan's Export Ale in einen Plastikbecher gegossen hatte, wandte er sich ihr wieder zu, und sie spürte seine trockenen, ein wenig rissigen Lippen auf ihrer rechten Wange. Und dann hörte sie jene wunderschönen Worte, die jemand anderes vor ein oder zwei Monaten leise gesagt hatte: «Es tut mir leid.»

Sie öffnete ihre weiße Lederhandtasche und nahm das Lippenbalsam heraus. Als sie ihm die Tube reichte, spürte sie seine schlanken, kräftigen Finger auf ihrem Handgelenk, dann tasteten sie sich unter den Ärmel der malvenfarbenen Jaeger-Jacke. Die Finger eines Pianisten. Sehr bald – der Turbo Express hatte gerade Reading verlassen – würde der Pianist wieder mit ihrem Körper spielen dürfen, wie über eine sanfte Melodie von Schubert.

Sie hatte noch nie einen Mann gekannt, der sich selbst so unter Kontrolle hatte.

Oder sie.

Kurz vor Slough hielt der Zug.

Als er sich zehn Minuten später langsam wieder in Bewegung setzte, ließ sich über den Lautsprecher der Zugbegleiter vernehmen:

«Ladies und Gentlemen, wegen einem Ausfall der Signalanlage in Slough wird der Zug mit etwa fünfzehn Minuten Verspätung in Paddington eintreffen. Wir bitten unsere Fahrgäste vielmals um Nachsicht.»

Der Mann und die Frau, die jetzt dichter zusammensaßen, sahen sich an und lächelten.

«Was denkst du?» fragte sie.

«Das fragst du mich oft, aber manchmal denke ich an gar nichts.»

«Und jetzt?»

«Jetzt habe ich nur gedacht, daß unser Zugbegleiter offenbar nicht weiß, welcher Kasus nach ‹wegen› steht.»

«*Ich* bin mir da auch nicht so sicher. Ist das denn wichtig?»

«Natürlich ist das wichtig.»

«Aber das wird uns hoffentlich nicht trennen …?»

«Von dir kann mich nichts trennen», flüsterte er ihr ins Ohr.

Ein paar Sekunden sahen sie sich liebevoll an. Dann senkte er den Blick, nahm die gespreizte linke Hand von ihrem Schenkel und trank sein Bier aus.

«Bevor wir in Paddington ankommen, Rachel, muß ich dir etwas Wichtiges sagen.»

Sie sah ihn erschrocken an.

Will er die Beziehung lösen?

Will er mich loswerden?

Hat er eine andere gefunden? (Seine Frau ausgenommen, natürlich.)

«Die Fahrkarten, bitte.»

Es schien die Jungfernfahrt des jungen Zugschaffners zu sein, denn er prüfte die ihm hingestreckten Fahrausweise mit einer Gründlichkeit, die an den Nerven zerrte.

Der Mann holte die verbilligten Tagesrückfahrkarten aus der Brieftasche.

«Ist das Ihre, Sir?»

«Ja.»

«Sind Sie Rentner?»

«Nein, ich bin kein Rentner.» (Er sprach leise, akzentuiert und mit deutlich arrogantem Unterton.) «Einen Rentenanspruch hat man in diesem Land erst erworben, wenn man fünfundsechzig ist. Eine Senior Railcard hingegen bekommt man – wie Sie bestimmt wissen – bereits nach Vollendung des sechzigsten Lebensjahrs.»

«Dürfte ich Ihre Railcard sehen, Sir?»

Resigniert seufzend holte der Mann sie heraus, und der picklige junge Bahnangestellte ließ es sich nicht nehmen, alle Angaben genau zu prüfen.

Gültig: bis 7. Mai 1996
Ausgegeben für: J. C. Storrs

«Wie zum Teufel sollte ich in Oxford meine Fahrkarte bekommen haben, ohne *dies hier* vorzuzeigen?» fragte der Senior Fellow von Lonsdale.

«Er tut doch nur seine Pflicht, der arme Kerl. Und diese fürchterliche Akne ...»

«Stimmt. Du hast recht ...»

Sie nahm seine Hand und rückte wieder näher an ihn heran. Wenig später zog das Schild PADDINGTON an ihnen vorüber, und der Zug fuhr langsam in den langen Bahnsteig ein. In fast bedauerndem Ton machte der Zugbegleiter seine zweite Ansage: «Alles aussteigen, bitte. Alles aussteigen. Der Zug endet hier.»

Sie warteten, bis alle Mitreisenden ausgestiegen waren. Und wie in Oxford hatten sie auch hier Glück: Im Zug war offenbar niemand, den einer von ihnen kannte.

In der *Brunel Bar* des Bahnhofshotels bestellte Storrs einen großen Brandy (zwei Eiswürfel) für seine junge Begleiterin und ein kleines Smith's Bitter für sich. Dann ging er auf die Praed Street hinaus und steuerte die kleinen Hotels in und um Sussex Gardens an. In mehreren waren, wie Schilder hinter den Scheiben verkündeten, Zimmer frei. Zwei dieser Herbergen hatte er bei früheren Besuchen «benutzt» (sagte man so?), diesmal aber wollte er eine neue ausprobieren.

«Doppelzimmer?»

«Eins haben wir noch. Nur die eine Nacht?»

«Wieviel?»

«Fünfundsiebzig Pfund für beide – mit Frühstück.»

«Und ohne Frühstück?»

Die Blondine (Wasserstoffperoxid) mittleren Alters, die hinter dem von Zigaretten angesengten Empfangstresen stand, schien sich über seine Absichten durchaus im klaren zu sein, denn ihr Blick verhärtete sich.

«Fünfundsiebzig Pfund.»

Zwei erfahrene Kämpfer nickten sich zu. «Ja, dann erst einmal schönen Dank. Wenn ich nichts Preiswerteres finde, komme ich noch mal vorbei und sehe mir das Zimmer an.»

Er wandte sich zum Gehen.

«Augenblick ... Kein Frühstück, sagen Sie?»

«Nein. Wir nehmen heute abend den Schlafwagen nach Inverness und brauchen nur eine Bleibe für den Tag.»

Durch den Zigarettenrauch hindurch betrachtete sie ihn aus verengten Augen.

«Fünfundsechzig?»

«Sechzig.»

«Okay.»

Er zählte sechs schöne neue Zehnpfundnoten ab, während sie ihm das Anmeldebuch hinschob und nach dem Schlüssel für Zimmer 10 griff.

Es war eine für beide Seiten zufriedenstellende Lösung.

Ihr Glas war leer, und er trank sein Bier in einem Zug aus, ohne sich zu setzen.

«Noch mal dasselbe?»

«Bitte.» Sie schob ihm den Cognacschwenker mit den halb geschmolzenen Eiswürfeln hin.

Angenehm entspannt sah sie sich in der spärlich gefüllten Bar um und spürte (wieder!) den Blick des Mannes in mittleren Jahren, der sie von der anderen Seite des Raums aus beobachtete. Sie reagierte nicht, sondern sah zu dem Mann mit dem sich lichtenden grauweißen Haar hin, der an der Theke lehnte und auf die Getränke wartete.

Dann saß er wieder neben ihr und stieß mit ihr an. Auch er fühlte sich angenehm entspannt.

«Es ist schon eine Weile her, seit wir hier waren», meinte er.

«Ein paar Monate?»

«Zehn Wochen, um genau zu sein.»

«Und das wollen wir ja …»

Lächelnd trank sie ihren zweiten großen Brandy und fühlte sich immer besser.

«Appetit?» fragte er.

«Worauf?»

Er lächelte. «Auf eine Stunde im Bett vielleicht – und dann auf eine Kleinigkeit zu essen.»

«Und einen Schluck Wein?»

«Wenn ich dich damit bestechen kann …»

«Ja, also … wenn du dich zuerst ein bißchen hinlegen möchtest …»

«Das möchte ich eigentlich sehr gern …»

«Aber nur unter einer Bedingung.»

«Die wäre?»

«Daß du mir das sagst, was du mir im Zug sagen wolltest.»

Er nickte ernst. «Ich erzähle es dir beim Wein.»

Es war eine für beide Seiten zufriedenstellende Lösung.

Storrs ging voran, um ihr die Schwingtür aufzuhalten, und Rachel James, freiberufliche Physiotherapeutin mit Praxis in North Oxford, spürte wieder den Blick des Mannes auf sich. Fast automatisch lehnte sie den Oberkörper zurück, so daß sich die glatte weiße Seide der Bluse über den Brüsten spannte, und griff mit beiden Händen nach hinten, um das Band fester zu ziehen, mit dem sie die hellbraunen Haare zu einem Pferdeschwanz zusammengefaßt hatte.

Einem 25 Zentimeter langen Pferdeschwanz.

5

Dann wandten die lächelnden Nutten ihre Aufmerksamkeit unseren schockierten Reportern zu.
«Nur nicht schüchtern! Ihr habt euer Geld hingeblättert, um euch einen schönen Tag zu machen, und den sollt ihr haben.»
Unsere Leute redeten sich mit Jet-Lag heraus und verzichteten dankend.

(Auszug aus *News of the World,* 5. Februar 1995)

Geoffrey Owens kannte sich in Soho bestens aus.

Mit neunzehn war er nach London gekommen, um dort seine erste Stelle als Reporter anzutreten, und hatte sich nur ein paar Schritte vom Soho Square entfernt einquartiert. In den ersten Monaten war er dort viel spazierengegangen, immer wieder fasziniert von den seltsam erregenden Straßennamen: Brewer Street, Greek Street, Old Compton Street, Wardour Street – eine Litanei der käuflichen Liebe.

Damals, Mitte der siebziger Jahre, waren die Striptease-Lokale, die Pornokinos, die Oben-ohne-Bars noch richtig schön sündig im besten (oder schlechtesten?) Sinne dieses Wortes gewesen. Heutzutage hatte sich Soho in dieser Hinsicht zum Besseren (oder Schlechteren?) gewandelt: Was jetzt dort ablief, war wesentlich verheuchelter, verschmockter und verlogener in der Ausbeutung einsamer, ungeliebter Männer, die durch die Straßen irrten und hin und wieder abrupt stehenblieben wie Kaninchen im Scheinwerferlicht.

Owens allerdings wirkte keineswegs hypnotisiert, als er am frühen Abend des 7. Februar vor *Le Club Sexy* stehenblieb. Der Name dieses Etablissements sollte wohl das gewisse Etwas gallischer Erotik vermitteln, legte allerdings den Verdacht nahe, daß der Besitzer die französische Sprache nur recht unvollkommen beherrschte.

«Wie wär's mit ein bißchen Spaß, Süßer?»

Die Brünette mit den dick getuschten Wimpern, die unter den blinkenden Glühbirnen stand, mochte Anfang Zwanzig sein – eine ziemlich große junge Frau mit roten Stöckelschuhen, einem aufs knappste geschnittenen schwarzen Minirock und einer engen Paillettenbluse mit tiefem Ausschnitt, der großzügige Ausblicke auf den üppigen Busen gewährte.

Déjà vu.

Owens, der unverbesserliche Voyeur, wurde sich vorübergehend aller alten Schwächen bewußt.

«Komm rein, Süßer, hier gibt's 'ne Menge Spaß!»

Sie machte einen Schritt auf ihn zu und krallte die langen, blutroten Fingernägel in seine Handfläche.

Es war eine gute Masche, die vermutlich bei vielen Männern verfing.

Die scheinbar auch bei Owens verfing.

«Wieviel?»

«Nur drei Pfund für den Mitgliedsbeitrag. Wir sind ein privater Club – Sie wissen schon ...» Sie hob die Augen unter den lila leuchtenden Lidern gen Elysium.

«Ist Gloria noch da?»

Der Blick kehrte wieder auf den Boden der Tatsachen zurück. Voller Argwohn, aber auch nicht ohne Neugier.

«Wer?»

«Wenn Gloria noch da ist, läßt sie mich umsonst rein.»

«Hier gibt's so viele Namen, Mister. Echte Namen und Künstlernamen ...»

«Und wie heißt du, Schätzchen?»

«Also willst du nun oder nicht? Drei Pfund.»

«Du bist nicht sehr hilfsbereit.»

«Dann verpiß dich doch, Mann!»

«Du kennst Gloria also nicht?»

«Was zum Teufel willst du eigentlich von mir?» fauchte sie böse.

«Ich habe hier ganz in der Nähe gewohnt», erwiderte er sehr leise. «Und Gloria hat damals hier gearbeitet. Als Stripperin. Sie galt als eine der Besten in der Branche.»

Wieder blitzte in den Augen unter den grellfarbenen Lidern Interesse auf.

«Wann war denn das?»

«Vor etwa zwanzig Jahren.»

«Na hör mal! Dann ist sie ja inzwischen 'ne Oma!»

«Davon ist mir nichts bekannt. Allerdings hatte sie ein Kind, eine Tochter.»

Ein erstaunlich großer, elegant gekleideter Japaner war in das Magnetfeld des *Le Club Sexy* geraten.

«Hereinspaziert. Hereinspaziert und ...»

«Wieviel kostet?»

«Nur drei Pfund. Wir sind ein privater Club, da muß man Mitglied sein.»

Mit einem überaus höflichen und seltsam zutraulichen Lächeln nahm der Japaner eine neue Zehn-Pfund-Note aus seiner großen Brieftasche und übergab sie der Anreißerin. Er verbeugte sich formvollendet, während sie mit einer Hand den bunten Lamellenvorhang zur Seite schob, der den abgetretenen Läufer der schmalen Stiege, die zu den geheimen Freuden führte, vor den Blicken der Passanten verbarg.

«Sie mir geben Wechselgeld, bitte? Ich geben zehn Pfund.»

«Sagen Sie einfach unten Bescheid, okay?»

«Warum Sie mir nicht geben meine sieben Pfund?»

«Das geht schon in Ordnung. Okay?»

«Okay.»

Auf halbem Wege die Treppe hinunter machte sich das neue Mitglied eine Notiz in einem kleinen schwarzen Buch, wobei ein – wenn der Ausdruck erlaubt ist – ergründliches Lächeln um seine Lippen spielte. Er war Mitarbeiter einer Abteilung des Innenministeriums, die für die Vergabe von Lizenzen für sämtliche «Vergnügungsstätten» im Bezirk

Soho zuständig war, und verfügte über ein großzügig bemessenes Spesenkonto.

Aber das brauchte er auch.

Manchmal hatte er durchaus Freude an seiner Arbeit.

«Hast du nie ein schlechtes Gewissen bei so was?»

«Was meinste denn damit?»

«Der sieht sein Wechselgeld doch nie ...»

«Jetzt reicht's! Verpiß dich, Mann!»

«Gloria hatte manchmal ein schlechtes Gewissen, sie war in dieser Hinsicht erstaunlich sensibel. Sie hätte dir gefallen. Solltest du sie sehen, sag ihr einen schönen Gruß von Geoff Owens, ja? Sie erinnert sich bestimmt noch an mich. Sag ihr, daß ich ihr ein Geschäft vorschlagen möchte. Vielleicht ist sie oder auch ihre Tochter ein bißchen knapp bei Kasse, man weiß das ja nie heutzutage ...»

«Was hat ihre Tochter damit zu tun?»

Owens, der jetzt seiner Sache sicher war, fuhr lächelnd mit dem rechten Handrücken über ihre Bluse.

«Könnte sein, daß du eine ganze Menge damit zu tun hast, Schätzchen.»

Sie widersprach nicht, sondern deutete kurz über die Straße. «Im Pub, in einer halben Stunde. Okay?»

Sie sah dem Mann mit dem dunklen Bartschatten nach, der sich Owens nannte und den sie noch nie gesehen hatte. Aber sie würde ihn sofort wiedererkennen, das dunkle Haar über den Ohren nach hinten gekämmt und im Nacken zu einem über zwanzig Zentimeter langen Pferdeschwanz zusammengebunden.

Abgesehen von dem Lumpensammler um Mitternacht, der «an jeder Milchkanne hielt», wie frustrierte Reisende gern sagten, ging der letzte Zug um 23.20 Uhr von Paddington ab. Schwer atmend sprang Owens auf, während der Turbo Express sich mit einem jähen Ruck in Bewegung setzte. Der Zug war nur halb voll, so daß er gleich einen Sitzplatz fand.

Er war sehr mit sich zufrieden. Das Rendezvous im Pub war noch ergiebiger gewesen, als er zu hoffen gewagt hatte. Zufrieden lehnte er sich zurück und schloß die Augen, während er über die möglichen Konsequenzen der Geschichte nachdachte, die er gerade erfahren hatte.

In Didcot fuhr er hoch und wußte im ersten Moment nicht, wo er war. Den Halt in Reading hatte er glatt verschlafen. Entschlossen, die letzten zwölf Minuten der Fahrt wach zu verbringen, griff er nach dem *Evening Standard*, den jemand auf dem Platz gegenüber hatte liegenlassen, und las gerade die Sportseite, als er über den Rand seiner Zeitung weg einen Mann durch den Gang kommen sah, der sich kurz vor seinem Platz neben eine Frau setzte. Und Owens kannte ihn.

Mr. Julian Storrs vom Lonsdale College.

Schau mal einer an ...

In Oxford verschanzte sich Owens hinter dem *Evening Standard*, bis alle anderen Reisenden den Wagen verlassen hatten. Beim Aussteigen sah er Storrs Arm in Arm mit seiner Begleiterin die Stufen der Fußgängerbrücke hochsteigen, die über die Gleise zum Bahnsteig eins führte. Und zum zweitenmal an diesem Abend packte Owens genüßliche Erregung, denn auch die Frau hatte er sofort erkannt.

Kein Wunder.

Sie wohnten schließlich Tür an Tür.

6

Montag, 19. Februar

Unter dem Schleier verbirgt sich manch anmutige Gestalt, doch wenn du ihn wegnimmst, entdeckst du eine Großmutter.

(MUSHARRIF-UDDIN, *Gulistan*)

In sauberen Blockbuchstaben hatte der Chief Inspector gerade seinen Namen, E. MORSE, gemalt und war dabei, die Adresse darunterzusetzen, als Lewis am Montag, dem 19. Februar, um 8.35 Uhr sein Büro betrat.

«Was haben Sie denn da, Sir?»

Morse sah auf die Seite herunter, die er aus einer der gestrigen Zeitungsbeilagen gerissen hatte.

«Sonderangebot: Zwei CDs gratis, wenn man Mitglied in der Music Club Library wird.»

Lewis zog ein skeptisches Gesicht. «Vergessen Sie nicht, daß Sie dann jeden Monat ein Buch kaufen müssen. Das Leben besteht eben nicht aus kostenlosen Beigaben.»

«In diesem Fall schon. Man braucht sich nur das Buch anzusehen, das sie einem schicken, und wenn es einem nicht gefällt, kann man es zurückgeben, ich glaube, sie ersetzen einem sogar das Porto.»

Lewis wartete, bis Morse das Anmeldeformular ausgefüllt und ausgeschnitten hatte.

«Ich fände es ja fairer, wenn Sie dann wenigstens *ein paar* Bücher behalten würden …»

«Ach ja?»

«Oder wenigstens *eins*.»

Die sehr blauen Augen richteten sich unschuldig und

leicht gekränkt über den Schreibtisch hinweg auf Sergeant Lewis.

«Aber das Buch für diesen Monat hab ich mir schon zu Weihnachten gekauft.»

Er steckte das Formular in einen Umschlag und schrieb die Adresse des Clubs darauf. Dann holte er eine Handvoll Plastikkärtchen aus der Brieftasche: Leserausweis der Bodleian Library; Lloyds-Kreditkarte; Pannenhilfe des RAC; Blutspenderausweis; Blackwell's Bookshops; Leserausweis der Oxford City Library; Telefonkarte. Ein Heftchen mit Briefmarken aber fand sich nicht.

«Sie haben nicht zufällig eine Briefmarke bei sich, Lewis?»

«Welche CDs wollen Sie denn haben?»

«Ich habe die *Glagolitische Messe* von Janáček bestellt, die werden Sie nicht kennen. Wunderbare Aufnahme mit Simon Rattle. Und die *Vier letzten Lieder* von Richard Strauss mit Jessye Norman. Natürlich habe ich davon schon mehrere Aufnahmen mit anderen Sopranistinnen.»

Natürlich …

Lewis kramte nach einer Briefmarke.

Es kam öfter vor, daß Lewis daran erinnert wurde, was ihm im Leben entgangen war oder dem er keine Priorität beigemessen hatte. Ihm war nur der Strauß von der *Schönen blauen Donau* ein Begriff. Und erst vor kurzem hatte er erfahren, daß es auch von denen zwei gegeben hatte, Strauß Vater und Strauß Sohn, wobei er nicht wußte, welcher welcher war.

«Hoffentlich sind Sie nicht enttäuscht, Sir. Manchmal halten diese Angebote nicht das, was sie versprechen.»

«Sprechen Sie aus eigener Erfahrung?»

«Nein, aber nehmen Sie nur mal Sergeant …» Lewis bremste sich gerade noch rechtzeitig. Der Anstand gebot, über die Schwächen seiner Kollegen den Mantel des Schweigens zu breiten. «Nehmen Sie einen Bekannten von mir. Er war auf so eine Anzeige in einem Boulevardblatt gestoßen, in der ein kostenloses Video angeboten wurde – ein Sex-Video, in neutralem Umschlag ohne Absender für den Fall, daß die Frau … na, Sie wissen ja, wie das ist …»

«Nein, das weiß ich nicht, Lewis. Aber bitte fahren Sie fort.»

«Ja, also er suchte sich eins aus …»

«Copenhagen Red-Hot Sex?»

«Nein. *Hausfrauen bei der Arbeit* hieß es, und er dachte natürlich …»

Morse nickte. «An Hausfrauen ‹bei der Arbeit› mit dem Milchmann, dem Briefträger, dem Staubsaugervertreter …»

Lewis grinste. «Ja, und dann ist er fürchterlich reingefallen. Auf dem Video waren ganz und gar bekleidete schwedische Hausfrauen beim Abwaschen und Kartoffelschälen.»

«Geschieht Sergeant Dixon recht.»

«Sie reden aber nicht drüber, Sir?»

«Natürlich nicht. Und es ist wohl wirklich so: In diesem Leben bekommt man nichts geschenkt. Ich jedenfalls nicht.»

«Wirklich nicht, Sir?»

Morse leckte die Klappe des weißen Umschlags an und dann die Briefmarke, die Lewis ihm gegeben hatte.

Das Telefon läutete, und Lewis nahm ab, hörte einen Augenblick aufmerksam zu und legte die Hand über den Hörer.

«Ein Mord, Sir. Gleich um die Ecke, im Bloxham Drive.»

TEIL ZWEI

7

Wir würden uns freuen, wenn Sie uns nicht nur mit Ihrer Stimme unterstützen, sondern den beiliegenden Aufkleber in einem Ihrer Fenster anbringen würden.

(Auszug aus einer von der Labour Party East Oxford verteilten Broschüre zur Kommunalwahl 1994)

Das hintere Fenster von Nummer 17 weckte in Morse eine Erinnerung.

Als Junge hatte ihn ein Foto in einem seiner Schulbücher fasziniert, das eine in den Südstaaten der USA häufig am Hals von Sklaven befestigte Vorrichtung zeigte – einen eisernen Ring, an dem in regelmäßigen Abständen ziemlich lange, furchterregende eiserne Dornen befestigt waren. In der Bildunterschrift hieß es, wenn Morse sich recht erinnerte, mit dieser Vorrichtung könne wirksam verhindert werden, daß ein flüchtiger Baumwollpflücker sich als wahlberechtigter Bürger ausgab.

Morse hatte diese Legende nie so richtig verstanden.

Ebensowenig sollte er – zumindest vorläufig – die Bedeutung des sauberen Einschußlochs in der Mitte der Scheibe verstehen, deren gleichmäßig um den Mittelkreis herum angeordnete Risse aussahen wie Sonnenstrahlen auf der Buntstiftzeichnung eines kleinen Kindes.

Morse stand auf einem der wackeligen Trittsteine des Gehwegs hinter den Reihenhäusern an der Nordseite des Bloxham Drive in Kidlington, Oxfordshire. Etwa die Hälfte der neben und hinter dem Weg versetzt gepflanzten jungen Bäume war mehr oder weniger übel zugerichtet, manche völlig ausgerissen, einige in der Mitte brutal durchgebrochen, andere standen mit abgeknickten Zweigen versehrt und verloren auf der ungepflegten, mit Abfall übersäten Fläche, die nach den Plänen des Umweltamtes als kleine grüne Insel die Gegend hatte verschönern sollen.

Morse tat das Herz weh.

Und dem neben ihm stehenden Lewis ging es nicht anders.

Allerdings ist an dieser Stelle wohl eine wichtige Einschränkung angebracht. Mit dem Bloxham Drive ging es nach Ansicht der meisten Anwohner unverkennbar wieder aufwärts. Durch den Einbau von Fahrbahnschwellen waren Wettfahrten mit gestohlenen Autos praktisch unmöglich geworden; nach dem Räumungsurteil gegen eine berüchtigte Familie von Asozialen konnten viele Leute wieder besser schlafen; und in den letzten zwei, drei Jahren waren die Grundstückspreise stark gefallen, was die Gegend für einige *young urban professionals* nicht unattraktiver machte, und in den Häusern Nummer 1, 15 und 17 wohnten jetzt Besitzer aus diesem Personenkreis.

Zugegeben: Bloxham Drive und seine Nachbarschaft waren noch immer Welten von den friedlichen, baumbestandenen Sträßchen in Gerrards Cross entfernt, die Kriminalitätsrate war nach wie vor hoch, und nun war hier auch ein Mord begangen worden.

Um 8.40 Uhr hatte Lewis den Anruf entgegengenommen.

Knapp eine Stunde zuvor – es war noch ungewöhnlich dunkel – war Mrs. Queenie Norris von Nummer 11 (wie jeden Morgen) mit ihrem achtjährigen King Charles-Spaniel an der Hinterfront der Häuserzeile Gassi gegangen, wobei sie sich wie immer großzügig über die Schilder hinwegsetzte, die darauf hinwiesen, daß das Verschmutzen von Gehsteigen und Rasenflächen streng untersagt war. Dabei hatte sie das geborstene Fenster in Nummer 17 bemerkt, sich allerdings nicht übermäßig darüber gewundert, da mutwillige Zerstörungen (wie wir bereits wissen) in dieser Gegend an der Tagesordnung waren und ein Wurfgeschoß – ob Flasche oder Ziegelstein – ähnliche Spuren hinterlassen hätte.

Nach ihrer Rückkehr aber beschlich Mrs. Norris, wie sie später der Polizei sagte, ein «ganz komisches Gefühl», und kurz vor dem Wetterbericht in Radio 4 war sie – jetzt ohne Samson, der sein Geschäft inzwischen brav erledigt hatte – noch einmal aus dem Haus gegangen und hatte festgestellt, daß in der Küche von Nummer 17 nach wie vor Licht brannte und das Rollo heruntergezogen war.

Sie hatte – erst leise, dann immer lauter – an die Hintertür geklopft, ohne daß sich im Haus etwas gerührt hätte. Dann hatte sie gesehen, daß hinter dem Loch im Küchenfenster ein entsprechendes Loch in dem dünnen beigebraunen Stoff des Rollos klaffte. Und in diesem Moment hatte sie eine richtige Gänsehaut gekriegt. Ihre Nachbarin arbeitete in North Oxford und ging regelmäßig gegen Viertel vor acht aus dem Haus. Und jetzt war es schon fast acht, nein, acht vorbei.

Da war was passiert.

Etwas Schlimmes, wie Mrs. Norris befürchtete. Sie hatte daraufhin sofort die 999 gewählt.

Zehn Minuten später war es den Constables Graham und Swift gelungen, sich durch die Vordertür Einlaß zu verschaffen, und in der Küche im hinteren Teil des Hauses hatten sie dann die schreckliche Entdeckung gemacht: Eine junge Frau lag tot auf dem Boden, die rechte Wange auf den kalten roten Fliesen, der hellbraune Pferdeschwanz in einer Blutlache. Nicht nur die beiden relativ unerfahrenen jungen Polizisten, sondern auch die abgehärteten Männer von der Spurensicherung sollte der Anblick von so viel Blut bis in ihre Träume verfolgen.

Und nun war die Reihe an Morse.

«Mein Gott», sagte Lewis sehr leise.

Morse sagte nichts. Er verzichtete (wie stets) auf eine genaue Besichtigung der Leiche und registrierte zunächst nur die Schußwunde ziemlich nah am Halsansatz, die offensichtlich die Todesursache und der Grund für das viele Blut war. Dennoch war bei Morse, der nie eine Kamera besessen hatte, im Geiste bereits mehrmals das Blitzlicht aufgeflammt.

Alles deutete darauf hin, daß der Mord gegen Ende des ziemlich konventionellen Frühstücks geschehen war. An einem Ende des hölzernen Küchentisches – dem Ende, das dem Fenster am nächsten war – stand ein schief zur Seite verrückter Hocker mit plastikbezogenem Sitz. Auf dem Tisch lag auf einem Teller mit einem Häufchen Salz und etwas Pfeffer eine braune Eierschale neben einem hölzernen Eierbecher, auf einem zweiten Teller eine halbe Scheibe getoastetes Graubrot mit Butter und reichlich Frank Cooper's Oxford Marmalade, und in einem weißen Becher mit der Aufschrift GREETINGS FROM GUERNSEY stand ein Rest Frühstückskaffee, lange schon erkaltet und schmutzig braun.

Diese Einzelheiten hatte Morse gesehen und registriert, und zunächst war ihm das genug. Er hatte es eilig, die Schrekkensszene zu verlassen.

Im Gehen zwang er sich, noch einen Blick auf die Tote zu werfen. Sie trug ein weißes Nachthemd mit verwaschenem rosa Blumenmuster, darüber einen hellblauen Morgenrock, der bis zur Wade der schlanken, wohlgeformten, unbestrumpften Beine reichte, und Morse hatte das Gefühl – mit Bestimmtheit konnte man das in solchen Fällen natürlich nicht sagen –, daß die jetzt so verzerrten Züge bis vor kurzem genauso ansehnlich wie die Figur gewesen waren. Für einige Sekunden verzerrten sich auch seine eigenen Züge, wie aus Mitgefühl über die ermordete Frau zu seinen Füßen.

Die Spurensicherung war inzwischen eingetroffen, und nach einer kurzen Begrüßung überließ Morse den Kollegen bereitwillig das Feld. Er bat Lewis, unverzüglich eine Haus-zu-Haus-Befragung auf beiden Straßenseiten in die Wege zu leiten, und trat durch die Vordertür auf den Bloxham Drive hinaus, wo Polizisten in Uniform herumliefen, das Blaulicht der Streifenwagen kreiste und der Tatort mit blauweißem Band abgesperrt wurde. Auch eine kleine Gruppe tuschelnder Anwohner hatte sich eingefunden, die in der Kälte des frühen Morgens fröstelten, aber fest entschlossen waren, sich nichts entgehen zu lassen.

Und natürlich die Medien.

Zwei Presseleute (wieso waren die eigentlich schon da?) hatten den Chief Inspector erkannt und baten um ein Interview. Ganz kurz nur, ein Satz wäre schon genug ... Ein Fernsehteam aus Abingdon hatte Morse beim Verlassen des Hauses gefilmt, und ein Reporter von Radio Oxford hielt ihm ein wulstiges Mikrofon unter die Nase.

Morse ging, mit dem leeren, verständnislosen Blick eines Taubstummen über das Getümmel hinwegsehend, langsam bis zum Ende der Straße, schwenkte nach links zur anderen Seite der Häuserzeile und wandte sich dann noch einmal nach links. Über die unebenen Steinplatten hinter den Häusern balancierend, blieb er dort, wo er und Lewis vorhin gestanden hatten, erneut stehen, scheuchte nach beendetem Rundgang die anrückenden Reporter mit einer nachdrücklichen Geste der rechten Hand weg und ging noch einmal die Vorderseite der Häuserzeile ab.

Man konnte nicht behaupten, daß Morse bei dieser Erkundung besonders scharfsinnige Beobachtungen gemacht hätte. Nur eins war ihm bei seiner Runde aufgefallen, und das war politischer Natur.

Im Bezirksstadtrat stand die Neuwahl eines Stadtverordneten an (vielleicht war der Sitz durch den Tod des derzeitigen Amtsinhabers frei geworden?), und erstaunlicherweise traf dieses Ereignis hier auf erhebliches Interesse. Bis auf zwei waren alle Vorderfenster auf der Nordseite der Häuserzeile mit Aufklebern versehen. Auf den grünen Aufklebern stand der Name des Labour-Kandidaten in Rot, auf den weißen der des konservativen Kandidaten in Königsblau. Mangels sonstiger Anhaltspunkte, mit denen er seinen Geist beschäftigen konnte, hatte Morse in den Häusern Nummer 1 bis 21 eine Probeabstimmung durchgeführt. In diesem wirtschaftlich schwachen und hauptsächlich von Arbeitern bewohnten Bezirk konnte es nicht überraschen, daß der Labour-Kandidat die Nase vorn hatte. Er konnte sechs Aufkleber für sich verbuchen, denen nur zwei für die Konservativen gegenüberstanden.

Einer dieser Sticker klebte im Erdgeschoßfenster von Nummer 15. Und aus irgendeinem Grund ertappte Morse sich dabei, daß er eine ganze Weile nachdenklich vor dem zweiten Haus stand, das sich zu den Konservativen und zu dem Kandidaten mit dem herrlich patriotischen Namen Jonathan Bull bekannte, dem Haus Nummer 1 am Anfang des Bloxham Drive.

8

Oft sahn wir ihn bei Tagesanbruch
Mit hast'gem Schritt den Tau zur Seite streifen.
(THOMAS GRAY,
Elegy Written in a Country Churchyard)

In früheren Jahren war Geoffrey Owens eine Nachteule gewesen, ein Mensch, der gern bis in die späte Nacht und oft bis in den stillen frühen Morgen hinein gearbeitet hatte. Jetzt, mit Mitte Vierzig, hatte er sich, nachdem er gemerkt hatte, daß er morgens merklich besser und klarer denken konnte, zur Lerche gewandelt. Nach der Umstellung auf gleitende Arbeitszeit war es deshalb kein Opfer für ihn, der Bitte seines Arbeitgebers nachzukommen, er möge seinen Dienst relativ früh antreten und entsprechend früh Feierabend machen, zumal damit auch noch ein kleiner Gehaltszuschlag verbunden war. Seit September letzten Jahres verließ Owens sein Haus im Bloxham Drive regelmäßig kurz vor sieben. Dadurch ersparte er sich auch den Stau, der sich eine Stunde später in den oberen Bereichen der Banbury Road bildete, und entging auf der Rückfahrt dem Strom der Autofahrer, die nachmittags die belebte Innenstadt von Oxford verließen und der relativen Ruhe der nördlichen Vororte und benachbarten Dörfer wie Kidlington zustrebten.

Alles in allem war es eine durchaus zufriedenstellende Regelung, an die er sich auch am Montag, dem 19. Februar, gehalten hatte.

Zehn vor sieben hatte Owens sein Haus verlassen und war dabei natürlich an dem Eckhaus Nummer 1 vorbeigekommen, wo eine Frau ihm nachgesehen hatte. Er tat so, als hätte er sie nicht bemerkt; ohne die Hand zum Gruß zu heben, war er bis zur Kreuzung gefahren und dort rechts abgebogen in Richtung Oxford. Aber auch wenn er sie nicht gesehen hätte – *sie* hatte ihn ganz sicher erkannt.

Für einen Montag (häufig der schlimmste Tag der Woche) herrschte auch zu dieser relativ frühen Stunde erstaunlich wenig Verkehr, und Owens war ohne wesentliche Verzögerung an der Schranke des großen Parkplatzes angekommen, der zu dem Komplex der Oxfordshire Newspapers in Osney Mead gleich hinter dem Bahnhof an der Botley Road gehört.

Owens war vor drei Jahren mit einem eindrucksvollen Lebenslauf in Oxford eingetroffen, der dem Bewerber «Allround-Erfahrungen in den Bereichen Reportage, Redaktion, Anzeigenwesen und Personalführung» attestierte. Die vier Herren, die das Vorstellungsgespräch mit ihm geführt hatten, hatten sich einstimmig auf ihn geeinigt und auch keinen Grund gehabt, ihre Entscheidung zu bereuen. Owens hatte sich als gewinnbringende Investition erwiesen. Da er die englische Grammatik überdurchschnittlich gut beherrschte, hatte man ihn sehr bald – mit einer entsprechenden Gehaltserhöhung – zusätzlich damit betraut, die schlampig geschriebenen und mit teilweise haarsträubenden orthographischen Fehlern gespickten Beiträge seiner jüngeren Kollegen zu redigieren und den Personalchef zu vertreten, wenn er auf Tagungen war.

Owens, offiziell als Chefreporter eingestellt, brachte seine Arbeitszeit deshalb zunehmend am Schreibtisch zu und verließ das Haus nur noch, wenn es um eine ganz große Story ging. So wie heute. Denn als er an diesem Vormittag auf dem Bloxham Drive stand, war er davon überzeugt, daß sich hier ein Knüller abzeichnete – nicht nur für ihn, sondern auch für die ständig wachsende Zahl der Kollegen, die sich zu ihm gesellt hatten.

Und die alle warteten …

Sie mußten sich bis halb zwölf gedulden, aber schon lange vorher hatten sie wie mit einem kollektiven Instinkt gespürt, daß sich im Haus Nummer 17 etwas Grausig-Groteskes zugetragen hatte.

9

Hochwürden James P. Wellman wurde nicht, wie von uns berichtet, verhaftet, weil er seine Frau die Treppe hinuntergestoßen und eine brennende Petroleumlampe hinter ihr her geschleudert hat, sondern ist vor vier Jahren unverheiratet verstorben.

(Richtigstellung in einer US-Zeitschrift, zitiert von Burne-Jones in einem Brief an Lady Horner)

Um 11.15 Uhr meinte Lewis, daß irgend jemand nun wohl etwas sagen müßte.

Seit eineinhalb Stunden klapperten Polizisten die Häuser in der Nachbarschaft ab, sprachen mit den Anwohnern, nahmen Kurzprotokolle auf. Zu einer offiziellen Verlautbarung für die versammelten Medienvertreter war es bisher noch nicht gekommen.

«Tun Sie sich keinen Zwang an», sagte Morse.

«Soll ich ihnen alles sagen, was wir wissen?»

«Dazu werden Sie nicht lange brauchen.»

«Ich brauche also nichts zurückzuhalten?»

«Herrgott, Lewis, das hört sich ja an, als ob wir etwas *hätten*, das wir verbergen könnten. Wenn es so ist, warum sagen Sie es *mir* dann nicht als erstem?»

«Ich meinte ja nur ...»

«Im Grunde ist es wohl ziemlich gleichgültig, was Sie den Leuten erzählen», sagte Morse milder. «Aber eins noch: Sie können ihnen sagen, daß ein bißchen mehr Genauigkeit nicht schlecht wäre. Bloxham Close schreibt sich mit einem *h* in der Mitte.»

«Bloxham *Drive*, Sir.»

«Danke, Lewis.»

Mit düsterer Miene ließ sich Morse wieder auf den Sessel im Wohnzimmer sinken und setzte die erste flüchtige Durchsicht der Briefe, Dokumente und Fotos aus den Schubladen des Queen Anne-Schreibsekretärs fort. Ein recht geschmackvolles Möbel, dachte Morse. Vielleicht ein Familienerbstück?

Familie ...

O Gott!

Das war immer einer der schlimmsten Aspekte an Selbstmorden und Morden: die Familie. Mum und Dad aus Torquay sowie die jüngere Schwester hatten sich schon auf den Weg gemacht. Ein Segen, daß Lewis sich so gut auf solche Dinge verstand. Lewis war überhaupt für vieles zu gebrauchen – unter anderem auch für die Kontakte mit der Presse. Und während Morse sich ziemlich lustlos weiter durch die Papiere wühlte, nahm er sich fest vor (vergaß es allerdings prompt), das seinem getreuen Sergeant zu sagen, noch ehe der heutige Tag zur Neige ging.

Lewis hatte sich kaum seinen Gesprächspartnern gestellt, als er auch schon von dem Fernsehteam gebeten wurde, ein Stück die Straße entlangzugehen, so daß man ihn den Zuschauern zuerst in Bewegung präsentieren konnte, bevor er dann in die Kamera sprach. Das sei, erklärte man ihm, beim Fernsehen so üblich. Wenn Sergeant Lewis ihnen also den kleinen Gefallen tun würde, ein paar Schritte ...

Nein, Sergeant Lewis war nicht bereit, ihnen diesen Gefallen zu tun.

Aber er war bereit, ihnen zu sagen, was sie wissen wollten.

In der Küche von Bloxham Drive Nummer 17 – B-L-O-X-H-A-M – war ein Mord geschehen.

Eine Nachbarin (keine Namensnennung) hatte die Polizei verständigt, weil sie hinter dem Haus verdächtige Beobachtungen gemacht hatte.

Ein Streifenwagen war wenig später am Tatort gewesen,

die Beamten hatten sich gewaltsam Einlaß durch die Vordertür verschafft und die Leiche einer jungen Frau gefunden.

Die Frau war durch das Küchenfenster hindurch erschossen worden.

Die Tote war noch nicht offiziell identifiziert.

Keinerlei Hinweise auf einen Einbruch oder Raubüberfall.

Ja, und das war eigentlich schon alles.

Im Chor der Fragenden erkannte Lewis die rauhe Stimme der rothaarigen Reporterin des *Oxford Star*:

«Um welche Zeit war das alles, Sergeant?»

Diese Frage hätte Lewis ohne weiteres beantworten können, aber er gedachte, Einzelheiten der bisher gewonnenen, schon überraschend handfesten Erkenntnisse nur sparsam an die Öffentlichkeit zu geben.

Die Familie Jacobs wohnte direkt gegenüber von Nummer 17. Kurz nach sieben hatte die Dame des Hauses in Morgenrock und Lockenwicklern die Haustür geöffnet, um zwei Flaschen Milch hereinzuholen. Gleichzeitig hatte sich gegenüber die Haustür aufgetan, eine ebenfalls mit einem Morgenrock bekleidete Frau ohne Lockenwickler hatte sich ihre Flasche Milch gegriffen, und die beiden hatten sich einen Morgengruß zugenickt.

«Sind Sie ganz sicher?» fragte Lewis noch einmal nach. «Es war ja noch ziemlich dunkel.»

«Wir haben schließlich Straßenbeleuchtung, Sergeant.»

«Sie wissen es also genau ...»

«Es sei denn, sie hat – hatte – eine Zwillingsschwester.»

«Was die Zeit angeht ... die ist nämlich sehr wichtig ...»

«Ich hatte mir gerade die Kurznachrichten auf BBC 1 angesehen, die seh ich immer gern, und danach hab ich den Kasten wieder ausgemacht. Möglich, daß ich noch den Kessel nachgefüllt habe ... aber es war wirklich erst kurz nach sieben. Allerhöchstens fünf nach.»

Demnach kam für den Mord eine Zeitspanne von nicht mehr als einer halben Stunde in Frage, nämlich zwischen

7.05 Uhr, als Mrs. Jacobs ihre Nachbarin gegenüber gesehen hatte, und 7.35 Uhr, als Mrs. Norris das Loch in der Scheibe bemerkt hatte. So präzise Festlegungen waren in diesem frühen Stadium ungewöhnlich. Sehr ungewöhnlich. Und das bedeutete, daß die Polizei in diesem Fall nicht unbedingt auf die Pathologen mit ihren Winkelzügen (wie Morse es auszudrücken pflegte) angewiesen war ...

«Etwa Viertel nach sieben», sagte der in Winkelzügen geübte Lewis.

«Sind Sie sich da ganz sicher?» Lewis glaubte, ein Echo seiner eigenen Frage zu hören.

«Was ist schon sicher? Nächste Frage.»

«Warum hat niemand den Schuß gehört?» Wieder die junge rothaarige Reporterin.

«Vielleicht ein Schalldämpfer?»

«Man hätte aber doch das Klirren von Glas hören müssen.» (Ein logisch denkender Mensch vom *Oxford Star*.)

Die Fernsehleute signalisierten Lewis mit Hand- und stummen Lippenbewegungen, er möge direkt in die Kamera sehen.

Lewis nickte. «Ja. Mehrere Nachbarn meinen tatsächlich, etwas gehört zu haben, zwei sind sich sogar sicher, aber das kann schließlich alles mögliche gewesen sein.»

«Zum Beispiel?» (Wieder die penetrante Rothaarige.)

Lewis zuckte die Achseln. «Der Milchmann, der eine Flasche hat fallen lassen ...»

«Aber es waren keine Scherben auf der Straße, Sergeant.»

«Die Fehlzündung eines Autos? Wir wissen es nicht.»

«Haben die Nachbarn dieses Geräusch zur fraglichen Zeit gehört?» (Der Fernsehreporter mit seinem walzenförmigen, flauschig ummantelten Mikrofon.)

«Mehr oder weniger.»

Der Chefreporter der *Oxford Mail* hatte sich bisher zurückgehalten. Jetzt aber stellte er eine merkwürdige Frage. Wenn es denn eine Frage war:

«Aber das waren doch wohl nicht die beiden unmittelbaren Nachbarn?»

Lewis sah ihn interessiert an.

«Warum fragen Sie das?»

«Die Frau, die dort wohnt ...» (er deutete auf Nummer 19) «... hat um die Zeit vermutlich noch geschlafen, außerdem ist sie ohne Hörhilfe stocktaub.»

«Ach ja?»

«Und der Mann, der dort wohnt ...» (er deutete auf Nummer 15) «... war schon zur Arbeit gegangen.»

Lewis runzelte die Stirn. «Und woher wissen Sie das alles, Sir?»

«Weil ich in Nummer 15 wohne, Sergeant», erwiderte Geoffrey Owens.

10

Wo liebend Leib an Leib sich schmiegt,
Wo froh man lauschet auf den Klang,
Wenn knarrend sich das Lager biegt
Und droben schallt der Sphären Sang.
(VISCOUNT MUMBLES, 1797–1821)

Als Lewis von seinem Medientreff zurückkam, war Morse gerade dabei, den Tatort zu verlassen. Es ging auf Mittag, und er wußte, daß er mit einem Getränk vor sich besser würde denken können – oder daß er zumindest mit dem Denken würde anfangen können, wenn ein Getränk vor ihm stand.

«Gibt's hier irgendwo ein gutes Ale?»

Lewis, der bester Laune war, weil er Presse und Fernsehen hinter sich hatte, erlaubte sich eine vorsichtige Warnung.

«Nicht gut für die Leber, das viele Trinken.»

Überraschenderweise reagierte Morse relativ gnädig.

«Das mag stimmen, aber meine medizinischen Ratgeber meinen, daß es vielleicht auch nicht gut ist, wenn ich in meinem Alter noch den Alkohol aufgebe.»

Lewis konnte er damit allerdings nicht beeindrucken. Der Sergeant hörte diesen Spruch nicht zum erstenmal.

«Haben Sie sich gründlich umgesehen, Sir?»

«Eigentlich nicht. Ich weiß, daß ich immer die wesentlichen Spuren entdecke, aber zuerst wollte ich *Sie* ranlassen. Meist finden Sie die unwichtigen Sachen, und oft sind das die, die letztlich den Ausschlag geben.»

Lewis, der sich über diese Feststellung ganz unverhohlen freute, lenkte prompt ein.

«Wir könnten ins *Boat* in Thrupp gehen.»

«Hervorragend.»

«Sie sind hier erst mal fertig?»

«Ja. Die Spurensicherung braucht noch ein, zwei Stunden.»

«Und Sie wollen nicht noch mal ...?»

Morse schüttelte den Kopf. «Ich weiß, wie sie aussieht. Aussah.» Er griff nach zwei Farbfotos und einer Postkarte und ging zur Tür. Den Schlüssel zu dem braunen Jaguar drückte er Lewis in die Hand. «Sie fahren. Wenn Sie versprechen, sich an Orangensaft zu halten.»

Während der Fahrt erzählte Lewis von dem erstaunlichen Zufall, daß Owens, der Pressemensch, Tür an Tür mit der Ermordeten gewohnt hatte. Morse hingegen, für den Zufälle im Leben eher die Regel als die Ausnahme waren, hatte es eilig, die Einzelheiten loszuwerden, die er inzwischen über Ms. Rachel James – an deren Identität kein Zweifel mehr bestehen konnte – in Erfahrung gebracht hatte.

«Neunundzwanzig. Ledig. Keine Kinder. Arbeitete als freiberufliche Physiotherapeutin in der Banbury Road. Laut Lebenslauf hat sie die Gesamtschule in Torquay besucht und ist dort 1984 abgegangen. Drei Leistungsfächer, eine Zwei in Biologie und Geographie, eine Vier in Medienkunde.»

«Schlaues Kind.»

«Ach ja? Wer in Medienkunde nur eine Vier kriegt, muß einigermaßen schwachsinnig sein», behauptete Morse, der noch keine einzige Seite eines Lehrplans für Medienkunde, geschweige denn einen Prüfungsbogen für dieses Fach zu Gesicht bekommen hatte. «Die Eltern», fuhr er fort, «sind auf dem Weg hierher.»

«Soll ich mit ihnen reden?»

«Sie machen diese Sachen wirklich gut, Lewis. Und wenn die Mutter so wie die meisten Frauen ist, kriegt sie wahrscheinlich meine Bierfahne mit, sobald ich die Tür aufmache.»

«Wäre ein guter Grund für Sie, auch O-Saft zu trinken.»

Morse überhörte den Vorschlag. «Sie hat das Haus vor vier

Jahren für 65000 Pfund gekauft, seither hat es ständig an Wert verloren. Sie hatte eine Hypothek über 55000 aufgenommen, die restlichen zehntausend haben wohl die Eltern zugeschossen, und heute bekommt man ein Haus wie Nummer 17 schon für 40000.»

«Sie hat einfach zur falschen Zeit gekauft. Aber manche Leute waren auch ein bißchen leichtsinnig, finden Sie nicht?»

«Ich bin bekanntlich kein Wirtschaftswissenschaftler, Lewis. Aber ich will Ihnen sagen, was ihr und vielen anderen in ihrer Situation geholfen hätte.»

«Ein Lottogewinn?»

«Nein, Lewis, das hilft nur wenigen Glücklichen. Aber ein kräftiger Inflationsschub. Gar nicht schlecht, so ein bißchen Inflation. Besonders für Leute, die bei Null anfangen. In einem Inflationsjahr habe ich dreimal Gehaltserhöhung gekriegt.»

«Da würden Sie aber nicht viel Zustimmung bekommen. In der Frage der Inflation sind sich die Konservativen und Labour einig.»

«Die Herren Bull und Thomas meinen Sie?»

«Sie haben die Aufkleber gesehen?»

«Ich sehe fast alles. Nur dringt manches nicht gleich durch.»

«Was nehmen Sie, Sir?»

«Lewis! Inzwischen kennen wir uns doch wohl gut genug ...»

Morse griff nach seinem Glas, um festzustellen, ob man im *Boat* dem Best Bitter auch die richtige Pflege angedeihen ließ, dann reichte er dem Sergeant ein Foto von Rachel James.

«Das beste, das ich habe finden können.»

«Verflixt gut aussehende Frau», stellte Lewis fest.

Morse nickte. «Da dürfte so manches Herz schneller geschlagen haben.»

«Ihres auch?»

Morse nahm einen großen Schluck. «Ich wollte damit nur sagen, daß sie vermutlich so einiges an Männerbekanntschaften hatte. Meine persönlichen Ansichten tun hier nichts zur Sache.»

«Nein, natürlich nicht», sagte Lewis friedfertig. «Was haben wir noch?»

«Sehen Sie sich das mal an. Eine der wenigen interessanten Sachen, die ich gefunden habe.»

Lewis besah sich die Postkarte, die Morse ihm reichte. Zuerst das Foto auf der Vorderseite, eine Waldschneise mit einem sonnenbeschienenen Weg zur Linken und einem Teppich blauer Waldhyazinthen zur Rechten. Dann den engzeilig und laienhaft getippten Text auf der Rückseite links.

«Zehn Mal ich bitt dich, laß uns frei'n
(geb Cupido, daß es gedeiht!),
im Zug zum Altar ziehn zu Zwei'n,
Kranzjungfern Fünfzehn zum Geleit,
Mit Wohligkeit ins Bett hinein,
das knarzt und stöhnet allezeit.»
(John Wilmot, 1672)

Das war alles.

Keine Anrede.

Keine Abschiedsfloskel.

Auf der rechten Seite der Postkarte keine Adresse, die vier punktierten Linien unbeschriftet, der Rahmen in der rechten oberen Ecke unfrankiert.

Lewis, der kein Fachmann für barocke Liebeslyrik war, las die Zeilen einmal und noch einmal und hatte sie auch danach nur halb verstanden.

«Schade, daß sie nicht mehr dazu gekommen ist, die Adresse zu schreiben, Sir. Sieht aus, als ob sie jemandem einen Heiratsantrag machen wollte.»

«Reine Vermutung ...»

«Wie bitte?»

«Haben Sie eine Schreibmaschine im Haus gesehen?»

«Sie könnte es ja in ihrer Praxis geschrieben haben.»

«Deshalb sollten Sie möglichst bald dort vorbeischauen.»

«Wie Sie meinen.»

«Kein schlechtes Bier.» Morse leerte das Glas und stellte es auf dem etwas wackligen Tisch ab, während Lewis in kleinen Schlucken seinen Orangensaft trank.

«Ich glaube, Sie gehen von falschen Voraussetzungen aus», fuhr Morse fort. «Sie glauben, daß sie diese Zeilen geschrieben hat, dann aber nicht mehr wußte, wo der Mann wohnt, und sie nicht abgeschickt hat, nicht? Ziemlich unwahrscheinlich, wenn sie ihm einen Heiratsantrag machen wollte.»

«Vielleicht hatte sie keine Briefmarke.»

«Vielleicht ...»

Widerstrebend stand Morse auf und schob sein Glas über den Tresen. «Noch was für Sie, Lewis?»

«Nein, danke.»

«Geht's nicht kleiner?» fragte die Wirtin, als Morse ihr einen Zwanzig-Pfund-Schein hinstreckte. «Sie sind heute die ersten Gäste, und ich hab noch nicht so viel Kleingeld.»

Morse drehte sich um. «Können Sie mir zufällig mit ein bißchen Kleingeld aushelfen, Lewis?»

«Sie gehen also nach wie vor davon aus, daß Rachel James diesen Text geschrieben hat», sagte Morse.

«Hat sie etwa nicht?»

«Ich sehe es so, daß jemand die Karte geschrieben, sie in einen Umschlag gesteckt und den Umschlag an *sie* adressiert hat.»

«Und warum hat er ihr nicht einfach die Karte geschickt?»

«Weil den Text niemand lesen sollte.»

«Und warum hat er sie dann nicht angerufen?»

«Wenn man verheiratet und die Frau immer in der Nähe ist, tut man sich damit unter Umständen nicht so leicht.»

«Wozu gibt es Telefonzellen?»

«Riskant. Man hätte ihn sehen können.»

Lewis nickte, schien aber nicht überzeugt. «Und das alles wegen einem Gedicht.»

«Meinen Sie wirklich, Lewis?»

Der griff wieder nach der Karte. «Vielleicht heißt der Absender Wilmot, und die Jahreszahl soll uns nur in die Irre führen.»

«Das hätte wohl allenfalls bei *Ihnen* geklappt, Lewis. John Wilmot, Earl of Rochester, war Hofdichter bei Charles II. und hat unter anderem auch wunderbare pornographische Gedichte geschrieben.»

«Dann ist das Gedicht also echt?»

«Das habe ich nicht gesagt. Der Name ist echt, das Gedicht nicht. Jeder Literaturwissenschaftler würde auf den ersten Blick erkennen, daß es nicht aus dem 17. Jahrhundert stammt.»

«Wenn Sie das sagen, Sir ...»

«Und wenn es stimmt, daß die Karte vor nicht allzu langer Zeit in einem Umschlag gekommen ist, ließe sich vielleicht der Umschlag finden, womöglich ein Poststempel feststellen, irgendwas Handschriftliches ...»

«Ich kümmere mich mal drum», sagte Lewis ziemlich skeptisch.

«Schon erledigt. Zwei unserer Constables sehen die Papierkörbe und den Mülleimer durch.»

«Sie glauben also, daß es wichtig ist?»

«Sehr wichtig sogar. Sie hat sich mit einem Mann getroffen, und zwar heimlich. Und das bedeutet, daß er wahrscheinlich verheiratet, wahrscheinlich relativ bekannt, wahrscheinlich von hier ist, wahrscheinlich eine herausragende Stellung hat ...»

«Wahrscheinlich in Peterborough wohnt», murrte Lewis.

«Eben deshalb ist der Poststempel so wichtig», konterte Morse, dem der Scherz offenbar mißfiel. «Aber wenn er aus Oxford ist ...»

«Wissen Sie, wieviel Einwohner Oxford hat?»

«Auf etwa tausend genau», erwiderte Morse ziemlich giftig.

Aber dann schlug seine Stimmung unvermittelt um. Er tippte auf die Postkarte.

«Nur Mut, Lewis. Ein bißchen was wissen wir immerhin schon über den Mann.»

Er hatte sein zweites Pint geleert und lächelte leutselig. Und da inzwischen keine weiteren Gäste gekommen waren, stand Lewis ergeben auf und ging noch einmal zum Tresen.

Lewis nahm die Postkarte wieder in die Hand.

«Geben Sie mir einen Tip, Sir.»

«Sie wissen ja, Lewis, daß es im Barock mit der Groß- und Kleinschreibung ziemlich durcheinanderging. Auch in diesem Text sind Worte in Großbuchstaben geschrieben, von denen man es eigentlich nicht erwartet. Und da wir davon ausgehen können, daß das Gedicht nicht im Barock entstanden ist, muß hinter der auffälligen Großschreibung etwas anderes stecken. Na?»

Derlei Denksportaufgaben hatte Morse seinem Sergeant schon öfter gestellt. Lewis vertiefte sich noch einmal in den lyrischen Erguß, dann erhellte sich sein Gesicht. «Jetzt begreife ich allmählich, worauf Sie hinauswollen …»

«Mit Wohligkeit – das springt einem doch förmlich ins Auge. Das kann doch nur Mittwoch bedeuten. Den Wochentag hätten wir also. Was braucht man noch, wenn man ein Rendezvous verabreden will?»

Lewis nahm sich erneut das Gedicht vor. «Die Zeit? Ja, natürlich. Zehn Mal … Kranzjungfern Fünfzehn. 10.15 Uhr.»

Morse nickte. «Und zwar eher vormittags als abends. Und der Ort?»

Lewis studierte die Zeilen zum fünftenmal.

«Zug …»

«Sehr gut. Jetzt wissen wir, was auf der Karte steht: Wir treffen uns am Bahnhof zum Zug um 10.15 Uhr. Und welcher Zug um diese Zeit geht, wissen wir ja.»

«Der nach Paddington.»

«Genau.»

«Wenn wir jetzt noch wüßten, wer der Mann ist ...»

Morse legte ein kleines Bild im Paßfotoformat auf den Tisch, in dem Rachel James sich hochreckte, um einem wesentlich älteren Mann, einem würdigen Graukopf mit lächelnden Augen, einen Kuß auf die Wange zu geben.

«Wer ist das, Sir?»

«Ich weiß es nicht, Lewis, aber wenn wir das Bild an die Presse geben, werden wir es vermutlich sehr bald erfahren.»

«Falls er von hier ist.»

«Wahrscheinlich auch, wenn er nicht von hier ist.»

«Nicht ganz ungefährlich, Sir.»

«Ja, im Augenblick noch zu riskant, da stimme ich Ihnen zu. Aber wir können es anders versuchen. Morgen ist Dienstag, der Tag darauf ist Mittwoch ...»

«Sie setzen darauf, daß er vielleicht auf dem Bahnhof aufkreuzt?»

«Wenn die Karte erst vor kurzem geschrieben wurde – und das möchte ich annehmen.»

«Sofern er noch nicht weiß, daß sie ermordet worden ist.»

«Oder wenn er sie selbst ermordet hat.»

«Lohnt durchaus einen Versuch, Sir. Und wenn er aufkreuzt, bedeutet das, daß er sie wahrscheinlich nicht ermordet hat ...»

Morse enthielt sich jeden Kommentars.

«Und falls er sie tatsächlich ermordet hat, wäre es ein ziemlich schlauer Dreh, zum Bahnhof zu gehen, als wenn nichts wäre ...»

Morse leerte sein Glas und stand auf.

«Wissen Sie was? Manchmal scheint Orangensaft Ihre kleinen grauen Zellen ganz schön in Schwung zu bringen.»

Während Lewis seinen Chef nach Kidlington fuhr, kam er wieder auf den Ausgangspunkt ihres Gesprächs zurück.

«Sie haben mir noch nicht gesagt, was Sie von diesem Owens halten, der Tür an Tür mit der Toten gewohnt hat.»

«Wir wohnen alle Tür an Tür mit dem Tod», sagte Morse düster. «Aber lassen Sie sich dadurch in Ihrer Fahrweise nicht beeinflussen, Lewis!»

11
Mittwoch, 21. Februar

Orandum est ut sit mens sana in corpore sano.
(Unser Ziel? Daß der Kopf von Grillen frei
und Leibes Kraft erhalten sei.)
(JUVENAL, *Satiren X*)

Die Sitzung der Fellows von Lonsdale sollte vormittags um zehn im Stamper Room stattfinden.

William Leslie Stamper, geboren 1880, hatte (wie es hieß) 1903 sein Examen in Oxford mit der besten Note bestanden, die jemals in Alten Sprachen vergeben worden war. Die Bemerkung in Klammern wäre überflüssig, hätte man sich nicht in späteren Jahren in dieser Beziehung ausschließlich auf W. L. Stamper selbst verlassen müssen. Die Unterlagen waren im Ersten Weltkrieg von Oxford an einen sicheren Ort gebracht worden und nie mehr aufgetaucht. Stamper selbst hatte infolge eines Gebrechens, das auch seiner überaus vielversprechenden akademischen Laufbahn ein allzu frühes Ende zu setzen drohte, keinen aktiven Kriegsdienst leisten können, was (wie es hieß) ein großer Kummer für Stamper gewesen war, der häufig beklagte, daß nicht auch er auf den Verlustlisten von Flandern oder Passchendaele zu finden war.

Man könnte es dem Leser nicht verübeln, wenn er aufgrund des vorangehenden Abschnitts zu der Ansicht gekommen wäre, Stamper sei ein Opportunist, ein heuchlerischer Egoist gewesen. Diese Vermutung ist höchst angreifbar, wenn auch nicht unbedingt unzutreffend. Als beispielsweise 1925 die Position des Master von Lonsdale vakant wurde und die akademische Welt zu Nominierungen aufgefordert wurde, hatte Stamper es abgelehnt zu kandidieren. Wenn man vor zehn Jahren befunden hatte, er sei nicht tauglich, für sein Land zu kämpfen, hatte er erklärt, könne man ihm jetzt kaum die Leitung des College anvertrauen, zumal laut Satzung der Kandidat körperlich und geistig gleichermaßen gesund zu sein hatte.

Danach hatte Stamper seine Jahre am College damit hingebracht, in seiner liebenswürdig-pedantischen Art Studenten in der esoterischen Kunst griechischer Prosa- und Verskomposition zu unterweisen, bis er sich aus gesundheitlichen Gründen mit fünfundsechzig, zwei Jahre früher als satzungsgemäß vorgesehen, zur Ruhe gesetzt hatte. Niemand und ganz gewiß nicht Stamper selbst (wie es hieß) rechnete damit, daß ihm noch eine lange Spanne Zeit zugemessen sei, und die Fellows nahmen einstimmig einen Antrag an, dem alten Knaben für die wenigen ihm verbleibenden Lebensjahre die schönsten Räume zuzuweisen, die das College zu bieten hatte.

So kam es, daß der legendäre Stamper als Fellow Emeritus ehrenhalber vom Zeitpunkt seines Ausscheidens im Jahre 1945 mit Kost und Logis am Lonsdale College geblieben war, zunächst bis 1955, dann bis 1965 und bis 1975. Fast hätte er es noch bis 1985 geschafft, im Alter von 104 Jahren aber hatte er dann unerwartet das Zeitliche gesegnet, und zwar nicht, weil die eine oder andere seiner Körperfunktionen versagt hätte, sondern infolge eines Sturzes nach fröhlichem Zechen bei einem Festbankett. Seine letzten Worte waren (wie es hieß) die geflüsterte Bitte, den Madeira noch einmal herumzureichen.

Die Tagesordnung, die Sir Clixby Bream und seinen Kollegen an jenem Morgen vorlag, war kurz und eindeutig:

1. Entschuldigungen wegen Abwesenheit
2. Verabschiedung des Protokolls der vorigen Sitzung (bereits verteilt)
3. Beratung des Finanzberichts für das Herbsttrimester 1995

4. Übereinkunft über das Procedere für die Wahl eines neuen Master
5. Verschiedenes

Die Punkte 1 bis 3 waren in drei Minuten abgehandelt. Es hätten zwei weniger sein können, wenn nicht der Tutor für Neuaufnahmen Aufklärung darüber erbeten hätte, warum sich die Kosten für «Büromaterial usw.» um das Vierfache der derzeitigen Inflationsrate erhöht hatten. Für diesen Posten übernahm der Quästor die volle Verantwortung, da er statt 250 Kugelschreibern versehentlich 250 Packungen bestellt hatte.

Dieses Geständnis versetzte die Anwesenden in heitere Laune, und man ging zu Punkt 4 der Tagesordnung über.

Der Master umriß noch einmal kurz die Kriterien für den potentiellen Bewerber: Erstens, daß er nicht dem geistlichen Stand angehören durfte, zweitens, daß er fachlich qualifiziert sein mußte, besonders in der «Kunst der Arithmetik» (wie es in der ursprünglichen Satzung hieß), drittens, daß er frei von körperlichen Gebrechen zu sein hatte. Zu der zweiten Bedingung bemerkte der Master, er sähe hier, da es inzwischen praktisch unmöglich sei, bei der Reifeprüfung in Mathematik durchzufallen (ein freundlicher Seitenblick auf den mit Zahlen auf Kriegsfuß stehenden Arabisch-Professor), keine Schwierigkeiten. Was allerdings die dritte Bedingung betraf, müsse er – und jetzt wurde seine Miene ernster – leider mitteilen, daß eine Nominierung zurückgezogen worden war. Bei Dr. Ridgeway, dem brillanten Mikrobiologen vom Balliol College, war im relativ jugendlichen Alter von dreiundvierzig Jahren ein schwerer Herzfehler festgestellt worden.

Begleitet von dem mitfühlenden Gemurmel aller Anwesenden fuhr der Master fort:

«Und deshalb, meine Herren, verbleiben nunmehr nur noch zwei Kandidaten. Es sei denn, daß jemand ... nein?»

Nein.

Das sei erfreulich, erklärte der Master, denn damit sei sein langgehegter Wunsch in Erfüllung gegangen, sein Nachfolger möge aus ihrem College kommen. Die Wahl würde wie gewohnt verlaufen: Ein Zettel mit dem handgeschriebenen Namen des Kandidaten und der Unterschrift des abstimmenden Fellow war bis zum 19. März um zwölf Uhr mittags, also in einem Monat, im Haus des Master abzugeben.

Der Master wünschte abschließend den beiden Kandidaten alles Gute, und Julian Storrs und Denis Cornford, die zufällig nebeneinandersaßen, schüttelten sich lächelnd die Hand wie Boxer beim Gang zur Waage vor einem entscheidenden Fight.

Aber damit war die Tagesordnung noch nicht erledigt.

Unter Verschiedenes fühlte sich der Tutor für Neuaufnahmen zu seiner zweiten Wortmeldung an diesem Vormittag berufen.

«Vielleicht könnte im Hinblick auf die derzeitige Überfülle an Schreibwerkzeugen der Quästor jedem Fellow einen kostenlosen Kugelschreiber für unsere Wahlvorschläge zukommen lassen.»

Es war ein hübsches und für eine Versammlung in Oxford nicht untypisches Bonmot, und die meisten Fellows lächelten vergnügt, als sie um 10.20 Uhr aus dem Stamper Room auf den Hof traten.

Bis auf den Quästor.

Und Julian Storrs.

Und Denis Cornford.

12

Der Vorzug der Kamera liegt nicht in ihrem Vermögen, aus dem Fotografen einen Künstler zu machen, sondern in dem Anstoß, den sie ihm gibt, die Augen stets offenzuhalten.

(Brooks Atkinson, *Once Around the Sun*)

Am selben Morgen, nur etwas früher, saßen Morse und Lewis in der Kantine des Polizeipräsidiums von Kidlington und tranken Kaffee.

«Das ist er also», sagte Morse und deutete auf das im Labor vergrößerte und «nachgebesserte» Foto. «Unser einziger echter Anhaltspunkt. Immerhin – besser als nichts …»

Die Vergrößerung, fand Lewis, war im Hinblick auf die Kleidung recht gut gelungen, aber die versprochene «Nachbesserung» der Gesichter der Ermordeten und des dicht neben ihr stehenden Mannes hatte, wie ihm schien, physiognomische Details eher verwischt als verdeutlicht.

«Na?» fragte Morse.

«Schlechter als das Original.»

«Unsinn. Sehen Sie sich das mal an!» Morse zeigte auf den fest gebundenen Knoten, der über einem grauen Pullover mit hohem Kragen gerade noch zu sehen war.

Ja, räumte Lewis ein, Farbe und Muster der Krawatte kamen vielleicht ein bißchen klarer heraus.

«Mir ist, als ob ich die Krawatte kenne», überlegte Morse. «Dieses dunkle Braun und der schmale weiße Streifen …»

«An unserer Schule gab's keine Krawatten», gestand Lewis.

Aber Morse war zu sehr damit beschäftigt, mit Hilfe eines Vergrößerungsglases eine weitere «Nachbesserung» des wichtigen kleinen Ausschnittes zu erreichen, um sich Gedanken über die Kleiderordnung an der Schule seines Sergeant zu machen.

«Guter Geschmack, Lewis. Würde mich nicht wundern, wenn es die Krawatte der Old Wykehamists' Classical Association wäre.»

Lewis schwieg.

Morse sah ihn fast vorwurfsvoll an. «Sie scheinen sich nicht übermäßig für das zu interessieren, was ich Ihnen da erzähle.»

«Nicht sehr, nein ...»

«Na schön, vielleicht ist es keine Internats-Krawatte. Aber was für eine dann?»

Auch hierzu wußte Lewis nichts zu sagen.

Nur halb besänftigt verstaute Morse das Foto wieder in dem gelben «Bitte nicht knicken!»-Umschlag und lehnte sich zurück.

Er sah müde aus.

Und war, wie Lewis wußte, auch frustriert, denn gestern hatten sie sich ausschließlich mit Verwaltungskram, Organisations- und Verfahrensfragen beschäftigen müssen, mit den Dingen also, die Morse an seiner Arbeit besonders verabscheute. Den Luxus, Hypothesen aufzustellen, scheinbar abseitige Ideen zu entwickeln, hier und da einen Sprung ins Ungewisse zu wagen – all das zu tun, was er, wie er von sich selbst sagte, am besten konnte –, hatte er sich bisher noch nicht leisten können.

Es war neun.

«Wird Zeit, daß Sie zum Bahnhof fahren, Lewis. Viel Glück.»

«Und was haben Sie vor?»

«Ich werde mir in Oxford die Haare schneiden lassen.»

«Wir haben in Kidlington zwei neue Friseure, Sie brauchen nicht ...»

«Ich – fahre – nach – Oxford. Klar? Und später treffe ich mich mit einem Fachmann für Krawatten. Klar?»

«Ich nehme Sie mit, wenn Sie wollen.»

«Nein. Die reizenden Damen bei Shepherd and Woodward's brauchen nur zehn Minuten, um meine Lockenpracht zu stutzen, und mit meinem Fachmann bin ich erst um elf verabredet.»

«Im *King's Arms*, was?»

«Das können Sie also erraten, wie?»

«Was soll das heißen?»

«Dann raten Sie doch mal, was für ein Schlips es sein könnte.»

«Keine Ahnung.»

«Ich auch nicht. Gerade deshalb müssen wir uns ja aufs Raten verlegen.»

Lewis stand schon an der Tür.

«Mit diesen feinen Krawatten aus den feinen Läden in der High Street kenne ich mich nicht aus. Vielleicht hat er sie ja bei Marks & Spencer gekauft.»

«Kaum anzunehmen.»

«Wir hätten es bedeutend leichter, wenn wir das Foto an die *Oxford Mail* geben würden.»

Morse überlegte.

«Und wenn sich herausstellt, daß er nichts mit dem Mord zu tun hat ...»

«... ist das, was ihn betrifft, das Ende unserer Ermittlungen.»

«Und das Ende seiner Ehe ...»

«... wenn er verheiratet ist ...»

«... und könnte seine Kinder ruinieren ...»

«... wenn er welche hat.»

«Ab zum Bahnhof, Lewis!»

Morse war bedient.

13

Es ist ein wahrer Tempel der Ungemütlichkeit.
(John Ruskin, *The Seven Lamps of Architecture* – über ein Bahnhofsgebäude)

Um 9.45 Uhr saß Lewis strategisch günstig an einem der kleinen runden Tische im Erfrischungsraum von Bahnsteig eins. Periodisch gab ein Lautsprecher mit starkem Nachhall Ansagen über einlaufende Züge oder Entschuldigungen wegen eingetretener Verspätungen von sich, um 9.58 Uhr folgte eine prächtige Litanei aller Bahnhöfe, an denen der Personenzug nach Reading hielt: Radley, Culham, Appleford, Didcot, Parkway, Cholsey, Goring, Streatley …

Cholsey …

Mrs. Lewis liebte Agatha Christie, und er hatte immer wieder versprochen, mit ihr auf den Friedhof von Cholsey zu gehen, wo die berühmte Kriminalautorin begraben war. Bisher war es leider beim guten Vorsatz geblieben.

Es herrschte lebhafter Betrieb, ständig verließen Fahrgäste durch die automatischen Türen rechts von Lewis den Bahnhof, gingen die Stufen zum Taxistand und zu den Bussen in die Innenstadt hinunter, ständig kamen Reisende durch die Tür, steuerten die Fahrkartenschalter, die Telefone, die Information an oder gingen links an Lewis vorbei, um Zeitungen, Süßigkeiten, Taschenbücher bei Menzies oder Sandwiches, Kuchen oder Kaffee an dem benachbarten Schnellbüffet zu kaufen.

Von seinem Platz aus konnte Lewis eine der Anzeigetafeln sehen. Der Zug um 10.15 Uhr nach Paddington würde demnach pünktlich abgehen, Verspätungen waren nicht angezeigt.

Allerdings hatte er bisher niemanden gesehen, der auch nur entfernt dem Mann auf dem Foto ähnelte, das er in seinen *Daily Mirror* gesteckt hatte.

Um 10.10 Uhr fuhr der Zug auf Bahnsteig eins ein, und die Fahrgäste begannen einzusteigen. Noch immer fiel Lewis niemand auf, der ungeduldig herumstand, als warte er auf eine Begleiterin, niemand, der unruhig alle paar Sekunden auf seine Armbanduhr sah oder ständig den Ausgang beobachtete und die Menschen musterte, die aus den Taxis stiegen.

Lewis ging zum Bahnsteig hinüber und lief rasch die vier Wagen des Turbo Express nach Paddington ab, wobei er sich das Gesicht, das er sich heute früh so genau eingeprägt hatte, nochmals in Erinnerung rief. Den Mann aber, der sich einmal mit der Ermordeten vor die Linse eines Paßfotoautomaten gestellt hatte, fand er nicht.

Buchstäblich in letzter Minute kam ihm eine Idee.

Ein junger Zugschaffner lehnte aus einem der hinteren Fenster, während ein scheppernder Wagen mit Erfrischungen an Bord gehievt wurde. Lewis wies sich aus und zeigte ihm das Foto.

«Haben Sie den Mann oder die Frau schon einmal in dem Zug nach Paddington oder einem anderen Zug gesehen?»

Der junge Mann mit dem Pickelgesicht besah sich seinen Dienstausweis so mißtrauisch wie eine möglicherweise fehlerhaft ausgestellte Fahrkarte. Mit der gleichen Gewissenhaftigkeit prüfte er das Foto.

«Ja. Ihn jedenfalls. Wollen Sie wissen, wie er heißt, Sergeant? Ich hab den Namen von seiner Railcard behalten.»

14

Eine gut gebundene Krawatte ist der erste ernsthafte Schritt ins Leben.

(Oscar Wilde)

Morse fuhr mit dem 2A-Bus ins Zentrum. Am Carfax stieg er aus und ging die High hinunter bis zu Shepherd and Woodward's, wo er sich eine Treppe tiefer in den Frisiersalon von Gerrard's begab.

«Wie immer, Sir?»

Morse war froh, daß er von Gerrard selbst bedient wurde. Nicht weil der Besitzer ein so viel kundigerer Haarkünstler gewesen wäre als seine attraktiven Mitarbeiterinnen, sondern weil Gerrard ein glühender Bewunderer von Thomas Hardy war und ein im Laufe eines langen Lebens erworbenes geradezu enzyklopädisches Wissen über die Werke dieses großen Mannes besaß.

«Ja, bitte.» Morse besah sich im Spiegel mißgelaunt das dünner werdende Haar, das in den letzten Jahren von Eisengrau zu Schlohweiß mutiert war.

Als Morse aufgestanden war und sich mit einem kleinen Handtuch die Härchen vom Gesicht gewischt hatte, holte er ein Foto hervor, das er Gerrard zeigte.

«War der schon mal bei Ihnen?»

«Nicht daß ich wüßte. Soll ich die Mädchen fragen?»

Morse überlegte. «Nein, lassen Sie es erst mal gut sein.»

«Es gibt ein Gedicht von Hardy, es heißt ‹The Photograph›. Erinnern Sie sich, Mr. Morse?»

Morse hatte es nur noch vage im Gedächtnis. «Da müssen Sie mir ein bißchen auf die Sprünge helfen ...»

«Früher konnte ich es auswendig, aber ...»

«Wir werden eben alle älter», räumte Morse ein.

Gerrard blätterte in seinem erstaunlichen Gedächtnis.

«Hardy hatte gerade ein Foto einer alten Flamme verbrannt – er wußte nicht mal, ob sie noch lebte, sie gehörte zu seiner fernen Vergangenheit, aber die Sache berührte ihn sehr, ihm war, als ob er sie irgendwie damit tötete, daß er das Foto verbrannte ... Moment noch ... ich glaube, jetzt hab ich's:

Denn sieh – wenn sie noch lebte,
wüßt' sie es nicht,
Und litte nicht, wenn zu den Toten
sie zählte.
Und doch ... Wenn sie auf Erden wandelte –,
Spürt' sie den Stich, ja
bange Qualen gar?
Und lächelt' im Himmel betrübt mir zu
und schüttelt' den Kopf?»

Melancholisch gestimmt trat Morse auf die High Street hinaus. Bei Hardy erfaßte ihn immer Melancholie, zumal er selbst erst vor ein paar Tagen ein kostbares Lichtbild den Flammen überantwortet hatte, das bis dahin zwischen den Seiten 88 und 89 seiner *Collected Poems of A. E. Housman* gesteckt hatte und auf dem eine dunkelhaarige junge Frau zu sehen war, die irgendwo auf Kreta auf einer umgestürzten klassischen Säule saß. Eine Frau namens Ellie Smith, die er geliebt und verloren hatte.

Nicht ausgeschlossen, überlegte Morse, daß nach dem Mord an Rachel James weitere Fotos verbrannt oder zerrissen worden waren. Fotos, die in Büchern gelegen hatten? In Geheimfächern?

Vielleicht hatte Lewis recht. Wenn sie das Bild zur Veröffentlichung an die *Oxford Mail* gaben, bekamen sie vermutlich Hunderte von Anrufen mit sehr vielen falschen, womöglich aber auch einige mit genau den Informationen, die sie brauchten.

Morse bog nach rechts in die Alfred Street ab und ging durch die schmale kopfsteingepflasterte Gasse bis zur Ecke Blue Boar Street.

Am *Bear Inn* aber stand er vor verschlossenen Türen und stellte enttäuscht fest, daß der Pub erst um zwölf aufmachte. Inzwischen war es zwanzig nach elf geworden, und Morse hatte Durst. Gewiß, er hatte immer Durst, aber an diesem Vormittag war er so ungewöhnlich durstig, daß er sogar bereit gewesen wäre, sich ein oder zwei Pints eiskaltes Lager durch die Kehle rinnen zu lassen, was er als treuer Freund von gutem Ale zu jeder anderen Zeit kategorisch abgelehnt hätte.

Er klopfte leicht an die Glasscheibe der Tür. Einmal. Und noch einmal. Die Tür ging auf.

Wenige Minuten später saß Morse, nachdem er sich ausgewiesen und sein Anliegen vorgebracht hatte, mit dem Wirt, Steven Lowbridge, an einem Tisch im Schankraum.

«Darf ich Ihnen einen Kaffee anbieten? Oder sonst etwas?» fragte Sonya, die Frau des Wirts.

Morse drehte sich um und las die wohlbekannten Biernamen an der Reihe der Zapfhähne hinter dem Tresen.

«Ist das Burton trinkbar?»

Der Wirt betrieb, wie er Morse erzählte, schon über fünf Jahre lang und ausgesprochen gern das *Bear Inn*. Seit 1242 stand eine Schenke an dieser Stelle, und nach wie vor drängten sich Studenten und Studentinnen vom Oriel und Christ Church, aber auch vom Lincoln und University College in den kleinen Räumen.

Und wie war das mit den Krawatten?

Das *Bear Inn* war landesweit, ja weltweit berühmt wegen seiner nach letzter Zählung etwa fünftausend Krawatten. An allen Wänden und sogar an den Decken sämtlicher Räume waren sie in Vitrinen ausgestellt – Regimentskrawatten, Sportclub-Krawatten, Schul- und Ehemaligenkrawatten, Krawatten jeder nur denkbaren Provenienz. Die Sammlung ging zurück bis ins Jahr 1954. Damals hatte der Wirt jedem Gast, der bereit war, sich zehn Zentimeter vom hinteren Ende seiner Krawatte abschneiden zu lassen, für die Trophäe zwei Pint Bier geboten. Die Abschnitte hatte er in Vitrinen angeordnet und auf einem Kärtchen mit Herkunft und Beschreibung gekennzeichnet.

Morse nickte dem Wirt, der diese Geschichte nicht zum erstenmal erzählte, ermutigend zu, wobei er hin und wieder einen Blick auf die Vitrine gegenüber warf: Yale University Fencing Club; Kenya Police; Welsh Schoolboys' Hockey Association; Women's Land Army …

Nicht zu fassen, diese schwindelnde Fülle von Schlipsen!

Sein Glas war leer, und die Wirtin fragte vorsichtig nach, ob sie dem Chief Inspector vielleicht noch ein Pint zapfen dürfte.

Morse hatte nichts dagegen. Während er sich auf der Herrentoilette die Hände wusch, überlegte er, wohin wohl die vielen Waschbeckenstöpsel dieser Welt – Stöpsel aus Pubs, Hotels, Bedürfnisanstalten – verschwunden waren. Irgendwo mußte es einen Haufen von Waschbeckenstöpseln geben, der mindestens die Ausmaße einer ägyptischen Pyramide hatte.

In den Schankraum zurückgekehrt, holte er sein Foto heraus und deutete auf das gerade noch erkennbare Stück Krawatte.

«Ob Sie die auch in Ihrer Sammlung haben?»

Der Wirt besah sich die braune Krawatte mit den schmalen Streifen und schüttelte zweifelnd den Kopf.

«Kommt mir unbekannt vor. Aber tun Sie sich keinen Zwang an, schauen Sie sich nur um, so lange Sie wollen.»

Morse war enttäuscht.

Wenn nur Lewis da wäre, der sich so gut aufs Suchen und Wühlen verstand und bestimmt mit Wonne sämtliche Vitrinen durchgesehen hätte.

Hilfe, Lewis!

Aber Lewis war anderweitig beschäftigt. Und Morse mußte wohl oder übel ohne die Hilfe seines Sergeant fünfundzwanzig Minuten zwischen den Gasträumen pendeln, was seiner Stimmung wenig zuträglich war.

Die passende Krawatte war einfach nicht aufzutreiben.

«Haben Sie gefunden, was Sie suchten?» Sonya, die hübsche brünette Wirtin, war von ihren Einkäufen im Westgate Center zurück.

«Leider nein», gestand Morse. «Ich komme mir vor wie ein Bauer, der auf einem umgepflügten Feld eine Kontaktlinse sucht.»

«Suchen Sie die da?»

Sonya Lowbridge deutete auf das Foto, das noch auf dem Tisch lag.

Morse nickte.

«Ja, wenn's weiter nichts ist ... Da kann ich Ihnen helfen.»

«Wirklich?» sagte Morse mit großen Augen und trockenem Mund.

«Als ich für Steve einen Schlips zum Geburtstag kaufen wollte, hab ich genau so einen auf dem Ständer bei Marks & Spencer gesehen.»

15

Ein Sklave hat nur einen Meister; ehrgeizige Leute hingegen haben so viele Meister, wie es Menschen gibt, die ihnen bei der Verbesserung ihrer Position von Nutzen sein können.

(La Bruyère, *Characters*)

«Wie ist es ausgegangen?»

Julian Storrs schloß die Haustür zu, hängte seinen triefenden Plastikregenmantel auf und legte die Arme um seine Frau.

«Keine Kandidaten von außerhalb. Nur wir zwei.»

«Das ist ja wunderbar!» Angela Storrs löste sich aus der kurzen, flüchtigen Umarmung und ging ins Wohnzimmer des aufwendig eingerichteten Hauses in der Polstead Road, einer Verbindungsstraße zwischen Woodstock Road und Aristotle Lane (letztere trug nach Morses Meinung den schönsten Straßennamen in ganz Oxford).

«Nicht schlecht, wie? Wenn die Götter uns ein leises Lächeln gönnen ...»

«Möchtest du etwas trinken?»

«Einen kleinen Brandy habe ich mir wohl verdient.»

Sie schenkte ihm seinen Brandy und sich einen großen Dry Martini ein, zündete sich eine Zigarette an und setzte sich neben ihn auf das braune Ledersofa. Als sie mit ihm anstieß, leuchtete in ihren Augen vorweggenommener Triumph.

«Auf Sir Julian!»

«Nicht so hastig! Noch ist die Schlacht nicht gewonnen. Den alten Denis darf man nicht unterschätzen. Guter Mann am College. Hervorragender Wissenschaftler, erstklassiger Kopf ...»

«Und verheiratet mit einer zweitklassigen Nutte.»

Storrs schüttelte den Kopf und lächelte leicht betreten.

«Bist du da nicht ein bißchen hart, Schätzchen?»

«Ich bin nicht dein Schätzchen. Du redest wie der Milchmann oder der Briefträger!»

«Was hast du gegen Milchmänner und Briefträger?» Er legte ihr den linken Arm um die Schultern und zwang sich zu einem liebevollen Lächeln, während er die Frau musterte, die er vor über zwanzig Jahren als gertenschlankes Mädchen mit frischem, faltenlosem Gesicht geheiratet hatte.

Sie war schneller gealtert als andere Frauen, fand er. Ein Netz von Krampfadern verunstaltete die langen, noch wohlgeformten Beine, und um die Taille der eleganten Hosenanzüge, die sie neuerdings fast ausschließlich trug, hatte sich ein kleiner Rettungsring angelagert. Der Hals war mager geworden, und um die Augen lag ein Kranz von Falten. Die Gesichtskonturen aber waren noch fest, und für viele Männer war sie heute noch ebenso attraktiv wie damals für Julian Storrs, als er sie unter so ungewöhnlichen Umständen kennengelernt hatte. Nur wenige waren immun gegen den einladenden Blick der mandelförmigen Augen, wenn sie nach einer Dinner-Party oder einem Cocktail-Empfang die dunkle Brille abnahm.

Angela Storrs, die ihren Martini schnell ausgetrunken hatte, stand auf, um sich noch einen einzuschenken, und ihr Mann erhob keinen Einspruch. Ihm war es ganz recht, wenn sie – was mehr als nur gelegentlich vorkam – ihrem Verlangen nach Alkohol nachgab, denn dann legte sie sich meist ins Bett, schlief eine Runde und war, wenn sie aufwachte, viel besserer Laune.

«Wie stehen deine Chancen, Liebling? Mal ehrlich!»

«Hoffnung ist bekanntlich eine christliche Tugend.»

«Herrgott noch mal! Was Besseres fällt dir dazu nicht ein?»

Er schwieg einen Augenblick. «Es bedeutet dir wohl sehr viel, Angela ...»

«Dir doch auch», gab sie zurück.

«Ja», sagte er leise. «Es bedeutet mir fast alles.»

Angela stand auf und schenkte sich noch einen Martini ein.

«Ich bin froh, daß du das gesagt hast. Und weißt du, warum? Weil es mir nicht nur *fast* alles bedeutet, sondern *buchstäblich* alles. Ich will die Frau des Master sein, Julian. Lady Angela! Begreifst du, wie sehr ich das will?»

«Ich denke schon.»

«Wenn wir also zu Tricks und Kniffen greifen müßten ...»

«Was meinst du damit?»

«Nichts Bestimmtes.»

«Was meinst du damit?» wiederholte er.

«Wie gesagt ...»

«Komm schon!»

«Nehmen wir mal an, im College spräche sich herum, daß Shelly Cornford eine unersättliche Nymphomanin ist ...»

«Aber das ist nicht fair.»

Angela Storrs stand auf und leerte ihren dritten Drink bis auf den letzten Tropfen.

«Wer hat das behauptet?»

«Wo willst du hin?»

«Nach oben. Wenn du nichts dagegen hast, lege ich mich ein bißchen hin. Ich hatte schon ein paar Drinks, ehe du kamst, aber das hast du wohl gar nicht bemerkt. Du hast mich in letzter Zeit überhaupt recht wenig zur Kenntnis genommen.»

«Was soll das nun wieder heißen?»

Aber sie war schon weg. Seine Frage schien sie nicht mehr gehört zu haben.

Storrs nahm einen Schluck Brandy und fischte die *Oxford Mail* von gestern aus dem Ablagefach des Couchtisches. Wieder sprang ihn die Schlagzeile auf der ersten Seite an:

MORD IN KIDLINGTON

Frau durch Küchenfenster erschossen

«Was hast du Denis gesagt?»

«Daß ich einkaufen gehe. Er hat ein Tutorium.»

«Hat er dir von der Sitzung erzählt?»

Sie nickte.

«Freust du dich?»

«Aber ja.»

«Dürfte ziemlich aufregend für dich werden.»

«Du mußt es ja wissen.»

«Aber es ist ja nur ein Monat.»

«Wie sind seine Chancen?»

«Schwer zu sagen.»

«Wirst *du* für ihn stimmen?»

«Ich stimme ja nicht mit.»

«Nur wenn es unentschieden ausgeht.»

«Ja, aber ich habe mir sagen lassen, daß das höchst unwahrscheinlich ist, und wenn alle dreiundzwanzig Fellows ihre Stimme abgeben, auch arithmetisch unmöglich.»

«Du hast also im Grunde genommen keinen Einfluß auf die Entscheidung.»

«So möchte ich es nicht sagen. Es würde mich schon wundern, wenn nicht der eine oder andere der Fellows mich in der Frage der Wahl um Rat fragen würde.»

«Und?»

«Ich bin immer bereit zu helfen, wenn ich kann ...»

«Denis zu helfen, meinst du?»

«Das habe ich nicht gesagt ...»

Links ragten die hohen Kühltürme des Kraftwerks von Didcot in den Himmel, und während sie ihre Fahrt auf der A34 in südlicher Richtung fortsetzten und dann kurz vor Ridgeway in das malerische kleine Dorf West Ilsley abbogen, blieb es weitgehend still im Wagen.

«Irgendwie tut mir der arme alte Denis ja ein bißchen leid», sagte er, während der dunkelblaue Daimler vor dem Pub hielt.

«Ja, meinst du denn, mir nicht?» fuhr sie ihn an. «Ich rede nur nicht dauernd darüber.»

An der Theke bestellte er einen trockenen Weißwein für Shelly Cornford und ein Pint Old Speckled Hen für sich. Sie studierten die angebotenen Menüs auf der Schiefertafel, trafen ihre Wahl und setzten sich an einen Fenstertisch mit Blick auf die verregnete Dorfaue.

«Was meinst du, sollten wir diese Treffen vielleicht lieber einstellen?» fragte er leise.

Sie schien die Frage nicht so sehr als einen Zwiespalt der Gefühle denn als logische Übung zu betrachten.

«Nein, das möchte ich nicht.»

Sie fuhr mit der Außenseite des rechten Handgelenks an seinem anthrazitfarbenen Anzug herunter.

«Schade, daß wir das Essen schon bestellt haben», sagte er leise.

«Wir könnten es ja stehenlassen.»

«Und wo ...?»

«Ehe wir das entscheiden, möchte ich, daß du etwas für mich tust.»

«Für Denis, meinst du wohl ...»

Sie nickte energisch.

«Große Versprechungen kann ich nicht machen, das weißt du ja.»

Sie sah sich rasch um, dann legte sie ihre Lippen an sein Ohr. «Ich schon. Ich kann dir *alles* versprechen, Clixby», flüsterte sie.

Von seinem Zimmer im College aus hatte Denis Cornford kurz vor elf kurz mit Shelly telefoniert. Er wußte, daß sie aus dem Haus gehen wollte, und deshalb hatte er es eilig, seinen Bericht über die Sitzung loszuwerden.

Sie merkte, daß er sich freute.

Er merkte, daß *sie* sich freute.

Cornford hatte vor seinem nächsten Tutorium mit einem Erstsemester, einer sehr gescheiten Studentin aus Nottingham, noch eine halbe Stunde Zeit. Die junge Dame hatte vielleicht das beste Gedächtnis, das ihm je begegnet war, und er hatte kaum je so hübsche Beine aus so unmittelbarer Nähe gesehen. Dennoch empfand er, als er jetzt flüchtig an sie dachte, nicht die leiseste erotische Regung.

Er ging zum *White Horse* hinüber, dem schmalen Pub, der zwischen den beiden Geschäften von Blackwell gegenüber vom Sheldonian eingezwängt war. Dort trank er langsam seinen doppelten Glenmorangie und gewöhnte sich allmählich an den Gedanken, womöglich in einem Monat Master des Lonsdale College zu sein. Sein Selbstbewußtsein war nicht stark ausgeprägt, aber er beurteilte jetzt seine Aussichten sehr viel optimistischer, ohne daß er dafür einen konkreten Grund hätte angeben können. Im Leben geschehen immer wieder Zeichen und Wunder, und bekanntlich ist es häufig nicht der Favorit, der beim Derby als erster durchs Ziel geht.

Ja, es müßte wirklich nicht mit rechten Dingen zugehen, wenn nicht auch der Außenseiter seine Chance bekam.

Die Studentin, die mit übereinandergeschlagenen schwarz bestrumpften Beinen auf den hölzernen Stufen vor seinem Zimmer gesessen hatte, stand auf, sobald sie ihn sah. Das Zusammensein mit Cornford, das einstündige Gespräch mit ihm einmal in der Woche war für sie inzwischen ein Highlight ihres Studiums in Oxford. Leider aber war die große Liebe seines Lebens die Geschichte. Und nicht sie.

Und das wußte sie natürlich.

16

Prosopagnoia – Unvermögen einer Person, das Gesicht einer anderen wiederzuerkennen, auch wenn beide erst kürzlich miteinander Umgang gepflegt haben.

(*Small's Enlarged English Dictionary*, 13th Edition, 1806)

Um 10.20 Uhr hatte Lewis vergeblich versucht, Morse im Präsidium anzurufen. Das bedeutete, daß er seine aufsehenerregende Mitteilung noch eine Weile für sich behalten mußte, dadurch aber auch reichlich Zeit hatte, seinen zweiten Auftrag auszuführen.

Sie hatten die Praxis zu zweit betrieben, die recht vollmundig als Oxford Physiotherapy Centre firmierte und im Erdgeschoß der großen Backsteinvilla auf halber Höhe der Woodstock Road untergebracht war (auf dem schwarzen Abflußrohr war die Jahreszahl 1901 zu erkennen). Von der geräumigen Diele ging das kleine Büro ab, rechts davon war das Behandlungszimmer mit zwei Massagetischen, zwischen denen eine spanische Wand stand, und links eine unverhältnismäßig luxuriöse Toilette.

Die bedrückte Partnerin von Rachel James, eine geschiedene Mittvierzigerin mit muskulösen Gliedern und ziemlich reizlosen Zügen, konnte wenig zur Aufklärung des Falls beitragen. Sie hatten beide die staatliche Prüfung zur Physiotherapeutin gemacht und sich nach Meinungsverschiedenheiten mit dem Krankenhaus, an dem sie gearbeitet hatten, vor zwei Jahren mit einer gemeinsamen Privatpraxis selbständig gemacht, wo sie vor allem Frauen behandelten, die Probleme mit Fuß- und Kniegelenken, mit Ellbogen und Schultern hatten. Das Geschäft hatte sich ganz gut angelassen, allerdings hätten sie – besonders Rachel, die (wie Lewis nun schon zum zweitenmal hörte) immer tiefer in die roten Zahlen geraten war – durchaus ein paar Patienten mehr gebrauchen können.

Lewis erkundigte sich vorsichtig nach Rachels Männerbekanntschaften.

Bewunderer hatte Rachel bestimmt jede Menge gehabt, schließlich war sie ja eine attraktive Frau – hübsches Gesicht, gute Figur –, aber von einem festen Freund hatte sie nie etwas erzählt, und in der Praxis hatte auch nie einer angerufen.

«Gehörte der ihr?» fragte Lewis.

«Ja.»

Er nahm den weißen Kittel von dem Haken hinter der Tür. Auf einem ovalen Schild zogen sich die Worte SOCIETY OF PHYSIOTHERAPISTS um ein gelbes Wappen. Er griff suchend in die frisch gestärkten Taschen.

Nichts.

Nicht einmal Morse, sagte sich Lewis, hätte damit viel anfangen können.

Sowohl Rachel als auch ihre Kollegin hatten ein Fach für sich im Schreibtisch gehabt, und Lewis sah sich genau an, was Rachel während der Arbeitszeit greifbar gehabt hatte: Lippenstift, Lippenbalsam, Puderdose, Deostift, eine kleine Packung Papiertaschentücher, einen roten und einen blauen Kugelschreiber, einen gelben Bleistift, ein englisches Taschenlexikon (Oxford University Press) und ein aus der Bibliothek entliehenes Buch. Keinen Taschenkalender, keine Briefe.

Wieder sagte sich Lewis (diesmal allerdings zu Unrecht), daß Morse ebenso enttäuscht gewesen wäre wie er.

Morse war kurz in seiner Junggesellenwohnung in North Oxford vorbeigefahren, um sich die Haare zu waschen und ein frisches Hemd anzuziehen. Das war nach einem Friseurbesuch für ihn ein unabdingbares Ritual, denn selbst ein paar verirrte Härchen konnten auf der von ihm selbst als ungewöhnlich empfindlich bezeichneten Haut höchst ärgerliche Irritationen hervorrufen.

Als er schließlich wieder ins Büro kam, war Lewis von seinen Einsätzen schon zurück.

«Sie sehen jünger aus, Sir.»

«Ich habe eher den Eindruck, daß ich durch diesen Fall schon um Jahre gealtert bin.»

«Ich meinte den Haarschnitt.»

«Ach so, ja. Ganz gut geworden, nicht?»

«Hatten Sie einen erfolgreichen Vormittag? Von dem Haarschnitt mal abgesehen ...»

«Einigermaßen. Und Sie?»

Lewis lächelte beglückt.

«Was wollen Sie zuerst hören – die gute oder die schlechte Nachricht?»

«Die schlechte.»

«Schlecht kann man auch nicht direkt sagen, es ist einfach so, daß der Besuch in ihrer Praxis nichts gebracht hat.» Lewis berichtete ausführlich von dem, was er im Oxford Physiotherapy Centre vorgefunden hatte.

«Wann ist sie morgens gekommen?»

Lewis zog seine Notizen zu Rate. «Immer so ungefähr fünf nach acht oder zehn nach acht, sonst wäre sie in den Stoßverkehr von Kidlington nach Oxford gekommen.»

«Hm ... Die ersten Termine, sagten Sie, hatten die beiden erst Viertel vor neun.»

«Oder auch erst um neun.»

«Was hat sie bis dahin gemacht?»

«Keine Ahnung.»

«*Gelesen*, Lewis.»

«Stimmt, in ihrem Fach war ein Buch aus der Bibliothek.»

«Welches?»

«Hab ich mir nicht notiert.»

«Können Sie sich nicht erinnern?»

Lewis überlegte.

«*The Masters* von P. C. Snow.»

Morse schüttelte lachend den Kopf. «Der Mann war kein Police Constable, Lewis. Sie meinen C. P. Snow. Interessant ...»

«Wieso?»

«*Wann* hat sie es ausgeliehen?» wollte Morse wissen, ohne auf die Frage seines Sergeant einzugehen.

«Kann ich hellsehen?»

«Nein, aber Sie hätten», sagte Morse langsam und mit feiner Ironie, «vierzehn Tage von dem Datum abziehen können, das als Rückgabetermin eingestempelt ist, und das findet man, indem man mit der gebotenen Sorgfalt den vorderen Buchdeckel aufschlägt.»

«Vielleicht kann man es in der Bücherei, in der sie es sich geholt hat, auch drei Wochen behalten.»

«Und welche Bücherei war das?»

Wie durch ein Wunder kam Lewis seine gute Laune auch jetzt noch nicht abhanden.

«Also wenigstens darauf kann ich Ihnen eine klare Antwort geben: Ich habe keinen Schimmer.»

«Und Ihre gute Nachricht?»

«Ich weiß, wer der Mann ist», sagte Lewis nun seinerseits langsam und mit Nachdruck. «Der Mann auf dem Foto.»

«Tatsächlich?» fragte Morse überrascht. «Sie hatten demnach auf dem Bahnhof Glück?»

«Ja und nein. Nicht in dem Sinne, daß er dagestanden und auf seine Freundin gewartet hätte, aber ich habe mit dem Zugschaffner gesprochen, einem jungen Mann, der diesen Job erst seit ein paar Wochen macht, und der hat ihn erkannt. Er hatte sich seine Railcard geben lassen, und weil er daraufhin ein bißchen kiebig wurde, hat er sich auch seinen Namen gemerkt.»

«Was für ein Überangebot an Personalpronomen, Lewis! Wissen Sie eigentlich, wie oft Sie *er* und *ihn* und *sein* verwendet haben?»

«Nein, aber ich weiß, daß er mir seinen Namen genannt hat», sagte Lewis, ohne sich darum zu scheren, daß er mit diesem persönlichen Fürwort womöglich schon wieder ins Fettnäpfchen trat. «Er heißt *Julian Storrs.*»

Ein paar Sekunden saß Morse regungslos da und spürte das vertraute Kribbeln zwischen den Schultern. Er griff nach seinem silbernen Parker-Füller und warf ein paar Buchstaben auf die Schreibunterlage. Dann flüsterte er:

«Ich kenne ihn, Lewis.»

«Aber erkannt haben Sie ihn nicht ...»

«Die meisten Leute vergessen, wenn sie älter werden, Personennamen. Für sie sind es, ‹Namen, in Schall und Rauch vergangen›, sieben Buchstaben ... na?»

«Amnesie.»

«Sehr gut, Lewis. Mit Namen habe ich selten Schwierigkeiten. Aber je älter ich werde, desto schwerer fällt es mir, *Gesichter* wiederzuerkennen. Für dieses Problem gibt es ein wunderbares Wort ...»

«Prosop-irgendwas, so ähnlich jedenfalls.»

Morse war wie vom Donner gerührt. «Wie um Himmels willen ...»

«Sie wissen ja, daß ich in der Schule nicht besonders gut war, wir hatten nicht mal einen Schulschlips, aber ...» – er warf einen Blick auf die Schreibunterlage – «... wenn es darum ging, Wörter zu lesen, die auf dem Kopf stehen, war ich in meiner Klasse nicht zu schlagen.»

17

Sich den Medien zu stellen ist schlimmer, als einen Leprakranken zu baden.

(Mutter Teresa)

Sie hatten sich ohne große Mühe über Julian Charles Storrs informieren können, mit dem man Morse (wie ihm jetzt einfiel) erst vor ein paar Monaten bei einer Ausstellung von Thesigers Wüstenfotos im Pitt Rivers Museum bekannt gemacht hatte. Davon erwähnte Morse aber nichts gegenüber Lewis, als sie abends im Präsidium zusammensaßen. Auch die Entdeckung, daß der Schlips, über dessen Herkunft er so gründliche Nachforschungen angestellt hatte, in jeder Filiale von Marks & Spencer zum Preis von 6,99 Pfund zu haben war, behielt er für sich.

«Wir werden uns diesen Storrs bald vornehmen müssen, Sir.»

«Ja, gewiß. Aber wir haben nichts gegen ihn in der Hand. Es ist nicht strafbar, sich mit einer hübschen Frau fotografieren zu lassen. Immerhin ist es interessant, daß sie gerade *The Masters* gelesen hatte.»

«Ich kenne das Buch nicht, Sir.»

«Es geht da um Intrigen in einem College in Cambridge, dessen Master gestorben ist. Und neulich stand in der *University Gazette*, daß der derzeitige Master von Lonsdale seinen Talar an den Nagel hängen will. Sie verstehen?»

«Ich denke schon», log Lewis.

«Storrs ist Fellow in Lonsdale, der dienstälteste Fellow, soviel ich weiß. Und wenn er ihr dieses Buch empfohlen hat ...»

«Bringt uns allerdings nicht viel weiter. Wir suchen das Motiv.»

Morse nickte. «Eben. Wenn er die Position gern haben möchte – und wenn sie gedroht hat, ihm die Tour zu vermasseln ...»

«Erpressung?»

«Sie dürfte Briefe gehabt haben.»

«Die Postkarte.»

«Fotos.»

«*Ein* Foto.»

«Hotelrechnungen. Wenn mit einer Kreditkarte bezahlt wurde, war es bestimmt nicht ihre.»

«In solchen Fällen zahlt man im allgemeinen lieber bar.»

«An sich habe ich gedacht, Sie wären hier, um mir zu helfen, Lewis ...»

«Ich möchte nur, daß wir ganz klar sehen, wieviel – oder wie wenig – wir in der Hand haben. Aber natürlich hat sie nicht mit ihrem Geld bezahlt, das stimmt schon, sie hat sicher ganz schön rechnen müssen: Die Einrichtung der Praxis, Miete und dergleichen, dazu noch die Hypothek auf das Haus und die Kosten für den Wagen ...»

«Richtig, der Wagen!» Morse, der für Autos mit Ausnahme des eigenen keinerlei Interesse aufbrachte, vergegenwärtigte sich noch einmal den weißen Mini vor Nummer 17.

«Vielleicht sollten Sie sich den Wagen noch mal genauer ansehen, Lewis.»

«Hab ich schon. Fahrtenbuch im Handschuhfach, Straßenatlas unter dem Beifahrersitz, Feuerlöscher unter der Rückbank ...»

«Keine Drogen oder Pornos im Kofferraum?»

«Nein. Nur eine Lenkradverriegelung und ein Aufkleber der Labour Party.»

Lewis sah auf die Uhr. 20.35 Uhr. Es war ein langer Tag gewesen, und er war fix und fertig. Und auch sein Chef sah hundemüde aus. Er stand auf.

«Ach ja, und zwei Kassetten: Ella Fitzgerald und irgendwas von Mozart.»

«Irgendwas?»

«Irgendwas mit Klarinette.»

«Concerto oder Quintett?»

Zum Glück läutete das Telefon, ehe Lewis dazu kam, eine Antwort zu geben (er hätte sowieso passen müssen).

Chief Superintendent Strange.

«Sie sind noch im Büro, Morse? Ich hab's schon im *Red Lion* probiert.»

«Was kann ich für Sie tun, Sir?» fragte Morse resigniert.

«Sie können was fürs Fernsehen tun. Die BBC will Sie für die *Nine O'Clock News* und ITV für *News at Ten*. Das eine Team ist schon da.»

«Ich habe den Leuten schon alles gesagt, was wir wissen.»

«Dann lassen Sie sich gefälligst noch was einfallen. Hier geht es nicht nur um Mord, Morse, sondern um *Public Relations*.»

18
Donnerstag, 22. Februar

Zum Beispiel stehen in Aufzählungen wie «Französisch, Deutsch, Italienisch und Spanisch» die beiden Kommas anstelle eines «und»; nach «Italienisch» steht kein Komma, weil es sinnlos wäre. Es gibt allerdings auch Tendenzen, in diesem Fall ebenfalls ein Komma zu setzen mit der Begründung, daß man es, da es zuweilen gesetzt werden muß, um Mehrdeutigkeiten zu vermeiden, der Einheitlichkeit wegen ebensogut immer setzen kann.

(Fowler, *Modern English Usage*)

Am Donnerstag strich Morse nach der Mittagspause wieder um den Bloxham Drive 17 herum. Er hatte das unbestimmte, aber beharrliche Gefühl, dort bisher etwas Wichtiges übersehen zu haben.

Oder – vielleicht doch nicht …?

In der (inzwischen aufgeräumten) Küche machte er das Radio an. War es gelaufen, als die Polizei eintraf? Hatte Rachel James noch die Sendung *Today* gehört, als sie – vielleicht nur für eine Sekunde – auf das Blut heruntersah, das über ihr Nachthemd sprudelte?

Im Wohnzimmer blieb er vor dem Regalfach stehen, auf dem die Taschenbücher standen. Hauptsächlich Romane von Frauen: Jackie Collins, Jilly Cooper, Danielle Steel, Sue Townsend … Er las vier oder fünf Anfangssätze, die ihn alle nicht auf Anhieb zu fesseln vermochten, und wollte schon weitergehen, als sein Blick auf Craig Raines *A Choice of Kipling's Prose* fiel. Der weiße Buchrücken sah aus wie frisch aus der Buchhandlung. Eine Neuerwerbung? Oder ein Geschenk? Morse zog das Buch heraus und blätterte die Kurzgeschichten durch, die ihm früher so viel bedeutet hatten und auch jetzt noch bedeuteten. «They» war dabei, wenn auch Morse zugeben mußte, daß er den Sinn dieser Erzählung nie ganz verstanden hatte. Aber genial war sie trotzdem ... Und «On Greenhow Hill». Und «Love-o'-Women» – die bedeutendste Kurzgeschichte in englischer Sprache, da gab es für Morse keinen Zweifel. Das Vorsatzblatt war leer – keine Widmung *für* jemanden, keine Widmung *von* jemandem. Und weil ihm ein Buch eingefallen war, das ihm einst eine schöne, für ihn verlorene junge Frau geschenkt hatte, schlug er den hinteren Buchdeckel auf. In der rechten unteren Ecke stand mit Bleistift und in Druckbuchstaben: FÜR R VON J ILD.

«Ich liebe dich ...»

Aber was wollte das schon besagen? Es gibt so viele Namen, die mit J anfangen: Jack, James, Jason, Jasper, Jeremy, John, Joseph, Julian ...

Und hätte es heutzutage nicht auch eine Frau sein können, Morse?

Oben im Schlafzimmer besah er sich das Doppelbett, das fast den ganzen Raum einnahm, registrierte erneut die beiden übereinanderliegenden eingedellten Kissen in ihren oxfordblauen Bezügen, auf die Rachel James ein letztes Mal den hübschen Kopf gelegt hatte. Die ebenfalls blaue Wintersteppdecke war zurückgeschlagen, das Laken nur leicht zerknittert. Für Morse stand fest, daß die Ermordete in diesem Bett keine letzte leidenschaftliche Liebesnacht verbracht hatte, was man ihr vielleicht gewünscht hätte ...

Auf dem Nachttisch stand ein Glas mit abgestandenem Wasser, daneben lagen Ohrringe, deren blaue Steine, wie Morse vermutete, nicht von Mutter Natur stammten.

Immerhin, dachte er, kann man sich jetzt doch schon ein gewisses Bild machen.

Bild ... Bilder ...

Im Schlafzimmer gab es nur zwei, den obligatorischen Monet und eins der goldglänzenden Jugendstilwerke von Gustav Klimt, dafür jede Menge Plakate und Aufkleber: Gegen die Fuchsjagd; gegen den Export lebender Tiere; für den Nationalen Gesundheitsdienst; für die Wale; für legalisierte Abtreibung. Wofür man sich in ihrem Alter eben so einsetzt, dachte Morse. Das heißt – vielleicht auch noch in *seinem* Alter ...

Er zog die Vorhänge ein Stück zurück und sah auf die Straße hinaus. Auf Rachels Seite war eine fast feierliche Ruhe eingekehrt. Ein einziger Polizist in Uniform stand am Gartentor und sprach mit einem einzigen Vertreter der Presse, dem Mann mit dem Pferdeschwanz, der Tür an Tür mit Rachel James gewohnt hatte und den Morse baldmöglichst vernehmen mußte. Den er eigentlich schon längst hätte vernehmen müssen.

Dann sah er Sergeant Lewis aus einem Streifenwagen steigen und ging nachdenklich die Treppe hinunter. Seltsam, sehr seltsam angesichts der vielen Aufkleber und Plakate im Schlafzimmer, daß sie den Sticker für die Partei, von der sie sich einige Unterstützung ihrer Anliegen erhoffen durfte, im Kofferraum ihres Wagens hatte liegenlassen. Warum hatte sie ihn nicht wie die anderen Anwohner hinter einem ihrer Fenster angebracht?

Morse, dessen unbestimmtes Gefühl sich immer noch nicht konkretisiert hatte, schloß die Haustür auf und ließ Lewis ein, der die Mittagsausgabe der *Oxford Mail* mitgebracht hatte.

«Wird langsam Zeit, daß wir uns den da vornehmen», sagte Lewis und deutete durch die geschlossene Tür nach draußen.

«Eins nach dem anderen.» Morse griff nach der Zeitung, wo der Mord noch immer – wenn auch nicht mehr als Aufmacher – auf der ersten Seite stand.

POLIZEI IM MORDFALL KIDLINGTON RATLOS

Nach Aussage von Inspector Morse von der Thames Valley Police gibt der brutale und das ganze Viertel zutiefst beunruhigende Mord an der Physiotherapeutin Rachel James der Polizei weiterhin Rätsel auf.

Die Ermordete galt als ruhig, unauffällig und allseits beliebt, und bisher hat die Polizei noch kein einleuchtendes Mordmotiv gefunden.

Die Nachbarn hatten nur Gutes über sie zu berichten. Mrs. Emily Jacobs, die Rachel kurz vor ihrer Ermordung noch an der Tür gegrüßt hatte, bezeichnete sie als eine freundliche, angenehme Nachbarin, die sie sehr vermissen würde.

Ähnlich äußerten sich andere Anwohner, die sich nur schwer an den Gedanken gewöhnen können, daß in ihrer Straße ein schrecklicher Mord geschehen ist, der sie ins Scheinwerferlicht der Öffentlichkeit gerückt hat. Derzeit ist der Bloxham Drive nur für die Anwohner, autorisierte Reporter und einen Suchtrupp der Polizei zugänglich, der in der Umgebung von Nummer 17 eingehend nach Spuren oder sonstigen Hinweisen fahndet.

Leider aber ist damit zu rechnen, daß die Straße, sobald die Polizei ihre Arbeit beendet und die Sperre aufgehoben hat, sensationshungrige Gaffer magnetisch anziehen wird.

Sergeant Lewis, der mit grimmiger Miene noch einmal den vor dem Haus abgestellten Mini untersuchte, bestätigte lediglich, daß man verschiedenen Hinweisen nachgeht.

Rachels in Devon wohnhafte Eltern haben ihre Tochter identifiziert, und am Gartentor von Nummer 17 liegt in einer Zellophanhülle ein Strauß weißer Lilien mit der schlichten Aufschrift «Unserer geliebten Tochter».

Das Verbrechen hat seinen Schatten auch über die heutige Wahl eines neuen Stadtrates geworfen, die erforderlich wurde, nachdem Terry Burgess Ende letzten Jahres einem Herzinfarkt erlag.

«Gut geschrieben», räumte Morse ein. «Ein bißchen hochgestochen vielleicht. Und daß mir die Presse nie den ‹Chief Inspector› gönnen will ...»

«Keine Fehler?»

Morse sah seinen Sergeant scharf an. «Habe ich was übersehen?»

Lewis lächelte geheimnisvoll, während Morse den Artikel noch einmal las.

«Ich hätte nach ‹Reporter› ein Komma gesetzt. Wissen Sie übrigens, wie man so ein Komma nennt?»

«Nein. Wie denn?»

«Das ‹Oxford-Komma›.»

«Natürlich.»

«Was gibt's da zu grinsen?»

«Das ist es ja gerade, Sir! Statt ‹grimmig› hätte da ‹grinsend› stehen sollen. Vor einer halben Stunde hat meine Frau angerufen, sie hat fünfzig Pfund bei den Premium Bonds gewonnen.»

«Herzlichen Glückwunsch.»

«Vielen Dank, Sir.»

Noch ein letztes Mal zog sich Morse den Artikel zu Gemüte und überlegte, ob das siebzehnte Wort von vorn und das siebzehnte Wort von hinten womöglich etwas mit der Nummer des Hauses zu tun hatte, in dem Rachel James ermordet worden war (das Leben von Chief Inspector Morse steckte voller Zufälle).

«Ist dieser Fatzke mit dem Pferdeschwanz noch draußen?» fragte er unvermittelt.

Lewis sah aus dem Fenster. «Nein, Sir.»

«Hoffentlich ist er zu einem der neuen Friseure gegangen, von denen Sie mir erzählt haben.» (Die Ansichten von Chief Inspector Morse steckten voller Vorurteile.)

19

Unruhe regt sich in ihr,
Wenn früh um fünf das Telefon
So lange läutet und mit so dringlichem Klang,
Denn einer dieser Anrufe wird sie erneut
Zur Zeugin werden lassen eines Todes,
Der mehr an Worten verlangt, als sie,
Die von außen Schauende, zu finden vermag –
Und doch zückt sie Block und Bleistift und
Nimmt den Hörer ab.

(HELEN PEACOCKE, *Ace Reporter*)

Um 14.25 Uhr setzte sich Morse in den braunen Jaguar, sah auf seine Armbanduhr und fuhr los. Zum Cutteslowe-Kreisel, die Banbury Road hoch bis zum Martyrs' Memorial, rechts in die Beaumont Street, die Park End Street entlang, unter der Eisenbahnbrücke durch in die Botley Road und gleich hinter der Brücke über den Fluß links zum Industriegebiet Osney.

Am Haupteingang der Oxford City and County Newspapers war noch eine Parklücke frei, aber Morse tat, als hätte er sie nicht gesehen, und bat die junge Dame an der Rezeption um ein Sesam-öffne-dich für den großen Personalparkplatz. Nachdem er ein weißes Plastikkärtchen in eine elektronische Apparatur gesteckt hatte, wartete er, bis die schwarzweiße Schranke sich öffnete, und brachte der jungen Dame an der Rezeption das gute Stück wieder zurück. Dafür überreichte sie ihm ein Besucherschild und schickte ihn über einen Gang zu seiner Linken in ein gigantisches Großraumbüro, in dem Hunderte von Zeitungsmachern offenbar viel zu beschäftigt waren, um den Besucher zur Kenntnis zu nehmen.

Owens war einer der wenigen Mitarbeiter, denen man ein Stück Privatsphäre in Form eines kleinen Verschlags aus Holz und Glas zugestanden hatte.

«Sie wohnen – das heißt – sie wohnte nebenan, wie ich höre», begann Morse etwas unbeholfen.

Owens nickte.

«Ein Glücksfall für einen Reporter, wie?»

«Für mich ja. Für sie wohl weniger.»

«Wie haben Sie es erfahren? Sie waren ja erstaunlich schnell vor Ort.»

«Della rief mich an. Sie wohnt in Nummer 1 und hatte mich wegfahren sehen.»

«Wann war das?»

«So etwa zehn vor sieben oder fünf vor sieben.»

«Fahren Sie gewöhnlich um diese Zeit los?»

«Jetzt schon. Wir haben seit einem Jahr gleitende Arbeitszeit, und je früher ich wegfahre, desto besser komme ich durch. Besonders während des Semesters. Aber wie es morgens auf den Straßen von Kidlington nach Oxford zugeht, brauche ich Ihnen ja nicht zu erzählen.»

«Ich fahre meist in die Gegenrichtung – von North Oxford nach Kidlington.»

«Viel vernünftiger.»

«Ja.»

Morse machte eine kleine Pause, um sich neu zu orientieren: Offenbar hatte er Owens bisher unterschätzt. Er hatte sich die Fahrzeit vom Bloxham Drive bis Osney Mead notiert. Trotz des recht lebhaften Nachmittagsverkehrs und obgleich etliche Ampeln ihn aufgehalten hatten, hatte er die Fahrt in vierzehneinhalb Minuten geschafft.

«Und wann kommen Sie dann hier an, Mr. Owens?»

Der Reporter zuckte die Schultern. «Viertel nach? Zwanzig nach?»

Ein erster leiser Verdacht regte sich in Morse, als er sich

sagte, daß Owens vielleicht die Fahrzeit zur Redaktion an jenem Montagmorgen zu lang angesetzt hatte. Wenn er tatsächlich zehn vor sieben losgefahren war, hätte er mit einigem Glück um sieben auf dem Parkplatz stehen können. Warum hatte er etwas von Viertel nach oder sogar zwanzig nach sieben gesagt?

«Genauer können Sie es nicht festmachen?»

«Sie meinen, je eher ich hier ankam, desto unverdächtiger bin ich?»

«Ist Ihnen klar, Mr. Owens, wie wichtig es bei einer Mordermittlung ist, Zeiten und Zeitabfolgen zu präzisieren?»

«Wem sagen Sie das, Inspector? Das ist nicht der erste Mord, über den ich berichte. Warum fragen Sie nicht Della Cecil in Nummer 1, sie weiß es vermutlich besser als ich. Und festzustellen, wann ich hier angekommen bin, dürfte relativ einfach sein.»

Owens nahm aus seiner Brieftasche ein weißes, mit der Nummer 00814922 bedrucktes Kärtchen. «Ich schiebe das Ding in diesen komischen Apparat, die Schranke geht auf, und irgendwo wird registriert, wann ich auf den Parkplatz gefahren bin.»

Der Reporter mit dem breiten Gesicht und dem kantigen Kinn war offenbar von moderner Technik ebenso unbeleckt wie Morse, der jetzt eine neue Richtung einschlug.

«Es ist Ihnen klar, daß ich mit der Frau werde sprechen müssen, die Sie hat wegfahren sehen …»

«Das ist Ihr Job. Zigarette, Inspector?»

«Äh nein, danke … Oder ja, doch. Sind Sie gut mit ihr bekannt?»

«Unsere Straße besteht nur aus zwanzig Häusern, Inspector, da dauert es nicht lange, bis man die meisten Anwohner kennt.»

«Sie sind aber nicht näher befreundet? Haben Sie die Dame mal ausgeführt? Zum Essen? Oder auf einen Drink?»

«Warum fragen Sie?»

«Ich muß über alle Beteiligten so viel wie nur irgend möglich in Erfahrung bringen, Mr. Owens, das ist, wie Sie sehr richtig sagen, mein Job.»

«Wir haben uns ein paarmal getroffen, meist im Pub.»

«In welchem?»

«Dem *Bull and Swan.*»

«‹Brakspear›, ‹Bass›, ‹Bishop's Finger› ...»

«Da kenne ich mich nicht aus. Ich trinke am liebsten Lager.»

«Soso», sagte Morse säuerlich, legte eine kleine Pause ein und setzte dann neu an. «Und wie stand es mit Rachel James? Kannten Sie die gut?»

«Wir wohnten schließlich Tür an Tür. Natürlich kannte ich sie recht gut.»

«Waren Sie auch mal bei ihr im Haus?»

Owens überlegte genau. «Zweimal, wenn ich mich recht erinnere. Einmal hatte ich ein paar Leute zum Essen eingeladen und den Korkenzieher verlegt, da hab ich an ihre Hintertür geklopft, und weil es Bindfäden regnete, hat sie mich hereingebeten, während sie ihren Korkenzieher holte. Und dann noch einmal an einem heißen Tag letzten Sommer, ich war beim Rasenmähen, und sie hängte gerade ihre kleine Wäsche auf, da hab ich sie gefragt, ob ich ihren Rasen auch machen soll. Danach haben wir noch kurz in ihrer Küche gesessen und was getrunken.»

«Lager vermutlich.»

«Orangeade.»

Orangeade hatte – ebenso wie Wasser – bei Morses Getränkekonsum nie eine wesentliche Rolle gespielt, aber in diesem Moment hätte er ohne weiteres einen halben Liter irgendeiner eiskalten Flüssigkeit schlucken können.

Sogar Lager.

«Es war ein warmer Tag, sagen Sie?»

«Knallheiß.»

«Was hatte sie an?»

«Nicht viel.»

«Sie war eine attraktive Frau, nicht?»

«Frauen, die nicht viel anhaben, wirken auf mich immer attraktiv. Und von dem, was sie ursprünglich angehabt hatte, war, wenn ich mich so ausdrücken darf, bis zum Nachmittag nicht mehr viel übrig ...»

«Sie hatte vermutlich etliche Männerbekanntschaften ...»

«Ja, sie war ein Typ, auf den die Männer stehen.»

«Und Sie?»

«Sagen wir mal so, Inspector: Hätte sie mich an dem Nachmittag aufgefordert, mit ihr ins Bett zu gehen, wäre ich ruckzuck die Treppe hochgesprintet.»

«Aber zu dieser Aufforderung kam es nicht?»

«Nein.»

«Auch nicht an andere Männer?»

«Nicht im Bloxham Drive. Wir haben hier nämlich ein lückenloses Überwachungssystem.»

«Sogar frühmorgens?»

«Ich habe Ihnen ja erzählt, daß mich jemand am Montag morgen zur Arbeit fahren sah.»

«Und Sie meinen, andere könnten das auch gesehen haben?»

«Klarer Fall.»

Morse wechselte erneut die Richtung. «Sie würden Bekannte von Rachel James nicht wiedererkennen?»

«Nein.»

«Haben Sie den Namen Julian Storrs schon mal gehört?»

«Ja.»

«Kennen Sie ihn?»

«Kennen wäre zuviel gesagt. Er ist am Lonsdale College, und ich habe ihn letztes Jahr – im Dezember, glaube ich – für die *Oxford Mail* interviewt, als er die jährliche Pitt Rivers-Vorlesung hielt. Über Captain Cook, wenn ich mich recht erinnere. Mir war vorher nie so richtig klar gewesen, daß die Eingeborenen ihn haßten wie die Pest – auf den Sandwich-Inseln oder wo das war.»

«Das weiß ich auch nicht mehr», sagte Morse, als hätte er es je gewußt.

In seinem Gymnasium hatte Morse die Wahl zwischen Griechisch, Geographie und Deutsch gehabt, und da er sich für Griechisch entschieden hatte, waren seine Geographiekenntnisse höchst lückenhaft. Erst mit Ende Zwanzig hatte er entdeckt, daß die Balkanstaaten und das Baltikum nicht ein und dasselbe waren. Über die Reisen des Captain Cook aber hätte Morse zumindest einiges wissen müssen, da dieser berühmte britische Seefahrer, Entdecker und Kartograph für seinen Vater – anders als für die Eingeborenen «auf den Sandwich-Inseln oder wo das war» – der größte Held seines Lebens gewesen war.

«Sie haben Mr. Storrs nie im Bloxham Drive gesehen?»

Owens' Augen schossen plötzlich von unten links nach oben rechts wie die eines Hirsches, der ein Raubtier wittert.

«Nie. Warum?»

«Weil ...» – Morse beugte sich ein paar Zentimeter vor und mobilisierte an kreativer Erfindungsgabe alles, was ihm zu Gebote stand – «... weil jemand in Ihrer Straße – das ist übrigens streng vertraulich! – sagt, er sei vor noch nicht allzu langer Zeit dabei beobachtet worden, wie er ein Haus dort betrat.»

«Welches Haus?» fragte Owens überraschend scharf.

Morse hob die rechte Hand und stand auf.

«Wahrscheinlich nur Klatsch. Aber Sie wissen ja: Wir müssen jedem Hinweis nachgehen.»

Owens schwieg.

«Waren Sie schon immer Journalist?»

«Ja.»

«Für welche Zeitungen?»

«Ich habe in London angefangen.»

«Wo denn da?»

«Um Soho herum.»

«Wann war das?»

«Mitte der siebziger Jahre.»

«War Soho damals nicht voll von Sexclubs und Striptease-Lokalen?»

«*Und* mehr. Aber so was wird auf die Dauer ziemlich langweilig.»

«Ja, das habe ich schon mal irgendwo gehört.»

«Ich habe Ihren heutigen Artikel in der *Oxford Mail* gelesen», sagte Morse, während sie nebeneinander zur Rezeption gingen. «Gute Schreibe!»

«Danke.»

«Sie haben das Viertel ‹relativ› verbrechensfrei genannt ...»

«Das war in dem Artikel von gestern.»

«Ach so ...»

«Wir hatten im letzten Jahr nur einen Einbruch, und seit der Stadtrat die Schwellen auf der Fahrbahn hat anbringen lassen, gibt es hier keine jugendlichen Joyriders mehr. Unter Zerstörungswut haben wir allerdings nach wie vor zu leiden – die jungen Bäume hinten haben Sie ja gesehen –, ebenso unter Müll und Graffiti ... Und neulich hat jemand fast alle Riegel an den hinteren Gartentoren abgeschraubt – diese Dinger, die klicken, wenn man das Gartentor zumacht.»

«Erstaunlich, daß es dafür Abnehmer gibt», bemerkte Morse.

«Namensschilder aufzustellen ist verlorene Liebesmüh. Ein kleines Schild, das ich am vorderen Gartentor angebracht hatte, hat sich gerade mal acht Tage gehalten. Und wissen Sie, was draufstand?»

Morse betrachtete die Phalanx der Zeitungsmacher vor ihren Bildschirmen an den mit Eingangskörben, Ausgangskörben, Aktenkästen und Handbüchern vollgestellten Schreibtischen, auf denen Texte für künftige Ausgaben der *Times*, der *Mail*, des *Journal* und des *Star* der Durchsicht und Genehmigung harrten.

«Bitte keine Anzeigenblätter einwerfen», tippte er.

An der Rezeption gab Morse sein Besucherschild zurück.

«Zum Rausfahren brauche ich wieder Ihr Wunderding.»

«Nicht nötig. Die Schranke geht automatisch hoch.»

«Wenn man also erst mal drin ist …»

«… ist man drin! Wir hatten nämlich zuerst ziemlichen Ärger mit Leuten aus dem Industriegebiet, die versucht haben, bei uns zu parken.»

Morse bog links in die Botley Road ein und fuhr über die Auffahrt zur Ring Road auf die A34 nach Norden, die er am Pear Tree-Kreisel wieder verließ, um – etwas zu schnell – die letzte Strecke bis zum Präsidium in Kidlington zurückzulegen. Dort sah er wieder auf seine Armbanduhr.

Neuneinhalb Minuten.

Nicht mehr als neuneinhalb Minuten.

20

Es ist ein kapitaler Fehler zu theoretisieren, ehe man über Einzelheiten verfügt.
(Conan Doyle, *Scandal in Bohemia*)

Als Morse die Treppe zu Lewis' Büro hinaufstieg, spürte er ein schmerzhaftes Ziehen in den Waden.

«Die schwerste Arbeit, die ich heute geleistet habe», gestand er, während er sich keuchend auf einen Stuhl fallen ließ.

«Ist das Gespräch gut gelaufen, Sir?»

«Das mit Owens meinen Sie? Dem Mann trau ich nicht so weit, wie ich ihn treten kann.»

«Also in Ihrem augenblicklichen Zustand nicht sehr weit.»

«Als Journalist mag er ja in Ordnung sein, aber als Zeuge ist er ein ziemlich windiger Kunde.»

«Der vorläufige Obduktionsbericht liegt jetzt vor, Sir.»

«Haben Sie ihn schon gelesen?»

«Ich hab's zumindest versucht. Einschußstelle im linken submandibularen ...»

«Verschonen Sie mich mit Einzelheiten, Lewis. Sie ist im Morgengrauen durch das Fenster und durch das Rollo hindurch erschossen worden. Übermäßige Genauigkeit ist da kaum erforderlich. Sie haben zu viele alte Cowboyfilme gesehen, in denen es die Bösewichte auf eine Distanz von hundert Metern erwischt.»

«Hier steht was von 45 bis 60 Zentimetern. Wenn man ...»

«Und was ist mit der Zeit?»

«Da wird sie nicht so konkret.»

«Herrgott, warum denn nicht? Wir haben ihr genau gesagt, wann auf die Frau geschossen wurde.»

«Laut Dr. Hobson herrschte in der Küche an dem Morgen eine Temperatur, die kaum über Null lag.»

«Sie mußte eben überall knausern und knapsen, unsere Rachel», sagte Morse ehrlich bekümmert.

«Und es gibt da so was wie einen Kühlschrank...»

«... der uns nicht sonderlich interessiert, Lewis, weil wir wissen ...» Morse unterbrach sich. «Es sei denn, unsere prominente Pathologin will uns zu verstehen geben, daß Rachel ein bißchen früher erschossen wurde, als wir vermuten.»

«Ich glaube nicht, daß sie uns irgend etwas zu verstehen geben wollte, Sir, sie stellt die Fakten einfach so dar, wie sie aus ihrer Sicht liegen.»

«Mag sein.»

«Wollen Sie den Bericht lesen?»

«Wenn Sie ihn nicht verstehen, bleibt mir wohl nichts anderes übrig ...»

«Ich habe nicht gesagt, daß ich ...»

Aber wieder fiel ihm Morse ins Wort, um ihm voller Eifer Bericht über sein Gespräch mit Owens zu erstatten.

«Es sieht also tatsächlich so aus, Lewis, daß er es gewesen sein könnte. Über die Banbury Road habe ich eine Viertelstunde zu seiner Redaktion gebraucht, auf dem Rückweg über den Ring Road nur zehn Minuten. Nehmen wir also an, er ist zehn vor sieben aus dem Haus gegangen, um sieben auf den Parkplatz gefahren – die Straßen waren ja um diese Zeit fast leer –, hat den Parkplatz gleich wieder verlassen, wozu man keine Karte braucht, und ist in einem Höllentempo zum Bloxham Close zurückgerast ...»

«*Drive*, Sir ...»

Morse sprach in der anschaulicheren Gegenwartsform weiter. «Er stellt seinen Wagen auf der Straße hinter der Häuserzeile ab, betritt durch das Loch im Zaun das Gelände, geht den Hang hinunter, klopft an ihr Fenster, vor dem das dünne Rollo noch vorgezogen ist ...» – Morse sah mit starrem Blick ins Leere – «... sieht ihr Profil immer deutlicher, je näher sie dem Fenster kommt, betrachtet ein, zwei Sekunden den dunklen Umriß hinter der von Gaslicht erhellten Scheibe ...»

«Sie haben dort inzwischen elektrischen Strom ...»

«... zielt durch das Fenster auf ihr Gesicht – und trifft sie direkt unter dem Kinn.»

Lewis nickte. «Submandibular, wie es in dem Bericht heißt ...»

«Danach geht er den Hang wieder hoch, steigt in seinen Wagen und brettert zurück nach Osney Mead. Natürlich kann er es nicht riskieren, wieder auf den Parkplatz zu fahren, sondern stellt den Wagen irgendwo in der Nähe ab und geht durch einen Hintereingang in sein Büro. Dabei dürfte ihn kaum jemand beobachtet haben, die meisten Mitarbeiter kommen erst so gegen acht. *Quod erat demonstrandum.* Ich weiß, wonach Sie mich jetzt fragen werden: nach seinem Motiv. Ich kenne es nicht, Lewis. Aber diesmal haben wir den Mörder eben vor dem Motiv. Und dagegen ist eigentlich nichts zu sagen, oder?»

«Doch. Ihre Theorie hat zu viele Löcher.»

«Inwiefern?»

«Da wäre zunächst diese Frau aus Nummer 1, Miss Cecil ...»

«Della Cecil. Owens hat sie Della genannt.»

«Sie hat beobachtet, wie er weggefahren ist. Gegen sieben. Deshalb wußte sie, daß er an seinem Platz sein würde, als sie ihn anrief, sobald sie die Polizei hatte kommen sehen, und das war kurz nach acht.»

«Also eine ganze Stunde später. In einer Stunde ist viel möglich.»

«Alles ist möglich, aber es regnet kein Geld.»

«Haben Sie schon mal daran gedacht, daß die beiden vielleicht unter einer Decke stecken? Owens steht auf diese Miss Cecil, glauben Sie mir. Als ich ganz nebenbei Julian Storrs erwähnte ...»

«Das haben Sie wirklich getan?»

«... und als ich sagte, man habe ihn beobachtet, wie er an eine der anderen Türen klopfte ...»

«Aber keiner hat doch ...»

«... war er eifersüchtig, Lewis! Und es gibt nur zwei Häuser im Bloxham Close ...» (Lewis schenkte sich jeden weiteren Versuch, seinen Chef zu korrigieren) «... in der attraktive junge Frauen wohnen, Nummer 17 und Nummer 1, Miss James und Miss Cecil. So weit alles klar?»

«Haben Sie nicht eben behauptet, daß die beiden unter einer Decke stecken?»

«Daß ich es für möglich halte, habe ich gesagt. Ich denke ja nur laut, Lewis. Einer von uns muß schließlich die Denkarbeit leisten. Und ich bin ziemlich kaputt und mit Bier beträchtlich unterversorgt. Da müssen Sie schon ein bißchen Nachsicht walten lassen ...»

Lewis wartete ein paar Sekunden. Dann fragte er: «Bin ich jetzt dran, Sir?»

Morse nickte matt und besah sich Lewis' abgetretenen Teppich.

«Ich weiß nicht, ob Sie in letzter Zeit morgens über die Botley Road gefahren sind, Sir. Die ist nämlich sogar ganz früh am Morgen einer der schlimmsten Engpässe von Oxford. Sie waren am Nachmittag da, nicht? Aber Sie verlangen von Owens, daß er dreimal zwischen Kidlington und Osney Mead hin und her pendelt. Erst fährt er zum Dienst. Schön, das schafft er, wenn er sich beeilt, vielleicht in zwanzig Minuten. Dann fährt er zurück, drückt womöglich noch ein bißchen mehr drauf und braucht nur eine Viertelstunde. Er stellt den Wagen irgendwo ab, aber nicht im Bloxham Drive, bringt seine Nachbarin um und fährt wieder nach Oxford hinein, das sind um die Zeit noch mal mindestens zwanzig, fünfundzwanzig Minuten, sucht sich einen Parkplatz, und zwar diesmal nicht auf dem Firmengelände, wie Sie ganz richtig sagen, geht oder vielmehr sprintet zu seinem Büro und sitzt am Schreibtisch, als seine Freundin anruft und ihm meldet, daß eine gute Story auf ihn wartet, wenn er wieder zum Bloxham Drive kommt. Es ist mit knapper Not zu machen, wenn er kein einziges Mal an einer Ampel aufgehalten wird und seine Mitbürger samt und sonders beschlossen haben, an dem Morgen zu Fuß zur Arbeit zu gehen. Aber selbst dann ist es sehr unwahrscheinlich, zumal an einem Montag, dem Tag, an dem in Oxford am meisten Betrieb ist.»

Morse zog ein gekränktes Gesicht.

«Aber daß es mit knapper Not zu schaffen wäre, geben Sie zu?»

Lewis überlegte.

«Nein, Sir. Ich weiß, daß nach Ihrer Theorie die meisten Morde von Nachbarn, dem Ehemann oder der Ehefrau des Opfers begangen werden ...»

«Aber wenn die Frau in Nummer 1 nicht die Wahrheit sagt?« wandte Morse ein. «Wenn sie überhaupt nicht bei Owens angerufen hat? Wenn sie mit ihm gemeinsame Sache macht? Wenn sie ihm nur zu gern ein hübsches kleines Alibi verschafft? Das mit dem Zeitfaktor sehen Sie vermutlich richtig, Lewis, er hätte es wohl nicht geschafft, nach Kidlington zurückzufahren, den Mord zu begehen und dann ganz lokker und lässig im Büro zu sitzen, als sie anrief.»

«Und das bedeutet ...?»

«Das bedeutet, daß sie lügt. Genau wie er. Er ist einfach hierher zurückgekommen, hat Rachel James ermordet, ist hiergeblieben und dann als erster Reporter vor Ort aufgetaucht.»

«Tut mir leid, Sir, aber in dieser Sache hat sie uns nicht belogen. Wir waren nämlich seit Montag vormittag auch nicht untätig! Das mit dem Anruf bei Owens stimmt. Einer unserer Leute hat es bei der Telecom überprüft. Der Anruf ist aufgezeichnet worden und erscheint auch auf der detaillierten Telefonrechnung des Anschlußinhabers im Bloxham Drive Nummer 1.»

«Mit Zeitangabe?»

«Da bin ich nicht ganz sicher», sagte Lewis etwas verlegen.

«Wenn aber die Geschäftsführung unserem Starreporter einen Apparat mit Anrufbeantworter genehmigt hat ...»

Vielleicht war die Theorie des Chief Inspector doch nicht so weit hergeholt. Wenn die beiden tatsächlich unter einer Decke gesteckt hatten ...

«Sie meinen, er hätte gar nicht ins Büro zu gehen brauchen ... Wenn dieses elektronische Dingsbums die Kartennummer und die Zeit, aber nicht die Autonummer registriert ...»

Morse nickte ermutigend, und Lewis fuhr fort:

«Wenn also jemand anders seine Karte benutzt hätte und er im Bloxham Drive geblieben wäre ...»

«Er hat einen Schlüssel zu Nummer 1», ergänzte Morse, «wartet, bis sie weggefahren ist, geht an der Rückseite der Häuser entlang, erschießt Rachel James, ruft von Nummer 1 aus seinen Anschluß im Büro an, wartet auf das Piepsen des Anrufbeantworters, läßt ein, zwei Minuten verstreichen, ohne etwas zu sagen – und die Sache ist geritzt.»

Lewis seufzte. «Das gibt noch ein tüchtiges Stück Arbeit, Sir. Die Sache mit dem Parken, der Anruf, Befragung von Kollegen, die ihn möglicherweise gesehen haben ...»

«... oder sie ...»

«Jedenfalls lohnt es sich, der Geschichte mal nachzugehen.»

«Morgen, Lewis. Für heute ist Schluß.»

«Und diese Frau in Nummer 1?»

«Nett anzusehen?»

«Sehr nett sogar.»

«Gut, ich kümmere mich darum.»

Morse stand auf und ging zur Tür, aber dann machte er kehrt und setzte sich wieder.

«Dieser Kühlschrankfaktor, Lewis, von dem Sie gesprochen haben, die Todeszeit und so weiter ... Interessante Sache, nicht? Wir sind bisher davon ausgegangen, daß die Kugel durchs Fenster hindurch das Opfer erwischt hat, nicht? Aber wenn Rachel James ein bißchen früher irgendwo im

Haus Nummer 17 ermordet worden wäre und jemand zu einem späteren Zeitpunkt durch das Fenster geschossen hätte ... Begreifen Sie, worauf ich hinaus will? Dann sind sämtliche Alibis im Eimer.»

«Aber dann müßte irgendwo eine zweite Kugel sein. Die aus Rachels Halswunde haben wir, aber irgendwo in der Küche wäre eine zweite, wenn jemand noch einen Schuß ...»

«Nicht unbedingt der Mörder.»

«Aber wenn jemand durchs Fenster geschossen hätte, ohne auf etwas Bestimmtes zu zielen ...»

«Hat die Spurensicherung sich die Decke, die Wände, die Dielenbretter genau angesehen?»

«Ich denke schon.»

«Möglich, daß jemand das Projektil eingesteckt hat.»

«Wer um Himmels willen könnte ...»

«Ich habe keine Ahnung.»

«Apropos Kugeln, Sir, da ist noch ein Bericht von der Ballistik. Möchten Sie ihn lesen?»

«Nicht mehr heute abend.»

«Er ist ganz kurz.»

Er reichte Morse das Blatt mit dem knappen, sauber getippten Text:

> Vorläufig. Ballistikbericht
> 17 Bloxham Drive, Kidlington, Oxon.
>
> Schußwaffe Kaliber .577. Wahrscheinlich eine Howdah-Pistole, vielleicht die vierläufige Lancaster Patent, eine alte Handfeuerwaffe, die aber gut gepflegt auch 1996 noch funktionsfähig sein könnte.
>
> Laut neueren Katalogen in den USA frei verkäuflich. $370–$700. Tests eingeleitet.
>
> ASH
> 22. II. 96

Morse gab Lewis den Bericht zurück. «Was bedeutet eigentlich Kaliber? Der Durchmesser der Kugel oder der Durchmesser des Laufs?»

«Wären die nicht beide gleich, Sir?»

Morse stand auf und ging erneut mit schweren Schritten zur Tür.

«Kann schon sein, Lewis. Kann schon sein.»

21

Ein Konservativer ist jemand, dem bestehende Übel konvenieren, im Gegensatz zum Liberalen, der sie durch andere zu ersetzen wünscht.

(AMBROSE BIERCE, *The Devil's Dictionary*)

Morse fuhr an diesem Abend nicht sofort zu seiner Wohnung in North Oxford, begab sich aber wundersamerweise auch nicht auf dem schnellsten Weg in die nächste Kneipe. Statt dessen fuhr er zum Bloxham Drive und parkte hinter dem Streifenwagen, der vor Nummer 17 stand. Der Fahrer saß am Steuer und las die *Oxford Mail.*

«Constable Brogan, Sir», antwortete er auf die Frage des Chief Inspector.

«Wissen Sie zufällig, ob Nummer 1 zu Hause ist?»

«Die mit dem neuen Rover?»

Morse nickte.

«Nein. Aber sie ist ständig am Kommen und Gehen. Vielbeschäftigte Frau.»

«Sonst was Neues?»

«Eigentlich nicht, Sir. Ab und zu kommen mal Gaffer vorbei, aber die schicke ich einfach weiter.»

«Höflich, hoffe ich.»

«Sehr höflich, Sir.»

«Wie lange haben Sie heute noch Dienst?»

«Bis Mitternacht.»

Morse deutete auf das Wohnzimmerfenster. «Wenn Sie Lust haben, können Sie sich vor den Fernseher setzen.»

«Bißchen kalt.»

«Sie können ja den Gasofen anmachen.»

«Das Haus hat Elektroheizung.»

«Wie Sie wollen.»

«Ist das offiziell, Sir?»

«Wenn ich es sage, ist es offiziell, mein Junge.»

«Glück muß der Mensch haben.»

Dieser Ansicht war auch Morse, als er die aschblonde Frau sah, die vor Nummer 1 aus ihrem Auto stieg.

Er ging ihr eilig, aber nicht *zu* eilig nach.

«Guten *Abend.*»

Sie steckte den Schlüssel ins Schloß und wandte sich zu ihm um.

«Ja?»

«Wenn ich mal kurz ...»

Morse kramte nach seinem Dienstausweis, aber sie kam ihm zuvor.

«Noch jemand von der Polizei?»

«Ja.»

«Ich habe heute abend nicht viel Zeit ...»

«Lange halte ich Sie bestimmt nicht auf.»

Sie ging voran in ein geschmackvoll eingerichtetes Wohnzimmer, zog den knöchellangen weißen Regenmantel aus, hängte ihn über die Lehne der roten Ledercouch und bedeutete Morse, ihr gegenüber Platz zu nehmen, während sie das hellblaue Kleid über den Hüften glattstrich und die eleganten nylonbestrumpften Beine übereinanderschlug.

«Es stört Sie doch nicht?» Sie deutete auf ihre Zigarette.

«Nein, nein», murmelte Morse, den es allenfalls störte, daß sie ihm keine angeboten hatte.

«Was kann ich für Sie tun?» Ihre Stimme war ein wenig belegt und klang nach Privatschule und Oberschicht.

«Ich habe nur ein, zwei Fragen.»

Sie lächelte charmant. «Schießen Sie los.»

«Wie ich höre, hat mein Kollege, Sergeant Lewis, schon mit Ihnen gesprochen.»

«Netter Mann. Auf seine sanfte, schüchterne Art.»

«So? Ich hätte ihn nicht ...»

«Na ja, Sie sind auch ein Stück älter, nicht?«

«Was machen Sie beruflich?»

Sie holte ihre Karte aus der Handtasche.

«Ich bin die Bezirksbeauftragte der Konservativen.»

«Du lieber Himmel! – Entschuldigen Sie bitte …» Morse senkte den Blick auf die Visitenkarte:

ADÈLE BEATRICE CECIL
BEAUFTRAGTE DER CONSERVATIVE PARTY
1 BLOXHAM DRIVE KIDLINGTON, OXON, OX5 2NY WEITERE AUSKÜNFTE: 01865 794768

«Soll das ein fauler Witz sein?» Die Stimme war scharf geworden.

«Nein, so war das nicht gemeint. Es ist eben einfach so, daß ich keinen einzigen Tory in meinem Bekanntenkreis habe.»

«Sie haben also heute nicht für uns gestimmt?»

«Ich wohne nicht in Ihrem Wahlbezirk.»

«Wenn Sie mir Ihre Adresse geben, Sergeant, sorge ich dafür, daß Ihnen Informationsmaterial zugeschickt wird.»

«Könnten wir uns auf Chief Inspector einigen?» sagte Morse höflich.

Sie zog ihr Kleid einen Zentimeter weiter auf die Schenkel herunter. «Was kann ich für Sie tun?»

«Kennen Sie Mr. Owens gut?»

«Wie man's nimmt.»

«Gut genug, um ihm Tips für eine gute Story zu geben?»

«Ja.»

«Haben Sie schon mal mit ihm geschlafen?»

«Von Takt halten Sie wohl nicht viel?»

«Daß wir uns recht verstehen», sagte Morse sehr ruhig. «Was ich in dieser Straße zu tun habe, ist kein reines Vergnügen. Und zu diesem durchaus nicht leichten Job gehört eben auch, daß ich, so lästig das sein mag, wissen will, was im Bloxham Close läuft ...»

«Drive.»

«... wer wen kennt, über was so geredet wird – oder worüber, wenn Ihnen das lieber ist ...»

«Englische Grammatik gehörte auch in der Roedean School zum Lehrplan ...»

«Sie haben meine Frage nicht beantwortet.»

Adèle holte tief Luft, die grauen Augen funkelten.

«Ja, einmal.»

«Ohne den Wunsch nach Wiederholung?»

«Ich sagte ‹einmal›. Hören Sie schwer?»

«Kommen Sie noch mit ihm zusammen?»

«Hin und wieder. Er ist ein intelligenter, belesener, manchmal recht unterhaltsamer Mann – und er hat versprochen, heute für die Konservativen zu stimmen.»

«Das paßt ja ...»

«Sind Sie verheiratet, Inspector?»

«*Chief* Inspector.»

«Ja oder nein?»

«Nein.»

«Bedauern Sie das?»

Vielleicht hatte Morse die Frage nicht gehört.

«Waren Sie mit Rachel James gut bekannt?»

«Ab und zu hat sie sich bei mir ausgeweint.»

«Ob sie einen festen Freund hatte, wissen Sie aber nicht?»

Sie schüttelte den Kopf.

«Würden Sie sagen, daß sie anziehend auf Männer wirkte?»

«Würden Sie das nicht sagen?»

«Ich habe sie nur ein einziges Mal gesehen ...»

«Entschuldigen Sie bitte», sagte sie leise. «Das war dumm von mir.»

«Kennen Sie einen gewissen Julian Storrs?»

«Julian? Aber ja! Er ist einer unserer Vizepräsidenten. Wir sehen uns oft bei Parteiveranstaltungen, ich treffe ihn nächste Woche bei einem Wohltätigkeitsdinner im *Randolph*. Möchten Sie eine Freikarte haben?»

«Sehr freundlich, aber ...»

«Hätte ich vielleicht nicht fragen sollen.» Sie stand auf. «Ich muß los, sie fangen jetzt bald mit dem Auszählen an.»

Sie gingen zusammen zur Haustür.

«Äh – als Sie am Montag morgen Mr. Owens anriefen, kurz nach acht, wie Sie sagen, haben Sie doch mit ihm persönlich gesprochen, nicht?»

«Natürlich.»

Morse nickte. «Noch eine letzte Frage bitte. Mein Sergeant hat ein paar Pariser ...»

«Pariser? Wie alt sind Sie eigentlich, Chief Inspector? Kondome, wenn ich bitten darf!»

«Wir haben, wie gesagt, zwei Päckchen Kondome bei ihr im Schlafzimmer gefunden.»

«Ja und?»

«Sie wissen nicht, ob sie sich mal einen Mann nach Hause eingeladen hat?»

«Nein, das weiß ich nicht.»

«Ich dachte», sagte Morse zögernd, «daß die meisten Frauen heutzutage die Pille nehmen.»

«Nachdem das mit der Thrombosegefahr bekannt wurde, haben viele wieder damit aufgehört.»

«Ah ja ... Ich kenne mich da nicht so aus.»

«Und Sie dürfen auch Safer Sex nicht vergessen ...»

«Wie? Ich ... ja, ich werde mir Mühe geben.»

«Lagen sie unter ihren Nachthemden?»

Morse nickte bekümmert und wünschte Adèle Beatrice Cecil eine gute Nacht.

ABC.

Während er langsam zu seinem Jaguar ging, spürte er ein leichtes Kribbeln hinter den Lidern, als er an Rachel James dachte, an das Nachthemd, das sie angehabt hatte, als sie ermordet wurde, und an die Kondome im Wäschefach – so sorgfältig verborgen wie ihre Hoffnungen und Ängste, die sie gehabt hatte wie jedermann. Und er dachte an Audens unsterbliche Zeile über A. E. Housman:

Die Tränen gut versteckt –
wie Schmuddelpostkarten in einer Schublade …

Er ließ den Motor an. Hinter dem Wohnzimmerfenster zuckten bunte Lichter. Demnach hatte Police Constable Brogan es wohl geschafft, im Bloxham Drive Nummer 17 die Heizung in Gang zu bekommen.

22

O Bier! O Hogdson, Guinness, Allsopp, Bass!
Namen, die auf jedes Säuglings Zunge sein sollten!
(Charles Stuart Calverly)

Morse fuhr in südlicher Richtung die Banbury Road entlang, bog nach dem Cutteslowe-Kreisel links ab und steuerte über die Carlton und Wolsey Road (erstere, fand er, hätte von Rechts wegen Cardinal Road heißen müssen) das *Cherwell* am Ende der Cutteslowe-Siedlung an, ein unauffällig-kultiviertes Pub, bei dessen unauffällig-kultiviertem Wirt Brakspear und Bass gut aufgehoben waren. Das Autotelefon läutete, als er den Sicherheitsgurt löste.

Lewis. Aus dem Präsidium.

«Hab ich Ihnen nicht gesagt, Sie sollten nach Hause gehen? Die Eier mit Pommes frites werden kalt.»

Es zeigte sich, daß nicht nur Morse sich darauf verstand, eine Frage zu überhören.

«Ich habe mit den Zeitungsleuten telefoniert, Sir, die sind noch fleißig am Arbeiten. Owens' Parkplatzkarte hat die Nummer 14922 und ist von dem Dingsbums an der Schranke am Montag morgen um 7.04 Uhr registriert worden. In den letzten beiden Monaten ist er immer ziemlich früh gekommen. Letzte Woche zum Beispiel, von Montag bis Freitag: 7.37, 7.06, 7.11, 7.00, 7.18.»

«Das beweist nur, daß er montags nicht so früh aus den Federn findet.»

«Aber das ist noch nicht alles.»

«Sie reden immer noch von Owens' Karte, nicht von seinem Wagen!»

«Wenn ich mal ausreden dürfte, Sir ... Der Mann von der Personalabteilung, der das mit dem Parkplatz für mich überprüft hat, war am Montag zufällig auch ziemlich früh dran. Als er um 7.22 Uhr kam, waren von seinen Kollegen noch nicht viele da, aber einer von ihnen war – raten Sie mal ...»

«Du lieber Himmel», sagte Morse zum zweitenmal an diesem Abend.

«Genau! Unser Freund mit dem Pferdeschwanz!»

«Oh.»

Die Enttäuschung, die in dieser einen leisen Silbe lag, war nicht zu überhören. Lewis aber war keinesfalls beunruhigt, denn er wußte nach so vielen Mordermittlungen, bei denen er Morse zur Seite gestanden hatte, daß der Chief Inspector immer dann zu Höchstform auflief, wenn eine seiner vorschnellen, kopflastigen Hypothesen in sich zusammengefallen war. Und deshalb hatte er Verständnis für das Schweigen am anderen Ende der Leitung, das so lang und so tief war wie das vor dem Cenotaph am Heldengedenktag.

Lewis erwartete (und bekam) selten ein Dankeschön, was ihn aber nicht weiter störte, denn Liebenswürdigkeit oder Dankbarkeit waren ohnehin nicht die Stärken des Chief Inspector. Um so mehr staunte er jetzt über dessen Reaktion.

«Danke, alter Freund», sagte Morse.

Am Tresen bestellte Morse ein Pint Bass, das er sich eilig einverleibte.

Sogleich bestellte Morse ein zweites Pint Bass, das er womöglich noch eiliger seiner Bestimmung zuführte. Danach fuhr er noch einmal in den Bloxham Drive, wo weit und breit niemand zu sehen war und wo sich in den meisten Häusern – einschließlich Nummer 17 – die Bewohner mit dem Abendprogramm des Fernsehens berieseln ließen.

Die Tür des Jaguar klappte mit dem gewohnten vornehmen Klicken zu, und er ging langsam durch den Nieselregen die Straße entlang. Die Zählung war unverändert: Sechs Aufkleber für Labour; zwei für die Tories; und zwei Häuser, die offenbar nicht bereit waren, ihre politische Einstellung hinauszuposaunen.

Ja! JA!

Praktisch alles hatte – das erkannte er jetzt ganz deutlich – seine Gedanken zu diesem Hinweis gelenkt und ihm damit zum Durchbruch verholfen.

Nicht Owens hatte Rachel Jones ermordet – es wäre ihm wahrscheinlich gar nicht möglich gewesen.

Ganz langsam und allmählich, dem gemächlichen Schritt von Morse zu dieser späten Stunde angepaßt, begann sich um den Mund des Chief Inspector ein geradezu glückseliges Lächeln zu legen.

23

Freitag, 23. Februar

Die Unglück bringende Dreizehn: Die Türken haben eine solche Abneigung gegen die Zahl, daß das Wort aus ihrem Vokabular praktisch getilgt ist. Die Italiener benutzen sie nie, wenn sie Zahlen für ihre Lotterien zusammenstellen. In Paris gibt es kein Haus mit einer solchen Nummer.

(Brewer's Dictionary of Phrase and Fable)

Als Lewis im Bloxham Drive eintraf, erwartete ihn ein ungewöhnlicher Anblick: Ein lächelnder, gutgelaunter Morse lehnte am Gartentor von Nummer 17 und gab eine improvisierte Pressekonferenz. Teilnehmer waren ein Kamerateam (ITV), vier Reporter (zwei von überregionalen, zwei von Lokalzeitungen, Owens aber glänzte durch Abwesenheit) und drei Fotografen. Im Vergleich zu den vorangegangenen Tagen war die Beteiligung enttäuschend.

Es war fünf nach neun.

Lewis bekam nur noch den Schluß mit. «Sie vertrödeln also nur Ihre Zeit, wenn Sie noch länger hier herumstehen. Auf Einzelheiten kann ich noch nicht eingehen, aber ich kann Ihnen so viel sagen, daß wir unsere Ermittlungen in diesem Haus beendet haben.»

Daß die Worte *in diesem Haus* gewissermaßen kursiv gesprochen wurden, schien den Herren von der Presse nicht aufzufallen.

«Gibt es neue Hinweise?»

«Im Mordfall Rachel James meinen Sie?»

«Was sonst?»

«Nein. Keinerlei Hinweise. Bis auf einen vielleicht ...»

Nach diesem orakelhaften Ausspruch hob Morse die Hand, um der vielstimmigen Bitte um Aufklärung zuvorzukommen, und wandte sich mit einem vielleicht wirklich herzlich gemeinten Lächeln ab.

«Fahren Sie mich ein paarmal um den Block, Lewis, wenn die Leute denken, daß wir weg sind, werden sie bestimmt bald verschwinden.»

Diese Vermutung erwies sich als richtig.

Als die beiden zehn Minuten später wiederkamen, war die Straße praktisch leer.

«Wie viele Häuser gibt es hier, Lewis?»

«Weiß ich nicht genau.» Von Nummer 17 sah Lewis zum Ende der Häuserzeile hin. Nach Nummer 17 kamen noch zwei Häuser, vermutlich Nummer 19 und 21, allerdings war die Hausnummer vom Gartentor des letzteren verschwunden. Dann sah er auf die andere Seite, wo die letzte gerade Nummer 20 war. Die Antwort war also nicht schwierig:

«Einundzwanzig.»

«Finden Sie das nicht ein bißchen komisch?»

Lewis runzelte die Stirn. «Wieso?»

«Man baut normalerweise nicht an einer Straßenseite zehn und auf der anderen elf Häuser, sondern strebt eine gewisse Symmetrie, eine gewisse Ausgewogenheit an.»

«Wenn Sie meinen ...»

«Jawohl, das meine ich», bestätigte Morse mit der Überzeugung eines Fundamentalistenpredigers, der die Göttlichkeit der Heiligen Schrift verkündet.

«Deshalb brauchen Sie mich doch nicht so anzufahren, Sir.»

«Ich hätte es sofort erkennen müssen, Lewis. An den Aufklebern. Zählen wir mal durch.»

Sie gingen an den Häusern mit den ungeraden Zahlen entlang, und Lewis nickte: Sechsmal Labour, zweimal Tory, zweimal keine Meinung.

Zehn.

«Wir haben uns von diesen mutwilligen Zerstörungen in

die Irre führen lassen, Lewis. An mehreren Häusern fehlen die Hausnummern – und zwar vorn *und* hinten, was uns begreiflicherweise verwirrt hat.»

Lewis nickte. «Ich bin es noch, Sir.»

«Wie viele ungerade Zahlen gibt es zwischen eins und einundzwanzig einschließlich?»

«Rund zehn, grob gerechnet. Also müßten es alles in allem elf sein.»

Morse grinste. «Schreiben Sie sie mal auf.»

Lewis zückte sein Notizbuch: 1, 3, 5, 7, 9, 11, 13, 15, 17, 19, 21. Dann zählte er.

«Stimmt. Es sind elf, Sir.»

«Aber es sind nur zehn Häuser, Lewis.»

«Ich verstehe nicht ganz ...»

«Überlegen Sie mal. In Hotels und auch bei Hausnummern wird ziemlich oft eine Zahl ausgelassen.»

Lewis ging ein Licht auf. «Die Dreizehn!»

«Genau. Wußten Sie, daß es in Frankreich Leute gab, die sich ‹Vierzehner› nannten und die davon lebten, zu Diners zu gehen, bei denen dreizehn Gäste zu Tisch saßen?»

«Woher wissen Sie bloß immer solche Sachen?»

«Wenn ich mich recht erinnere, habe ich diese Geschichte auf einer Streichholzschachtel in einem Pub in Grimsby gelesen. Sehr bildend, was alles so auf Streichholzschachteln steht.»

«Aber was hat das alles mit unserem Fall zu tun?»

Morse griff sich Lewis' Notizbuch und klammerte die siebte Zahl ein. Dann setzte er unter die ersten Zahlen einen Pfeil, der von links nach rechts zeigte.

«Wenn Sie ab Nummer 1 hinten an den Häusern entlanggehen würden ... das Wahlergebnis dürfte ihr übrigens nicht geschmeckt haben ... Am besten probieren wir es gleich mal aus.»

Sie gingen zur Hinterseite der Häuserzeile, wo (wie wir wissen) etliche Gartentore lädiert, wenn auch nicht allzu ernsthaft beschädigt waren.

«So, jetzt nehmen Sie sich Ihre Liste vor, Lewis, und machen Sie einen Kringel um die Gartentore, die keine Hausnummer haben.»

Am Ende der Häuserzeile sah Lewis' Liste wie folgt aus:

1 3 5 ⑦ 9 11 (13) ⑮ ⑰ 19 ㉑

→

«Wie Sie sehen», sagte Morse, «nehmen die mutwilligen Zerstörungen zu, je mehr wir in die Straße hineingehen, das heißt, je weiter wir uns von der Hauptstraße entfernen.»

«Ja.»

«So, und nun stellen Sie sich die Szene vor. Sie gehen, mit einem Revolver bewaffnet, im Halbdunkel hier entlang. *Sie wissen, zu welcher Hausnummer Sie wollen.* Sie wissen auch, daß dort morgens gegen sieben gefrühstückt wird. Sie brauchen nur ans Küchenfenster zu klopfen, zu warten, bis Sie hinter dem dünnen Rollo den Umriß eines Kopfes mit einem typischen Kennzeichen sehen, nämlich einem Pferdeschwanz. Sie sehen Nummer 11, Sie gehen ein Haus weiter, zu Nummer 13, wie Sie *glauben*, also *muß* das nächste Haus Nummer 15 sein. Und tatsächlich – da ist der Schatten mit dem Pferdeschwanz. Sie drücken ab – und das war's, Lewis. Der Sensenmann läßt grüßen. Aber Sie haben einen großen Fehler begangen, denn das Opfer, auf das Sie es abgesehen hatten, wohnt in Nummer 15 und nicht in Nummer 17!»

«Demnach», sagte Lewis langsam, «hat der- oder diejenige dort vor dem Küchenfenster gedacht, er oder sie schießt ...»

Morse nickte düster. «... nicht auf Rachel James, sondern auf *Geoffrey Owens.*»

24

Herren, denen das Vorrecht zugesprochen wurde,
nach ihrem Namen BA zu blöken.

(D. S. MacColl)

Der Senior Common Room des Lonsdale College ist relativ klein und wirkt deshalb intimer als andere, weitläufigere Räume dieser Art in den größeren Colleges von Oxford. Er ist durchgehend in wunderschön gemaserter heller Eiche getäfelt, und die hellbraunen Ledersofas und Sessel passen sich dieser Farbgebung harmonisch an. Auf den Glasplatten der Beistelltische liegen fast alle überregionalen Tageszeitungen aus, auch die *Sun* und der *Mirror*, und meist sind es diese Boulevardblätter, nach denen die meisten Professoren zuerst greifen, um sie zuweilen sogar gründlich zu studieren.

Am Abend des 23. Februar, einem Freitag (19.00 für 19.30 Uhr), herrschte hier erhebliches Gedränge. Die Professoren hatten sich in Begleitung von Ehefrauen, Partnerinnen und Freunden zu einem der viermal im Trimester vom College veranstalteten Gastabende zusammengefunden. An der Tür hatte sich ein Hausdiener in weißer Jacke mit einem silbernen Tablett postiert, auf dem schön geschliffene Sherrygläser standen. Sie enthielten entweder den hellbernsteinfarbenen «trockenen» Sherry oder die durch ein dunkleres Braun gekennzeichnete Sorte «Medium», denn in diesen Kreisen ging man davon aus, daß niemand den umbrafarbenen «süßen» Sherry verlangen würde.

Jasper Bradley, der sich für diesen Abend in seinen Talar geworfen hatte, nahm ein Glas trockenen Sherry, leerte es in einem Zug, setzte es wieder aufs Tablett und griff noch einmal zu. Er war heute ganz besonders zufrieden mit sich und mit dem *Classical Quarterly*, in dessen Rezension des Werkes *Modus und Tempus im Griechischen* (J. J. Bradley, 204 S., £ 45,50, Classical Press) jene beglückenden Zeilen standen, die Bradley inzwischen auswendig kannte:

> Ein kleiner Band, der aber mit phantasiereichen Erkenntnissen über die Ursprünge der Sprache die unergründeten Geheimnisse des konjunktivischen Aorist auslotet.

In der Tat: Ein erhebendes Gefühl.

«Wie läuft's denn so?» fragte er Donald Franks, einen kürzlich aus Cambridge abgeworbenen hochgewachsenen Astrophysiker, dessen düstere Miene ahnen ließ, daß ihm in dieser Woche nur wenige phantasiereiche Erkenntnisse über den Ursprung des Universums gekommen waren.

«Leidlich.»

«Und wer gefällt Ihnen am besten?»

«Von den Frauen hier, meinen Sie?»

«Als Kandidat für das Amt des Master.»

«Weiß nicht.»

«Für wen werden Sie stimmen?»

«Ich denke, es ist eine geheime Wahl ...»

Gerade waren Mr. und Mrs. Denis Cornford hereingekommen. Beide griffen zu dem Medium Sherry. Shelly war sehr reizvoll, wenn auch vielleicht für diesen kühlen Abend ein wenig leicht gekleidet. Sie trug ein dünnes weißes Jakkenkleid, und als sie sich vorbeugte, um nach einem Käsewürfel zu greifen, bot der tiefe Ausschnitt ihrer flaschengrünen Bluse bemerkenswerte Einblicke.

«Du lieber Himmel», sagte Bradley ehrfürchtig.

«Sie merkt wohl gar nicht, was sie uns da zeigt», murmelte der melancholische Franks.

«Ich denke, sie weiß es ganz genau ...»

«Von mir aus auch das ...», sagte Franks leicht gekränkt.

Bradley ging weiter. Am anderen Ende des Raums stand Angela Storrs im Gespräch mit einem kleinwüchsigen Priester in schwarzem Habit, Gamaschen und Schnallenschuhen.

«Welche Freude, Jasper, darf ich Sie mit Father Dooley aus Sligo bekanntmachen?»

Offenbar fand Angela Storrs, die einen anthrazitfarbenen Hosenanzug mit weißem Rollkragenpulli trug, daß sie damit ihrer Pflicht genügt hatte, denn sie verzog sich schnell. Das blasse Gesicht mit den hohen Wangenknochen, der strenge Nackenknoten – der Anblick hatte etwas fast Aristokratisches. Sie mußte früher eine sehr attraktive Frau gewesen sein, alterte aber vielleicht ein bißchen zu schnell, und gerade weil sie in den letzten zwei, drei Jahren fast nur lange Hosen trug, wollten die Gerüchte nicht verstummen, daß häßliche Krampfadern ihre Beine verunstalteten. Für einen arabischen Heiratsmarkt wäre, wie einer der jüngeren Hochschullehrer einmal unbarmherzig bemerkt hatte, ihr Verfallsdatum schon vor einigen Jahren abgelaufen gewesen.

«Ich war vor vielen Jahren mit dem Master und seiner armen Frau recht gut bekannt», bemerkte der kleine Priester nachdenklich.

Bradley beeilte sich, eine ebenso gelehrte wie verständnisvolle Antwort an den Mann zu bringen.

«Ja ja, die Zeit vergeht … *Tempora mutantur; et nos mutamur in illis.*»

«Ich glaube», sagte der Priester, «es heißt *Tempora mutantur*; nos et *mutamur in illis*. Sonst kommt es bei dem Hexameter mit dem Rhythmus nicht hin.»

«Ja, natürlich, da habe ich mich wohl vertan …»

Der Hausdiener ersuchte nun höflichst die Herren Professoren – Ehefrauen – Partner – Gäste –, sich in den Speisesaal zu begeben. Und Jasper Bradley, anerkannte Autorität auf dem Gebiet des altgriechischen konjunktivischen Aorist, schloß sich empfindlich gekränkt den anderen an.

Sir Clixby Bream, der die Nachhut sammelte, gab der direkt vor ihm stehenden Angela Storrs einen leichten Klaps aufs Hinterteil.

«Du siehst heute abend hinreißend aus», schwindelte er ihr leise ins Ohr. «Und soll ich dir noch was verraten? Ich würde viel lieber mit dir im Bett liegen, als mir einen dieser verdammten Gästeabende anzutun.»

«Ich auch», schwindelte sie mit gesenkter Stimme. «Darf ich *dich* um einen großen Gefallen bitten?»

«Wir reden nach dem Portwein drüber.»

«*Vor* dem Portwein, Clixby. Hinterher bist du doch meist schon voll.»

Sir Clixby schwang sein Hämmerchen, brummelte das *Benedictus benedicat*, und die Anwesenden nahmen ihre Plätze ein, wobei laut Tischordnung Julian Storrs und Denis Cornford an der schweren Eichentafel schräg gegenüber und ihre Frauen direkt vis-à-vis zu sitzen kamen.

«Hinreißend, Ihr Anzug», log Shelly Cornford in einem nicht unangenehm näselnden Yankee-Tonfall.

«Sie sehen aber auch wunderbar aus», log Angela Storrs und stellte in einem liebenswürdigen Lächeln eine Reihe weißer und makellos in Reih und Glied stehender Zähne zur Schau, die niemanden im Zweifel darüber ließen, daß die Bestückung ihres Oberkiefers unverhältnismäßig teuer gewesen sein mußte.

Nach diesem einleitenden Scharmützel hielten sich beide an einen wohlerzogenen Waffenstillstand und wechselten während des Essens kein weiteres Wort, keinen weiteren Blick.

Am Kopf der Tafel saß der kleine Priester zur Rechten des Master.

«Nur diese beiden Kandidaten?» fragte er leise.

«Ja, nur zwei: Julian Storrs und Denis Cornford.»

«Dann gibt es bestimmt das übliche Hickhack, Absprachen, Intrigen ...»

«Aber nein, bei uns geht es sehr zivilisiert zu.»

«Woher wissen Sie das?»

«Man braucht sich ja nur anzuhören, was die Leute sagen und wie sie es sagen.»

Der kleine Priester schob die Hälfte seines Perlhuhns ungegessen beiseite.

«Irgendwo habe ich mal gelesen, Clixby, daß Sprache echter Kommunikation häufig nur hinderlich ist.»

25
Samstag, 24. Februar

Es gibt keine Skandalgeschichte, die gänzlich aus der Luft gegriffen wäre.
(RICHARD BRINSLEY SHERIDAN, *The School for Scandal*)

Während der Gästeabend seinen Lauf nahm, während Portwein und Madeira in der althergebrachten Richtung kreisten, hatte der völlig übermüdete Morse beschlossen, sich frühzeitig hinzulegen. Er schlief, was fast ohne Beispiel war, bis zum nächsten Morgen um Viertel nach sieben durch und hätte sich zu diesem Zeitpunkt am liebsten umgedreht und weitergeschlafen, aber dazu erwartete ihn zuviel Arbeit. Er goß zwei Tassen Nescafé herunter (den er echtem Kaffee vorzog) und aß zu seiner dritten Tasse eine dick mit Butter und Frank Cooper's Oxford Marmalade bestrichene Scheibe Vollkorntoast.

Um 8.45 Uhr war er im Büro. Auf seinem Schreibtisch lag ein Zettel:

Bitte baldmöglichst bei Chief Sup. Strange melden.

Das Gespräch verlief fast bis zum Schluß freundschaftlich, und Morse konnte praktisch ohne Unterbrechung seine neuesten Überlegungen zum Mordfall Rachel James darlegen.

«Hm», grunzte Strange, als Morse fertig war, und stützte den massigen Kopf in die Handflächen. «Es könnte also ein Auftragsmord sein, der schiefgegangen ist, wie? Das Opfer wird zu unbestimmt beschrieben, und der Mörder schießt auf den falschen Rattenschwanz ...»

«Pferdeschwanz, Sir.»

«Ja – durch das falsche Fenster. Habe ich das richtig verstanden?»

«Ja.»

«Und was ist mit dem Motiv? Das ist in solchen unklaren Fällen häufig der Schlüssel.»

«Sie reden wie Sergeant Lewis, Sir.»

Man sah Strange an, daß er nicht recht wußte, ob er es für erstrebenswert halten sollte, wie Sergeant Lewis zu reden.

«Und was sagen Sie dazu?»

«Ich bin ganz Ihrer Meinung, Sir. Gerade deshalb könnte es sich um eine Verwechslung handeln. Wir haben kein überzeugendes Motiv für einen Mord an Rachel James gefunden. Wenn aber jemand Owens hätte aus dem Verkehr ziehen wollen, könnte ich Ihnen zehn, zwölf mögliche Motive dafür nennen.»

«Weil er ein Zeitungsmann ist, meinen Sie?»

Morse nickte. «Es gibt genug Leute in exponierter Stellung, die eine Leiche im Wohnzimmer haben …»

«Im Keller.»

«… und die auch zu extremen Maßnahmen greifen würden, damit – äh – der Keller fest verschlossen bleibt.»

«Öffentliches Onanieren auf der M40, meinen Sie? Wochenendreise mit der Sekretärin? Übrigens haben Sie neuerdings ein reizendes kleines Ding als Sekretärin. Gefällt sie Ihnen?»

«Mit solchen Gelüsten ist es bei mir im Augenblick nicht weit her, Sir.»

«Geht Ihnen nicht allein so. Man nennt das Älterwerden.»

Strange hob den schweren Kopf und sah Morse über seine Halbbrille hinweg scharf an.

«Ziemlich harte Nuß, wie? Sie haben keinen Anlaß zu der Vermutung, daß er interessantes Material unter der Matratze versteckt hat?»

«Nein, eigentlich nicht …»

«Und einen Grund zu der Annahme, daß er Rachel James umgebracht hat, haben Sie wohl auch nicht?»

«N-nein ...»

«Er ist also hundertprozentig aus dem Schneider?»

Morse überlegte einen Augenblick. «Leider ja.»

«Und nun?»

«Ich – wir werden uns etwas einfallen lassen.»

«Nichts Illegales, wenn ich bitten darf! Wir sind gerade erst dabei, ein paar unappetitliche Affären bei der Polizei zu verkraften, und ich wünsche nicht, daß so etwas noch einmal vorkommt. Ist das klar, Morse?»

«Wenn Sie fair sind, müssen Sie zugeben, Sir, daß ich mich meist an die Vorschriften halte.»

Strange drohte ihm mit einem dicken Zeigefinger.

«‹Meist› reicht mir diesmal nicht, Morse. Sie – halten – sich – an – die – Vorschriften, ist das klar?»

Mit schweren Schritten ging Morse zurück in sein Büro, wo ein auffällig frisch wirkender Lewis ihn erwartete.

«Alles glattgegangen beim Super?»

«Ja. Ich hab ihm von unseren neuesten Überlegungen erzählt ...»

«*Ihren* neuesten Überlegungen.»

«Er hat Verständnis für unser Problem und möchte nur nicht, daß wir die Regeln allzu großzügig auslegen.»

«Wie geht's also weiter?»

«Holen Sie mir erst was zu trinken, ja?»

«Kaffee?»

Morse überlegte. «Ein Glas echten, bleifreien Orangensaft. Mit Eis.»

«Wie geht's also weiter?» wiederholte Lewis fünf Minuten später.

«Das weiß ich noch nicht genau. Aber wenn es tatsächlich so was wie ein Auftragsmord war, muß Owens damit gedroht haben, jemanden bloßzustellen. Und wenn das so ist ...»

«Ein bißchen zu viele ‹wenns›, Sir.»

«Und wenn das so ist, Lewis, muß er irgendwo Beweismaterial haben. Wichtiges, schwer belastendes Material, Zeitungsausschnitte oder Briefe oder Fotos oder dergleichen. Und er muß sich seiner Fakten ziemlich sicher gewesen sein, wenn er versucht hat, mit seinen Enthüllungen Geld oder Vergünstigungen zu erpressen. Ich denke mir, daß er an dieses Material hauptsächlich durch seine journalistische Arbeit gekommen ist, meinen Sie nicht auch? Sexskandale oder ähnliches.»

«Klingt einleuchtend.»

«Und deshalb geht es jetzt folgendermaßen weiter. Sie gehen so bald wie möglich zu dem höchsten dieser Zeitungsbosse und lassen sich die Personalunterlagen zeigen: Zeugnisse, Lebenslauf, Referenzen, frühere Anstellungen, interne Beurteilungen, Kommentare ...»

«Klatsch?»

«Was Sie kriegen können.»

«Ich denke, wir sollen die Regeln nicht allzu großzügig auslegen.»

«Tun wir ja auch nicht. Vergessen Sie nie, daß wir es mit einem Mordfall zu tun haben, Lewis. Die Öffentlichkeit ist verpflichtet, uns bei unseren Ermittlungen zu unterstützen.»

«Hoffentlich ist der Zeitungsboss auch Ihrer Meinung.»

«Ist er», sagte Morse etwas verlegen. «Ich habe ihn angerufen, als Sie in der Kantine waren. Er möchte nur, daß wir es unauffällig machen und die Sache unter der Decke halten. Owens arbeitet nur jeden zweiten Samstag, und diesen Samstag hat er frei.»

«Sie wollen das nicht selber übernehmen?»

«Es geht nicht ums Wollen, Lewis, aber Sie machen diese Sachen so viel besser als ich.»

Halb besänftigt fuhr Lewis fort: «Und wenn sich irgendwas Wichtiges ergibt, gehe ich der Sache nach und gebe Ihnen Bescheid, ja?»

«Nur eins noch, Lewis. Owens hat mir gesagt, daß er als

Berufsanfänger eine ganze Weile in Soho gearbeitet hat. Falls sich aus diesem Zeitraum etwas Verdächtiges oder Interessantes ergeben sollte …»

«… würden Sie das gern selber recherchieren.»

«Genau. Auf diesem Gebiet kenne ich mich nämlich besser aus als Sie.»

«Was haben Sie denn heute auf dem Programm?»

«Eine ganze Menge.»

«Zum Beispiel?» Lewis sah erwartungsvoll hoch.

«Zunächst hat sich unheimlich viel Papierkram angesammelt. Und es ist mal wieder höchste Zeit für die Ablage. Wäre nett, wenn Sie mir da ein bißchen zur Hand gehen könnten – nachdem Sie mir noch einen Orangensaft geholt haben. Und sagen Sie dem Mädchen, sie soll ihn diesmal nicht so stark verdünnen. Und vielleicht noch ein, zwei Eiswürfel zugeben.»

Lewis ließ nicht locker. «Und dann?»

«Und dann begebe ich mich in ein Lokal in Cutteslowe, wo ich versuchen werde, bei einem Pint weiter an meinen Überlegungen zu stricken. Und wo ich mich mit einem alten Bekannten verabredet habe, der uns vielleicht behilflich sein kann.»

«Und wer ist der Mann, Sir?»

«Spielt keine Rolle.»

«Doch nicht …»

«Wo bleibt mein Orangensaft, Lewis?»

26

MARIA: Nein, ich hab nur einen mäßigen Mittelschulabschluß – und die Schildkröte natürlich. Aber ich bin wegen gewisser anderer Fertigkeiten ziemlich bekannt.
RICHTER: Bekannt bei wem, wenn ich fragen darf?
MARIA: Also zunächst mal bei der Polizei.
(DIANA DOHERTY, *The Re-trial of Maria Macmillan*)

Zehn vor zwölf saß Morse vor einem Pint Brakspear. Der Chief Inspector hatte viele Fehler, aber Unpünktlichkeit konnte man ihm nicht nachsagen. Er war zehn Minuten zu früh dran.

JJ, ein schmächtiger Mittvierziger von unauffälligem Äußeren, betrat fünf Minuten später das *Cherwell*.

Als Morse um halb neun angerufen hatte, saß Malcolm JJ Johnson nur einen halben Meter vom Fernsehschirm entfernt auf einem schwarzen Kissen, guckte einen Hardcore-Porno und nahm sein übliches Frühstück – zwei Dosen Beamish Stout – zu sich, während die Dame des Hauses schon auf dem Weg zu ihrem Halbtagsjob bei einem Gemüsegeschäft in Summertown war.

In dieser aufgeklärten Zeit ist es Sitte, daß die meisten Einbrecher, die etwas auf sich halten, ihrem Handwerk tagsüber nachgehen. JJ aber war ein überzeugter Nachtarbeiter, der sich ganz auf seine Ortskenntnisse und gewissenhafte Erkundungsarbeit verließ. Oft überlegte er, warum er seine Freizeit nicht mit irgendeiner sinnvolleren Beschäftigung zubrachte. Nur fiel ihm einfach keine ein, obwohl er sich, wie er bereitwillig zugab, hin und wieder ein bißchen langweilte. In den letzten ein, zwei Jahren hatte das Billardspiel viel von seinem Reiz verloren. Seitensprünge und Unzucht brachten, je älter er wurde, desto mehr praktische Probleme mit sich, und sogar Darts und Domino vermochten ihn kaum noch zu zerstreuen. Nur dem Kartenspiel – meist bei *Ladbrokes'*, in Summertown – war er in all den Jahren treu geblieben, denn wenn es eins gab, was ihn nie langweilte, war es der Gelderwerb.

Dabei war JJ kein Geizhals. Es war einfach so, daß man Geld haben mußte, um es ausgeben zu können, und Geldausgeben war für ihn das Schönste im Leben.

Die verlotterte Gesamtschule, der er seine fragwürdige Bildung verdankte, hatte ihm die in vielen Privatschulen praktizierten drei S – Schläge, Schikanen, Sexueller Mißbrauch – erspart. Dafür hatte er, als er mit sechzehn abging, schon Gefallen an einer anderen Dreizahl gefunden: Spielen, Saufen, Sex – in dieser Reihenfolge. Und derart teure Hobbies ließen sich eben nur in einer Branche finanzieren, die sich mehr oder weniger ungeniert in fremden Häusern bedient.

Zur Zeit wohnte er mit seiner leidgeprüften, getreuen, erstaunlich einflußreichen Lebensgefährtin in einem Haus in der Sozialsiedlung Cutteslowe, in dem sich Kisten mit Lager, Wodka und Gin, die neuesten Computerspiele und geschmacklose Souvenirs aus Badeorten stapelten. Und nach zwei Jahren Knast wollte er hier auch bleiben.

Nein. JJ hatte nicht die mindeste Lust, wieder zu sitzen. Und deshalb hatte ihn Morses Anruf sehr beunruhigt. So sehr, daß er das Video just in dem Moment auf «Pause» gestellt hatte, als der lüsterne junge Stenz ins Bett hechtete.

Was wollte Morse von ihm?

«Hallo, Malcolm!»

Johnson war bis zu seinem zehnten Lebensjahr «Malcolm» gewesen. Da hatte der widerspenstige, undisziplinierte Junge aus einer Flasche getrunken, die nach Limo aussah, aber den WC-Reiniger Jeyes Fluid enthielt. Nach zweimaliger Magenspülung und einer Woche Krankenhaus hatte man ihn wieder auf die Menschheit losgelassen, aber nun hatte er den Spitznamen «Jeyes» weg, den er fünf Jahre später dadurch zu entschärfen versuchte, daß er sich die Buchstaben JJ auf beide Unterarme tätowieren ließ.

Morse leerte sein Glas und schob es über den Tisch.

«War das Cola, Mr. Morse?»

«Bißchen früh für was Stärkeres, Malcolm.»

«Kleines Bier, ja?»

«Noch mal dasselbe. Der Wirt weiß Bescheid.»

Wenig später standen ein Brakspear und ein stilles Mineralwasser für JJ auf dem Tisch.

«Ein oder zwei dieser hirnlosen Idioten, die Sie als Ihre Kumpels bezeichnen, scheinen es darauf angelegt zu haben, die Polizei zu nerven», fing Morse an.

«Also damit hab ich nichts zu tun, ehrlich. Sie kennen mich doch.» JJ paffte eine Kingsize-Zigarette und zog ein unglückliches Gesicht.

«Na ja, Schwamm drüber. Ich möchte, daß Sie mir einen Gefallen tun.»

JJ entspannte sich. Er beugte sich über den Tisch.

«Ich hab da ein heißes Video auf meiner Bude. Wenn Sie – äh –»

«Heute nicht», sagte Morse zögernd. Manchmal muß man für den Beruf sogar beträchtliche Opfer bringen. Jetzt beugte auch er sich vertraulich vor.

«Ich möchte, daß Sie einen Bruch für mich machen.»

«Soso.»

Das Gleichgewicht der Kräfte hatte sich verschoben. JJ entblößte in einem breiten Grinsen zwei Reihen unregelmäßiger, verfärbter Zähne. Er schob sein leeres Glas über den Tisch.

«Doppelter Wodka und Zitrone für mich, Mr. Morse. Ziemlich trockene Luft hier.»

JJ hörte aufmerksam zu, als Morse ihm den Auftrag erläuterte. Hin und wieder nickte er, einmal schrieb er mit einem Bleistiftstummel eine Adresse auf die Rückseite eines rosafarbenen Wettzettels.

«Okay», sagte er schließlich. «Wenn Sie versprechen, daß Sie mich raushauen, wenn ...»

«Versprechen kann ich gar nichts.»

«Aber Sie machen es?»

«Ja.»

«Also gut. Lassen Sie mich ein bißchen das Terrain erkunden, dann rufen Sie mich noch mal an, okay? Wann dachten Sie denn?»

«Weiß ich noch nicht genau ...»

«Okay, das wär's dann wohl.»

Morse leerte sein Glas. Im Aufstehen fragte er sich, wie die englische Sprache je ohne das Wort Okay ausgekommen war.

«Ach, ehe Sie gehen ...» JJ sah auf sein leeres Glas herunter.

«Mineralwasser, nicht?» fragte Morse.

«Noch mal dasselbe. Der Wirt weiß Bescheid.»

JJ begann am Leben wieder Gefallen zu finden. Entspannt lehnte er sich zurück, als Morse gegangen war. Nur die eine Tür, so wie's aussah. Kinderspiel.

Auch Morse war sehr zufrieden mit dem Verlauf des Vormittags. Johnson war bei der Polizei als einer der besten Fachleute für Schlösser in den Midlands bekannt. Als Teenager hatten sie ihn den fixesten Autodieb des County genannt. Aber erst in den achtziger Jahren hatte er die ganze Bandbreite seines Könnens erkennen lassen, und unzählige Haustürschlösser, Alarmanlagen und Einbruchssicherungen hatten vor seinem unvergleichlichen Wissen um Schlösser, Schlüssel und elektrische Stromkreise kapituliert.

JJ Johnson beherrschte die Kunst des Einbruchs fast so gut wie J. J. Bradley den konjunktivischen Aorist.

Vielleicht besser.

27

Was beim Einbrecher als verderblich gilt,
ist beim Finanzier lobenswert.
(GEORGE BERNARD SHAW, *Major Barbara*)

Noch am gleichen Tag konnte Morse sein Vorhaben ausführen.

Lewis war mittags um zwei mit einer dünnen Mappe fotokopierter Unterlagen wieder im Präsidium erschienen, die Morse mit mäßigem Interesse entgegennahm, und hatte berichtet, daß Geoffrey Owens am Vorabend zu einer Wochenendtagung über Personalführung nach Bournemouth gefahren war und am nächsten Tag vermutlich erst spätabends zurückkommen würde. Jetzt zeigte sich Morse schon wesentlich interessierter.

«Gut gemacht, Lewis. Aber für heute haben Sie genug gearbeitet, Sie sehen müde aus. Gehen Sie nach Hause. Das Pensum, das Sie sich gesetzt haben, kann ja kein Mensch auf die Dauer durchhalten.»

Lewis fühlte sich zwar noch erstaunlich frisch, aber er hatte seiner Frau versprochen, ihr (wenn es sich dienstlich einrichten ließ) an diesem Wochenende beim Kauf einer Geschirrspülmaschine zur Seite zu stehen. Mittlerweile konnten sie sich diesen Luxus leisten, und Lewis war froh, daß seine Fron an der Spüle bald vorbei war.

«Einverstanden, Sir. Unter einer Bedingung: Sie gehen auch nach Hause.»

«Ich wollte sowieso gerade gehen. Die Unterlagen nehme ich mit. Was Interessantes dabei?»

«Ein paar Kleinigkeiten. Zum Beispiel …»

«Nicht jetzt.»

«Wollen Sie mir nicht erzählen, wie Ihr Treffen verlaufen ist?»

«Nicht jetzt.»

Im Hinausgehen fragte Morse noch beiläufig:

«Haben Sie auch rausgekriegt, in welcher Luxusherberge in Bournemouth diese Tagung stattfindet?»

In seiner Wohnung führte Morse zwei Telefongespräche. Die erste Verbindung ging nach Bournemouth, die zweite in die Sozialsiedlung Cutteslowe. Ja, ein Mr. Geoffrey Owens befand sich derzeit dort zu einer Tagung. Nein, Mr. Malcolm Johnson hatte noch keine Zeit zur Erkundung gehabt, würde sich aber (JJ selbst formulierte es bedeutend weniger gewunden) im Hinblick auf diese beispiellos günstige Gelegenheit unverzüglich darum kümmern.

«Und heute keinen Tropfen mehr, Malcolm!»

«Ich trinke nie bei der Arbeit. Und Sie lassen das auch besser sein.»

«Genau. Dieser Job verlangt nach einem klaren Kopf», bestätigte Morse.

«Wann holen Sie mich ab?»

«Umgekehrt wird ein Schuh draus. Sie holen mich ab. Halb acht bei mir.»

«Okay. Und denken Sie dran, daß Sie mehr zu verlieren haben als ich, Mr. Morse.»

Morse wußte das sehr wohl, und bei dem Gedanken an die riskante Exkursion, die vor ihm lag, meldete sich ein Gefühl der Beklommenheit. Er brauchte dringend etwas zur Beruhigung seiner Nerven.

Nach einem großzügigen Schluck Glenfiddich schlief er über zwei Stunden selig in seinem Sessel.

Johnson stellte seinen rostigen alten Vauxhall in einer günstig gelegenen Parkbucht in der Deddington Road ab, die hinter den Häusern mit den ungeraden Nummern des Bloxham Drive verläuft. Morse blieb weisungsgemäß im Schatten der Böschung zurück, während Johnson sich da, wo blinde Zerstörungswut mehrere Latten eingetreten und abgerissen hatte, durch den Zaun zwängte und erstaunlich behende den steilen, rutschigen Hang hinunterkletterte, der zum Hintereingang der Häuserzeile führte.

Die Luft war offenbar rein.

Morse beobachtete voller Unruhe, wie der Fachmann für Schlösser vor Nummer 15 stand und geduldig und systematisch das tat, worauf er sich so gut verstand. Einmal drückte er sich flach an die Wand, als in einem der Nachbarhäuser das Licht anging, ein gelbes Rechteck auf das naß glänzende Gras zeichnete und gleich wieder erlosch.

Nach der Uhr des Chief Inspector waren sechs Minuten vergangen, als Johnson den Türknauf drehte, behutsam die Tür öffnete, im Haus verschwand, wieder auftauchte und den angespannten, zappeligen Morse heranwinkte.

«Soll ich Licht machen?» fragte Johnson, während er den dünnen Strahl seiner großen Taschenlampe durch die Küche wandern ließ.

«Was meinen Sie?»

«Warum nicht. Ich zieh rasch die Vorhänge vor.» Er ging ins Wohnzimmer, Morse hörte das Gleiten der Gardinenrollen, dann wurde es hell.

Ein ganz normales, ziemlich spartanisch eingerichtetes Zimmer: Sofa, zwei mitgenommene Sessel, Eßtisch und Stühle; Fernseher; Elektroheizung im Kamin; und auf dem Kaminsims, den eine dicke Staubschicht bedeckte, der einzige Gegenstand, der einen Einbrecher, der etwas auf sich hielt, möglicherweise interessiert hätte: eine kleine, sehr schön gearbeitete vergoldete Standuhr.

Das Doppelbett im Obergeschoß war nicht gemacht, ein orangefarbener Frotteebademantel lag unordentlich auf der Steppdecke, ein Schlafanzug war nicht zu sehen. Auf dem Nachttisch lag *The Seventh Scroll* von Wilbur Smith als Taschenbuchausgabe und eine Packung BiSoDoL Extra-Magentabletten. Ein altmodischer Kleiderschrank aus Mahagoni nahm fast den ganzen verbleibenden Platz ein. Auf Bügeln hingen darin Jacken, Anzüge und Hosen, darunter standen in Reih und Glied sechs Paar Schuhe, auf den Regalbrettern links lagen Stapel von Pullovern, Hemden, Unterhosen, Socken und Taschentüchern.

Das zweite Zimmer im Obergeschoß war abgeschlossen.

«Malcolm!» flüsterte Morse in Richtung Erdgeschoß.

Zweieinhalb Minuten später stand Morse in einem kleineren, aber ungleich vielversprechenderen Raum. Er registrierte einen großen Bücherschrank mit einer Sammlung von Bestsellern vieler Jahre; einen Sessel; einen Bürostuhl vor einem furnierten Schreibtisch mit Kunstlederbezug, rechts und links vier Schubladen und einem länglichen Schubfach in der Mitte, das ebenfalls abgeschlossen war.

«Malcolm!» flüsterte Morse in Richtung Erdgeschoß.

Diesmal dauerte es nur neunzig Sekunden. Der Fachmann war offenbar in Bestform. Die acht Seitenfächer enthielten wenig Interessantes: Briefpapier, Versicherungsunterlagen, Autopapiere, Bankauszüge, Kugelschreiber und Bleistifte – und in der untersten Schublade links ein paar Pornos. Morse öffnete aufs Geratewohl *Topless in Torremolinos* und las einen kurzen Absatz.

Das Buch war sehr eindeutig, aber überraschend flott geschrieben. Von den Brüsten der Heldin hieß es an einer Stelle, sie sähen aus wie aufgeblähte Rumkugeln, was sich Morse zwar nicht so recht vorstellen konnte, trotzdem aber irgendwie treffend fand. Er merkte sich die Autorin, Ann Berkeley Cox, und las die Widmung auf dem Titelblatt: «Für Geoff von ABC», dann steckte er das Buch in die Jakkentasche.

Johnson saß in einem Sessel im dunklen Wohnzimmer, als Morse mit einem Aktenordner herunterkam.

«Haben Sie gekriegt, was Sie haben wollten, Mr. Morse?»

«Vielleicht. Sind Sie soweit?»

Im Dunkeln tasteten sie sich zur Küche. Unvermittelt blieb Morse stehen.

«Geben Sie mal die Taschenlampe her.»

Er ging zurück ins Wohnzimmer und richtete den Lichtkegel auf den leeren Kaminsims.

«Stellen Sie das Ding zurück», sagte er.

Johnson holte die kleine Standuhr aus der Manteltasche und plazierte sie sorgsam wieder auf der staubfreien Stelle.

«Bin froh, daß Sie mir draufgekommen sind», sagte er zutraulich. «Hätt ich nicht tun sollen. Jetzt hab ich wenigstens ein reines Gewissen.»

Morse wußte wohl, daß in Johnson ein Zug berechnender Grausamkeit steckte, aber alles in allem war er ein liebenswerter und manchmal, wie jetzt, sogar einigermaßen redlicher Halunke. Und merkwürdigerweise schlug jetzt Morse das Gewissen.

Rasch ging er zurück in das zweite Zimmer und legte das Buch dorthin zurück, wo er es gefunden hatte.

So leise, wie sie sich geöffnet hatte, schloß sich die Haustür hinter den beiden, die jetzt den grasbewachsenen Abhang zu der Lücke im Zaun erklommen.

«Sie haben offenbar noch nichts verlernt», sagte Morse.

«Nee. Sie kennen doch den Spruch, Mr. Morse: Alte Einbrecher sterben nicht, sie stehlen sich einfach davon.»

In dem dunklen Haus hinter ihnen verriet ein staubfreies Viereck auf dem Kaminsims im Wohnzimmer noch die Stelle, wo die sehr schön gearbeitete kleine Uhr gestanden hatte.

28

Hast du deine sogenannten Fakten in logischer Folge angeordnet, ist das, als hättest du eine Öllampe bereitgestellt, gefüllt und geputzt; Licht aber wird sie dir nur spenden, wenn du sie anzündest.

(SAINT-EXUPÉRY, *Citadelle*)

In seiner Wohnung angekommen, schloß Morse die Tür und schob den oberen und unteren Riegel vor. Es war eine unnötige Vorsichtsmaßnahme, die ihre Wurzeln in der Vergangenheit hatte. Noch ganz deutlich erinnerte er sich daran, wie er als Zwölfjähriger mit einer Zeitschrift von der Schule nach Hause gekommen war und alle Türen abgeschlossen hatte, obwohl er damit rechnen konnte, in den nächsten Stunden ungestört zu sein. Und auch dann hatte er noch eine Weile gewartet und den Kitzel der Erwartung genossen, ehe er es gewagt hatte, das Magazin aufzuschlagen.

Genauso ging es ihm auch jetzt, als er die elektrische Heizung einschaltete, sich einen Glenfiddich einschenkte, eine Zigarette anzündete und es sich in seinem Lieblingssessel bequem machte – allerdings diesmal nicht mit dem *Naturist Journal*, das damals die Runde in der fünften Klasse gemacht hatte, sondern mit dem soeben aus dem Haus im Bloxham Drive entwendeten Aktenordner.

Die abgegriffene Pappe war an den Rändern eingerissen und geknickt und mit wirren Krakeleien und bräunlichen Ringen wie von einem Weinglas geziert. Der Ordner enthielt einen Stapel Papiere und Ausschnitte, von denen einige aneinandergeheftet oder mit Büroklammern zusammengehalten waren, allerdings nicht in chronologischer oder sinnvoller Reihenfolge. Es waren neun getrennte Vorgänge:

– Zwei Ausschnitte aus einer der offenherzigeren Sonntagszeitungen über einen gewissen Lord Hardiman, dazu ein Foto besagten Edelmannes, der vor einem gut erkennbaren Sex-Etablissement auf der Hamburger Reeperbahn in seine Brieftasche griff (vermutlich, um Deutsche Mark zutage zu fördern). An diesem Material hing ein weiteres Foto: Lord Hardiman Arm in Arm mit Lady Hardiman bei einem Polomatch im Great Windsor Park (September 1984).

– Ein Brief (August 1979) an Owens von einer Anwaltskanzlei in Cheltenham, der den Adressaten davon in Kenntnis setzte, daß die Kanzlei im Besitz von Briefen sei, die er (Owens) an einen ihrer Mandanten (ohne Namensnennung) geschickt hatte, und daß man an eine für beide Seiten zufriedenstellende Einigung denken könne.

– Ein Hochglanzfoto, auf dem ein unbekleideter älterer Mann mit Bierbauch ein verängstigt blickendes, ebenfalls nacktes Mädchen in vorpubertärem Alter begrapscht. Auf der Rückseite war mit Bleistift eine Adresse in St. Albans vermerkt.

– Ein zusammengehefteter Stapel von Spesenrechnungen des Direktors einer Firma für chirurgische Instrumente in Surrey, wobei etliche der für Auslandsreisen ausgewiesenen hohen Beträge mit doppelten Ausrufungszeichen versehen waren.

– Ein kurzer, sachlicher Brief (möglicherweise von einer Frau?) in großer, krauser, rechtslastiger Schrift: «Wenn Sie sich noch einmal bei mir melden, gehe ich mit Ihren Briefen zur Polizei, ich habe sie alle behalten. Von mir bekommen Sie keinen Penny. Sie sind eine niederträchtige Kreatur. Ich habe nichts mehr zu verlieren, nicht mal mein Geld.» Keine Unterschrift, aber wieder, diesmal mit Bleistift an den Rand geschrieben, eine Adresse in Wimbledon.

– Vier Initialen auf einer kleinen Notizbuchseite:

AM✓ DC✓ JS✓ CB

Die ersten drei waren mit rotem Kugelschreiber abgehakt.

– Zwei weitere Zeitungsausschnitte, mit einer Büroklammer zusammengehalten. Die erste Meldung (*The Times Diary*, 2. 2. 96) lautete:

Nach neunjähriger Amtszeit geht Sir Clixby Bream als Master des Lonsdale College, Oxford, in den Ruhestand. Eigentlich hatte Sir Clixby schon früher ausscheiden wollen – oder sollen. Nur aufgrund des Unvermögens der Hochschullehrer an besagtem College (einschließlich der Humanisten), das Latein der ursprünglichen Statuten zu verstehen, blieb Sir Clixby noch länger im Amt. Spekulationen darüber, ob die Dauer seiner Amtszeit das Ergebnis gewisser Unklarheiten in der Formulierung der Satzung oder der Unfähigkeit seiner humanistischen Kollegen ist, von denen offenbar keiner als möglicher Nachfolger nominiert wurde, lehnte der derzeitige Master ab.

Der zweite Ausschnitt war ein von Geoffrey Owens verfaßter Artikel aus der *Oxford Mail* vom November 1995. Zu dem Text gehörte ein Foto mit der Unterschrift: «Julian Storrs und seine Frau Angela bei der Eröffnung einer Ausstellung polynesischer Kunst im Pitt Rivers Museum».

– Die verschmierte Fotokopie eines maschinegeschriebenen ärztlichen Berichtes mit dem Vermerk «Streng persönlich und vertraulich», geschrieben auf dem Briefpapier einer Privatklinik in der Banbury Road:

Betr.	J. C. Storrs
Diagnose	Inoperabler Leberkrebs bestätigt. Siehe auch Brief Dr. O. V. Maxim (Churchill)
Prognose	Sieben/acht Monate oder weniger. Möglicherweise (??) ein Jahr. Keinesfalls länger.
Zum Patienten	Ehrlichkeit in diesem Fall am besten. Starke Persönlichkeit.
Nächster Termin	s. Buch, aber so bald wie möglich
	RHT

An diesem Blatt hing eine Todesanzeige aus einer überregionalen Tageszeitung – möglicherweise dem *Independent* –, der man entnehmen konnte, daß der angesehene Krebsspezialist Robert H. Turnbull tödlich verunglückt war.

– Zum Schluß noch drei mit einer Büroklammer zusammengehaltene Fotos:

1. Ein Zeitungsfoto eines Striplokals. Rechts und links von dem schmalen Eingang waren Aufnahmen der Darstellerinnen angebracht, die allerdings nicht im einzelnen zu erkennen waren. Um so besser erkannte man die einladende Unterschrift: SCHÄRFSTE SEX-SHOW IN SOHO.

2. Ein schwarzweißes Ganzbild einer ziemlich großen Wasserstoffblondine in enganliegendem dunklem Kleid, dessen hüfthoher Schlitz an der linken Seite ein Stück wohlgeformtes Bein erkennen ließ. Alles an ihr wirkte anziehend und natürlich – vielleicht mit Ausnahme des Lächelns.

3. Ein Farbfoto derselben Frau, die – nur mit Stöckelschu-

hen bekleidet – auf einem Barhocker saß und deren seltsam starre Brüste den Gedanken nahelegten, das Lächeln auf dem Schwarzweißfoto sei möglicherweise nicht das einzige an ihr, was nicht ganz natürlich war. Die jetzt in ihrer ganzen langen Pracht sichtbaren Beine waren die einer jungen Tänzerin, die Beine einer Cyd Charisse oder Betty Grable, und bedeutend reizvoller als die im *Naturist Journal* …

Morse klappte die Akte zu. Er wußte, was er gelesen hatte: Merkblätter für Erpressung und möglicherweise für Mord.

29

Sonntag, 25. Februar

Ein Freund, mit dem er später den Kontakt verlor, gab ihm den Rat, im Abstinenzler-Hotel zu Wilberforce abzusteigen.

(Geoffrey Madan, *Notebooks*)

Ich hasse Menschen, die unmäßig das Bier verdammen – und das Mäßigkeit nennen.

(G. K. Chesterton)

Sokrates erklärte am letzten Tag seines Lebens, der Tod sei, sofern er nur ein langer, traumloser Schlaf sei, ein Segen, den man sich nur innigst wünschen könne. Morse wäre am Morgen des 25. Februar zwar nicht bereit gewesen, so weit zu gehen wie Sokrates, war aber für seinen langen, traumlosen Schlaf zutiefst dankbar, denn üblicherweise verliefen seine Nächte – durch häufige Toilettengänge, Wassertrinken, die Einnahme von Nurofen, Paracetamol und Magentabletten und schließlich (nachdem er sich wieder einmal von seinem zerwühlten Lager erhoben hatte) einem Glas Alka-Seltzer – recht unruhig.

Der umfangreiche *Observer* steckte schon im Briefschlitz, als er sich rasch ein subkontinentales Frühstück machte.

Es war halb elf.

Um Viertel nach elf war er glücklich im Präsidium. Lewis, der schon seit drei Stunden im Büro saß, berichtete dem Chef umgehend von seinem Besuch in der Redaktion.

Zeugnisse, Referenzen, Unterlagen, persönliche Eindrücke und Klatschgeschichten stellten Owens als tüchtigen, fleißigen, angesehenen Angestellten dar. Das war die gute Nachricht. Und die schlechte? Der Mann war distanziert, humorlos und ohne Mitgefühl. Eigentlich, hatte Lewis eingewandt, sei es doch erstaunlich, daß man einen mit solchen Mängeln behafteten Menschen zu einem Seminar für Personalmanagement geschickt hatte, mußte sich aber von dem Zeitungsboss belehren lassen, daß ein gewisses Maß an Distanz, Humorlosigkeit und Gefühlskälte womöglich genau das war, was diese Position erforderte.

Lewis deutete auf die Klarsichthülle, in der seine gewissenhaft paginierten Fotokopien lagen.

«Und noch eins. Er ist offenbar bei den Frauen dort – besonders bei den jüngeren – sehr beliebt.»

«Trotz Pferdeschwanz?»

«Gerade deshalb.»

«Ist das Ihr Ernst?»

«Willkommen im zwanzigsten Jahrhundert, Sir!»

«Punkte, an denen wir einhaken könnten?»

«Möglich.»

«Ich höre, Lewis!»

«Da wäre zunächst der Personalchef, der Owens am Montag gesehen hat. Ich rede mit ihm, sobald er aus dem Urlaub kommt, oder auch schon früher, wenn Sie wollen.»

Morse sah skeptisch drein. «Hm ... Falls das eigentliche Opfer Owens und nicht Rachel James war, hilft uns Owens' Alibi nicht weiter. Aber Sie haben natürlich recht, wir halten uns am besten an den amtlichen Ablauf. Ohne Regeln und Vorschriften geht es nun mal nicht.»

Lewis beäugte seinen Vorgesetzten zweifelnd und vertiefte sich in den Aktenordner, den Morse ihm über den Schreibtisch reichte.

Morse selbst schlug den *Observer* auf, suchte sich das Kreuzworträtsel von Azed (für Morse ein Kasparow der Gilde) und begann mit 1 waagerecht: «Zwingt Dickhäutern seinen Willen auf (5).» Er schrieb MAHUT, das indische Wort für Elefantentreiber, in die Kästchen, dann aber legte er das

Rätsel beiseite und beschloß, diese allwöchentliche Rätselfreude auf einen späteren Zeitpunkt zu vertagen. Wenn die übrigen Fragen nicht anspruchsvoller waren, wäre er sonst womöglich mit dem Rätsel fertig gewesen, ehe Lewis den Inhalt der Akte verinnerlicht hatte.

«Wie kommen Sie an dieses Material?» fragte der Sergeant schließlich.

«Nie sollst du mich befragen …»

«Der Mann ist ein Erpresser.»

Morse nickte. «Wir haben kein offenkundiges Motiv für den Mord an Rachel gefunden, aber …»

«… Dutzende für den Mord an ihm.»

«*Neun*, Lewis, wenn wir genau sein wollen.»

Morse schlug die Akte auf und sah sich noch einmal den Inhalt an. Im Gegensatz zu dem Bild des abstoßend fettleibigen Kindergrapschers waren die beiden Fotos der langbeinigen blonden Stripperin nicht im eigentlichen Sinne pornographisch. Zumindest das Aktfoto wirkte auf Morse seltsam unerotisch. Das in dem langen Kleid dagegen … Der Vorgang des Aufknöpfens hatte Morse immer mehr gereizt als der Zustand des Ausgezogenseins, das nahezu Unbekleidete mehr als rundum nackte Haut. Es hatte etwas mit Plato und dessen Vorstellung von Idee und Erscheinung zu tun; als angehender Altphilologe hatte Morse in seiner Jugend viele Stunden in Gesellschaft dieses Philosophen verbracht.

«Ziemlich viel Beinarbeit, Sir …»

«Allerdings. Tolle Beine, oder?»

«Ich meinte eigentlich unsere Beine. Die Laufereien, Ermittlungen …»

«Ja, ohne Hilfe werden Sie das kaum schaffen.»

«Sergeant Dixon und ein oder zwei von seinen Leuten könnte ich schon gebrauchen.»

«Kauft Dixon immer noch die Kantine leer, wenn sie gefüllte Doughnuts haben?»

Lewis nickte. «Und seine Lieblingsschildkröte ...»

«... ist ihm nach wie vor ein, zwei Schritte voraus. Ich weiß.»

Eine halbe Stunde, genaugenommen bis kurz nach zwölf, sprachen die beiden über das explosive Material in dem Aktenordner.

«Kaffee, Sir?»

«Nicht für mich. Gehen wir auf einen Sprung in das *King's Arms* in Summertown?»

«Nicht für mich», echote Lewis. «Das kann ich mir von der Zeit her nicht leisten.»

«Wie Sie wollen.» Morse stand auf.

«Finden Sie es richtig, daß Sie so viel ausgehen, Sir? Zum Trinken, meine ich?» Lewis holte tief Atem und machte sich auf einen Sturm der Stärke zehn gefaßt. «Es wird ja immer schlimmer statt besser mit Ihnen.»

Morse setzte sich.

«Ich will Ihnen mal was sagen, Lewis. Was Sie von mir als Chef, als Kollege, als Kriminalbeamter, meinetwegen auch als Freund denken, ist mir durchaus wichtig. Aber was Sie von mir als Trinker denken, ist mir scheißegal. Alles klar?»

«Eben nicht», sagte Lewis ruhig. «Als Polizist, wo es um die Klärung von Mordfällen geht ...»

«Besser ‹wenn›, Lewis. Und ‹soweit› ...»

«Spielt doch keine Rolle.» Lewis' Stimme war schärfer geworden. «... tun Sie Ihre Arbeit, da hab ich keine Sorge, Sie wühlen und machen, bis Sie wissen, was los ist. Und wenn der Polizeipräsident sagen würde, daß Sie Ihre Arbeit nicht ordentlich tun, würde ich heute noch meine Kündigung einreichen. Nur sagt er so was nicht. Aber es könnte sein, daß er mal das sagt, was ich von anderen jetzt schon höre: daß Sie sich kaputtmachen. Nicht die Polizei, nicht die Abteilung, nicht die Mordkommission, sondern sich selbst.»

«Jetzt halten Sie aber mal die Luft an!» bullerte Morse los.

«Nein, das tue ich nicht. Sie haben mich eben als Freund bezeichnet. Als Freund sage ich Ihnen, daß Sie Ihre Gesundheit in Gefahr bringen, Ihren Ruhestand, Ihr Leben – alles.»

«Ich hab noch nie einem anderen Menschen vorgeschrieben, wie er zu leben hat», konterte Morse empört. «Und ich lasse mir in meinem Alter nicht vorschreiben, wie ich zu leben habe. Nicht mal von Ihnen.»

Es gab eine längere Pause. Dann fragte Lewis: «Darf ich noch was sagen?»

Morse zuckte gleichmütig die Schultern.

«Vielleicht ist es den meisten Leuten nicht weiter wichtig, ob Sie sich umbringen oder nicht. Sie haben keine Frau, keine Kinder, keine Angehörigen, nur diese Tante in Alnwick ...»

«Die ist inzwischen auch tot.»

«Na also! Was spielt es für eine Rolle? Wen kümmert es? Ich will Ihnen mal sagen, wen es kümmert. Mich. Und meine Frau. Und diese Ellie Smith.»

Morse sah auf die Schreibtischplatte herunter. «Jetzt nicht mehr.»

«Und Sie selbst sollte es kümmern. Ein bißchen jedenfalls.»

Morse schwieg lange, denn das, was sein Sergeant gesagt hatte, berührte ihn mehr, als er zugeben mochte.

«Hatten Sie vorhin was von einem Kaffee gesagt, Lewis?»

«Und ein Sandwich?»

«Und ein Sandwich.»

Bis zum frühen Nachmittag hatte Morse die meisten seiner Karten auf den Tisch gelegt und war sich mit Lewis darüber einig, daß Rachel James nicht das Opfer gewesen war, auf das der Mörder es abgesehen hatte. Beide hielten Geoffrey Owens für die wahrscheinlichere Zielperson. Die Fülle der Hinweise in den Unterlagen, die sie bei Owens gefunden hatten, machte sehr viel zusätzliche Arbeit nötig, und ziemlich rasch hatten sie einen Schlachtplan entwickelt, demzufolge Lewis und Dixon alle Spuren bis auf die in Soho verfolgen sollten.

«Ich könnte das wahrscheinlich ganz gut mit dem Besuch in Wimbledon verbinden», hatte Lewis angeboten, Morse damit aber nicht überzeugen können.

«Die Spur in Soho ist äußerst wichtig.»

«Glauben Sie wirklich?»

«Ja. Und deshalb ...»

Das Telefon läutete, und Morse nahm ab.

Owens hatte vor zehn Minuten, kurz nach drei, im Präsidium angerufen und gemeldet, daß während seiner Abwesenheit übers Wochenende in seiner Wohnung eingebrochen worden war.

«Sie kümmern sich um die Sache? Gut ... Nur der eine Gegenstand, soweit er das sagen kann? Aha ... Danke.»

Morse legte auf, und Lewis griff nach dem Ordner und sah seinen Chef fragend an.

Der schüttelte den Kopf. «Nein, nicht die Akte.»

«Was dann?»

«Eine wertvolle kleine Standuhr aus dem Wohnzimmer.»

«Muß ein Profi gewesen sein, Sir. Ein Kenner.»

«Fragen Sie mich was Leichteres. Von Uhren verstehe ich nichts.»

Lewis grinste. «Aber wir kennen beide einen, der Fachmann auf diesem Gebiet ist.»

30

Diese Welt und die nächste – und danach sind wir *aller* Sorgen ledig.

(General Gordons Tante zugeschrieben)

Kein Klopfen. Die Tür ging auf. Strange stand im Zimmer.

«Hat es sich noch nicht bis zu Ihnen herumgesprochen, Morse, daß die Pubs neuerdings am Sonntag ganztägig offen sind?»

Während Strange vorsichtig seine Körperfülle auf dem Sessel ihm gegenüber unterbrachte, dankte Morse seinen Sternen, daß Lewis mit dem Owens-Material am Fotokopierer stand.

«Ich arbeite nur ein paar Routinesachen auf, Sir.»

«Soso ...»

«Warum sind *Sie* denn hier?»

«Wegen meiner Frau», gestand Strange. «Am Sonntagnachmittag staubt sie immer das ganze Haus ab. Einschließlich meiner Person.»

Morse lächelte pflichtschuldigst, und Strange fragte: «Machen Sie Fortschritte?»

«Ja, wir verfolgen mehrere Spuren.»

«Hm ... Arbeitet Ihr Gehirn so reibungslos wie früher?»

«Sicher nicht.»

«Hm ... Sie sehen auch nicht danach aus.»

«Wir werden alle älter.»

«Leider.»

«Wie heißt es so schön? ‹Kein Weiser hat sich je gewünscht, jünger zu sein.›»

«Was für ein Quatsch.»

«Stammt nicht von mir, sondern von Jonathan Swift.»

Strange stützte die Ellbogen auf die Schreibtischplatte und den großen Kopf auf die großen Hände.

«Daß ich wahrscheinlich im September aufhöre, wissen Sie wohl ...»

Morse nickte. «Freut mich, daß man Sie gehen läßt.»

«Was soll denn das nun wieder heißen?»

«Für Mrs. Strange ist es doch sicher schön, Sie zu Hause zu haben. Stellen Sie sich mal vor, wie angenehm es ist, spät aufzustehen und zuzugucken, wenn alle anderen zur Arbeit hetzen – besonders am Montagmorgen. Darauf arbeiten wir doch alle hin – oder nicht?»

«Ja, bilden Sie sich denn ein, daß ich mich *dafür* zweiunddreißig Jahre abgeschuftet habe? Ich habe lange Ihren Job gemacht und in meiner Zeit fast so viele Mörder geschnappt wie Sie. Nur mit einer etwas anderen Methode. Meist habe ich gewartet, bis sie mir gewissermaßen in den Schoß gefallen sind. Normalerweise war das kein Problem: Eifersucht, Alkohol, Sex, der Nachbar mit der Frau im Bett. Der Knackpunkt ist das Motiv.»

«Ganz so einfach ist es allerdings nicht immer», sagte Morse, der diesen Sermon nicht zum erstenmal hörte.

«Jedenfalls nicht, wenn Sie mitmischen.»

«Der Fall will sehr vorsichtig behandelt werden, Sir, es gibt da eine Menge heikler Punkte ...»

«Zum Beispiel?»

«Zunächst mal im Hinblick auf Owens.»

«Haben Sie neue Beweise?»

«Uns sind da ein, zwei Gerüchte zu Ohren gekommen ...»

«Hm ... Mir ist heute nachmittag auch ein Gerücht zu Ohren gekommen. Bei Owens ist angeblich eingebrochen worden. Wahrscheinlich wissen Sie das schon?» Er beäugte Morse über seine Halbbrille hinweg.

«Ja.»

«Und gestohlen wurde nur ein Gegenstand. Eine Uhr, Morse.»

«Ja.»
«Wir haben nur ein, zwei Uhrenspezialisten im Revier, soweit ich weiß. Oder nur den einen?»
«Den einen?»
«Sie haben ihn wohl noch nicht gesprochen, seit er wieder draußen ist?»
«Wenn Sie Johnson meinen – ja, bei dem muß ich wohl bald einmal vorbeigehen.»
«Wie wär's mit morgen? Er dürfte Ihr Mann sein.»
«Morgen bin ich nicht da.»
«So?»
«London. Soho. Muß ein paar Sachen nachprüfen.»
«Ich begreife nicht, warum Sie diese mühselige Kleinarbeit nicht Sergeant Lewis überlassen.»
«Arbeitsteilung. Jemand muß es ja machen.»
«Wenn ich nicht vormittags eine Sitzung hätte, würde ich mitkommen. Mal wieder gewisse Sehenswürdigkeiten anschauen ...»
«Damit wäre möglicherweise Mrs. Strange nicht ganz einverstanden.»
«Wie kommen Sie darauf, daß ich es ihr erzählen würde?»
«Es – geht ihr gesundheitlich nicht besonders, nicht?»
Strange schüttelte den Kopf und sah zu Boden.
«Und wie geht's Ihnen, Sir?»
«Mir? Bestens, von der Schwerhörigkeit, der Glatze, den Hämorrhoiden und dem hohen Blutdruck mal abgesehen. Und dem Übergewicht. Und Ihnen?»
«Mir geht's gut.»
«Und wie geht's mit dem Trinken voran?»
«Wie ... ich meine ...»
«Zügig – wollten Sie das sagen?»
«Genau.»
Strange wandte sich zum Gehen. Lewis hatte offenbar schnell geschaltet, denn er war noch nicht wieder aufgetaucht.
Aber Strange war noch nicht ganz fertig. «Machen Sie sich eigentlich keine Sorgen um Ihre Leber bei dem vielen Alkohol?»

«An irgendwas müssen wir ja mal sterben, wie es so schön heißt.»

«Denken Sie manchmal ans Sterben?»

«Hin und wieder.»

«Glauben Sie an ein Leben nach dem Tod?»

Morse lächelte. «Der Gemeinderat von Slough hat neben einer der Kirchen ein Schild aufgestellt: Friedhof. Weg endet hier.»

«Also nein?»

«Nein», erwiderte Morse schlicht.

«Ist vielleicht auch besser, wenn es all das nicht gibt – Belohnung und Strafe und solche Sachen.»

«An Belohnung liegt mir sowieso nicht viel.»

«Ja, wenn man nicht ehrgeizig ist ...»

«Früher war ich das schon.»

«Sie hätten ganz nach oben kommen können, ist Ihnen das klar?»

«Aber es wäre kein Job gewesen, an dem ich Spaß gehabt hätte. Ich bin nun mal nicht der richtige Mann für Formblätter und Ausschußsitzungen ...»

«Und das Einhalten von Vorschriften, wie?» Strange hievte sich mühsam hoch.

«Wie bitte?»

«Verdammte Hämorrhoiden.»

Morse ließ nicht locker. «Wie haben Sie das eben gemeint, Sir?»

«Erstaunlich, wie gut die technische Ausstattung der Polizei heutzutage ist, wir haben sogar einen Farbkopierer, mit dem man Fotos wie die – ach, sagte ich das noch nicht, Morse? Ich habe mich vorhin im Kopierraum sehr nett mit Sergeant Lewis unterhalten. Sie haben inzwischen offenbar jede Menge Alternativen.»

«Jede Menge *Möglichkeiten*, Sir. Genaugenommen spricht man von einer Alternative dann, wenn man nur zwei Möglichkeiten hat.»

«Sie können mich mal, Morse!»

An diesem Abend lag Morse um Viertel vor zehn im Bett mit dem löblichen Vorsatz, noch ein paar Seiten aus Juliet Barkers *The Brontës* zu lesen. Aber er war noch nicht weit gekommen, als er an einem Satz hängenblieb:

> Charlotte bemerkte: «Ich bedaure es sehr, daß Sie Ihren Wohnsitz gewechselt haben, denn jetzt werde ich mich wieder verirren, Treppen hinauf- und hinuntergehen und in großer Drangsal vor verschiedenen Türen stehen und nicht wissen, welche ich öffnen soll.»

Ebensogut, dachte Morse, konnte er auch an dieser Stelle Schluß machen; bald darauf nickte er ein – noch halb aufrecht, das Buch auf der Decke, der Whisky (ein beispielloses Vorkommnis) nicht ganz ausgetrunken.

31

Eine Zeit
Älter als die Zeit der Chronometer, älter
Als die Zeit, die gezählt wird von besorgten Frauen,
Die wach liegend die Zukunft berechnen,
Versuchen, Vergangenheit und Zukunft zu entweben,
Entwinden, enträufeln – und zusammenzufügen.
(T. S. Eliot, *The Dry Salvages*)

Das Ergebnis der einen Wahl war bereits bekanntgegeben worden, und Ivan Thomas, in früheren Kommunalwahlen glückloser Kandidat der Labour Party, schickte sich an, sein Amt als Stadtrat für den Wahlkreis Gosforth in Kidlington bei Oxford anzutreten.

In dem fünf Meilen weiter südlich im goldenen Herzen von Oxford gelegenen Lonsdale College stand das Resultat einer anderen Wahl noch aus, wobei die Frauen der beiden Kandidaten weiter fleißig – und möglicherweise nicht allzu diskret – Stimmen sammelten. Beide waren (wie Morse) an diesem Sonntag abend relativ früh im Bett – wenn auch nicht unbedingt in ihrem eigenen.

Shelly Cornford hatte im Badezimmer immer lange damit zu tun, die schönen, gesunden Zähne mit Zahnseide zu bearbeiten. Als sie ins Schlafzimmer kam, saß ihr Mann aufrecht im Bett und las die Literaturbeilage der *Sunday Times*. Er sah zu, wie sie das lila Jaeger-Kleid auszog und den schwarzen BH aufhakte, so daß er die vollen Brüste freigab. Fast hätte er in diesem Moment etwas gesagt, aber sein Mund war plötzlich staubtrocken, und er schwieg. Außerdem war es nur ein unbedeutender Vorfall gewesen, wahrscheinlich war sich seine Frau gar nicht darüber im klaren, wie sie mit einer Berührung, einem Blick, einer Bewegung ihres Körpers auf gewisse Männer wirkte. Aber er war nie eifersüchtig gewesen.

Oder versuchte zumindest, es nicht zu sein.

Sie stieg in ihrem oxfordblauen Pyjama ins Bett und wandte sich kurz ihm zu.

«Warum war Julian heute abend nicht beim Essen?»

«Er mußte in Durham einen Vortrag halten, kommt aber abends noch zurück, Angela wollte ihn vom Bahnhof abholen.»

«Ach so.»

«Warum fragst du?»

«Nur so. Gute Nacht, mein Schatz, träum süß.»

Sie hauchte ihm über die schmale Lücke zwischen den Betten einen Kuß zu, drehte sich dann um und kuschelte sich in die grünen Kissen.

«Laß bitte nicht mehr so lange das Licht an.»

Wenige Minuten später lag sie ganz still und atmete tief und gleichmäßig. Sie ist wohl eingeschlafen, dachte er.

So leise wie möglich schob auch er sich unter die Decke, machte das Licht aus und versuchte – zunächst ohne viel Erfolg – ebenfalls in den Schlaf zu finden.

Nach der Abendandacht in der Kapelle hatten sich die Fellows und ihre Gäste wie üblich auf einen Sherry im Haus des Master eingefunden, ehe sie sich um halb acht am selben Abend an die erhöhte Tafel im Speisesaal zum Abendessen setzten, während die Studenten auf den langen Bänken unter ihnen Platz nahmen. Ehe sie das Haus des Master verließen, hatte Denis sich nach seiner Frau umgesehen. Sie stand am Kamin und sprach mit David Mackenzie, einem glänzenden Mathematiker von beachtlicher Leibesfülle, der rasch den Brief zusammenfaltete und wegsteckte, den er Shelly gezeigt hatte.

Völlig unwichtig, nicht wahr? An sich schon. Nur – er,

Denis Cornford, wußte, was in dem Brief stand, und zwar aus dem einfachen Grund, weil Mackenzie in der vergangenen Woche im Senior Common Room auch ihm jene lilafarbenen, parfümierten Blätter gezeigt hatte. Cornford erinnerte sich ziemlich genau an den entsprechenden Absatz. Offenbar war dieses Schreiben für Mackenzie der Höhepunkt dieses Trimesters gewesen:

> Weißt Du noch, was Du an jenem Abend auf meine Speisekarte geschrieben hast? Deine Schrift war ein bißchen verwackelt (!), und ich konnte das eine Wort nicht richtig lesen: ‹Ich würde dich zu gern ausführen und mit dir f-n›. Ich denke, es sollte ‹flirten› heißen, der erste Buchstabe war eindeutig ein ‹f›. Könnte was Unanständiges, könnte aber auch was völlig Harmloses sein. *Bitte* klär mich auf!

Natürlich war es albern, sich über so etwas Gedanken zu machen. Aber da war noch etwas. Die beiden hatten wie zwei Teenager miteinander gekichert, und Shelly hatte ihre Hand auf den Arm des jüngeren Kollegen gelegt. Es war eine seltsame Vertraulichkeit, die aus dieser Haltung sprach und die ihn, Denis Cornford, ausschloß.

Könnte was Unanständiges sein.

Aber auch völlig harmlos …

«Würdest du mich auch lieben, wenn ich einen Pickel auf der Nase hätte?»

«Käme auf die Größe an, mein Schatz.»

«Aber auf meinen Körper hast du nach wie vor Lust, nicht? Trotz der Krampfadern …»

Sir Clixby machte bildlich gesprochen einen eleganten Schritt zur Seite, um ihrem Frontalangriff auszuweichen.

«Du bist eine sehr begehrenswerte Frau, und das weißt du auch.» Er ließ seine Hände über ihre nackten Schultern gleiten und streichelte die Rundung ihrer Brüste.

«Ich hoffe, ich kann noch was für dich tun», flüsterte sie. «Schließlich hast du ja versprochen, daß du für mich auch was tust.»

An Sir Clixby war ein Diplomat verlorengegangen.

«Ich dachte, der Bischof würde heute abend nie aufhören. Bei nächster Gelegenheit muß ich mir den Kaplan vorknöpfen. Weiß der Himmel, wo er den Mann aufgetrieben hat.»

Sie rückte noch ein Stück näher an ihn heran. «Komm schon, wir haben nicht die ganze Nacht Zeit. Julians Zug kommt zehn nach zehn an.»

Zwei Professoren standen auf dem Kopfsteinpflaster vor dem Lonsdale College zusammen, als die Uhr von Great Saint Mary's zehn schlug, und ein Student, der in diesem Moment durch das Haupttor ging, schnappte einen kurzen Gesprächsfetzen auf:

«Eine Frau wie *sie* in der Lodge? Undenkbar.»

Aber welche Frau gemeint war, sollte der Passant nicht erfahren.

32
Montag, 26. Februar

Was soll ich aus dir machen, Ephraim?
Wie soll ich dich schützen, Israel?
(*Hosea* 11, 8)

Um 8.45 Uhr saßen Morse und Lewis zusammen und tauschten ihre Gedanken über den Fall aus, als die blonde junge Schreibkraft, die bereits die Aufmerksamkeit von Superintendent Strange erregt hatte, mit der Post hereinkam. Sie war neu im Schreibzimmer, bestens empfohlen von der angesehenen Marlborough-Sekretärinnenakademie auf der High Street und mit einer eindrucksvollen Urkunde ausgestattet, die ihr bescheinigte, daß sie 120 Wörter pro Minute stenographieren konnte.

«Ihre Post, Sir.» Sie sah ihn verängstigt an. «Der oberste Brief da ... ich hatte einfach nicht gesehen ...»

Aber Morse hatte das Briefblatt schon aus dem weißen Umschlag genommen, der in der linken oberen Ecke den Vermerk PERSÖNLICH UND STRENG VERTRAULICH trug.

Hallo Morse!

Weihnachten hab ich versucht, Dich an die Strippe zu kriegen, aber es hieß, daß Du anderweitig beschäftigt warst – wahrscheinlich in der Kneipe. Ich werde heiraten. Nein, keine Angst, diesmal wünsche ich mir nichts von Dir!! Er ist nett, er hat einen anständigen Job, er sagt, daß er mich liebt, und er ist gut im Bett, also was soll's! Ich liebe ihn eigentlich nicht, und Du weißt genau warum, Du blöder alter Sack: Weil ich mich in Dich verliebt habe und genauso blöd bin wie Du. Der heilige Antonius hat gemeint, ich soll Dir was sagen, aber ich tu's nicht. Ich möchte die Arme um Dich legen und Dich ganz fest drücken. Himmel noch mal! Warum hast Du Dir nicht ein bißchen mehr Mühe gegeben, mich zu finden?

Ellie

Keine Adresse.

Natürlich nicht.

«Haben Sie den Brief gelesen?» fragte Morse tonlos und sah seine Sekretärin starr an.

«Nur bis ... bis ich gemerkt hatte ...»

«Sie hätten ihn nicht aufmachen dürfen.»

«Nein, Sir», flüsterte sie.

«Sie können tippen?»

Sie nickte.

«Und stenographieren?»

Sie nickte hilflos.

«Aber lesen können Sie nicht?»

«Wie ich schon sagte, Sir ...» Jetzt kamen die Tränen.

«Ich habe gehört, was *Sie* gesagt haben. Jetzt werden Sie sich anhören, was *ich* zu sagen habe. So etwas wird nie wieder vorkommen.»

«Ich verspreche Ihnen, Sir, daß ...»

«Jetzt sperren Sie die Ohren auf!» In Morses Augen war plötzlich ein fast manisches Glitzern, seine Nasenflügel weiteten sich in unterdrückter Wut, und er wiederholte langsam und leise: «Es wird nie wieder vorkommen, wenn Sie die Stellung bei mir behalten wollen. Ist das klar? *Nie wieder.* Und jetzt raus mit Ihnen, ehe ich böse werde.»

Es dauerte eine Weile, bis der erschrockene Lewis seine Stimme wiedergefunden hatte.

«Worum ging's denn?» fragte er schließlich.

«Jetzt stecken Sie nicht auch noch Ihre verdammte Nase …» Morse unterbrach sich und schob seinem Sergeant den Brief zu, während er todtraurig die Wandtäfelung anstarrte.

Lewis las den Brief und blieb stumm.

«Ich hab offenbar nicht viel Glück bei den Damen …», stellte Morse fest.

«Den Anhänger trägt sie aber offenbar noch.»

«Das will ich hoffen.» Morse hätte vielleicht noch mehr gesagt, aber in diesem Moment klopfte es, und Constable Learoyd erschien auf der Bildfläche.

Morse übergab ihm die Zeitungsausschnitte über Lord Hardiman und das Foto und umriß Learoyds Auftrag.

«Sie werden versuchen, soviel wie möglich herauszubekommen. Sehr vielversprechend sieht es nicht aus, ich weiß. Heutzutage ist für einen Erpresser mit so was nicht viel zu holen, aber Owens war offenbar anderer Meinung, und das ist der springende Punkt. Uns interessiert nicht, wie oft Seine Lordschaft sich im Puff vergnügt hat, sondern welcher Art seine Verbindung zu Owens ist.»

Learoyd nickte zum Zeichen, daß er verstanden hatte, wirkte aber nicht sehr glücklich.

«Also dann viel Erfolg.»

Learoyd zögerte. «Wo könnte ich anfangen, Sir – was meinen Sie?»

Morse verdrehte die Augen. «Sie könnten sich zum Beispiel *Debrett's Peerage* zur Hand nehmen und Seine Lordschaft dort nachschlagen, damit Sie zumindest wissen, wo er wohnt.»

«Und wo finde ich den *Debrett*?»

«Versuchen Sie's mal in dem großen Haus im Zentrum von Oxford, am Bonn Square, vielleicht haben Sie schon mal davon gehört. Es nennt sich Zentralbibliothek.»

Der zweite Vorgang in dem Aktenordner war, wie Lewis heute vormittag bereits festgestellt hatte, überholt. Die Anwaltskanzlei in Cheltenham war 1992 aufgelöst worden, die Mandanten waren in alle Winde verstreut und nicht mehr zu erreichen.

Vorgang Nummer drei wurde den gewaltigen Pranken von Constable Elton anvertraut, der das Zimmer wieder verließ, kaum daß er hereingekommen war, nachdem er kurz und kommentarlos den fülligen Pädophilen aus St. Albans gemustert hatte.

«Lassen Sie mich nur machen, Sir.»

«Außerdem können Sie sich hier mal umsehen.» Morse übergab ihm die Dokumentation zu Vorgang vier – die Abrechnungen der Firma für chirurgische Instrumente in Croydon.

«Guter Mann», bemerkte Lewis, nachdem die Tür sich hinter Constable Eltons breitem Rücken geschlossen hatte.

«Mir ist Learoyd zehnmal lieber», erklärte Morse überraschend. «Wenigstens hatte er so viel Grips, ein paar dämliche Fragen zu stellen.»

«Da kann ich Ihnen nicht ganz folgen, Sir.»

«Würden Sie nicht ein paar Ratschläge haben wollen, bevor Sie zu einem Unternehmen gehen, das chirurgische Instrumente verkauft? Bei Elton mit seinem Bierbauch denken die Leute wahrscheinlich, er will ein Bruchband erstehen.»

Lewis widersprach nicht.

Aber er wußte es besser.

Auch Vorgang fünf war nach den Ermittlungen des Sergeant überholt. Die Adresse, die Owens auf den Brief geschrieben hatte, war die eines Heims für geistig Behinderte in Wimbledon. Eine Überprüfung des Sozialamts hatte krasse und fahrlässige Versäumnisse aufgedeckt, seit zwei Jahren war die Einrichtung geschlossen, Geschäftsführung und Pflegepersonal waren anderweitig beschäftigt oder freigestellt.

Allerdings war seitens der Staatsanwaltschaft keine Anklage erhoben worden.

«Die hätten da wahrscheinlich auf verlorenem Posten gestanden», mutmaßte Lewis.

Morse nickte zustimmend. «Auf verlorenem Posten», wiederholte er nachdenklich. «Einer dieser Ausdrücke aus der militärischen Terminologie, mit denen unsere Sprache durchsetzt ist. ‹Es ist nicht zu leugnen, daß der Krieg ein Übel ist, aber er läßt sich nicht vermeiden.› Das hat ein Deutscher gesagt, Lewis. Friedrich der Große, wenn ich mich recht erinnere.»

«Hochinteressant, Sir.»

Morse vertiefte sich, ohne auf den ironischen Ton seines Sergeant einzugehen, erneut in die vier Buchstabenpaare, die zu Vorgang sechs gehörten:

AM✓ DC✓ JS✓ CB

von denen die ersten drei mit rotem Kugelschreiber abgehakt waren.

«Was meinen Sie?» fragte Lewis.

«JS heißt natürlich Jonathan Swift. Über den habe ich erst gestern mit dem Super gesprochen.»

«Julian Storrs?»

Morse lächelte. «Vielleicht sind es alles Professoren vom Lonsdale.»

«Ich kümmere mich drum.»

«Bleiben also Vorgang sieben und acht, die ich beide in Ihre fähigen Hände lege, Lewis. Und mein kleiner Auftrag in Soho, Vorgang neun.»

«Kaffee, Sir?»

«Orangensaft. Mit Eis.»

Nachdem Lewis das Zimmer verlassen hatte, las Morse tief verletzt Ellies Brief noch einmal und überlegte, ob es den Menschen im klassischen Altertum wohl genauso schwergefallen war wie ihm, mit derart herben Enttäuschungen fertig zu werden. Doch zumindest war die Geschichte jetzt vorbei, und auf lange Sicht wurde dadurch vieles leichter. Er zerriß den Brief in zwei, in vier, in acht, in sechzehn, in zweiunddreißig Stücke und hätte ihn in vierundsechzig Teile zerlegt, wenn er dazu genug Kraft in den Händen gehabt hätte, dann ließ er die winzigen Quadrate in den Papierkorb flattern.

«In der Kantine haben sie kein Eis, Sir. Die Maschine hat ihren Geist aufgegeben.»

Morse zuckte gleichmütig die Schultern, und Lewis beschloß, den günstigen Moment zu nutzen, um etwas loszuwerden, was ihm auf der Seele lag.

«Da wäre noch eine Sache, Sir ...»

Morse sah ihn scharf an. «Sie werden jetzt hoffentlich nicht von mir wissen wollen, wo Lonsdale ist!»

«Nein. Ich wollte Sie nur bitten, nicht zu streng mit Ihrer neuen Sekretärin zu sein.»

«Was zum Teufel geht das Sie an?»

«Eigentlich gar nichts, Sir.»

«Eben. Und wenn ich verdammt noch mal Ihre Ratschläge zur Behandlung meiner Schreibkräfte haben will, werde ich Sie darum bitten. Alles klar?»

Morses Augen funkelten erneut, und jetzt kam auch Lewis die Galle hoch, so daß er ohne ein weiteres Wort das Büro seines Vorgesetzten verließ.

Es war kurz vor zwölf, und Jane Edwards gab gerade ihrem Kündigungsschreiben den letzten Schliff, als Morse sie über die Gegensprechanlage in sein Büro rief.

«Setzen Sie sich.»

Sie gehorchte. Der Chief Inspector wirkte müde, das Weiße in seinen Augen war rot geädert.

«Tut mir leid, daß ich Sie angeblafft habe, Jane. Das wollte ich Ihnen nur sagen.»

Sie blieb wie gelähmt sitzen.

Sehr leise fuhr er fort: «Bitte versuchen Sie, mir zu verzeihen, ja?»

Sie nickte hilflos. Als sie ohne ein weiteres Wort aufstand und ging, sah Morse ihr traurig und fast dankbar nach.

Im Schreibzimmer wischte sich Ms. Jane Edwards verstohlen die letzten Tränen ab, die ihr langsam über die Wangen liefen, riß ihren so sorgfältig formulierten Brief in vierundsechzig Stücke und war plötzlich, als hätte der heilige Antonius ein Wunder gewirkt, ganz unerklärlich glücklich.

33

Eine vor kurzem durchgeführte Erhebung ergab, daß 80,5 % der Hochschullehrer in Oxford nach potentiell pornographischen Angeboten im Internet suchen, ehe sie sich dieser Einrichtung für ihre eigene Disziplin oder zu Forschungszwecken bedienen. Die Quote bei den Studenten an derselben Hochschule liegt um 2 % niedriger.

(TERENCE BENCZIK, *A Possible Future for Computer Technology*)

Bis zu seinem zwölften Lebensjahr hatte es für Morse an Lesestoff wenig mehr gegeben als wöchentlich einmal das Groschenheft *Dandy* und einmal im Monat das *Meccano Magazine*, dessen Wirkung insofern weitgehender war, als ihm Morse eine lebenslange Leidenschaft für Modelleisenbahnen und für die Eisenbahn als reales Verkehrsmittel verdankte. Als er auf dem Bahnsteig eins des Oxforder Bahnhofs stand, freute er sich deshalb schon sehr auf die Fahrt, nicht zuletzt, weil er die Reise für die Lektüre eines Buches nutzen wollte. Aus diesem löblichen Vorhaben wurde allerdings in den meisten Fällen nichts, und als der pünktlich um 14.15 Uhr in Oxford abgehende Zug 59 Minuten später in Paddington eintraf, von wo Morse sich unverzüglich mit dem Taxi zu New Scotland Yard begab, hatte er keine einzige Seite gelesen.

In New Scotland Yard wußte man von seinem Kommen, aber es war reiner Zufall, daß er in der Eingangshalle Paul Condon, dem Commissioner der Metropolitan Police, über den Weg lief.

«Sie werden schon erwartet, Morse. Ich kann leider nicht bleiben. Pressekonferenz. Diesmal habe ich nicht nur die ethnischen Minderheiten, sondern auch noch die ethnischen Mehrheiten auf dem falschen Fuß erwischt. Und das alles nur, weil ich wieder ein paar Daten zur Entwicklung der Kriminalität rausgelassen habe.»

Morse nickte und hätte seinem alten Freund gern etwas mit auf den Weg gegeben. Zum Beispiel, daß das Klettern nie umsonst ist, wenn man sich daranmacht, den Berg der Wahrheit zu besteigen. Doch das Zitat fiel ihm erst ein, als er im vierten Stock den Aufzug verließ, wo ihn Sergeant Rogers von der Sitte erwartete.

In dessen Büro legte Morse die Fotos des Striplokals auf den Tisch. Mit der Geschwindigkeit eines versierten Ornithologen, der eine bestimmte Papageienart identifiziert, hatte Rogers erkannt, um welches Etablissement es sich handelte.

«Geht von der Brewer Street ab.» Er klappte einen Plan von Soho auf. «Kommen Sie, ich zeig's Ihnen ...»

Es war bedeckt und nieselig-feucht, als Morse am frühen Abend wie ein moderner Orpheus den Tiefen der U-Bahn-Station Piccadilly Circus entstieg, von wo aus er sich nach einem kurzen Blick auf seinen Stadtplan auf ziemlich direktem Wege zu einer schmalen, schmuddeligen Straße begab, deren Etablissements XXX-Videos und Magazine (importiert), Sexshows (live), Striptease (ohne Pause) – und eine Auswahl frischer Sandwiches anpriesen.

Das Striplokal, vor dem er stehenblieb, war unverkennbar *Le Club Sexy*, allerdings trug es inzwischen den prosaischen Namen *Girls Girls Girls*. Im Vergleich dazu hatten die früheren Besitzer mit ihrer Namensgebung einen geradezu üppigen Einfallsreichtum bewiesen.

Irgend etwas – vielleicht ein Drang zu Höherem – veranlaßte Morse, den Blick von der schrillen Fassade im Erdgeschoß zu der eindrucksvollen Architektur der Obergeschosse zu erheben.

Allerdings nicht lange.

«Kommen Sie rein aus dem Regen, Sir. Hübsche Mädchen warten auf Sie.»

Morse zeigte seinen Ausweis und trat in den Schutz des engen Vorraums.

«Kennen Sie die da?»

Die junge Frau, deren schwarze Strümpfe und schwarzer Minirock sich da trafen, wo ihre Oberschenkel anfingen, warf nur einen flüchtigen Blick auf das Foto, das Morse ihr unter die Nase hielt.

«Nein.»

«Wem gehört der Laden? Ich möchte den Besitzer sprechen.»

«Die Besitzerin. Aber die is jetzt nich da. Schau doch später noch mal rein, Süßer.»

Ein behelmter Polizist ging langsam auf der anderen Straßenseite vorbei, und Morse rief ihn zu sich.

«Okay», sagte die junge Frau rasch. «Sie waren schon mal hier, nich?»

«Äh … ja. Einer meiner Mitarbeiter.»

«Meine Mama hat sie gekannt, das hab ich dem anderen Typ auch gesagt. Moment.»

Sie ging rasch die schmuddelige Treppe hinunter.

«Was kann ich für Sie tun, Sir?»

Morse zeigte seinen Dienstausweis. «Wenn Sie mich ein paar Minuten im Auge behalten könnten …»

Doch das erwies sich als unnötig. Drei Minuten später hatte Morse eine Adresse in der Praed Street, nur ein paar hundert Meter von Paddington Station entfernt, wo er vorhin am Eingang zur U-Bahn das Bronzestandbild eines seiner Helden, Isambard Kingdom Brunel, bewundert hatte.

Morse fuhr mit der Tube zurück. Es war eine recht sonderbare Rundfahrt gewesen.

Sie war zu Hause und bat ihn hinein.

Und Morse nahm, auf einem mottenzerfressenen Sofa sitzend, dankend eine Tasse Nescafé an.

«Angie Martin? Miese kleine Nutte, aber große Rosinen im Kopf.»

«Erzählen Sie mir ein bißchen was von ihr.»

«Sie sind schon der zweite …»

«Äh, ja. Einer meiner Mitarbeiter …»

«Der andere war kein Bulle. Ausgeschlossen. Da wette ich um zwei Zwanziger mit Ihnen.»

«Was wollte er denn wissen?»

«Wahrscheinlich dasselbe wie Sie.»

«Muß ja eine tolle Braut gewesen sein.»

«Phantastische Beine, das muß ihr der Neid lassen. Die meisten kriegen heutzutage doch keinen gekonnten Strip mehr hin.»

«Aber sie war gut?»

«Und ob. Die Kerle waren ganz verrückt nach ihr, haben ihr Fünfer zwischen die Titten und in die Strapse gesteckt. Jede Menge.»

«Sie war demnach so was wie ein Kassenmagnet.»

«War sie.»

«Und dann?»

«Einer von diesen Typen hat sich an sie rangemacht, sich nach der Show mit ihr getroffen und so und hat wohl romantische Anwandlungen gekriegt, der Dussel, jedenfalls hat er sie mitgenommen. Vornehmer Pinkel. Hat ihr alles geboten, was sie nur wollte – feine Klamotten, Geld, Hotels und und und …»

«Wissen Sie noch, wie er hieß?»

«Ja. Der andere Typ hat mir ein Foto von ihm gezeigt.»

«Und er hieß –»

«Julius Caesar. Oder so ähnlich.»

Morse zückte das Foto von Mr. und Mrs. Julian Storrs.

«Genau. Das ist er. Mit Angie.»

«Wissen Sie, weshalb ich mich nach ihr erkundige?»

Sie warf ihm einen schlauen Blick zu. Das gelbe Krisselhaar hatte einen breiten grauen Ansatz an Stirn und Schläfen.

«Ich kann's mir ungefähr denken.»

«Hat Ihnen das mein – äh – Kollege erzählt?»

«Nee, das hab ich mir selber zusammengereimt. Sie wollte vergessen, wer sie war, wollte nicht rauslassen, daß sie mal 'ne billige Nutte gewesen ist, die ihre Beine für'n Fünfer breitgemacht hat. Na ja, Klasse hatte Angie schon, da gibt's nichts.»

«Wären Sie bereit, nach Oxford zu kommen – wir zahlen Ihnen natürlich Ihre Unkosten –, um ein Protokoll zu unterschreiben?»

«Oxford? Klar, warum nicht? Hat auch Klasse, der Ort, nich?»

«Ja, so könnte man es sagen.»

«Was hat sie denn angestellt? Worum geht's denn bei Ihren Ermittlungen?»

«Um Mord», sagte Morse leise.

Nach getaner Arbeit überquerte Morse die Praed Street und betrat den Bahnhof Paddington. An der großen Anzeigetafel sah er nach, wann der nächste Zug nach Slough, Maidenhead, Reading, Didcot, Oxford ging.

Noch vierzig Minuten.

Er kehrte zurück zum U-Bahn-Eingang, trat die Zigarette aus, ging langsam zur Fahrkartenausgabe und überlegte, ob er sich erneut eine Fahrkarte der Bakerloo Line nach Piccadilly Circus kaufen sollte, um sich dort nunmehr den im Erdgeschoß angesiedelten Attraktionen von Soho zu widmen.

34

Wenn der durchschnittliche, gesunde, ausgeglichene Erwachsene morgens um halb acht aufsteht, fühlt er sich schlicht gerädert.

(Jean Kerr, *Where Did You Put the Aspirin?*)

Julian Storrs hatte vormittags eine Vorlesung und am frühen Nachmittag eine Konferenz, so daß er erst am späten Nachmittag für Lewis zur Verfügung stand. Als es dann aber Punkt vier an seinem Haus klingelte, einer großen Backsteinvilla an der Polstead Road in dem viktorianischen Vorort, der sich nördlich von St. Giles' bis Summertown erstreckt, war er bereit.

Lewis nahm dankend das Angebot von frisch gebrühtem Kaffee an, und wenig später saßen sich die beiden Männer in dem Wohnzimmer mit der hohen Decke und den eleganten, frisch polierten Mahagonimöbeln gegenüber. Lewis erläuterte sein Anliegen.

Im Zuge der Ermittlungen im Mordfall Rachel James war der Name von Storrs oder zumindest sein Foto ins Blickfeld gerückt. Storrs sah schweigend auf das Doppelporträt im Paßbildformat herunter.

«Das sind doch Sie, Sir? Sie und Ms. James?»

Storrs holte tief Atem. «Ja.»

«Sie hatten ein Verhältnis mit ihr?»

«Wir ... ja, so kann man es wohl sagen.»

«War das jemandem bekannt?»

«Nicht daß ich wüßte.»

«Möchten Sie darüber reden?»

Storrs redete. Allerdings nicht lange ...

Kennengelernt hatte er sie vor über einem Jahr, als er sich eine Muskelzerrung im rechten Oberschenkel zugezogen hatte, nachdem er leichtsinnigerweise mit dem Joggen angefangen hatte. Sie war Physiotherapeutin, Masseuse, Muskeltrainerin oder wie immer man so was heutzutage nannte. Und nach zwei oder drei Terminen bei ihr hatten sie sich auch außerhalb des Behandlungsraums getroffen. Er hatte sich wohl ein bißchen – nein, er mußte sich wohl sehr in sie verliebt haben, da er so viel für sie riskiert hatte. Einmal im Monat oder alle sechs Wochen waren sie zusammengewesen, wenn er irgendwo einen Vortrag gehalten oder eine Tagung besucht hatte. Meist in London, dort hatten sie am späten Vormittag ein Doppelzimmer in einem der Hotels hinter Paddington Station genommen, ein, zwei Flaschen Champagner getrunken, den Nachmittag über miteinander geschlafen und – ja, das war's auch schon.

«Ziemlich kostspieliger Tag, Sir. Fahrkarten, Hotel, Champagner, etwas zu essen …»

«Nicht besonders kostspielig, nein. Rückfahrkarten zum Sondertarif, ein preiswertes Hotel, Champagner der mittleren Preislage und mittags ein Sandwich im Pub. Hundertzwanzig, hundertdreißig Pfund, mehr nicht.»

«Ms. James haben Sie nichts für ihre Dienste gegeben?»

«Es war nicht so etwas. Nein. Ich denke – ich hoffe –, daß sie gern mit mir zusammen war. Aber gegeben habe ich ihr trotzdem etwas. Sie war ziemlich knapp bei Kasse – ihre Hypothek, Ratenzahlungen, die Miete für die Praxis …»

«Wieviel, Sir?»

«Hundert Pfund. Manchmal ein bißchen mehr.»

«Weiß Mrs. Storrs davon?»

«Nein. Und sie darf es auch nicht erfahren.» Diesen scharfen, herrischen Ton hörte Lewis bei Storrs jetzt zum erstenmal.

«Wie haben Sie ihr diese Ausgaben erklärt?»

«Wir haben getrennte Konten. Meine Frau bekommt von mir eine monatliche Summe zur beliebigen Verwendung.»

Lewis lächelte schüchtern. «Sie hätten immer sagen können, daß es Spenden für Oxfam waren.»

Storrs sah traurig auf den olivgrünen Teppich herunter. «Ja. Wahrscheinlich hätte ich sogar das fertiggebracht ...»

«Warum haben Sie sich nicht mit uns in Verbindung gesetzt? Wir haben mehrmals alle Bekannten von Rachel gebeten, sich zu melden, und hatten strengste Diskretion zugesagt.»

«Ja, verstehen Sie denn das nicht? Ich wollte auf keinen Fall in diese Sache hineingezogen werden.»

«War das Ihre einzige Sorge?»

«Wie meinen Sie das?»

«Hat jemand versucht, Sie wegen Ihres Verhältnisses mit Rachel zu erpressen?»

«Aber nein, wie kommen Sie denn darauf?»

Lewis trank den Rest seines nie richtig heißen und jetzt völlig kalten Filterkaffees.

«Ich glaube Ihnen nicht, Sir», sagte er leise.

Und allmählich kam nun die Wahrheit – oder ein Teil der Wahrheit – ans Licht.

Vor etwa vierzehn Tagen hatte Storrs einen Brief ohne Unterschrift bekommen, auf dem als Adresse ein Postfach angegeben war und dessen Absender behauptete, er sei im Besitz von Beweisen, die er an die Öffentlichkeit bringen würde, falls keine Zahlung erfolgte.

«Wieviel?» fragte Lewis.

«Fünftausend Pfund.»

«Und die haben Sie gezahlt?»

«Nein. Aber ich war dumm genug, tausend Pfund in Fünfzig-Pfund-Noten zu schicken.»

«Und haben Sie die Beweise zurückbekommen?»

Storrs sah erneut auf den Teppich hinunter und schüttelte den Kopf.

«Sehr vernünftig haben Sie sich da ja nicht verhalten, Sir ...»

«In der Rhetorik nennt man so einen Satz eine Litotes.»

«Haben Sie den Brief behalten?»
«Nein», log Storrs.
«Haben Sie sich die Postfachnummer notiert?»
«Nein», log Storrs.
«War es ein Postfach bei einer Lokalzeitung?»
«Ja.»
«*Oxford Mail*?»
«*Oxford Times*.»

Die Tür ging auf, und eine elegante dunkelhaarige Frau trat ein, die eine Sonnenbrille und einen schwarzen Hosenanzug trug und «Beine bis zu den Achselhöhlen» hatte, wie Lewis es später ausdrückte.

Mrs. Angela Storrs stellte sich kurz vor und griff nach den leeren Tassen.

«Noch einen Kaffee, Sergeant?»

Ihre Stimme, recht tief, recht angenehm, hätte man in den Grafschaften um London herum angesiedelt.

«Nein, danke. Er war ausgezeichnet.»

Die Augen hinter der Sonnenbrille lächelten – jedenfalls hatte Lewis diesen Eindruck. Und während sie die Tür leise hinter sich schloß, überlegte er, wo sie wohl während des Gesprächs gewesen war. Hatte sie an der Tür gelauscht? Hatte sie gehört, was ihr Mann ihm erzählt hatte? Oder wußte sie das schon?

Dann ging die Tür noch einmal auf.

«Bitte vergiß nicht, daß du heute abend noch mal weg mußt, Liebling. Allzuviel Zeit bleibt dir nicht mehr ...»

Lewis nahm das Stichwort auf und beeilte sich, mit der Befragung fortzufahren.

«Würden Sie mir bitte genau sagen, was Sie am Montag zwischen sieben und acht Uhr morgens gemacht haben, Sir?»

«Am Montag morgen? Tja ...» Lewis spürte, wie Storrs plötzlich lockerer wurde, als sei der heikle Teil der Befragung überstanden, so daß er es sich erlauben konnte, wieder in seinen üblichen professoralen Ton zu verfallen.

«Ich wünschte nur, ich könnte alle Fragen meiner Studenten so eindeutig beantworten. Ich lag mit meiner Frau im Bett, und wir hatten Geschlechtsverkehr. Und warum erinnere ich mich daran so deutlich, Sergeant? Weil das in den letzten Jahren nicht allzu häufig vorkommt und ehrlich gesagt nicht mehr ganz so genußreich ist wie früher.»

«Und das war – äh – zwischen sieben und acht?» fragte Lewis ein wenig skeptisch.

«Was Ihrer Meinung wohl eine recht lange Zeit ist ... Stimmt. Präziser hätte ich wohl sagen müssen, von zwanzig bis fünfundzwanzig nach sieben. Ich weiß noch, daß Angela – Mrs. Storrs – mich bat, um halb acht die Nachrichten anzustellen. Sie ist ein großer Fan von *Today* und hält sich gern auf dem laufenden. Wir bekamen gerade noch den letzten Teil der Sportnachrichten mit und hörten dann die Schlagzeilen des Tages um halb acht.»

«Ah ja ...»

«Glauben Sie mir das?»

«Meinen Sie, daß Mrs. Storrs sich ebenso deutlich daran erinnern würde wie Sie, Sir?»

Storrs' Lachen klang ein wenig bitter. «Fragen Sie sie doch selber. Soll ich sie herbitten? Ich lasse Sie mit ihr allein.»

«Ja, das wäre nett ...»

Storrs stand auf und ging zur Tür.

«Nur noch eine Frage, Sir.» Auch Lewis war aufgestanden. «Haben Sie nicht auch das Gefühl, daß es sehr naiv war, das Geld zu schicken? Jeder hätte Ihnen sagen können, daß Sie sich damit nur einen zweiten Erpresserbrief einhandeln würden.»

Storrs kam noch einmal zurück.

«Sind Sie verheiratet, Sergeant?»

«Ja.»

«Wie würden Sie das Foto erklären, das Sie mir gezeigt haben?»

Lewis holte noch einmal das Paßbild hervor.

«Ganz einfach. Sie sind ein bekannter Mann, Sir, ein gutaussehender und vermutlich vielfach umschwärmter Mann obendrein. Angenommen, eine Ihrer Studentinnen läuft Ihnen auf dem Bahnhof über den Weg und bittet Sie, sich mit ihr fotografieren zu lassen. In einer dieser Kabinen, in denen man vier Farbaufnahmen in vier Minuten kriegt. Damit sie das Bild mit sich herumtragen kann wie manche Mädchen die Bilder von Popstars.»

Storrs nickte. «Raffinierte Idee. Schade, daß ich darauf nicht gekommen bin. Äh – darf ich Sie etwas fragen?»

«Ja?»

«Warum sind Sie immer noch Sergeant?»

Lewis konterte mit einer Gegenfrage:

«Wie ich höre, kandidieren Sie als neuer Master von Lonsdale?»

«Ja. Und deshalb werden Sie verstehen, weshalb diese ganze Sache ...»

«Ja, natürlich.»

Storrs' Gesicht erhellte sich.

«Wir sind nur zu zweit. Dr. Cornford – Denis Cornford – und ich. Möge der Bessere gewinnen», sagte er so beiläufig, als ginge es um eine Scrabblemeisterschaft. Dann rief er Angie, seine Frau, ins Zimmer.

35

Vor der Ehe halte die Augen weit offen, danach halb geschlossen.

(BENJAMIN FRANKLIN, *Poor Richard's Almanack*)

Am Abend ballten sich tintenschwarze Wolken über Oxford, der Wetterbericht hatte starke Regenfälle vorausgesagt, und die meisten Passanten auf der Broad Street oder um den Radcliffe Square herum hatten sich mit Regenmänteln und Schirmen gewappnet. Es waren hauptsächlich Studenten, die zum Abendessen die Refektorien ihrer Colleges ansteuerten. Unzählige Studenten vor ihnen waren an den gleichen vertrauten Bauwerken vorbei über die gleichen Straßen gegangen, waren später zu ähnlichen Unterkünften wie den heutigen zurückgekehrt und hatten dort noch für den nächsten Tag gearbeitet, an dem sie dann ähnliche Vorlesungen wie heutzutage gehört hatten. Sofern es sich nicht gerade um Studierende der Physik oder ähnlicher Disziplinen handelte, in denen bahnbrechende Erfindungen ebenso zur Tagesordnung gehören wie die falschen Vorhersagen im täglichen Wetterbericht.

An diesem Abend allerdings war die Vorhersage überraschend genau. Um 18.45 Uhr setzte der Regen ein.

Denis Cornford sah aus dem Fenster auf die Holywell Street hinaus, wo die Regentropfen wie Pfeilspitzen auf die Fahrbahn schlugen, St. Peter's (Abendessen, 19.00 bis 19.30 Uhr) war nur etwa zehn Minuten zu Fuß entfernt, aber bis er in diesem Wolkenbruch dort ankam, wäre er bis auf die Haut durchnäßt.

«Was meinst du, mein Herz?»

«Warte noch fünf Minuten ab. Wenn das so weitergeht, würde ich an deiner Stelle ein Taxi nehmen. Zeit genug hast du.»

«Was wirst du inzwischen machen?» fragte er.

«Ich glaube kaum, daß ich mich sehr weit aus dem Haus wagen werde», sagte sie sanft, und er konnte aus ihrer Stimme keine Ironie heraushören. Sie legte ihm die Hände auf die Schultern, während er entschlossen durch die regennassen Scheiben sah.

«Denis?»

«Ja?»

«Willst du wirklich unbedingt Master werden?»

Er wandte sich um und sah ihr in die aufregenden Augen mit den kleinen weißen Lichtern in der Iris. Augen, denen es schon immer gelungen war, die Männer zu fesseln. Augen, die unzählige Kapitulationen mit angesehen hatten.

«Ja, Shelly. Ich bin darauf vielleicht nicht ganz so versessen wie Julian, aber ich wünsche es mir sehr.»

«Was würdest du dafür geben, Master zu werden?»

«Fast alles.»

«Würdest du deine Arbeit dafür hergeben?»

«Das müßte ich wohl oder übel ohnehin tun, aber ich würde sie nur gegen andere Aufgaben eintauschen.»

«Würdest du *mich* hergeben?»

Er nahm sie in die Arme. «Aber natürlich!»

«Das meinst du doch nicht …?»

Er küßte sie zärtlich und mit ungewohnter Leidenschaft auf den Mund.

Wenige Minuten später standen sie Arm in Arm am Fenster und sahen in den stetig rauschenden Regen hinaus.

«Ich rufe ein Taxi», sagte Shelly Cornford.

Am Montag war die Professorenseite beim Abendessen meist eher dürftig vertreten, aber Roy Porter würde da sein, das wußte Angela Storrs. Roy Porter war fast immer da. Sie rief ihn um 18.55 Uhr zu Hause an.

«Roy?»

«Angela! Wie schön, deine wunderbare Stimme zu hören.»

«Wenn man ein bestimmtes Ziel hat, ist es mit Süßholzraspeln nicht getan.»

«Aber es ist immerhin ein Anfang.»

«Bist du heute abend beim Essen?»

«Ja.»

«Hättest du Lust, hinterher hier vorbeizukommen und eine einsame alte Frau aufzuheitern?»

«Wo steckt denn Julian?»

«Bei einer Podiumsdiskussion an der Uni von Reading.»

«Soll ich eine Flasche mitbringen?»

«Wir haben hier genug davon.»

«Na wunderbar ...»

«Gegen neun?»

«Ja. Möchtest du etwas mit mir besprechen, Angela, oder geht es nur ...»

«Warum nicht beides?»

«Willst du wissen, wie es mit der Wahl läuft?»

«Das ist ja kaum ein Geheimnis.»

«Aber es ist dir hoffentlich klar, daß ich nichts Genaues weiß?»

«Damit rechne ich auch gar nicht. Ich möchte einfach nur ein bißchen reden, dafür hast du doch sicher Verständnis ...»

«Aber ja.»

«Und ich habe mit Julian gesprochen. Wenn er gewählt wird, wäre die eine oder andere kleine Beförderung drin.»

«Ach ja?»

«Aber ich weiß auch nichts Genaues, Roy.»

«Verstehe. Ich freue mich darauf, wieder mal mit dir zusammenzusitzen.»

«Ja. Und auf ein oder zwei Drinks mit dir.»

«Oder drei?»

«Oder vier?» Angela Storrs' Stimme war noch rauher und dunkler als gewöhnlich.

Um fünf nach sieben läutete das Telefon.

«Shelly?»

«Ja.»

«Bist du allein?»

«Das weißt du doch.»

«Denis ist weg?»

«Vor einer Viertelstunde.»

«Ich könnte dir das eine oder andere sagen, wenn wir uns sehen.»

«Was denn?»

«Nichts Konkretes, aber man spricht von einer potentiellen Spende aus den Staaten, und einer der Treuhänder hat Denis kennengelernt – und wohl auch dich – und ... ich könnte dir alles erzählen, wenn wir uns treffen.»

«Alles?»

«Es ist ein dicker Brocken, und die Chancen, ihn an Land zu ziehen, stehen vermutlich besser, wenn Denis ...»

«Und du wirst tun, was du kannst?»

«Versprechen kann ich nichts.»

«Ich weiß.»

«Und?»

«Und?»

«Du bist frei, und ich bin frei.»

«An so einem Abend? Das ist viel zu gefährlich. Ich könnte es nie wagen, in die Master's Lodge zu kommen.»

«Das verstehe ich. Aber einer meiner alten Kollegen ist nach Griechenland gefahren, und ich habe seinen Schlüssel. In der Banbury Road – wunderschönes bequemes Doppelbett – frisch bezogen – Zentralheizung – Badezimmer nebenan – Minibar. Kostenpunkt? Null Pfund-Shilling-Pence.»

«Du kannst dich offenbar noch an die Zeit vor der Dezimalisierung der Währung erinnern ...»

«Deshalb bin ich noch lange kein Tattergreis. Ich habe Sehnsucht nach dir, ich möchte dich bei mir haben.»

«Es wird Zeit, daß du dir eine neue Variante einfallen läßt, die hier klingt nämlich inzwischen ein bißchen abgedroschen.»

Der Pfeil hatte getroffen. Sir Clixbys Stimme war jetzt sanfter und ernsthafter.

«Ich brauche dich, Shelly. Bitte komm mit. Ich schicke dir in zehn Minuten ein Taxi. Einverstanden?»

Am anderen Ende der Leitung blieb es still.

«Shelly?»

«Ja?»

«Einverstanden?»

«Nein», sagte sie leise. «Nein, es tut mir leid.»

Am anderen Ende der Leitung wurde aufgelegt.

Kurz vor neun rief Cornford von St. Peter's aus zu Hause an.

«Shelly? Du, ich hab gerade in meinen Terminkalender gesehen ... Hattest du heute abend einen Anruf?»

Shelly fuhr erschrocken zusammen.

«Nein, warum?»

«Mein New Yorker Verleger wollte sich melden. Notiere doch bitte die Nummer, und sag ihm, daß ich zurückrufe.»

«Ja, natürlich.»

«Machst du es dir schön?»

«Ja. Es ist wunderbar, mal einfach dazusitzen und Fernsehen zu gucken. Keine gesellschaftlichen Verpflichtungen. Keine Probleme.»

«Bis bald.»

«Das will ich hoffen.»

Shelly legte langsam auf. «Ich hab gerade in meinen Terminkalender gesehen ...», hatte er gesagt. Aber dort konnte er gar nichts gesehen haben. Sie hatte im Laufe des Tages hineingeschaut, weil sie wissen wollte, wann das Dinner in St. Peter anfing, und das war für den 26. 2. 1996 der einzige Eintrag.

Kurz vor zehn rief Julian Storrs von Reading aus bei seiner Frau an. Der Anschluß war besetzt.

Fünf Minuten später versuchte er es noch einmal.

Der Anschluß war immer noch besetzt.

Nach weiteren fünf Minuten machte er einen neuen Anlauf.

Diesmal meldete sie sich.

«Angie? Ich versuche seit zwanzig Minuten, dich zu erreichen.»

«Ich hab mit Mutter gesprochen. Ist das so schlimm?»

«Ich wollte dir nur sagen, daß ich nicht vor Mitternacht hier sein kann. Ich nehme mir ein Taxi, du brauchst mich nicht abzuholen.»

«Okay.»

Angela Storrs legte auf, holte einen Fahrplan aus der Handtasche und stellte fest, daß Julian ohne weiteres einen früheren Zug hätte nehmen können, den um 22.40 Uhr, der um 23.20 Uhr in Oxford eintraf. Aber vielleicht saß er noch mit seinen Gastgebern auf einen Drink zusammen. Oder – sie fröstelte ein wenig bei dem Gedanken – hatte er sie kontrollieren wollen?

Rasch wählte sie die Nummer ihrer Mutter in South Kensington und hielt einen ausgiebigen Schwatz mit ihr, der nun in der detaillierten monatlichen Telefonrechnung auftauchen würde, und dieser Gedanke beruhigte sie sehr.

Morse hatte den Zug um 23.48 Uhr ab Paddington genommen. Um eins ertönte die kummervolle Stimme des Zugbegleiters, die Morse allerdings nicht erreichte: «Oxford. Oxford. Alles aussteigen, der Zug endet hier. Bitte lassen Sie keine persönlichen Gegenstände in den Abteilen liegen. Wir danken Ihnen.» Erst der Zugbegleiter höchstpersönlich holte den Chief Inspector aus einem genußvollen Zustand der Erstarrung wieder in die Wirklichkeit zurück.

«Alles in Ordnung, Sir?»

«Ja, danke.»

So ganz stimmte diese Aussage allerdings nicht, denn der Abend in London war für Morse außerordentlich enttäuschend gewesen. Und er konnte sich, während er die Bahnhofstreppe zum Taxistand hinunterging, nur damit trösten, daß das Leben nun mal voller Enttäuschungen ist. Die nächste folgte auf dem Fuß: Weit und breit war kein Taxi zu sehen.

36
Dienstag, 27. Februar

Initium est dimidium facti.
(Einmal angefangen, bist du schon halb da.)
(Lateinisches Sprichwort)

Morse war noch unrasiert und in seinem rot und cambridgeblau gestreiften Schlafanzug, als Lewis am nächsten Morgen um zehn vor der Tür stand. Am Telefon hatte Morse ihm vor einer halben Stunde verkündet, er fühle sich wie der letzte Schlittenhund am Kongo. Was er im einzelnen damit meinte, hatte er nicht verraten.

Die beiden Kriminalbeamten tauschten Informationen über die am vergangenen Tag gewonnenen Erkenntnisse aus, und sehr bald ließ sich zumindest eins mit Bestimmtheit feststellen: Owens war ein Erpresser und hatte speziell die Storrs ins Visier genommen – ihn wegen seines Seitensprungs mit Rachel, sie wegen ihrer Soho-Vergangenheit. In beiden Fällen hätte eine Enthüllung mit ziemlicher Sicherheit das Aus für Julians Kandidatur zum Master von Lonsdale bedeutet.

Morse überlegte eine Weile.

«Somit hätten wir ein überzeugendes Motiv für einen Mord an Geoffrey Owens. Aber ein Motiv für den Mord an Rachel haben wir damit noch nicht.»

«Es sei denn, daß Mrs. Storrs schlicht und einfach eifersüchtig war.»

«Das möchte ich bezweifeln.»

«Oder vielleicht hat Rachel etwas erfahren und selber ein bißchen in Erpressung gemacht? Das Geld hätte sie gut gebrauchen können.»

«Ja.» Morse strich sich über das Stoppelkinn und seufzte entmutigt. «Es gibt noch so unheimlich viel zu überprüfen. Vielleicht gehen Sie heute vormittag mal bei Rachels Bank vorbei.»

«Heute vormittag geht es nicht, Sir, und heute nachmittag auch nicht. Um Viertel vor zwölf bin ich bei Sir Clixby Bream, und danach will ich feststellen, wer in der Harvey Clinic Zugang zu den Fotokopierern hatte.»

«Zeitverschwendung», brummte Morse.

«Ich weiß nicht recht, Sir. Ich hab so das Gefühl, daß das alles zusammenhängt.»

«Womit?»

«Wenn ich im Lonsdale College war, weiß ich bestimmt mehr. Ein bißchen habe ich mich schon über die Situation dort schlau gemacht. Der derzeitige Master geht in Kürze in den Ruhestand, und der neue Mann soll mit Beginn des Sommertrimesters ...»

«... des Trinitatistrimesters ...»

«... dort antreten. Es gibt nur zwei Kandidaten: Julian Storrs und einen gewissen Cornford, Denis Cornford, auch vom Lonsdale College. Es soll ein Kopf-an-Kopf-Rennen werden, sagt man.»

«Wer ist ‹man›?»

«Einer der Pförtner. Wir haben zusammen Cricket gespielt.»

«Alberner Sport.»

«Was haben Sie heute auf dem Programm, Sir?»

Morse schien die Frage seines Sergeant nicht gehört zu haben.

«Tasse Tee, Lewis?»

«Da sag ich nicht nein.»

Wenige Minuten später kam Morse mit einer Tasse Tee für Lewis und einem Krug Eiswasser für sich selbst zurück. Er setzte sich und sah auf die Armbanduhr: fünf vor halb elf.

«Was haben Sie heute auf dem Programm?» wiederholte Lewis.

«Um halb zwölf habe ich einen Termin. Sonst nicht viel. Ich sollte vielleicht ein bißchen nachdenken, es wird höchste Zeit, daß ich Sie wieder einhole.»

Während Lewis seinen Tee trank und über alles mögliche redete, merkte er, daß Morse in sich gekehrt, fast in einer eigenen Welt war. Hörte er überhaupt zu?

«Langweile ich Sie, Sir?»

«Wie? Aber nein, reden Sie ruhig weiter. Das hilft meistens, wenn man einen bestimmten Ansatz sucht. Einen Denkansatz beispielsweise. Man braucht nur zuzuhören, wenn jemand einen Haufen Unsinn erzählt, und plötzlich klickt es.»

«Ich habe keinen Unsinn geredet, Sir. Außerdem hätten Sie das nicht gemerkt, Sie haben überhaupt nicht zugehört.»

Morse fuhr wie im Selbstgespräch fort: «Mich würde interessieren, wann in der Polstead Road die Post kommt. Sie sagen, daß Storrs meist den Zug um 10.15 Uhr ab Oxford genommen hat ... Demnach hat er gegen Viertel vor zehn oder vielleicht ein bißchen früher das Haus verlassen, er mußte ja zum Bahnhof, seinen Wagen abstellen, eine Fahrkarte – zwei Fahrkarten – kaufen ... Wenn also der Briefträger etwa um diese Zeit kam ... Vielleicht ist Storrs ihm begegnet, als er aus dem Haus ging, hat ihm die Post abgenommen und seine Briefe gelesen, während er auf Rachel wartete, und sie dann in die Jackentasche gesteckt.»

«Und dann?»

«Und dann ... Was machen die meisten Paare nach dem Sex?»

«Kommt drauf an», erwiderte Lewis leicht verlegen. «Schlafen?»

Morse lächelte unerwartet. «Weil die Anstrengung so groß war, meinen Sie?»

«Wenn Sie's mehr als einmal gemacht haben ...»

«An dem Tag bleibt *sie* wach, Lewis, stöbert in seinen Taschen und findet den Erpresserbrief. Haben Sie übrigens gefragt, *wann* er ihn bekommen hat?»

«Nein, Sir.»

«Dann holen Sie das gefälligst nach. Sie sieht den Brief und erkennt, daß sie nun ihrerseits Storrs unter Druck setzen kann. Nicht mit der Affäre – da stecken sie ja beide drin –, sondern mit irgendeiner anderen Sache, die sie durch den Brief erfahren hat ... Ich vermute, daß unsere Ms. James für Mr. Storrs ein bißchen lästig geworden war. Was meinen Sie?» Ohne Lewis Zeit zu einer Meinungsäußerung zu lassen, fuhr er fort: «Wann sind die beiden zuletzt zusammen nach London gefahren?»

«Das muß ich auch erst nachprüfen, Sir.»

«Wird aber Zeit! Wir gehen im Augenblick davon aus, daß jemand Owens ermorden wollte und Rachel nur versehentlich umgebracht hat. Aber vielleicht irren wir uns ja, Lewis.»

Morse wirkte erregt und erhitzt, als er sein Glas leerte und aufstand.

«Ich rasiere mich nur noch schnell.»

«Was haben Sie noch auf Ihrem Programm?»

«Sie sehen, was passiert, wenn Sie anfangen, Unsinn zu reden. Sie sind unentbehrlich, alter Freund. Wirklich unentbehrlich!»

Lewis, den der Chef Inspector mit seinen schroffen Anweisungen etwas gegen den Strich gebürstet hatte, war wieder versöhnt.

«Ja, dann mach ich mich jetzt auf den Weg, Sir.»

«Nein, warten Sie, ich bin gleich fertig. Sie können mich nach Summertown fahren.»

(*Fast* versöhnt.)

«Sie haben mir immer noch nicht gesagt, was ...», fing Lewis an, als sie vor der Ampel an der South Parade standen.

Doch der glattrasierte, brav angeschnallte Morse zuckte plötzlich zusammen.

«Wie hieß doch gleich der andere Mann, Lewis? Der Gegenkandidat von Storrs ...»

«Cornford. Denis Cornford. Mit einer Amerikanerin verheiratet.»

«‹DC›, Lewis! Die Abkürzungen in dem Aktenordner ...»

Lewis nickte. Er sah den Zettel ebenso deutlich vor sich wie Morse.

AM✓ DC✓ JS✓ CB

«Da haben wir sie also – Denis Cornford und Julian Storrs», fuhr Morse fort, «flankiert von Angela Martin – da bin ich sicher – und – könnte es sein? – Sir Clixby Bream.»

«Sie glauben also, Owens hat etwas gegen alle vier ...»

«Stop», kommandierte Morse. «Hier geht's links rein.»

Lewis bog in die Marston Ferry Road ein und blieb vor dem Summertown Health Centre stehen.

«Drücken Sie mir die Daumen», sagte Morse und stieg aus.

TEIL DREI

37

Dienstag, 27. Februar

Das Land Idd wäre ein vollkommen glückliches Land gewesen, hätte es da nicht ein kleines Problem gegeben. Dem König bereitete es schlaflose Nächte, und den Dorfbewohnern machte es große Angst. Bei diesem Problem handelte es sich um einen Drachen namens Diabetes. Er hauste in einer Höhle auf einem Berggipfel. Jeden Tag brüllte er laut. Er kam nie von seinem Berg herunter, aber alle lebten in der Angst, eines Tages könne das doch einmal geschehen.

(Victoria Lee, *The Dragon of Idd*)

Im Wartezimmer hörte Morse, wie sein Name aufgerufen wurde.

«Was kann ich für Sie tun?» fragte Dr. Paul Roblin, um den Morse in den letzten Jahren nach Möglichkeit einen großen Bogen gemacht und den er nur dann aufgesucht hatte, wenn ein absolut kritischer Punkt erreicht war.

Wie jetzt.

«Ich glaube, ich bin zuckerkrank.»

«Wie kommen Sie darauf?»

«Ich hab in einem Buch nachgeschlagen, da sind die Symptome angegeben.»

«Nämlich?»

«Gewichtsverlust, Müdigkeit, starker Durst ...»

«Den haben Sie ja schon eine ganze Weile, nicht?»

Morse nickte bedrückt. «Ich habe abgenommen, ich könnte den ganzen Tag schlafen und täglich fünf Liter Wasser trinken.»

«Zusätzlich zu dem Bier?»

Morse schwieg, während Roblin ihm eine Lanzette in den kleinen Finger der linken Hand stieß und die Haut zusammendrückte, bis ein kleiner Blutstropfen austrat, den er auf einen Teststreifen gab. Nach dreißig Sekunden sah er auf die Skala, dann blieb er einen Augenblick wortlos sitzen. «Wie sind Sie hergekommen, Mr. Morse?» fragte er schließlich.

«Mit dem Wagen.»

«Mit dem eigenen Wagen?»

«Nein, ich bin mitgenommen worden. Warum?»

«Ich könnte Sie jetzt nicht mehr selbst fahren lassen.»

«Warum nicht?»

«Ihr Zustand ist ernst. Die Blutzuckerwerte sind total überhöht. Wir müssen Sie so schnell wie möglich ins Radcliffe Infirmary schaffen.»

«Was sagen Sie da?»

«Sie hätten schon längst zu mir kommen müssen. Ihre Bauchspeicheldrüse spielt verrückt. Wahrscheinlich brauchen Sie von jetzt ab drei oder vier Insulinspritzen pro Tag. Wie weit Sie Ihren Augen und Ihren Nieren schon bleibenden Schaden zugefügt haben, wird sich noch herausstellen. Jetzt müssen Sie erst mal ins Krankenhaus, und zwar so schnell wie möglich.»

Er griff zum Telefon.

«Ich wohne doch hier gleich um die Ecke», protestierte Morse.

Roblin legte die Hand über den Hörer. «Einen Schlafanzug und eine Zahnbürste kriegen Sie da schon, keine Sorge.»

«Ihnen ist wahrscheinlich nicht klar ...», setzte Morse an.

«Hallo? Hallo! Bitte einen Krankenwagen für das Summertown Health Centre – es eilt. Zum Radcliffe Infirmary. Danke.»

«Ihnen ist wahrscheinlich nicht klar, daß ich mit einer Mordermittlung befaßt bin.»

Aber Roblin hatte schon die nächste Nummer gewählt und sagte:

«David? Schön, daß ich Sie erwische. Haben Sie ein Bett frei? Ja, ein Notfall. Vermutlich braucht er einen Insulintropf, aber das werden Sie ja dann sehen ... Ja ... – Mr. Morse, E. Morse, Chief Inspector bei der Thames Valley Police.»

Eine halbe Stunde später, nachdem Gewicht (fast 82 kg), Blutdruck (alarmierend hoch), Blutzuckerwerte (noch immer total überhöht), Todesursache der Großeltern mütterlicher- und väterlicherseits (nur mühsam ins Gedächtnis zurückgerufen) fürs Krankenblatt aufgenommen waren, lag Morse in einem rotgestreiften Pyjama auf der Geoffrey Harris-Station im Radcliffe Infirmary nördlich der St. Giles' am Ende der Woodstock Road. Ein Schlauch führte von dem Insulintropf am Bett zu seinem rechten Arm, wo eine mit Heftpflaster an seinem inneren Handgelenk befestigte Kanüle die Flüssigkeit in die Vene transportierte, so daß sein Körper jeden Versuch einer seitlichen Bewegung mit heftigen Schmerzen quittierte.

Morse war in die melancholische Betrachtung dieses Schlauchs vertieft, als der Chefarzt vom Diabetes-Zentrum eintraf. Dr. David Matthews war ein hochgewachsener schlanker Mann mit asketisch-kantigen Zügen, der etwas Satanisches an sich hatte.

«Ich bin, wie gesagt, mit einer Mordermittlung befaßt», wiederholte Morse, während Matthews sich auf die Bettkante setzte.

«Jetzt will ich Ihnen mal was sagen: Sie werden, sofern Sie sich nicht umbringen wollen, das alles jetzt gründlich vergessen. Wenn Sie Glück haben, sind Sie noch mal mit einem blauen Auge davongekommen. Allzusehr haben Sie sich offenbar noch nicht geschadet, aber es reicht. Sie müssen sich jeden Gedanken an Ihre Arbeit zunächst aus dem Kopf schlagen, wenn Sie mit einigermaßen heiler Haut davonkommen wollen. Sie wissen, was ich meine?»

Morse wußte es nicht, aber er nickte hilflos.

«Wenn Sie sich nach unseren Anweisungen richten, brauchen Sie nur vier oder fünf Tage hierzubleiben.»

«Aber –»

«Ohne Wenn und Aber! Dann könnten Sie am Samstag oder Sonntag wieder zu Hause sein.»

«Aber es gibt so viel zu tun», protestierte Morse geradezu verzweifelt.

«Hat das nicht Cecil Rhodes gesagt?»

«Ich glaube schon.»

«Es waren seine letzten Worte, wenn ich mich recht erinnere.»

Morse schwieg.

«Für eine Diabetes», fuhr der Arzt fort, «gibt es im wesentlichen drei Ursachen. Ich stelle es Ihnen mal stark vereinfacht dar, Sie sind schließlich kein Mediziner …»

«Danke», sagte Morse.

«Erbfaktoren, Stress, Alkoholmißbrauch. Im ersten Fall bekämen Sie fünf, nein, sechs von zehn Punkten. Ihr Vater war zuckerkrank, wie ich sehe.»

«Erst in ziemlich hohem Alter.»

«Na, ganz taufrisch sind Sie ja auch nicht mehr …»

«Zugegeben!»

«Stress? Machen Sie sich manchmal unnötig einen dicken Kopf?»

«Ich mache mir Sorgen um die Zukunft der Menschheit. Zählt das auch?»

«Und wie steht es mit Alkohol? Wie ich sehe, trinken Sie nicht ganz wenig …»

Woraufhin Morse wohl oder übel mit der Wahrheit – oder vielmehr der Hälfte oder allenfalls einem Drittel der Wahrheit – herausrückte.

Matthews stand auf, warf einen Blick auf den Tropf und justierte die Steuerung.

«Sechs von zehn Punkten bei der zweiten, zehn von zehn Punkten bei der dritten Ursache. Und noch eins: keine Besucher. Nicht mal nahe Verwandte. Sie haben es hier nur mit mir und den Schwestern zu tun.»

«Ich habe gar keine nahen Verwandten», sagte Morse.

Am Fußende des Bettes blieb Matthews noch einmal stehen. «Ein Besucher war schon da. Ein gewisser Lewis.»

Als Matthews weg war, legte Morse sich zurück und dachte an seinen Kollegen. Und fühlte sich eine ganze Weile richtig elend. Dankbarkeit kann einem ganz schön an die Nieren gehen.

38

Donnerstag, 29. Februar

Unsere Beziehung war recht eigenartig. Er war ein Mann, der strikt an seinen Gewohnheiten festhielt – zu denen er auch mich zählte. Darüber hinaus aber hatte er auch Verwendung für mich als Schleifstein für seinen Geist. Ich regte ihn an. Er pflegte in meiner Gegenwart laut zu denken.

(Conan Doyle, *The Adventures of the Creeping Man*)

«Wie geht's ihm denn heute?» fragte Mrs. Lewis, als ihr Mann am Donnerstag abend endlich heimgekommen war. Das Fett zischte schon in der Friteuse, die beiden Eier brauchten nur noch in die Pfanne geschlagen zu werden.

«Er ist auf dem Weg der Besserung.»

«Die Sprüche kennt man.»

«Nein, wirklich. Es geht ihm schon viel besser.»

«Warum darf er dann keinen Besuch haben? Soviel ich weiß, ist Diabetes nicht ansteckend ...»

Lewis lächelte ihr zu. Sie war im Rhondda Valley aufgewachsen, und der sanfte walisische Rhythmus ihrer Stimme entzückte ihn noch immer.

«Wahrscheinlich lassen sie ihn am Samstag raus.»

«Und dann fängt er gleich wieder an zu arbeiten?»

Lewis legte seiner Frau die Hände auf die Schultern, während sie aufmerksam den Bräunungsgrad der Pommes frites beobachtete.

«Wahrscheinlich noch am Wochenende.»

«Du arbeitest gern mit ihm, nicht?»

«Na ja ...»

«Ich frage mich oft, warum. Besonders gut behandelt er dich schließlich nicht.»

«Ich bin der einzige, den er gut behandelt», sagte Lewis leise.

Sie drehte sich zu ihm um, während sie mit geübtem Griff die Pommes frites schüttelte.

«Und wie geht's dir? Läuft der Fall gut?»

Lewis setzte sich an den Küchentisch mit der roten Resopalplatte und besah sich das vertraute Bild: weißes Spitzendeckchen, Messer und Gabel, die Flasche mit Tomatenketchup, auf einer Seite das Butterbrot, auf der anderen ein Glas Milch. Eigentlich hatte er allen Grund, zufrieden zu sein. Und wenn er auf seinen langen Arbeitstag zurückblickte, war er das wohl auch.

In der Zwischenzeit hatte Chief Superintendent David Blair von der Oxford City Force die Ermittlungen im Mordfall Rachel James übernommen. An diesem Nachmittag hatte er eine Stunde im Polizeipräsidium in Kidlington verbracht, wo Lewis ihn mit den neuesten Entwicklungen vertraut gemacht hatte.

Was nur wenig Zeit in Anspruch nahm …

Die Berichte der Constables Learoyd und Elton waren nicht dazu angetan, die Ermittlungen wesentlich voranzubringen. Von dem siebenundachtzigjährigen Lord Hardiman, der an der Alzheimerschen Krankheit litt und das Herrenhaus in Bedfordshire nicht mehr verlassen konnte, waren keine weiteren aufwendigen Reeperbahnabenteuer mehr zu erwarten. Auch der Kinderschänder, den seine früheren Nachbarn sofort erkannt hatten, würde den Frieden in nächster Zeit nicht stören, da er wegen der illegalen Herausgabe und Verbreitung unzüchtiger Schriften in Reading hinter Schloß und Riegel saß.

Aufschlußreicher war das, was Lewis im Zuge seiner Ermittlungen erfahren hatte. Da war zunächst sein Gespräch mit Julian Storrs, der nun ohne allzu großes Sträuben Daten, Zeiten und Hotels für seine letzten drei Abstecher mit Rachel James nach Paddington herausgerückt hatte.

Danach hatte Lewis mit Sir Clixby Bream gesprochen, der Lewis über die bevorstehende Wahl eines neuen Master des Lonsdale College in Kenntnis gesetzt und ihm ein englisches Exemplar der College-Satzung gegeben hatte, in der darauf hingewiesen wurde, wie wichtig ein guter Gesundheitszustand *(in corpore sano)* für den jeweiligen Amtsinhaber war.

«Für die eigene Gesundheit kann keiner garantieren», hatte Blair bemerkt.

«Nein, aber andererseits kann man garantiert *krank* sein, Sir.»

«Wie Owens an eine Kopie dieses Briefes gekommen ist, wissen wir immer noch nicht?»

«Nein. Ich war gestern noch mal in der Harvey Clinic, aber das hat nichts gebracht. Der Arzt, der den Brief geschrieben hat, ist bekanntlich tot, und seine Unterlagen sind ... umverteilt worden.»

«Totales Chaos, wie?»

Lewis nickte. «Irgendwie muß Owens gespürt haben, daß er nicht mehr viel Zeit hat. Er hatte dreierlei, womit er Storrs unter Druck setzen konnte: Er wußte sehr viel über Angela Storrs' Vergangenheit. Er wußte, daß er ein Verhältnis mit Rachel James hatte. Und er wußte, daß er den Kollegen im College – und wahrscheinlich nicht nur ihnen – seinen medizinischen Befund verheimlicht hatte.»

Morse hätte bestimmt das verwirrend gehäufte Auftreten von Personalpronomen in der dritten Person Singular beanstandet, aber Blair hatte offenbar keine Mühe, dem Bericht zu folgen.

«Auch seiner Frau?» fragte er.

«Das würde mich nicht wundern.»

«Morse hat mal zu mir gesagt, daß ein Doktor, der einem sagt, wann man sterben muß, ein verdammter Idiot ist.»

Lewis grinste. «Das hat er mir bestimmt schon zehn-, zwölfmal gesagt.»

«Es geht ihm besser, sagen Sie?»

«Er kommt vielleicht schon am Wochenende raus.»

«Und das freut Sie, was?»

Lewis nickte, und Blair fuhr nachdenklich fort: «Ihr seid schon ein komisches Gespann! Er kann manchmal ganz schön gemein und undankbar sein.»

«Ist er fast immer, Sir.» Lewis lächelte vor sich hin.

«Er wird jetzt ein bißchen langsamer machen müssen.»

«Würden Sie sich trauen, ihm das zu sagen?»

«Nein.»

«Nur noch eins, Sir, wegen Owens: Ich glaube, wir sollten ernsthaft damit rechnen, daß er gefährdet ist. Es muß etliche Leute geben, die nichts dagegen hätten, wenn er neben Rachel im Leichenschauhaus läge.»

«Was schlagen Sie vor, Sergeant?»

«Gute Frage. Einen Leibwächter können wir ihm kaum besorgen ...»

«Wir haben nur eine Möglichkeit, ihn ständig im Auge zu behalten.»

«Ihn zu verhaften? Aber das können wir nicht. Noch nicht.»

«Nein. Es hat keinen Zweck, ihn zu schnappen, wenn wir ihn doch wieder laufenlassen müssen. Wir brauchen eine Anklage, die Hand und Fuß hat. Wäre es ...» Blair zögerte. «Wäre es denkbar, daß *er* Rachel James auf dem Gewissen hat?»

«Ich persönlich glaube das nicht.»

«Und Morse?»

«Zuerst hat er mit dem Gedanken gespielt, aber dann ... Da fällt mir ein, daß ich vielleicht am besten morgen noch mal in die Redaktion fahre.»

«Sie sollten nicht immer alles selber machen, Sergeant.»

«Versprechen Sie, das dem Chief Inspector zu sagen?»

«Nein.» Blair wandte sich zum Gehen, zögerte aber noch etwas, denn Lewis' Bemerkung ging ihm nach.

«Wie hoch schätzte Morse die Möglichkeit ein, daß jemand Owens umbringt?»

«Er meinte, der könne auf sich selber aufpassen. Einen gossenschlauen Überlebenskünstler hat er ihn genannt.»

«Na, hoffentlich liegt er da richtig.»

«Manchmal tut er das, Sir.»

39

In gesunden Tagen vergessen wir uns und unser Geschick; der hauptsächliche Nutzen einer vorübergehenden Erkrankung liegt darin, uns diese Anliegen in Erinnerung zu rufen.

(Ralph Waldo Emerson, *Journals*)

Schwester Janet McQueen, eine Frau um die Vierzig, unverheiratet, vollbusig und für die meisten Männer von großem, ihnen selbst nicht ganz erklärlichem Reiz, nahm lebhaften Anteil an dem Geschick ihres neuen Patienten, eines gewissen E. Morse. Offenkundig war der Mann ungeachtet seiner Zungenfertigkeit ein medizinischer Ignorant und überdies ein Mann, der an seinem Gesundheits- oder in seinem Fall eher Krankheitszustand merkwürdig uninteressiert schien.

In den folgenden Tagen war sie mehrmals länger als nötig bei ihm gewesen. Sie hatte sich für die alle zwei Stunden (auch nachts) erforderlichen Kontrollen der Blutzuckerwerte entschuldigt; hatte ihm erklärt, was für eine wichtige Rolle die Bauchspeicheldrüse für den Stoffwechsel spielt; hatte ihn mit der ganzen Palette der ihm verschriebenen Gerätschaften und Medikamente, der Farbe der Pillen, ihrem Zweck und ihrer erhofften Wirkungsweise vertraut gemacht – von der Insulin-Einmalspritze über Human-Ultratard, Human-Actrapid, Unilet-Lanzetten und Exactech-Reagenzstreifen bis zu Enalapriltabletten, Frusemidtabletten, Nifedipinkapseln …

Das meiste hatte er wohl verstanden. Und schon bei ihrer ersten Begegnung hatte sie begriffen, daß dieser Mann mit den viel zu früh weiß gewordenen Haaren ein sehr ungewöhnlicher Mensch war.

«Die Pillen finde ich gut», hatte er gesagt.

«Ach ja?»

«Daß sie verschiedene Farben haben, meine ich. Weiß, rosa, braun-orange. Eine sehr gute Sache. Vermittelt einem ein Stück Selbstvertrauen. Früher habe ich immer gedacht, daß Selbstvertrauen stark überschätzt wird. Jetzt bin ich mir da nicht mehr so sicher ...»

Sie antwortete nicht, aber die Worte blieben ihr in Erinnerung, und sie freute sich schon auf ihr nächstes Gespräch mit ihm.

Bis Dienstag abend waren bei Morse die Blutzuckerwerte dramatisch gesunken. Und am Mittwoch vormittag zur Kaffeezeit kam Schwester McQueen an sein Bett und fühlte ihm mit den Fingern der rechten Hand fast automatisch den Puls.

«Werde ich bis zum Wochenende überleben?»

«Verdient hätten Sie es nicht.»

«Alles wieder in Ordnung?»

Sie schnaufte, aber es klang nicht unfreundlich.

«Wissen Sie, warum wir Ihnen Besucher verboten haben?»

«Weil Sie mich ganz für sich haben wollten?» mutmaßte Morse.

Sie schüttelte langsam den Kopf, und um die empfindsamen Lippen lag ein etwas wehmütiges Lächeln.

«Nein. Dr. Matthews hatte den Eindruck, daß Sie sich zu viele Gedanken über das Leben und über Ihre Arbeit machen – vielleicht auch noch über andere Sachen. Er wollte nichts riskieren. Besucher sind immer ein bißchen stressig.»

«Mich hätte sowieso keiner besucht.»

«Aber das stimmt doch gar nicht!» Sie stand auf. «Jeden Tag haben vier Leute angerufen – pünktlich wie eine regelmäßige Verdauung.»

Morse sah auf.

«Vier?»

«Ein gewisser Lewis, ein gewisser Strange, ein gewisser Blair. Alle von der Polizei, glaube ich.»

«Sagten Sie nicht *vier*?»

«Richtig. Und eine gewisse Jane, die für Sie arbeitet, wie sie sagt. Scheint ein sehr liebes Mädchen zu sein.»

Während er sich zurücklegte und sich über den Kopfhörer vom Klassiksender berieseln ließ, wurde ihm wieder bewußt, wie elend er offenbar noch war, da ihn nahezu alles – ein freundlicher Blick, ein freundliches Wort, ein freundlicher Gedanke, ja, sogar der *Gedanke* an einen freundlichen Gedanken – fast zu Tränen rühren konnte. Vergiß es, Morse! Vergiß dich selbst, und vergiß deine Krankheit. Jedenfalls eine Weile. Er griff nach den *ABC Murders*, die er in der dürftigen Stationsbibliothek gefunden hatte. Agatha Christie hatte er schon immer gern gelesen: Sie bot ihren Lesern von der ersten Seite an ein richtig schönes kniffliges Rätsel. Vielleicht half ihm die Lektüre ein bißchen bei dem kniffligen Rätsel, das in der Welt da draußen auf ihn wartete ...

ABC.

Alexander Bonaparte Cust.

Adèle Beatrice Cecil.

Ann Berkeley Cox ...

Fünf Minuten später war Morse eingeschlafen.

Am Donnerstag nachmittag setzte sich eine schlanke, ein bißchen zickige junge Diätassistentin zu Morse ans Bett und redete sehr schnell, sehr sachlich und viel zu ausführlich über Kalorien und Karotten und Kohlehydrate.

«Und wenn Sie einmal in der Woche wirklich ganz große Lust auf ein Bier haben, können Sie es ruhig trinken, das kann Ihnen eigentlich nicht schaden.»

Die arme Seele von Chief Inspector Morse stöhnte lautlos auf.

Am nächsten Morgen kam der Chefarzt noch einmal vorbei. Der Tropf war längst entfernt, die Blutzuckerwerte gingen allmählich auf ein beherrschbares Maß zurück, der Blutdruck war merklich gesunken.

«Sie haben großes Glück gehabt», sagte Matthews.

«Verdient habe ich es nicht», räumte Morse ein.

«Stimmt auffallend.»

«Wann kann ich raus?»

«Nach Hause? Vielleicht morgen. In den Dienst? Das überlasse ich Ihnen. Ich an Ihrer Stelle würde vierzehn Tage Urlaub machen – allerdings bin ich auch bedeutend vernünftiger als Sie.»

Am Samstag vor dem Mittagessen saß Morse bereits angezogen im Gang der Geoffrey Harris-Station und wartete auf den Krankenwagen, als Schwester McQueen auftauchte und sich neben ihn setzte.

«Es tut mir fast leid, daß ich wegmuß», sagte Morse.

«Werden wir Ihnen fehlen?»

«*Sie* werden mir fehlen.»

«Wirklich?»

«Dürfte ich – dürfte ich Sie hier anrufen?» fragte Morse schüchtern.

«Wie heißt es so schön: Rufen Sie nicht an – wir melden uns.»

«Sie werden mich also anrufen?»

Sie schüttelte den Kopf. «Vielleicht doch nicht. Ist ja auch nicht wichtig. Wichtig ist jetzt, daß Sie ein bißchen auf sich aufpassen. Sie sind ein sehr netter Mann, und ich freue mich, daß wir uns kennengelernt haben.»

«Würden Sie auf mich aufpassen, wenn ich Sie besuchen käme?»

«Bed and Breakfast meinen Sie?» Schwester McQueen lächelte. «In den *McQueen Arms* sind Sie immer willkommen.»

Sie stand auf, als ein Sanitäter hereinkam.

«Mr. Morse?» fragte er.

«Ich stelle es mir sehr schön in McQueens Armen vor», flüsterte Morse ihr rasch noch zu.

Während der Krankenwagen mit ihm an dem Neptunbrunnen auf dem Vorplatz des Radcliffe Infirmary vorbeifuhr, überlegte er, ob Schwester McQueen den Bedeutungswandel seiner Worte noch mitgekriegt hatte.

Hoffentlich.

40

Sonntag, 3. März

Wichtig, wenn es wahr ist.
(Inschrift, die A. W. Kinglake gern an allen Kirchen gesehen hätte)

Vergib uns, o Herr, daß wir vertraute Choräle
und fromme Gefühle mehr lieben als Dich.
(Aus der Liturgie der United Presbyterian Church)

«Ich komme am besten erst nach der Wiederholung der *Archers*», hatte Lewis am Abend zuvor gesagt.

«Nicht nötig. Ich habe mich die Woche über auf dem laufenden gehalten. Wissen möchte ich nur, wann die Drehbuchautoren begreifen, daß reizende Babys genauso langweilig sind wie glückliche Ehen ...»

«Also dann gegen zehn, Sir?»

Morse hörte sich in sauberem weißem Hemd und leidlich gebügelter grauer Flanellhose die letzten Minuten des Frühgottesdienstes in Radio 4 an, als Lewis klingelte.

«Pst! Mein Lieblingschoral.»

Sie lauschten schweigend, nur hin und wieder fiel der nicht ganz tonreine Bariton von Morse in den Gemeindegesang ein.

«Ich dachte, so was interessiert Sie gar nicht mehr», sagte Lewis schließlich.

«Die alten Choräle liebe ich immer noch. Wenn's nach mir geht, können sie gar nicht sentimental genug sein. Ein wunderschöner Text, nicht?»

Leise und ergriffen zitierte er ein paar Zeilen aus dem Kirchenlied:

Durch Tropfen schau ich den Regenbogen
und spüre, das Versprechen ist vollzogen,
Daß mir das Morgen keine Träne bringt …

Lewis, dem nicht entgangen war, daß Morse feuchte Augen bekommen hatte, wodurch die letzte Zeile ein leeres Versprechen zu bleiben drohte, schlug eilig einen vergnügteren Ton an.

«Wirklich schön, daß Sie wieder da sind, Sir!»

Morse hatte offenbar nicht das Gefühl, daß hier ein Wort des Dankes angebracht wäre, sondern erkundigte sich sofort nach dem Fall und erfuhr, daß die Polizei auf der Stelle trat und Chief Superintendent Blair den Fall zunächst kommissarisch übernommen hatte.

«David Blair. Der beste Bulle der Grafschaft (Lewis wollte schon zustimmend nicken) – abgesehen von mir, natürlich.»

Lewis war plötzlich sehr froh, daß er wieder ein Team mit diesem bornierten, undankbaren, empfindlichen und liebenswerten Mann bildete, mit dem er seit so vielen Jahren so eng zusammenarbeitete, der ein bißchen schmaler, ein bißchen blasser war als bei ihrer letzten Begegnung, aber nicht eine Spur weniger schroff fragte, ob Lewis überprüft hatte, wann Storrs zu seiner letzten Fahrt mit Rachel nach Paddington das Haus verlassen und wann der Briefträger an jenem Morgen die Post in der Polstead Road ausgetragen hatte.

Zum Glück brauchte Lewis ihm die Antwort nicht schuldig zu bleiben.

9.45 bis 9.50 Uhr.

9.10 bis 9.20 Uhr.

«Woraus wir welche Schlüsse ziehen können, Lewis?»

«Verdammt wenige, würde ich sagen.»

«Genau. Was haben Sie mir sonst noch zu berichten?»

Lewis legte los.

Zehn Minuten vor zwölf ließ Morse seine kleine Bombe platzen.

«Wie wär's mit dem *Cherwell*, Lewis? Der Wirt hat ein wirklich gepflegtes Bier.»

«Aber Bier ist voller Zucker, nicht? Sie können doch nicht ...»

«Bei Diabetes, Lewis, geht es darum, das richtige Gleichgewicht zu finden. Ich muß so viel Insulin spritzen, weil mein Körper keins produzieren kann, um der Aufnahme von Zucker entgegenzuwirken. Wenn ich aber nicht genug Zucker zum Entgegenwirken hätte, säße ich ganz schön in der Tinte, denn dann käme es zur Hypoglämie, und was das bedeutet, wissen Sie ja.»

Da Lewis keine Ahnung hatte, hielt er wohlweislich den Mund, während Morse einen schwarzen Gegenstand aus der Tasche nahm, der ein bißchen wie ein Füller aussah, ihn aufschraubte, von der Nadel an dem einen Ende die weiße Kappe nahm, am anderen Ende eine Kalibrierung einstellte, das Hemd aufknöpfte und sich die Nadel tief in den Bauch stach.

Lewis zuckte unwillkürlich zusammen.

Morse aber sah zufrieden auf und machte ein Gesicht wie ein kleines Kind, das eine besonders scheußliche Medizin geschluckt hat und dafür gelobt werden will.

«So, damit wäre das geregelt. Kein Problem.»

Vorsichtig balancierte Lewis mit einem Pint Bass und einem Glas Orangensaft vom Tresen zurück.

«Darauf habe ich schon lange gewartet», freute sich Morse, steckte die Nase in den Schaum und trank genüßlich einen großen Schluck. Als er sich entspannt zurücklehnte, sah man einen Blutfleck auf seinem weißen Hemd oberhalb der Taille.

Nachdem sie eine Weile schweigend beieinandergesessen und Morse mehrmals das Glas ans Licht gehalten hatte, um die Farbe des Biers zu bewundern, stellte Lewis die Schlüsselfrage.

«Wann dürfen Sie denn wieder arbeiten?»

«Wie wär's, wenn wir uns heute nachmittag Storrs und Owens vornehmen?»

«Bei Storrs dürfte das nicht so einfach sein, Sir. Er und seine Frau sind übers Wochenende in Bath.»

«Und Owens?»

«Das weiß ich nicht. Vielleicht ist er wieder auf einem seiner Lehrgänge.»

«Das dürfte sich leicht feststellen lassen, Lewis. Vor dem Herrenklo ist ein Telefon.»

«Aber hören Sie, Sir ... Sie waren eine Woche im Krankenhaus ...»

«Fünf Tage, um genau zu sein, und nur zur Beobachtung. Sie hätten mich nie rausgelassen, wenn ...»

Weiter kam er nicht.

Die Schwingtür des *Cherwell* flog auf, und im Eingang stand mit gehetztem, suchendem Blick Chief Superintendent Strange. Er erspähte Morse, ging zu ihm hinüber und setzte sich.

«Ein Bier, Sir?» fragte Lewis.

«Großen Scotch ohne Eis und Wasser.»

«Und für mich noch mal dasselbe.» Morse schob sein leeres Glas hinüber.

«Ich hab's ja geahnt», sagte Strange, als er wieder zu Atem gekommen war. «Aus dem Krankenhaus auf dem schnellsten Weg in die nächste Kneipe.»

«Es ist nicht die nächste.»

«Wem sagen Sie das! Dixon hat mich schon zum *Friar Bacon* geschleppt, zum *King's Arms*, zum *Dew Drop* – und jetzt hierher. Wir von der Polizei sind dazu da, die Kriminalitätsrate und nicht die Biervorräte zu verringern. Wird Zeit, daß Ihnen das mal jemand sagt.»

«Wir sprachen gerade über den Fall, als Sie hereinkamen, Sir.»

«Über welchen Fall?» blaffte Strange.

«Den Mordfall Rachel James.»

«Ja, richtig. Ich erinnere mich daran. Und auch an die Adresse. Bloxham Drive 17, nicht? Wenn Sie wirklich wieder Dienst machen wollen, mein Freund ...» (er schüttete den Scotch, den ihm Lewis gerade hingestellt hatte, in einem Zug hinunter) «... dann vergessen Sie Ihr Bier und bewegen Ihren Hintern gefälligst in den Bloxham Drive. Diesmal Nummer 15. Noch ein Mord. Ein gewisser Owens, Geoffrey Owens. Ich vermute, Sie haben den Namen schon mal gehört ...»

TEIL VIER

41

Wir sehen jetzt durch einen Spiegel in einem dunkeln Wort; dann aber von Angesicht zu Angesicht.

(1. Korinther 13, 12)

Déjà vu.

Die Straße, die Streifenwagen, die gaffende Menge, die Spurensicherung – fast überall ein vertrautes Bild, als gäbe es nichts Einmaliges auf dieser Welt. Nur diese eine – allerdings bedeutsame – Verschiebung von einem Reihenhaus zum nächsten.

Morse hatte so gut wie nichts gesagt, seit Strange mit der Nachricht herausgerückt war. Und auch jetzt, als er in der Küche von Nummer 15 saß, die Ellbogen auf den Tisch, den Kopf in die Hände gestützt, schwieg er. Noch war seine Zeit nicht gekommen, noch waren andere Profis am Werk – ein notwendiges, aber immer wieder frustrierendes Zwischenspiel, vergleichbar den Erläuterungen der Sicherheitsmaßnahmen durch die Flugbegleiter vor dem Start.

Eigentlich hätten ihn jetzt Müdigkeit und Niedergeschlagenheit plagen müssen, aber diese Gefühle waren ausgeblieben. Physisch war er in erheblich besserer Verfassung als vor einer Woche, und psychisch hockte er gewissermaßen in den Startlöchern zu einem entscheidenden Rennen. Manche Menschen verschaffen ihrem Geist kaum Bewegung, wenn man davon absieht, daß sie gern voreilige Schlüsse ziehen, wohingegen Morse geistig äußerst beweglich war (und trotzdem hin und wieder zweifelhafte Schlüsse zog). Wie auch jetzt. Aber wie etliche seiner engsten Mitarbeiter wußten (und Sergeant Lewis wußte es natürlich erst recht), arbeitete gerade in Momenten, da sich vorgefaßte Meinungen als falsch erwiesen hatten und Theorien zusammenbrachen, das Hirn von Chief Inspector Morse in erstaunlichem Tempo, wenn auch nicht unbedingt zielgenau.

Wie jetzt.

Kurz vor zwei kam Lewis in die Küche.

«Kann ich noch was tun, Sir?»

«Holen Sie mir doch bitte den *Independent on Sunday*. Und eine Schachtel Dunhill.»

«Meinen Sie, daß ...» Lewis unterbrach sich und wartete, bis Morse widerwillig eine Fünf-Pfund-Note aus der Brieftasche gezogen hatte.

In den nächsten Minuten bemerkte Morse, daß sein Hirn noch immer frustriert und unproduktiv war. Und da war noch etwas. Aus unerfindlichen Gründen und schon seit geraumer Zeit hatte er das Gefühl, in dem Fall (den Fällen!) einen wichtigen Hinweis übersehen zu haben – so als habe er im Hochgeschwindigkeitszug während der Fahrt *beinah* den Namen des Bahnhofs erkannt, der peinigend dicht am Abteilfenster vorübergehuscht war.

Fünf Minuten später kam Lewis mit den Zigaretten wieder, die Morse ungeöffnet in die Jackentasche steckte, und mit der Zeitung, die Morse bis zum *Cryptic Crossword* durchblätterte. Er peilte 1 waagerecht an: «Show-Dahlien im indischen Pavillon (6)» und schrieb unverzüglich hin: «HOWDAH.»

«Verzeihen Sie, Sir – wie sind Sie so schnell darauf gekommen?»

«Ganz einfach: Die Buchstaben sind irgendwo in einem Wort verborgen, aber in ihrer richtigen Reihenfolge. Versteckrätsel nennt man das.»

«Ah ja.» Ausnahmsweise leuchtete Lewis die Sache ein. «Soll ich noch zwei, drei Minuten weggehen, bis Sie fertig sind?»

«Nein, dazu brauche ich mindestens fünf. Und es wird

Zeit, daß Sie sich zu mir setzen und mich auf den neuesten Stand bringen.»

Den toten Owens hatte Morse bereits besichtigt, und zwar so kurz wie möglich. Die Leiche lehnte an den Kissen der Wohnzimmercouch, deren grüne Polster blutgetränkt waren. Owens war unrasiert, das lange Haar fiel ihm offen bis auf die Schultern, die Augen waren weit, wie ungläubig geöffnet, die Brust von zwei Schüssen zerfetzt. Er war zwischen vier und sechs Stunden tot, so weit hatte Dr. Laura Hobson sich bereits festgelegt. Die Spanne war kleiner, als Morse erwartet hatte, aber größer, als ihm lieb war. Der Tod war mit größter Wahrscheinlichkeit augenblicklich eingetreten. Nichts deutete auf ein gewaltsames Eindringen hin; die Haustür war verschlossen und verriegelt, nur der Riegel an der Hintertür war nicht von innen vorgelegt. Auf dem Sims über dem Kamin, in dem die nicht eingeschaltete Elektroheizung stand, war ein kleines Rechteck zu erkennen, das frei von dem sonst allgegenwärtigen Staub war.

Die Leiche wäre höchstwahrscheinlich an diesem Tag nicht entdeckt worden, wenn sich nicht John Benson, seines Zeichens Kfz-Mechaniker bei Hartwell's Motors, mit einigen kleineren Reparaturen an Owens' Wagen ein steuerfreies Zubrot hätte verdienen wollen. Als er um Viertel nach elf gekommen war, schien niemand zu Hause zu sein. Schließlich hatte er durch das vordere Fenster geschaut, dessen Vorhänge nicht zugezogen waren, und ein paarmal laut an die Scheibe geklopft, als er Owens schlafend auf dem Sofa hatte liegen sehen.

Allmählich aber dämmerte ihm, daß der Mann nicht schlief, und um 11.30 Uhr hatte er von der Telefonzelle an der Einfahrt aus den Notruf 999 verständigt.

In der Zeit zwischen sieben und acht war niemandem etwas Ungewöhnliches aufgefallen. Vielleicht ergab sich ja noch das eine oder andere, wenn die Beamten später von Haus zu Haus gingen, allerdings beurteilte Morse diese Möglichkeit begreiflicherweise (wenn auch, wie sich herausstellen sollte, irrigerweise) eher pessimistisch. Am Sonntagmorgen zog es abgesehen von Hundebesitzern und schlaflosen Mitmenschen nicht viele Leute auf die Straße. Für erstere war, wenn man nach den Schildern an den Laternenpfählen gehen durfte, die vor der Verschmutzung von Rasenstreifen und Fußwegen warnten, ein Spaziergang mit ihrem Liebling in dieser Gegend nicht sehr ratsam, von letzteren (wenn es sie gab) hatte sich noch keiner gemeldet und berichtet, daß er fremde Personen gesehen oder Schüsse gehört hatte.

Nein, auf den ersten Blick handelte es sich um einen typisch dösigen Sonntag, den die Bewohner des Bloxham Drive normalerweise zum Ausschlafen nutzten, um später in aller Ruhe aufzustehen, im Morgenmantel im Haus herumzugammeln, sich vielleicht ein Ei zu kochen und im Boulevardblatt von den neuesten Eskapaden der Reichen und Schönen zu lesen.

Einer aber war nicht mehr dazu gekommen, seine Sonntagszeitung zu studieren, denn die *News of the World* lag zusammengefaltet auf der Fußmatte an der Innenseite der Tür von Nummer 15, und kaum einer der anderen Anwohner konnte sich jetzt noch unbeschwert der genüßlichen Lektüre ehebrecherischer Beziehungen hingeben. Alle waren vor Schrecken wie gelähmt, und später, als der Schock nachgelassen hatte, wuchs die Angst.

Um halb drei berichtete man Morse, daß unter den Nachbarn kaum vielversprechende Zeugen waren – abgesehen von der alten Dame in Nummer 19. Vielleicht wollte Morse sich die selbst vornehmen?

«Soll ich mitkommen, Sir?»

«Nein, Lewis. Sie versuchen am besten etwas über Storrs und seine Frau herauszufinden. Bath, sagen Sie? Wahrscheinlich hat er eine Adresse oder eine Telefonnummer in der Pförtnerloge des College hinterlegt, das ist so üblich. Und telefonieren Sie vom Präsidium aus, ich möchte die Leitung hier freihalten.»

Die verwitwete Mrs. Adams war eine zierliche alte Dame um die achtzig, die keinen einzigen eigenen Zahn, nur noch wenige weiße Haare und ein ziemlich eingeschränktes Hörvermögen besaß. Geistig aber war sie, wie Morse sogleich begriff, noch voll da, und ihre kurze Aussage interessierte ihn sehr. Sie hatte in der vergangenen Nacht schlecht geschlafen, war früh aufgestanden, hatte sich Tee und Toast gemacht, die Sieben-Uhr-Nachrichten im Radio gehört, den Tisch abgeräumt und war dann vor die Hintertür getreten, um ihren Mülleimer zu leeren. Und da hatte sie ihn gesehen.

«Ihn?»

«Wie bitte?»

«Sind Sie sicher, daß es ein *Mann* war?»

«Aber ja. So etwa zwanzig oder fünfundzwanzig Minuten nach sieben.»

In den Fall kam Bewegung.

«Sie haben keinen Schuß oder so was wie einen Knall gehört?»

«Wie bitte?»

Morse fragte nicht weiter.

Er bedankte sich bei der alten Dame und erklärte, daß sie ein kurzes Protokoll würde unterschreiben müssen. Ehe er ging, gab er ihr noch seine Karte.

«Wenn Ihnen noch etwas einfällt, Mrs. Adams, setzen Sie sich bitte mit mir in Verbindung.»

Er konnte nur hoffen, daß sie ihn verstanden hatte. Als er die Küche verließ, stand sie da, hielt die Karte acht bis zehn Zentimeter vom Gesicht weg und kniff die blassen, wäßrigen Augen zusammen, um den Text zu entziffern.

Mit einer Gegenüberstellung war sie überfordert, das war Morse völlig klar. Vielleicht hätte sie noch gesehen, daß es sich bei allen Vorgeführten um Männer handelte, aber körperliche Unterschiede würden diese müden alten Augen nie erkennen können.

Arme Mrs. Adams!

Keine Zähne, keine Haare, keine Ohren, keine Augen – und sehr bald überhaupt nichts mehr!

Selten hatte Morse bei der Beurteilung einer wichtigen Zeugin so sehr danebengegriffen wie bei Mrs. Arabella Adams.

42

Alibi (adv.): an anderer Stelle, anderswo
(*Small's Latin-English Dictionary*)

Es gibt Menschen, die jede Art von Verantwortung scheuen und sich nur dann ganz wohl fühlen, wenn man ihnen genau sagt, was sie wie und wann zu tun haben. Zu diesen Menschen gehörte Sergeant Lewis nicht. Er war durchaus bereit, seinen Teil an Verantwortung und nicht selten auch an Schuld auf sich zu nehmen. Allerdings war es ihm am liebsten, wenn er wie jetzt eine fest umrissene Aufgabe hatte, und als er nachmittags ins Präsidium fuhr, tat er das mit dem angenehmen Gefühl einer erfolgreich erledigten Mission.

Nur eins gab ihm zu denken. Fast eine Woche hatte Morse jetzt notgedrungen auf Bier und Zigaretten verzichtet – um dann nach wenigen Stunden wieder schwach zu werden. Aber solche Entscheidungen muß jeder für sich treffen, und Morse war offenbar zu dem Schluß gekommen, daß der langfristige Verfall von Leber und Lunge ein Preis war, den er – sogar noch mit Diabetes! – um des kurzfristigen Genusses willen von Alkohol und Nikotin zu zahlen bereit war.

Noch aber war Morse offenbar durchaus auf der Höhe. Storrs hatte seine Wochenendadresse tatsächlich in der Pförtnerloge hinterlegt, und wenig später sprach Lewis mit dem Geschäftsführer des *Royal Crescent Hotel* in Bath, der sich zunächst korrekterweise sehr zurückhielt, dann aber, als Lewis ihn über Bedeutung und Dringlichkeit seiner Ermittlungen aufgeklärt hatte, äußerst hilfsbereit war. Er versprach, in einer halben Stunde zurückzurufen.

Lewis griff sich den *Daily Mirror* vom Vortag und brütete

eine Weile über *1 waagerecht* «Fluß» (3). CAM, DEE, EXE, FAL? Unverdrossen ging er weiter das Alphabet durch, um sich dann für FAL zu entscheiden, weil das gut zu FELCHE, der Antwort auf *1 senkrecht* «Fisch» (6), paßte. Zufrieden stellte er fest, daß damit der Anfang gemacht war, aber viel weiter kam er nicht, da ihm – abgesehen davon, daß der von ihm gewählte Fisch FELCHEN hieß – die Kombination DEE/DORSCH, die dem Kreuzworträtselmenschen vorgeschwebt hatte, nicht in den Sinn gekommen war. Und deshalb hatte er mit seiner bescheidenen kleinen Theorie genauso Schiffbruch erlitten wie Morse vorher mit seiner größeren.

Er hatte keine Zeit, buchstäblich noch mal von vorn anzufangen, denn in diesem Augenblick läutete das Telefon. Der Geschäftsführer hatte es in nur einer Viertelstunde geschafft, ein umfangreiches Bündel von Informationen für Lewis zu schnüren.

Mr. und Mrs. J. Storrs hatten sich am Vortag, Samstag, den 2. März, um 16.00 Uhr, im Hotel angemeldet und ein Doppelzimmer («nur für eine Nacht») zum Wochenendtarif von 125 Pfund genommen. Vermutlich wollten sie sich den Bath Festival Choir anhören, denn am Empfang hatte jemand für sie um sieben ein Taxi zur Abtei bestellt, wo das *Requiem* von Fauré aufgeführt wurde. Gegen halb zehn waren die beiden zurückgekommen und gleich ins Restaurant gegangen, um das vorher bestellte Abendessen einzunehmen, zu dem sie eine Flasche des roten Hausweins getrunken hatten.

Die detaillierte Rechnung stand dem Sergeant selbstverständlich zur Verfügung ...

Um 23.00 Uhr hatten sie als letzte Gäste das Restaurant verlassen, und danach hatte sie an diesem Abend niemand mehr gesehen. Mr. Storrs hatte telefonisch für 7.45 Uhr das Frühstück aufs Zimmer bestellt: English Breakfast für sich, Continental Breakfast für seine Frau.

Auch hier lag die detaillierte Rechnung zur Einsicht vor.

Der Hausordnung entsprechend mußten die Zimmer bis

spätestens 12.00 Uhr mittags geräumt werden, die Storrs waren aber schon viel früher abgereist. In manchen Punkten, erläuterte der Geschäftsführer, waren die Zeitangaben ein bißchen unbestimmt, da zwischendurch das Personal gewechselt hatte, aber bei Bedarf konnten sie ohne weiteres überprüft werden. Die Rechnung hatte Mr. Storrs mit einer Gold Card der Lloyds Bank beglichen (die Dame am Empfang erinnerte sich genau daran), und ein Dienstmann hatte den BMW der Storrs von der Garage zum Hoteleingang gefahren und dafür ein offenbar sehr anständiges Trinkgeld kassiert.

Und das war's auch schon.

Beinahe jedenfalls – denn Lewis war sich darüber im klaren, daß er Morse damit noch nicht zufriedenstellen konnte, und schob deshalb noch ein paar wichtige Fragen nach.

«Ich weiß, daß es sich ein bißchen sonderbar anhört – aber sind Sie ganz sicher, daß die beiden Mr. und Mrs. Storrs waren?»

«Tja, also ...» Der Geschäftsführer zögerte gerade so lange, daß es Lewis gelang, gewissermaßen einen Fuß in die Tür zu bekommen.

«Kannten Sie die beiden persönlich?»

«Ich bin erst seit zwei Jahren im *Royal Crescent*, aber sie waren vor einem Jahr schon einmal da.»

«Manchmal verändern sich die Leute, nicht? Mr. Storrs hätte sich, wenn er zum Beispiel inzwischen krank gewesen wäre, stark verändern können ...»

«Ich bin sicher, daß *er* es war. Fast sicher jedenfalls. Und wir haben ja auch seine Unterschrift für die Gold Card.»

«Und daß *sie* es war, steht für Sie auch fest? Oder wäre es denkbar, daß er die Nacht mit einer anderen Frau verbracht hat?»

Das Lachen am anderen Ende der Leitung klang geradezu erleichtert.

«Auf gar keinen Fall, da bin ich mir hundertprozentig

sicher. Ich glaube, die Dame ist allen hier in Erinnerung geblieben. Sie ist – wie soll ich sagen – nicht unliebenswürdig, aber ein bißchen *streng*. Auch vom Aussehen her: weißer Hosenanzug, das Haar straff zurückgekämmt, das Gesicht wie frisch aus dem Schönheitssalon … Eine richtige Lady.»

Lewis versuchte, sich an etwas Typisches bei Angela Storrs zu erinnern.

«Leute, die eine Sonnenbrille tragen, erkennt man nicht immer so ohne weiteres.»

«Aber als ich sie sah, trug sie keine Sonnenbrille. Ich war zufällig am Empfang, als sie kamen, und sie hat mich gleich wiedererkannt. Beim letztenmal hat sie die Anmeldeformalitäten erledigt, während Mr. Storrs sich um das Gepäck und den Wagen kümmerte. Als ich das Kennzeichen des BMW sah, das sie eingetragen hatte, erwähnte ich, daß wir zufällig beide die Zulassungsnummer ‹188J› haben, und daran hat sie mich gestern erinnert. Sie hätten noch denselben Wagen, sagte sie.»

«Das könnten Sie beschwören?»

«Aber ja. Wir haben uns eine ganze Weile unterhalten. Sie hätten ihre Flitterwochen in diesem Hotel verbracht, hat sie mir erzählt. In der Sarah Siddons-Suite.»

Ja, das war's dann also wirklich.

Alle beide hatten ein Alibi.

Lewis bedankte sich bei dem Geschäftsführer. «Bitte behalten Sie das für sich. Verdächtige – oder vielmehr ganz einfach Unbeteiligte – von der Liste zu streichen ist immer eine heikle Angelegenheit.»

Wenige Minuten später rief Lewis noch einmal bei den Storrs in der Polstead Road an und hörte Mrs. Storrs auf dem Anrufbeantworter sagen: «Bitte sprechen Sie klar und deutlich nach dem langen Ton …» Die Stimme war wirklich ein bißchen – wie hatte der Geschäftsführer gesagt? – ja, ein bißchen streng. Eine Stimme, die wohl nicht wenige Studenten einschüchtern würde, wenn sie erst die Frau des

Master war … Lewis wartete auf den «langen Ton», aber dann legte er auf. Anrufbeantwortern gegenüber hatte er immer noch Hemmungen, außerdem war ihm gerade eingefallen, daß er sowieso nicht gewußt hätte, was für eine Nachricht er hätte hinterlassen sollen.

43

Der gesunde Pferdeverstand ist etwas, das ein Pferd davon abhält, Wetten auf Menschen abzuschließen.
(FATHER MATHEW)

Morse saß noch am Küchentisch in Nummer 15, als Lewis anrief.

«Es sieht also so aus», schloß er, «als ob sie aus dem Schneider sind.»

«Ja. Wie weit ist es von Oxford nach Bath?»

«Siebzig, fünfundsiebzig Meilen.»

«Am Sonntagvormittag ist nicht viel Betrieb, da schafft man diese Strecke in eineinhalb Stunden. Drei Stunden für die Hin- und Rückfahrt.»

«Dazwischen ist aber ein Mord zu begehen.»

«Also gut – dann dreieinhalb.»

«Aber nicht mit seinem eigenen Wagen, der stand in der Hotelgarage, und die Schlüssel hatte der Portier.»

«Haben Sie noch nie von Zweitschlüsseln gehört, Lewis?»

«Und wenn die Garage abgeschlossen war oder ein Wagen ihm den Weg versperrte?»

«Dann hat er sich eben irgendwie rausgeholfen.»

«In dem Fall müßte er heute früh gegen vier losgefahren sein, denn vor acht hat er schon wieder mit seiner Frau im Bett gefrühstückt.»

«Hm ...»

«Aber Owens hätte dann schon morgens um *halb sechs* wach und vollständig angezogen sein müssen, bevor er seinem Mörder die Tür öffnete.»

«Vielleicht konnte er nicht schlafen.»

«Sie nehmen das nicht ernst, Sir!»

«Also gut, streichen wir die beiden von der Liste.»

«Haben wir denn eine Liste?»

«Lang ist sie nicht», räumte Morse ein. «Aber ich würde mich gern ein bißchen näher mit dem zweiten Pferd im Lonsdale-Rennen befassen.»

«Soll ich zu ihm gehen?»

«Nein, Sie kommen am besten wieder her und halten die Stellung, bis die Kollegen von der Spurensicherung abgezogen sind, das kann nicht mehr lange dauern.»

Morse stand auf und warf einen vorsichtigen Blick in die Diele, dann ging er zur Haustür, wo ein uniformierter Constable Wache schob.

«Ist der Super weggefahren?» fragte Morse.

«Ja, Sir. Vor fünf Minuten.»

Morse ging in die Küche und machte den Kühlschrank auf. Der übliche Inhalt: zwei Flaschen Milch, Flora-Margarine, eine Packung Frühstücksspeck, ungeräuchert, fünf Eier, eine Tüte Grapefruitsaft, zwei Dosen Courage Bitter.

Ein Glas fand sich im Küchenschrank über dem Ablaufbrett. Das Bier rann kühl und herb seine trockene Kehle hinunter, und die zweite Dose folgte alsbald, wobei seine Finger mit fast sinnlichem Genuß die Zellophanhülle der immer noch ungeöffneten Zigarettenschachtel betasteten.

Bis die Spurensicherung sich zur Küche vorgearbeitet hatte, war das Glas abgetrocknet und stand wieder auf seinem Platz.

«Dürfen wir Sie kurz vertreiben, Sir?» fragte Andrews, der Leiter der Spurensicherung.

«Sind Sie sonst überall fertig?»

«Mehr oder weniger.»

Morse stand auf.

«Ah, zwei Dosen Bier», stellte Andrews fest. «Vielleicht haben sie zusammen was getrunken, ehe ...»

«Nicht so früh am Morgen.»

«Ich hatte mal einen Freund, der hat jeden Morgen zum Frühstück ein Guinness getrunken.»

«Der Mann hat offenbar Stil.»
«Hatte. Ist an Leberzirrhose gestorben.»
Morse nickte melancholisch.
«Na ja, wir bestäuben die Dosen vorsichtshalber mal.»
«Lohnt sich nicht», sagte Morse.
«Kann aber auch nichts schaden.»
«Ich sagte: Lohnt sich nicht», blaffte Morse.
Jetzt endlich ging auch Andrews ein Licht auf.

Im Obergeschoß blieb Morse nicht lange. Das Bett war auch diesmal nicht gemacht, aber auf dem obersten Kissen lag ordentlich gefaltet ein Schlafanzug. Im Arbeitszimmer (auch hier war Morse schon einmal gewesen) herrschte erhebliche Unordnung. Die von der Spurensicherung dick eingestäubten Schreibtischschubladen waren herausgenommen worden, ihr Inhalt – unter anderem auch das Buch, für das sich Morse bei seinem ersten Besuch interessiert hatte – war auf dem Fußboden verstreut. Auch die mittlere Schublade war entfernt worden, und Morse dachte sich, daß Owens es wohl nach dem Diebstahl seiner Akte nicht für nötig gehalten hatte, das beschädigte Schloß zu reparieren.

Hier oben konnte Morse sonst nichts Interessantes entdecken, und so blieb es bei der einen offenkundigen Schlußfolgerung, daß der Mörder etwas gesucht hatte: Dokumente, Papiere, Unterlagen, die Handhabe für eine Erpressung hätten sein können.

Genau das, wonach Morse gesucht, und genau das, was Morse gefunden hatte.

Wehmütig lächelnd betrachtete er das verwüstete Zimmer. Er hatte sich in diesem Fall bereits einige kleinere Schnitzer und natürlich einen großen, folgenschweren Fehler geleistet. Glück im Unglück war es gewesen, daß er auf den kriminellen Sachverstand von JJ hatte zurückgreifen können, denn sonst wären die entscheidenden Hinweise, die er in dem Aktenordner gefunden hatte, jetzt ein für allemal verloren.

Unten blieb Morse nur noch das Wohnzimmer. Die Küche kannte er schon, und in dem sogenannten «Eßzimmer» hatte Owens offenbar nur selten – wenn überhaupt – eine Mahlzeit eingenommen. Der Raum war voller Staub und mit Gerümpel vollgestellt, das gewöhnlich in Dachkammern und Gartenschuppen verbannt wird. Morse registrierte einen alten elektrischen Heizofen, eine Kohlenkiste, einen Karton mit Sicherungen und Kabeln, einen rotweißen Pylon, ein Uraltradio aus Bakelit, eine ausgestopfte Eule unter einem Glassturz, einen Toilettensitz aus schwarzem Plastik, sechs Stühle, die sich in der *Soixante-neuf*-Stellung aneinanderschmiegten, und ein Hundehalsband mit einer Plakette, auf der «Archie» stand.

Womöglich hatte in dem Mann doch etwas Gutes gesteckt?

Morse hatte den Abtransport der Leiche genehmigt und wagte sich nun zum zweitenmal ins Wohnzimmer. Hier lag nicht ganz soviel Staub, aber besonders ordentlich war Owens wohl nie gewesen. Die Oberflächen der Möbel hatten die Leute von der Spurensicherung bestäubt, und die Lage des Toten auf dem Sofa war mit Kreidestrichen gekennzeichnet. Das alles beherrschende Element im Raum aber war Blut – der Anblick von Blut, der Geruch von Blut. All diese Dinge versuchte Morse wie gewöhnlich auszublenden, während er sich umsah.

Neidisch blieb er vor der schwarzen Revox-Anlage mit CD-Player und Kassettendeck stehen, die auf einem breiten Regalbrett in dem Alkoven links vom Fenster untergebracht war und zu der Dutzende von CDs und Kassetten gehörten, unter anderem, wie Morse anerkennend vermerkte, viel Gustav Mahler. Als er die Play-Taste drückte, erkannte er sofort *Das Lied von der Erde.*

Kein Mensch besteht wohl nur aus Schlechtigkeit …

Auf dem Regalbrett darunter stand eine lange Reihe von Videos: *Fawlty Towers, Morecambe and Wise Christmas Shows,*

Porridge und andere Fernsehklassiker. Bei zwei Kassetten handelte es sich offensichtlich um Pornostreifen. Die freizügigen Posen auf dem Cover von *Screwing at Home* ließen vermuten, daß es sich nicht um einen Do-it-yourself-Kurs der Volkshochschule handelte. Das Cover der zweiten Kassette war neutral gehalten, aber der Titel *Sux and Fux* sprach für sich. Morse, der nur einen Leihfernseher und keinen Videorecorder sein eigen nannte, überlegte gerade, daß sich aus so einem Gerät offenbar doch einiger Gewinn ziehen ließ, als Lewis hereinkam und sogleich angewiesen wurde, sich ebenfalls umzusehen.

Morse widmete sich inzwischen der Bücherreihe auf der anderen Seite des Alkovens. Hauptsächlich Paperbacks: P. D. James, Jack Higgins, Ruth Rendell, Wilbur Smith, Minette Walters ... RAC-Handbuch, Weltatlas, *Chambers Dictionary, Pevsner's Oxfordshire* ...

«Sehen Sie mal!» Lewis hatte *Screwing at Home* in der Hand. «Toller Streifen, Sir. Ich hab ihn mal bei einem Herrenabend von Sergeant Dixon gesehen.»

«Würden Sie ihn sich denn noch mal ansehen?»

«Nein, besten Dank. Nach einer Weile werden solche Sachen doch recht langweilig. Aber wenn Sie ...»

«Ich? Na hören Sie mal, da habe ich doch Wichtigeres zu tun. Zum Beispiel ist es höchste Zeit, daß ich mich mal um Cornford kümmere. Verabreden Sie was, Lewis. Je eher, desto besser.»

Lewis zog ab, und Morse verspürte wenig Lust, sich der Meute der Journalisten und dem Sperrfeuer der Kameras zu stellen, die vor dem Haus Nummer 15 auf der Lauer lagen. Deshalb setzte er sich erneut in die jetzt leere Küche und dachte nach.

Von klein auf war es ihm um Antworten, um Lösungen gegangen. Im Kindergottesdienst hatte er mal nach der topographischen Lage des Himmels gefragt, woraufhin eine phantasielose alte Jungfer ihn mit der Bemerkung abgefertigt hatte, er solle nicht so dumm daherreden. Auch im Gymnasium hatte er sich einen Verweis seines Religionslehrers eingehandelt, als er hatte wissen wollen, wer, wenn Gott der Schöpfer des Universums war, dann wohl Gott geschaffen hatte. Und als er von seinem Physiklehrer keine zufriedenstellende Antwort auf die Frage erhalten hatte, was einen wohl dort, wo das Weltall zu Ende war, erwarten mochte, hatte er ein bißchen zurückstecken und seine intellektuelle Gier nach Antworten dadurch befriedigen müssen, daß er die Werte für x und y in immer komplizierteren Gleichungen ermittelt und den immer komplizierteren Sinn langer Chöre in griechischen Tragödien enträtselt hatte.

Als Mittzwanziger hatte er angefangen, seinen Wissensdurst mit Kreuzworträtseln zu stillen, und die Ungeduld, mit der er am nächsten Tag die Lösung eines Wortes erwartete, das er nicht herausgebracht hatte, nahm zuweilen fast manische Züge an. Als er an diesem bedeckten, kühlen Samstagnachmittag Anfang März im Bloxham Drive saß, war ihm bewußt, daß es auch für das Rätsel, das ihn zur Zeit beschäftigte, eine Lösung geben mußte. Die Abfolge der Ereignisse, die sich heute früh gegen halb acht hier zugetragen hatten, ließ sich relativ leicht rekonstruieren. Jemand hatte an die Tür geklopft, war eingelassen worden, hatte zweimal auf Owens geschossen, war nach oben gegangen, um etwas zu suchen, hatte durch die Hintertür das Haus verlassen und sich zu Fuß, mit dem Fahrrad oder mit dem Auto entfernt.

Wer?

Wer, Morse? Denn es war jemand mit einem menschlichen Antlitz und einem menschlichen Motiv. Wenn es ihm gelänge, alle Hinweise zusammenzufügen, hätte er die Lösung. Hin und wieder wurde das Bild, das er vor sich sah, schärfer, eine logische Folge kausaler Zusammenhänge kristallisierte sich heraus – dann aber verschwammen die Konturen wieder, das fast schon Greifbare wich zurück. Eine Eingebung blieb ihm an diesem Nachmittag versagt.

Daß er nicht weiterkam, machte Morse zunehmend nervös. Er kam sich vor wie ein hochgelobter Schriftsteller, dessen Werke mit schöner Regelmäßigkeit auf den Bestsellerlisten erscheinen und den plötzlich quälende Zweifel befallen, ob er noch einmal einen solchen Erfolg zustande bringen kann, den die Angst plagt, seine Schaffenskraft sei versiegt und er müsse sich auf die Möglichkeit einer Niederlage einstellen.

Lewis kam noch einmal in die Küche zurück.

Dr. Cornford würde sich freuen, mit Morse zu sprechen, und richte sich mit dem Termin ganz nach ihm. Heute nachmittag um fünf, vor der Andacht? In seinen Räumen im Lonsdale College?

Morse nickte.

«Ich habe noch mal bei den Storrs angerufen, Sir. Sie sind wieder in Oxford. Offenbar haben sie in Burford eine Mittagspause gemacht. Soll ich bei ihnen vorbeigehen?»

Morse sah einigermaßen erstaunt hoch.

«Wie kommen Sie denn darauf, Lewis?»

44

Die Glocken nach ihr riefen
Ins fernste Tal hinein:
«Zur Kirche kommt, ihr Leute,
Zum Beten kommt und zum Verzeih'n!»
Dem Rufe mocht nicht folgen
die Liebste mein.
(A. E. HOUSMAN, *A Shropshire Lad XXI*)

Nach einer kurzen Rückfrage an der Pforte wandte sich Morse nach links und ging über den Hof zum Old Staircase. Im ersten Stock stand über der Tür in weißen Frakturlettern auf schwarzem Grund: DR. D. J. CORNFORD.

«Es ist wohl noch ein bißchen früh, Ihnen einen Drink anzubieten, Chief Inspector ...»

Morse sah auf seine Armbanduhr.

«Meinen Sie?»

«Scotch? Gin? Wodka?»

«Scotch bitte.»

Cornford goß den Glenmorangie in ein Whiskyglas.

«Sagen Sie ‹halt›.»

Der Chief Inspector schien mit der Aussprache dieses Wortes gewisse Schwierigkeiten zu haben, und als das Glas zur Hälfte mit der blaßgoldenen Flüssigkeit gefüllt war, hörte Cornford auf.

«Halt», sagte Morse.

«Eis habe ich hier leider nicht, aber Sie wollen ja Ihren Drink sicher sowieso nicht verdünnen.»

«Leider doch. Wenn ich um dieselbe Menge Wasser bitten dürfte ... Was tut man nicht seiner Leber zuliebe!»

Von dem eichengetäfelten Raum mit der hohen Decke und den vielen Büchern an der Wand gingen zwei Türen ab. Cornford öffnete diejenige, die zu einer kleinen Küche führte, und kam mit einem Krug Wasser zurück.

«Ich hätte Ihnen sonst – ohne Wasser! – Gesellschaft geleistet, aber ich habe bei der Abendandacht die zweite Lesung ...» (jetzt sah auch Cornford auf seine Armbanduhr) «... wir können uns deshalb nicht allzulange aufhalten. Es ist der Text aus dem Römerbrief, Kapitel dreizehn. Über die Trunkenheit. Vielleicht kennen Sie ihn ja ...»

«Äh – wenn Sie mir kurz auf die Sprünge helfen könnten ...»

Cornford rezitierte ohne Vorlage und mit eindrucksvoll kirchlicher Intonation:

> «Lasset uns ehrbar wandeln als am Tage; nicht in Fressen und Saufen, nicht in Kammern und Unzucht, nicht in Hader und Neid ...»

«Sie lesen also aus der King James-Fassung?»

«Selbstverständlich! Ich selbst bin Agnostiker, aber ich finde es sehr traurig, daß so viele unserer christlichen Brüder sich für eine dieser neumodischen Übersetzungen entschieden haben. Wahrscheinlich ist dort von ‹Schlucken und Bumsen› die Rede.»

Morse trank zufrieden seinen Scotch. Es lag ihm auf der Zunge, Cornford die Version «Sux and Fux» anzubieten, aber dann hielt er doch lieber den Mund.

Cornford lächelte. «Was wollten Sie mit mir besprechen?»

«In gewisser Weise geht es um den letzten Teil Ihres Textes, wo von ‹Hader und Neid› die Rede ist. Wie ich höre, kandidieren Sie für das Amt des Master ...»

«Ja?»

Morse holte tief Atem, tat einen weiteren tiefen Zug und informierte Cornford über den Mord an Owens. Verschiedene Unterlagen aus dessen Haus, sagte er, deuteten auf eine systematische Erpressungskampagne hin, und es gäbe Grund zu der Annahme, daß Cornford eins der potentiellen Opfer war.

Cornford nickte nachdenklich. «Sind Sie Ihrer Sache sicher?»

«Nein, das nicht, aber ...»

«Aber Sie müssen Ihre Pflicht tun.»

«Sie selbst haben keine Erpresserbriefe erhalten?»

«Nein.»

«Lassen Sie mich eine sehr direkte Frage stellen: Gibt es in Ihren Augen irgend etwas in Ihrer unmittelbaren oder ferneren Vergangenheit, das Sie kompromittieren oder womöglich Ihre Kandidatur gefährden könnte?»

Cornford überlegte. «Ich habe – wie wohl jedermann – das eine oder andere getan, worauf ich nicht besonders stolz bin, aber ich denke, daß ich mich meist auf einigermaßen anständige Art aus der Affäre gezogen habe. Außerdem war das in einem anderen Land, und ...»

Morse ergänzte das Zitat: «... und überdies: Die Dirn ist tot.»

Cornford sah aus seinen hellgrauen Augen Morse fast kindlich-unschuldig an.

«Ja.»

«Möchten sie mit mir darüber sprechen?»

«Nein. Aber nur deshalb nicht, weil es für mich peinlich und für Sie Zeitverschwendung wäre.»

«Sie sind verheiratet?»

«Ja. Und ehe Sie es von anderer Seite erfahren, will ich Ihnen gleich sagen, daß meine Frau Amerikanerin, etwa halb so alt wie ich und äußerst attraktiv ist.» Die Stimme klang noch immer lässig-locker, aber Morse hatte das Gefühl, daß Cornford durchaus auch entschlossenere Töne anschlagen konnte.

«Und Ihre Frau hat auch niemand mit Briefen, anonymen Briefen vielleicht, belästigt?»

«Sie hat mir nichts erzählt.»

«*Würde* sie es Ihnen erzählen?»

Kam Cornfords Antwort eine Spur zögerlich?

«Ich denke ja. Aber da müßten Sie sich schon an sie selbst wenden.»

Morse nickte. «Es ist ein bißchen lästig, ich weiß, aber wir kommen wohl nicht darum herum. Sie ist nicht zufällig hier?»

Cornford sah erneut auf seine Armbanduhr.

«Sie muß gleich kommen. Wir wollen zusammen in die Kirche.»

«Bestehen Spannungen zwischen Ihnen und – äh – dem anderen Kandidaten?»

«Beim Essen gibt es hin und wieder unbehagliche Momente, aber das ist ja nicht anders zu erwarten.»

«Aber zu wüsten Beschimpfungen wie zwischen den Kontrahenten bei einem großen Boxkampf kommt es nicht?»

«Allenfalls in Gedanken.»

«Keine Flüsterkampagnen? Keine Gerüchte?»

«Nicht daß ich wüßte.»

«Und Sie kommen persönlich ganz gut mit Mr. Storrs zurecht?»

Cornford stand auf, legte den Kopf ein bißchen schief und lächelte erneut.

«Ich kenne Julian im Grunde nicht sehr gut ...»

Jetzt hörte man die Glocke zur Abendandacht läuten. Es war ein eintöniger, melancholischer, fast unheilverkündender Klang. Noch zehn Minuten.

«Zur Kirche kommt, ihr Leute,
Zum Beten und Verzeih'n!»

zitierte Cornford.

Morse nickte und stellte eine letzte Frage.

«Wann sind Sie heute früh aufgestanden, Sir?»

«Recht früh, weil ich joggen war. Kurz vor sieben.»

«Nur Sie?»

Cornford nickte unbestimmt.

«Danach sind Sie nicht mehr weggegangen? Oder weggefahren? Vielleicht um eine Zeitung zu holen?»

«Ich selbst besitze keinen Wagen. Meine Frau hat zwar einen, aber er steht in einer Garage in der New Road.»

«Ziemlich weit weg.»

«Ja», wiederholte Cornford gedankenvoll. «Ziemlich weit weg.»

Nachdenklich ging Morse die Treppe hinunter. Cornford war nach seiner Einschätzung ein kultivierter, höflicher, gescheiter Mann von unauffälliger, aber unverkennbarer Tatkraft, der vermutlich alle Voraussetzungen für das Amt des Master von Lonsdale mitbrachte. Nur zweierlei gab Morse ein wenig zu denken. Wenn Cornford schon Housman zitierte, sollte er es wenigstens richtig tun.

Und bei dem zweiten Punkt – ja, da lag er womöglich völlig falsch …

Wenige Sekunden nachdem Morse am Fuß der knarrenden Holztreppe angekommen war, ging die Schlafzimmertür auf.

«Worum ging's denn?»

«Hast du das nicht mitbekommen?»

«Das meiste schon», gab sie zu.

Sie trug ein züchtig ausgeschnittenes schwarzes Kleid in züchtiger Länge – die angemessene Garderobe für den Kirchgang an der Seite ihres Mannes.

«Er hat weißere Haare als du, Denis. Ich hab ihn beim Hinausgehen gesehen.»

Die Glocke läutete noch immer.

Noch fünf Minuten.

Cornford zog seinen Talar an und warf mit einer geübten Bewegung die Kapuze über die Schulter. Dann wiederholte er – wieder falsch – die Housman-Zeile, während er seine Frau in die Arme nahm und ihr unverwandt in die Augen sah.

«Mußt du um etwas beten? Um etwas, was dich bedrückt?»

Shelly Cornford lächelte in einem verzweifelten Versuch, sich nicht anmerken zu lassen, wie sehr das schlechte Gewissen sie quälte.

«Ich werde für dich beten, Denis. Daß du Master von Lonsdale wirst. Das wünsche ich mir mehr als alles auf der Welt. Für dich, mein Liebling. Nicht für mich.»

«Und sonst?»

Sie trat zurück und strich das Kleid über den sportlichen Hüften glatt.

«Zum Beispiel?»

«Manche Leute beten zum Beispiel um Vergebung», sagte Denis Cornford leise.

Morse stand – unbeobachtet, wie er glaubte – im Schatten der Pförtnerloge und las die neuesten Nachrichten über die verschiedenen Sportmannschaften des College, als er die beiden sah. Cornford im Talar und eine Frau in Schwarz kamen aus dem Eingang des Old Staircase und gingen in Richtung Kapelle.

Das Läuten der Glocke war verstummt.

Morse trat auf den Radcliffe Square hinaus, den er überqueren mußte, um in das *King's Arms* auf der Broad Street zu gelangen. Dort bestellte er ein Pint Bitter. Vielerlei bewegte ihn, während er im hinteren Gastraum saß. Unter anderem ein ganz ungewohntes Gefühl der Dankbarkeit gegenüber der Tory-Regierung, die eine Änderung der Schankzeiten am Sonntag durchgesetzt hatte.

45

Ich sah mich als Professor,
Der in der Bibliothek die alten Dichter liest,
Der im Talar zur Andacht zieht
Und schweren Portwein trinkt bei Kerzenlicht.
(John Betjeman, *Summoned by Bells*)

Im Frühjahrstrimester war es im Lonsdale College üblich, am Sonntagabend in der Großen Halle auf elektrisches Licht zu verzichten und den Raum nur mit den Kerzen in den Wandhalterungen zu beleuchten. Bei den Studenten, von denen die meisten Kerzenlichtromantik nur von vorübergehenden Stromausfällen her kannten, waren diese Abende sehr beliebt, und besonders von der erhöhten Tafel aus bot sich ein schönes Bild auf die flackernden Kerzen, die sich in dem blankgeputzten Silber der Salznäpfchen und Terrinen spiegelten, und auf das glitzernde Besteck, das geometrisch genau vor jedem Platz aufgelegt war.

An diesen Abenden gab es keine strenge Sitzordnung, allerdings saß der Gastprediger (diesmal ein schwarzer Bischof aus Afrika) immer rechts, der Collegekaplan links vom Master. Ansonsten versammelten sich an der erhöhten Tafel (an der am Sonntagabend gewöhnlich kein Platz frei blieb) regelmäßig die Fellows, die vorher in der Kirche gewesen waren, oft mit ihren Ehefrauen oder mit einem Gast, und seit ein paar Jahren kam auf Einladung eines der Professoren immer auch ein Student dazu.

Diesmal war das Antony Plummer, der neue Organist, der die von Julian Storrs ausgesprochene Einladung der Tatsache verdankte, daß sie beide auf dieselbe Schule, die Services

School in Dartmouth, gegangen waren. Dieses Internat war besonders bei Mitgliedern der Streitkräfte beliebt, die ihre Söhne dort unterbrachten, während sie selbst in früheren Kolonien, Protektoraten, Mandatsgebieten und den wenigen verbliebenen britischen Überseebesitzungen von einem Posten zum anderen geschoben wurden.

Plummer hatte diesen Ehrenplatz noch nie innegehabt und sah, zwischen Mr. und Mrs. Storrs sitzend, aus diesem ganz neuen Blickwinkel mit besonderer Anteilnahme auf die nur matt beleuchteten Porträts der berühmten Ehemaligen in ihren Goldrahmen, der Dichter und Politiker, der Soldaten und der Wissenschaftler, die in der Geschichte von Lonsdale eine so große Rolle gespielt hatten. Die hohe Balkendecke verlor sich in der Dunkelheit, und auch die holzvertäfelten Wände waren in tiefen Schatten getaucht, während die Hausdiener geschickt und ehrerbietig Wein in die funkelnden Gläser gossen.

Storrs besann sich – ein bißchen spät vielleicht – auf seine Gastgeberrolle.

«Wo ist Ihr Vater jetzt, Plummer?»

«Soviel ich weiß, hat er zuletzt ein NATO-Manöver in Belgien geleitet.»

«Inzwischen ist er Colonel, nicht?»

«General.»

«Alle Achtung!»

«Sie waren zusammen in Indien, nicht?»

Storrs nickte. «Allerdings habe ich es nur zum Captain gebracht. Ich bin meinem Vater in die Royal Artillery gefolgt und habe zwei Jahre lang versucht, den Eingeborenen das Schießen beizubringen. Leider war es kein voller Erfolg.»

«Für die Eingeborenen?»

Storrs lachte gutmütig. «Nein, es lag an mir. Von den meisten Eingeborenen hätte ich noch was lernen können. Ich war wohl fürs Militär sowieso nicht geeignet. Deshalb bin ich auf ein zahmeres Leben umgestiegen und habe mich hier um eine Professur beworben.»

Angela Storrs war mit ihrer Hummersuppe fertig und beglückwünschte Plummer zu der Kantate, die er in der Kirche mit seinem hauptsächlich aus Frauenstimmen bestehenden Chor dirigiert hatte. «Es hat Ihnen also gefallen, Mrs. Storrs?»

«Ja, schon ... Aber ehrlich gesagt sind mir Knabensoprane lieber.»

«Und warum?»

«Es ist einfach ein Gefühl ... Gestern abend haben wir das *Requiem* von Fauré gehört. Es war phantastisch. Besonders das ‹In Paradisum›, stimmt's, Julian?»

«Ja, wirklich hervorragend.»

«Und wissen Sie was?» fuhr Angela fort. «Ich hätte sogar mit geschlossenen Augen gewußt, daß es Jungen sind. Fragen Sie mich nicht, warum. Man spürt so etwas, finden Sie nicht? Es bringt nichts, wenn man versucht, alles mit dem Verstand zu erklären.»

Drei Plätze weiter flüsterte ein anderer Fellow seinem Nachbarn ins Ohr:

«Wenn diese Person sich in der Master's Lodge einnistet, pinkel ich ihr in die Primeln.»

Zufälligerweise war auch am anderen Ende des Tisches, wo Denis Cornford sich etwas zerstreut die Ausführungen eines Gastprofessors für Geschichte aus Harvard anhörte, während seine Frau schweigend danebensaß, von Kolonialismus die Rede.

«Gehen Sie nicht zu streng mit sich ins Gericht. So schlecht haben die Briten die Eingeborenen gar nicht behandelt, Denis!»

«O doch», widersprach Cornford. «Ich habe mich mit dem Thema nicht eingehend befaßt, aber ich habe den Eindruck, daß die Briten die meisten ihrer Untertanen in den Kolonien empörend schlecht behandelt haben.»

Shelly steckte die linke Hand unter das gestärkte weiße Tischtuch und streifte sanft über seinen Schenkel, konnte aber keine Reaktion feststellen.

Am Kopfende der massiven Eichenplanke, die als Tischplatte für die erhöhte Tafel diente, hatte sich Sir Clixby beim Lammbraten, zu dem ein 93er St. Julien gereicht wurde, nach Kräften bemüht, den Bischof zu besänftigen, der sich heftig darüber ereiferte, daß die englischen Prüfungsausschüsse von Flüchtlingskindern aus Ruanda profunde Kenntnisse der Rosenkriege erwarteten, und hatte damit erreicht, daß sich nach dem Dessert die Lage merklich entspannt hatte.

Die Gespräche, die – amüsant, interessant, selbstgefällig oder boshaft – den Abend über hin- und hergegangen waren, verstummten jäh, als der Master sein Hämmerchen schwang und die Anwesenden sich erhoben.

Benedictus benedicatur.

Die Worte kamen mühelos-geläufig von etwas zu roten, etwas zu vollen Lippen in einem glatten Gesicht, das aussah, als habe es nur selten eine Rasur nötig.

Wer wollte – und das wollten die meisten –, konnte sich nun in den Senior Common Room begeben, wo ganz zwanglos Portwein und Kaffee gereicht wurden. Der Master und Julian Storrs standen, das Hinterteil dem erstaunlich realistischen Kaminfeuer zugewandt, fast auf Tuchfühlung nebeneinander.

«Der Bischof ist demnach auf dem Weg zum Bahnhof?» fragte Storrs.

Der Master schmunzelte. «Ich hoffe inständig, daß er inzwischen schon auf dem Weg nach Afrika ist. Ausgerechnet heute mußte sich das verdammte Taxi verspäten. Und natürlich war keiner von euch mit dem Wagen da!»

«Es ist eben zunehmend riskant, mit Alkohol im Blut am Steuer zu sitzen. Ich persönlich bin durchaus für regelmäßige Verkehrskontrollen.»

«Und Denis – hallo, Denis! – konnte uns auch nicht aus der Klemme helfen.»

Cornford, der dem Gespräch gefolgt war, trat mit seiner Kaffeetasse zu ihnen.

«Ich habe meinen alten Metro kurz vor Weihnachten verkauft. Und bekanntlich wohne ich ja nur dreihundert Meter von hier entfernt.»

In den belanglosen Worten schwang ein sonderbarer Unterton.

«Aber Shelly hat doch einen Wagen?»

«Für den wir nur einen meilenweit entfernten Garagenplatz ergattert haben.»

Der Master lächelte. «Ja, richtig, jetzt fällt es mir wieder ein.»

Als sie eine halbe Stunde später über den kopfsteingepflasterten Radcliffe Square zur Holywell Street gingen, hakte sich Shelly Cornford bei ihrem Mann unter und drückte seinen Arm, aber auch jetzt konnte sie keine Reaktion feststellen.

46

In ihrer Verzweiflung aber flehte sie weiter und sagte vielleicht Dinge, über die sie lieber hätte schweigen sollen. «Angel! – Angel! Ich war ein Kind – ein Kind, als es geschah! Ich wußte nichts von den Männern.»
«Man hat an dir mehr gesündigt, als du sündigtest, das gebe ich zu.»
«Willst du mir denn nicht vergeben?»
«Ich vergebe dir. Aber Vergebung ist nicht alles.»
«Und mich lieben?»
Auf diese Frage gab er keine Antwort.

(Thomas Hardy, *Tess of the d'Urbervilles*)

«Kaffee?» fragte sie, während Cornford seinen Mantel in der Diele aufhängte.

«Hatte ich gerade.»

«Ich setze den Kessel auf.»

«Nein, laß das jetzt. Ich möchte mit dir sprechen.»

Sie setzten sich zusammen ins Wohnzimmer. Oder besser gesagt: Sie saßen sich im Wohnzimmer gegenüber.

«Wie hast du reagiert, als der Kaplan uns aufforderte, unsere vielfachen Sünden und Verfehlungen zu beichten?»

Cornfords gemessen-kultivierte Stimme hatte sich ein wenig in die Höhe geschraubt, und er musterte seine Frau mit verengten Augen wie ein Ornithologe eine interessante Vogelart.

«Wie meinst du?»

«‹In Gedanken, Worten und Werken› – so heißt es doch, nicht?»

Sie schüttelte ratlos den Kopf. «Ich weiß wirklich nicht ...»

«Warum belügst du mich?» unterbrach er sie scharf.

«Was …?»

«Sei ruhig!» schrie er sie jetzt unbeherrscht an. «Du hast mich betrogen. Ich weiß es, und du weißt es. Was hast du dazu zu sagen?»

«Aber ich habe nicht …»

«Lüg mich nicht an. Ich habe deine Untreue ertragen, aber was ich nicht ertragen kann, sind deine Lügen.»

Die letzten Worte waren wie ein Peitschenschlag ins Gesicht der Frau.

«Nur einmal», flüsterte sie.

«Vor kurzem?»

Sie nickte in hilflosem Jammer.

«Mit wem?»

Dicke Tränen liefen ihr über die Wangen. «Warum willst du das wissen? Warum mußt du dich quälen? Es hat mir nichts bedeutet, Denis! Glaub mir das.»

Er lachte bitter. «Aber meinst du nicht, es könnte mir etwas bedeuten?»

«Er wollte nur …»

«Wer war es?»

Über ihr Gesicht liefen schwärzliche Mascaratränen. Sie schloß die Augen und antwortete nicht.

«Wer war es?»

Noch immer blieb sie stumm.

«Soll ich es dir sagen?»

Er weiß es, dachte sie. Dann nannte sie – noch immer mit fest geschlossenen Augen – den Namen des Ehebrechers.

«Hier war er nicht? Du bist in die Master's Lodge gegangen?»

«Ja.»

«In sein Schlafzimmer?»

«Ja.»

«Und hast dich für ihn ausgezogen?»

«Ja.»

«Nackt ausgezogen?»

«Ja.»
«Und bist mit ihm ins Bett gegangen?»
«Ja.»
«Und ihr hattet Sex?»
«Ja.»
«Wie oft?»
«Nur einmal.»
«Und es hat dir Spaß gemacht.»

Cornford stand auf und ging benommen in die Diele. Er kam sich vor, als habe ihm gerade ein scheuendes Shirehorse die Hufe ins Gesicht geschlagen.

«Denis!» sagte Shelly bittend, während er den Mantel wieder anzog.

«Weißt du nicht, warum ich es getan habe, Denis? Für dich. Das mußt du doch einsehen.»

Er schwieg.

«Woher hast du es gewußt?» fragte sie fast unhörbar.

«Es ist nicht so sehr, was jemand, sondern wie jemand es sagt. Ich wußte es schon vor heute abend.»

«Aber woher denn? Sag es mir! Bitte!»

Cornford blieb einen Augenblick in der halb geöffneten Haustür stehen, durch die ein eisiger Luftzug wehte.

«Begreifst du denn gar nichts? Ich habe es nicht gewußt. Ich hoffte, du würdest alles abstreiten, selbst wenn du dazu hättest lügen müssen. Aber nicht einmal dazu hattest du genug Courage. Nicht einmal diesen Schmerz hast du mir ersparen können.»

Die Tür schlug hinter ihm zu. Shelly Cornford ging zurück ins Wohnzimmer und goß sich einen großen Gin mit sehr wenig Tonic ein.

Und wäre am liebsten gestorben.

47

Virgil G. Perkins, Autor des internationalen Bestsellers *Freude am Joggen* (Crown Publications, New York 1992), brach gestern in St. Paul beim Joggen mit einer Gruppe Gleichgesinnter tot zusammen. Mr. Perkins (26) hinterläßt seine Frau, Beverley, ihre gemeinsame Tochter Alexis sowie sieben Kinder aus früheren Ehen.

(*Minnesota Clarion,* 23. Dezember 1995)

Im hellbeige getünchten *King's Arms* Ecke Parks Road und Holywell Street hatte Morse einen bislang erstaunlich abstinenten Abend verbracht. Nach dem ersten Pint hatte er an der Tür festgestellt, daß das Pub im *Egon Ronay Guide* (1995) empfohlen wurde, und nachdem er sich auf der Toilette seine Spritze gesetzt hatte, hatte er eine Spinat-Champignon-Lasagne mit Knoblauchbrot und Salat bestellt. Keins der einzelnen Bestandteile dieses frugalen Gerichts war so recht nach seinem Geschmack, aber die Diätassistentin hatte ihm derlei Kost wärmstens empfohlen, und er mußte einräumen, daß sie tatsächlich eßbar war.

Es war jetzt 19.45 Uhr.

Eine Zigarette als Zugabe wäre eine wahre Paradiesesfreude gewesen, auf die er heldenmütig verzichtete. Während er die Collegewappen, die kolorierten Stiche und die Fotos distinguierter Gäste betrachtete, von denen er umgeben war, überlegte er, ob er sich nicht noch ein paar Kalorien in flüssiger Form leisten sollte. In diesem Moment kam der Wirt auf ihn zu.

«Ich hatte Sie noch gar nicht entdeckt, Inspector! Das ist für Sie. Es liegt schon zwei Wochen hier.»

Morse nahm ihm die gedruckte Karte ab und las:

> Tapetenwechsel! Endlich steht der Möbelwagen bereit, um meine Habe von London nach Oxford zu schaffen. Und am 18. März will ich meinen Patio in den Morris Villas 53, Cowley, mit Champagner begießen. Kommt und helft mir dabei! RSVP (Adresse s. oben)
>
> Deborah Crawford.

Darunter stand handschriftlich: Ich rechne mit Dir, Morse. DC.

Morse hatte sie deutlich in Erinnerung: eine schlanke, unverheiratete Blondine, die ihn nach einer relativ alkoholarmen Party der Metropolitan Police eingeladen hatte, in ihrer Wohnung in Nordlondon zu übernachten. Nach so kurzer Bekanntschaft, hatte er damals gesagt, sei diese Unterkunft vielleicht unangemessen.

Ja, so hatte er es gesagt: unangemessen ...

Aufgeblasener Trottel!

Immerhin hatte er ihr seine Adresse gegeben, und sie hatte geschworen, daß sie die nie vergessen würde.

Da sieht man mal, wie es mit Schwüren geht ...

«Ihr lag sehr viel daran, daß Sie das Schreiben bekommen ...», fing der Wirt an, aber in dem Moment ging die Tür zur Holywell Street auf, und er wandte sich dem neuen Gast zu.

«Denis! Heute abend hab ich Sie nicht erwartet. Wozu laufen wir am Sonntag morgen eigentlich sechs Meilen, wenn wir schon am gleichen Abend gewichtsmäßig wieder sündigen?»

Morse sah erstaunt auf.

«Sie waren heute früh zusammen joggen? Um welche Zeit?»

«Jedenfalls viel zu früh, stimmt's, David?»

Der Wirt lächelte. «Blödsinnig früh. Und das am Sonntag morgen!»

«Um welche Zeit?» wiederholte Morse.

«Viertel vor sieben. Wir haben uns hier vor dem Pub getroffen.»

«Und wohin sind Sie gelaufen?»

«Wir waren zu fünft. Zur Plain, dann die Iffley Road hoch, über die Donnington Bridge, Abingdon Road bis Carfax, über Cornmarket und St. Giles' zur Woodstock Road bis zur North Parade, dann zur Banbury und South Parks. Als wir zurückkamen, war es ...»

«... kurz vor acht», ergänzte Cornford und deutete auf das leere Glas des Chief Inspector. «Was nehmen Sie?»

«Nein, es ist meine Runde ...»

«Unsinn ...»

«Wenn Sie darauf bestehen ...»

Es war schließlich der Wirt, der den edlen Wettstreit gewann und zum Tresen ging, während Cornford sich setzte.

«Sie haben mir heute nachmittag gesagt, daß Sie allein joggen waren», hielt Morse ihm vor.

«Da haben Sie mich mißverstanden. Sie fragten, wenn ich mich recht erinnere: ‹Nur Sie?›, und ich bejahte, weil ich davon ausging, daß Sie wissen wollten, ob Shelly mitgelaufen ist.»

«Und sie war nicht dabei?»

«Nein. Das ist sie nie.»

«Sie blieb im Bett?»

«Wo sonst?»

Dazu äußerte Morse sich nicht.

«Joggen Sie auch, Inspector?» fragte Cornford mechanisch und offenbar nur, um etwas zu sagen.

«Ich bin mehr ein Geher. Manchmal gehe ich nach Summertown, um mir eine Zeitung zu holen. Man muß sich schließlich fit halten.»

Cornford lächelte matt. «Der Master von Lonsdale muß auf jeden Fall fit sein, das steht sogar in der Satzung.»

«Da muß man sich aber fragen, wie Sir Clixby es so weit gebracht hat.»

«Wenn man älter wird», gab Cornford unerwartet zurück, «können sich jüngere Leute nur schwer vorstellen, daß man selber mal jung war, ein guter Sportler und dergleichen. Ist das nicht auch Ihre Erfahrung?»

«Ja, das stimmt schon ...»

«Der Master war ein ausgezeichneter Hockeyspieler, er soll sogar mal in der Nationalmannschaft gewesen sein.»

Der Wirt kam mit zwei Pints Bitter zurück und widmete sich dann wieder seinen Pflichten an der Theke.

Morse hatte das deutliche Gefühl, daß Cornford nervös war. Vielleicht wegen seiner Frau? Hatte sie etwas mit dem Mord an Geoffrey Owens zu tun? Sehr unwahrscheinlich. Sicher war nur eins: Denis Cornford war endgültig aus dem Schneider.

Sehr bald hatte Morse sein Bier ausgetrunken und wandte sich zum Gehen. Deborahs Karte steckte er in die Brusttasche seines Jacketts, wo er sie prompt vergaß.

Allerdings nur zeitweilig. Später nahm er sie noch einmal heraus und betrachtete sie genauer. Und mit einem plötzlichen sonderbaren Gefühl der Erleuchtung.

48

Euch sage ich allen, die ihr vorübergehet: Schauet doch und sehet, ob irgend ein Schmerz sei wie mein Schmerz, der mich getroffen hat; denn der Herr hat mich voll Jammers gemacht am Tage seines grimmigen Zorns.

(*Klagelieder Jeremias* 1, 12)

Mit einem unbeschreiblichen Gefühl der Erleichterung hörte Shelly Cornford fünf Minuten vor halb zwölf den Schlüssel im Haustürschloß knirschen. Seit fast zwei Stunden saß sie, ein weißes Bettjäckchen über dem Schlafanzug, aufrecht im Bett, von der Angst gepeinigt, ihr Mann könne auf Nimmerwiedersehen in der dunklen Nacht verschwunden sein, sei vielleicht von der Magdalen Bridge oder einem hohen Turm gesprungen, habe sich auf die Eisenbahngleise gelegt oder sich die Pulsadern aufgeschnitten. Vergeblich hatte sie versucht, sich mit logischen Einwänden zu trösten: Das Wasser ist vermutlich gar nicht tief genug, an die Gleise kommt man nicht so ohne weiteres heran, er hat keine Rasierklingen bei sich, Carfax Tower und die Türme von St. Mary's und St. Michael's sind längst geschlossen ...

Komm zurück zu mir, Denis. Es ist mir gleich, was aus mir wird, aber komm heute abend zurück. Bitte, lieber Gott, laß ihn wohlbehalten zurückkommen. O Gott, erlöse mich von diesem unendlichen Jammer.

Seine Worte hatten sie bis ins Herz getroffen: «... Nicht einmal zum Lügen hattest du genug Courage ... nicht einmal diesen Schmerz hast du mir ersparen können ...»

Dabei waren beide Vorwürfe so ungerecht!

Allen, die es hören oder auch nicht hören wollten, hatte

ihre Mutter erzählt, was in Shellys Zeugnis von der Junior High School gestanden hatte: «Sie ist ein mutiges Mädchen ...» Es war einfach so, daß sie ihren Mann mehr liebte als irgend etwas und irgend jemand sonst auf der Welt. Dann aber kam ihr schmerzlich wieder das in den Sinn, was sie an jenem Abend gesagt hatte: daß sie sich mehr als alles in der Welt wünschte, Denis möge Master werden.

Und jetzt? Ihr Leben lag in Trümmern, ihr Herz war gebrochen. Es gab keinen Menschen, an den sie sich wenden konnte. Oder vielleicht doch?

Und immer wieder erinnerte sie sich an das peinigende Gespräch:

«Clixby?»

«Shelly!»

«Bist du allein?»

«Ja. Was für eine schöne Überraschung. Kommst du vorbei?»

«Denis weiß Bescheid.»

«Was?»

«Denis weiß Bescheid.»

«Was soll das heißen? Im Grunde gibt es da doch gar nichts zu wissen.»

«*Nichts?* War das alles *nichts* für dich?»

«Das klingt ja wie die Sprüche Salomos. Oder war es der Prediger?»

«Es hat dir demnach wirklich nichts bedeutet ...»

«Herrgott, Kind, es war doch nur das eine Mal ...»

«Du willst mich nicht verstehen.»

«Wie hat er es erfahren?»

«Überhaupt nicht.»

«Du sprichst in Rätseln.»

«Es war nur eine Vermutung. Er hat heute abend mit dir gesprochen ...»

«Ja, sicher. Du warst doch dabei.»

«Hast du irgendwas gesagt oder angedeutet?»

«Was für eine Frage! Hast du den Verstand verloren?»
«Warum hat er dann gesagt, er wüßte es?»
«Du hast doch eben selbst gesagt, daß es nur eine Vermutung war.»
«Er muß einen Grund gehabt haben.»
«Hast du es nicht abgestritten?»
«Aber es stimmte doch.»
«Himmel noch mal, und wenn schon! Du hättest es nur abzustreiten brauchen.»
«Genau das hat Denis auch gesagt.»
«Verdammt gescheiter Mann, dein Denis. Ich hoffe, du weißt, was du an ihm hast. Er hatte natürlich recht: Du hättest es nur abzustreiten brauchen.»
«Hättest du das von mir erwartet?»
«Du scheinst ein bißchen schwer von Begriff zu sein ...»
«Ich kann einfach nicht fassen, was du da sagst.»
«Es wäre sehr viel besser gewesen.»
«Besser für dich, meinst du.»
«Für mich, für dich, für Denis – für alle Beteiligten.»
«Du bist wirklich ein Scheißkerl.»
«Sachte, sachte, Kind ...»
«Was wirst du jetzt unternehmen?»
«Unternehmen? Was erwartest du denn von mir?»
«Ich weiß nicht. Ich habe niemanden, mit dem ich reden kann. Deshalb habe ich angerufen.»
«Ja, wenn ich dir irgendwie ...»
«Ich brauche Hilfe. Was hier geschieht, ist entsetzlich für mich.»
«Aber begreif doch, Shelly: Das müßt ihr unter euch abmachen, Denis und du. Kein anderer ...»
«Verdammt, du bist wirklich der größte Scheißkerl, der ...»
«Ist Denis zu Hause?»
«Natürlich nicht, du Trottel.»
«Das verbitte ich mir, Shelly. Nimm dich gefälligst zusammen. Du hast wohl vergessen, mit wem du redest ...»

«Denis!»

«Leg dich wieder hin. Ich schlafe im Gästezimmer.»

«Nein, *ich* kann doch …»

«Ist mir scheißegal, wer wo schläft. Hauptsache, wir schlafen nicht in einem Raum.»

In seinen Augen standen noch immer Zorn und Qual, aber seine Stimme war seltsam ruhig. «Wir müssen das besprechen. Aber nicht mehr heute nacht. Am besten erkundigst du dich schon mal, wie in einem Scheidungsverfahren wegen Ehebruchs die Schuldfrage gehandhabt wird.»

«Denis! Laß uns *jetzt* reden. Wenigstens kurz …»

«Und worüber? Über mich? Du weißt alles über mich. Ich bin halb betrunken und werde sehr bald volltrunken sein, außerdem bin ich blöd und gekränkt und eifersüchtig und besitzergreifend. Und treu … Ich war nicht blind für deine Spielchen, aber ernsthafte Sorgen habe ich mir nie gemacht. Soll ich dir sagen warum? Weil ich wußte, daß du mich liebtest. Daß unsere Ehe auf Liebe gegründet war. Zumindest habe ich mir das eingebildet.»

Schweigend, unglücklich und mit tränenüberströmtem Gesicht hörte Shelly Cornford zu.

«Wir sind fertig miteinander, Shelly. Weißt du, daß ich kaum mehr deinen Namen über die Lippen bringe? Unsere Ehe ist nicht mehr zu retten. Von jetzt ab kannst du treiben, was du willst – mich läßt das kalt. Du bist ein geborenes Flittchen, eine geborene Schwanzlutscherin, ich halte es nicht mehr mit dir aus. Die Vorstellung, daß du dich nackt hinlegst und für einen anderen Mann die Beine breit machst, ist mir unerträglich. Versuch das bitte in deinen vernagelten Schädel zu bekommen.»

Sie schüttelte hilflos den Kopf.

«Du hast gesagt, daß du alles geben würdest, damit ich Master werde», fuhr Cornford fort. «So weit würde ich nie gehen. Aber ich hätte alles, wirklich alles für eine treue Ehefrau gegeben.»

Er wandte sich ab, die Tür zum Gästezimmer klappte zu

und ging wenig später noch einmal auf? «Wann war es? Komm, das will ich jetzt wissen. *Wann?*»

«Heute früh.»

«Als ich joggen war?»

«Ja», flüsterte sie.

Jetzt zog er sich endgültig zurück, und sie schaute und sah, daß kein Schmerz war wie ihr Schmerz.

Ihre Wagenschlüssel lagen auf dem Kaminsims.

49

Montag, 4. März

Den Tag verbring ich in Arbeit,
halb trunken bin ich zur Nacht.
Um vier Uhr früh in lautlosem Dunkel
erwachend seh ich ins Leere.
Bald wird es hell werden um die
Vorhangränder.
Bis dahin schaue ich, was recht eigentlich
immer da ist:
Der nimmermüde Tod, mir einen Tag näher,
Der an Gedanken zuläßt nur noch eins:
Das Wie und Wo und Wann
des eignen Sterbens.

(PHILIP LARKIN, *Aubade*)

In seinem ganzen bisherigen, zuweilen heiteren und manchmal tränenreichen Leben hatte Morse noch keine so grauenvolle Nacht verbracht. Zwischen unruhigen Schlafschüben hatte er sich mit quälenden Kopfschmerzen, Ohrensausen, Magenkrämpfen, einem gallig-sauren Geschmack in der Kehle herumgeschlagen, mit einem Gefühl, jeden Augenblick das Bewußtsein zu verlieren, sich übergeben zu müssen, vom Schlag getroffen zu werden oder einen Herzanfall zu erleiden. Einer der Liebenden bei Ovid hatte einst die Pferde der Nacht angefleht, ihr Tempo zu zügeln, auf daß die Morgendämmerung nicht so bald käme. Morse hingegen sehnte, während er sich ruhelos im Bett herumwälzte, einen Hauch von Helle an dem Stück Himmel herbei, das er durchs Fenster sah. In dieser schier endlosen Nacht hatte er sich mehrere Gläser kaltes Wasser, Alka-Seltzer, etliche Tassen schwarzen Kaffee und eine Wochendosis Nurofen Plus einverleibt.

Aber keinen Alkohol. Keinen Tropfen.

Denn Morse hatte nun endgültig beschlossen, dem Alkohol zu entsagen.

Um halb acht sah Lewis ins Schlafzimmer des Chief Inspector (Lewis war der einzige, der einen Schlüssel zu dessen Wohnung hatte).

Im vornehmen North Oxford hatten die meisten Hausbesitzer längst Einbruchsmelder installiert und einem Nachbarn die Schlüssel zur Alarmanlage gegeben. Bei Morse waren solche Sicherheitsvorkehrungen insofern unnötig, als in seiner Wohnung stehlens- und verkaufenswert allenfalls die CD-Sammlung der Opern Richard Wagners war, für ihn ein alles überragendes Genie, und eine mit großer Hingabe zusammengetragene Sammlung von Erstausgaben des größten Helden in seinem Leben, des pessimistischen Poeten A. E. Housman, der wie Morse vom St. John's College, Oxford, ohne Abschluß abgegangen war.

Solch esoterische Neigungen aber hatten nicht einmal die Einbrecher, die sich in North Oxford zu betätigen pflegten.

Und mit seinen Nachbarn wechselte Morse ohnehin kaum ein Wort.

«Sie sehen miserabel aus, Sir.»

«Besten Dank für die Blumen, Lewis. Wissen Sie nicht, daß man sich sofort miserabel fühlt, wenn jemand einem sagt, daß man miserabel aussieht?»

«Haben Sie sich nicht vorher schon miserabel gefühlt?»

Morse nickte kläglich.

«Soll ich Ihnen was zum Frühstück machen?»

«Nein.»

«Also die Storrs können wir wohl abhaken. Beide. Ich habe mich im Hotel erkundigt. Und falls sie keinen Hubschrauber gechartert hatten ...»

«Die Cornfords sind auch aus dem Schneider. Zumindest er. Es gibt vier Zeugen dafür, daß er sich zu der bewußten Zeit in und um Oxford die Lunge aus dem Leib gerannt hat.»

«Und sie?»

«Da leuchtet mir allerdings das Warum und das Wie nicht ein.»

«Wenn Owens sie erpreßt hätte …»

Morse strich sich über das Stoppelkinn. «Das kann ich mir nicht recht vorstellen. Aber irgendwas ist da faul, irgendwas gibt es, was Cornford mir nicht erzählen wollte.»

«Und was wäre das Ihrer Meinung nach?»

Morse setzte sich, ohne zu antworten, auf die Bettkante und drehte den Oberkörper nach rechts und nach links.

«Gut gegen Ischias. Hatten Sie so was noch nie?»

«Nein.»

«Sie könnten mir ein Glas Orangensaft aus dem Kühlschrank holen. Den ungesüßten.»

Als er in die Küche ging, hörte Lewis die Post durch den Briefschlitz fallen.

Auch Morse hatte das Geräusch gehört.

«Haben Sie geprüft, um welche Zeit der Briefträger gewöhnlich in die Polstead Road kommt?»

«Das hab ich Ihnen doch schon gesagt. Sie hatten recht.»

«So mit das einzige, womit ich bisher recht hatte.»

«Noch ist nicht aller Tage Abend, Sir.»

«Könnten Sie mal eben die Taschen ausleeren?» Morse deutete auf Anzug und Hemd, die in genialer Unordnung über dem einzigen Stuhl im Schlafzimmer lagen. «Zeit, daß ich die Klamotten wechsle, vielleicht kriege ich dann zur Abwechslung auch den Fall wieder in den Griff.»

«Wer ist denn Ihre neue Freundin?» Lewis hielt die Einladung hoch. «‹Ich rechne mit Dir, Morse. DC.›»

«Das ist eine ganz private …»

Morse unterbrach sich. Er spürte das vertraute Kribbeln zwischen den Schulterblättern, die Haare auf seinen Unterarmen standen stramm wie Orchestermitglieder, denen der

Dirigent nach dem Konzert das Zeichen zum Aufstehen gegeben hat.

«Herrgott noch mal», flüsterte er. «Wissen Sie was, Lewis? Ich glaube, Sie haben es wieder mal geschafft!»

50
Montag/Dienstag, 4.–5. März

Die vierläufige Lancaster Howdah hat das Kaliber .577. Ihren Beinamen verdankt sie der Geschichte, daß Tigerjäger diese Pistole bei sich trugen, wenn sie auf Elefanten unterwegs waren, und sie als Abwehrwaffe verwendeten für den Fall, daß ein Tiger dem Elefanten auf den Rücken zu springen versuchte.

(*Encyclopedia of Rifles and Handguns,* ed. SEAN CONNOLLY)

Für die Familie, für die Protokollaufnehmer und Formularausfüller, für die Ballistikexperten und Gerichtsmediziner war der Mord an Geoffrey Owens eine nicht weniger schwerwiegende Angelegenheit als für die Kriminalbeamten. Für Morse allerdings war der verbleibende Teil des Montags unproduktiv und eher enttäuschend verlaufen. An die Stelle der vormittäglichen Euphorie waren am Nachmittag Sorgen um seine Gesundheit getreten.

Aus dem Krankenhaus war er mit der Anweisung entlassen worden, viermal täglich seine Glukosewerte abzulesen. Dazu hatte er einen schmalen Stift bekommen, der einige Ähnlichkeit mit einem Füller hatte und in den er einen Teststreifen schob, auf den er einen Tropfen von seinem Blut gegeben hatte. Das Ergebnis erschien dreißig Sekunden später in einem kleinen Fenster an der Seite des Stiftes. Der durchschnittliche Glukosewert eines gesunden Menschen liegt bei 4,5, aber der Stift hatte eine Skala von 1 bis 25, da die Werte bei Diabetespatienten häufig stark schwanken. Glukosewerte über 25 wurden als HI angezeigt.

Bislang waren die Werte mehr oder minder erwartungsgemäß ausgefallen, der höchste hatte bei 15,5 gelegen. Erst nach einer gewissen Zeit – und auch dann nur, wenn er sich strikt an die Vorschriften hielt – würde er das von allen Diabetikern angestrebte Gleichgewicht erreicht haben. Das zur Mittagszeit angezeigte HI war deshalb mehr als enttäuschend, zumal Morse zunächst angenommen hatte, es habe sich dabei um eine freundliche Begrüßungsfloskel des Prüfstifts gehandelt.

Als er seinen Irrtum erkannt hatte, ging Morse einigermaßen unruhig nach Hause, nahm noch zwei Nurofen Plus gegen die anhaltenden Kopfschmerzen und setzte sich in seinen Sessel, wo er sich nicht einmal dazu aufraffen konnte, das Kreuzworträtsel in der *Times* anzugehen oder den CD-Player einzuschalten, sondern alsbald einschlief.

Um sechs rief er bei Lewis an und verkündete, daß er an diesem Tag nichts mehr machen würde. Kurz vor sieben las er erneut seine Werte ab. Die Reduzierung auf erfreuliche 14,3 feierte er mit einem kleinen Glas Glenfiddich und hörte sich dann im Radio die *Archers* an.

Am nächsten Morgen saß Morse, gestärkt und tatendurstig, schon eine halbe Stunde an seinem Schreibtisch im Präsidium, als Lewis mit einem Bericht hereinkam.

«Von der Ballistik, Sir. Gestern abend eingegangen.»

Die technische Terminologie von Ballistikberichten war Morse genauso unverständlich wie ein Exkurs über strukturelle Linguistik oder der neueste Grenzverlauf in Bosnien. Was man sich unter «Lauf» und «Nut» und «Zylinder» und «Kaliber» vorzustellen hatte, wußte er mehr oder minder, weiter aber reichte sein Wissen nicht, und sein Interesse hörte schon weit vorher auf. Er überflog deshalb die komplexen Angaben der ersten fünf Seiten nur flüchtig und konzentrierte sich auf die kurze, leicht verständliche Zusammenfassung auf Seite 6:

Rachel James wurde durch einen einzigen aus einem Abstand von etwa 45 cm abgegebenen Schuß tödlich getroffen; Geoffrey Owens wurde von zwei aus einem Abstand von etwa 100 cm abgegebenen Schüssen tödlich getroffen. Bei der in beiden Fällen verwendeten Pistole Kaliber .577 handelt es sich um eine häufig von den Streitkräften verwendete Waffe. Fest steht, daß bei beiden Morden dieselbe Waffe zum Einsatz kam.

ASH: 4. III. 96

Morse lehnte sich in dem schwarzen Ledersessel zurück und machte ein recht zufriedenes Gesicht.

«Ich habe den Eindruck, Lewis, daß ich so langsam aufwache. Es wird Zeit, daß wir beide uns zusammentun. Bisher sind wir getrennt marschiert. Sie haben Gespräche geführt, ich habe Gespräche geführt, aber sehr weit hat uns das nicht gebracht. Es ist jedesmal dasselbe, Lewis: Von jetzt an müssen wir Hand in Hand arbeiten.»

Lewis deutete auf den Ballistikbericht. «Was meinen Sie dazu?»

«Sehr interessant. Derselbe Revolver.»

«*Pistole*, Sir.»

«Kommt auf dasselbe raus.»

«Wir sind eigentlich alle davon ausgegangen, daß es dieselbe Waffe war.»

«Wirklich?»

«Die Jungs denken das fast alle.»

Morses Lächeln war verdächtig wohlwollend. «Derselbe Revolver – derselbe Mörder – denken das die – äh – Jungs auch fast alle?»

«Ich glaube schon.»

«Und Sie?»

Lewis überlegte. Die Chancen, einen Treffer zu landen, standen fünfzig zu fünfzig. Nur Mut, Lewis!

«Ja.»

«Na schön, dann sehen wir uns doch die Möglichkeiten mal an. Rachel wurde durchs Küchenfenster erschossen, während sie an der Spüle stand. Das Rollo war alt und ziemlich dünn, die Silhouette mag sich recht deutlich abgezeichnet haben, aber für den Mörder war es trotzdem ein Risiko. Revolver ...» – Lewis hatte es aufgegeben, Morse zu korrigieren – «... Revolver treffen bekanntlich nicht mal aus nächster Nähe zielgenau, und das Projektil mußte eine solide Glasscheibe durchschlagen, so daß es abgelenkt wurde und sie am Hals statt in den Kopf traf. So weit klar?»

Lewis nickte. Eine besonders profunde Erkenntnis, fand er, war das nicht.

«Auf Owens hingegen», fuhr Morse fort, «wurde *im* Haus und aus etwas größerer Entfernung geschossen. Und zwar in die Brust, nicht in den Kopf. Also ein ganz anderer *modus operandi.*»

Lewis lächelte. «Demnach haben wir zwei *modusse operandi.*»

«*Modi*, Lewis. Und damit möglicherweise zwei Mörder. Auf den ersten Blick erscheint das allerdings recht unwahrscheinlich, denn man kann sich natürlich denken, wie die Unterschiede zustande kamen ...»

«Ich sehe es so, Sir, daß Owens vermutlich von jemandem ermordet wurde, den er kannte. Er muß den Besucher – oder die Besucherin – hereingebeten haben, vielleicht waren sie sogar verabredet. Owens war angezogen und ...» Lewis hielt einen Augenblick inne. «Rasiert hatte er sich allerdings nicht ...»

«Ein Typ wie der sieht immer unrasiert aus.»

«Vielleicht hätten wir das genauer nachprüfen sollen.»

«Was Sie hoffentlich nicht von mir erwarten. Sie müßten mich lange genug kennen, um zu wissen, daß ich nekrophob bin.»

«Ja, das wäre es dann auch schon. Aber Rachel hat ihn wahrscheinlich nicht gekannt.»

«Oder sie.»

«Sie muß einen Heidenschreck gekriegt haben, als sie das Klopfen am Fenster hörte und hinging, um das Rollo hochzuziehen …»

«Sie gehen immer noch davon aus, daß beide Morde von derselben Person begangen wurden, Lewis?»

«Sie nicht?»

Morse zuckte die Schultern. «Es könnte sich um ein Liebespaar oder ein Ehepaar – oder auch um zwei völlig voneinander unabhängige Menschen gehandelt haben.»

«Ich will froh sein, wenn wir mit der Routinearbeit ein bißchen weiter sind, Sir», sagte Lewis mit einem leicht ungeduldigen Unterton in der Stimme. «Was wir bisher gemacht haben, war alles ziemlich *ad hoc*, finde ich …» Morse registrierte den Latinismus leicht befremdet. «Können wir nicht die Überlegungen noch so lange vertagen, bis wir Gelegenheit hatten, alles ein bißchen besser abzuchecken?»

«Da rennen Sie bei mir offene Türen ein, Lewis. Genau das werden wir tun. Wir werden noch mal von vorn anfangen. ‹In unserem Anfang ist unser Ende›, hat mal jemand gesagt. Eliot? Oder heißt es ‹In unserem Ende ist unser Anfang›?»

«Und wo sollen wir Ihrer Meinung nach anfangen, Sir?»

Morse überlegte.

«Am besten holen Sie mir erst mal eine Tasse Kaffee. Ohne Zucker.»

51
Dienstag, 5. März

Einem überarbeiteten Menschen, der sich auf eine Arbeitsteilung einläßt, wird immer der schwerste Teil aufgebürdet.

(Ungarisches Sprichwort)

«Und wo sollen wir Ihrer Meinung nach anfangen?» wiederholte Lewis, während Morse leicht angewidert seinen ungesüßten Kaffee trank.

«Wenn wir erst angefangen haben, werden wir vermutlich feststellen, daß wir einfach die falsche Perspektive hatten. Wir sind oder zumindest ich bin davon ausgegangen, daß es Owens war, der alle Fäden in der Hand hatte. Als Journalist hatte er Zugang zu pikanten Geschichtchen, und als Mensch war es ihm offenbar eine Genugtuung, wenn er Druck auf seine Mitmenschen ausüben, im Klartext sie erpressen konnte. Nach dem, was wir in Erfahrung bringen konnten, hatte ich den Eindruck, daß die beiden Bewerber um das Amt des Master von Lonsdale möglicherweise erpreßt wurden. Ich hatte den Eindruck, daß beide – zumal Storrs – gute Gründe hatten, Owens zum Teufel zu wünschen. Daß Owens um sein Leben fürchten mußte, wäre mir, wie Sie wissen, nie in den Sinn gekommen.

Nur hat diese Hypothese natürlich einen Haken. Inzwischen wissen wir, daß weder Storrs noch Cornford – oder ihre Ehefrauen – *beide* Morde hätten begehen können, und es wird immer unwahrscheinlicher, daß sie auch nur für einen verantwortlich waren. Was bedeutet das nun für uns? Es ist ein bißchen wie beim Kreuzworträtsel. Wenn Sie nicht weiterkommen, merken Sie plötzlich, daß Sie in die falsche Richtung gedacht haben. So ist es vielleicht auch mit diesem Fall. Wenn es nun genau umgekehrt wäre und jemand Owens erpreßt hätte? Wenn Rachel James – wir haben ja schon einmal darüber gesprochen – etwas entdeckt hätte, was ihm das sorgfältig erarbeitete Konzept verdorben hätte?»

«Und sie versucht hätte, selbst abzusahnen?»

«Genau. Geld! Sie haben anfangs gesagt, daß wir ein Motiv für den Mord an Rachel brauchen, und ich vermute, sie hatte etwas über seine erpresserischen Aktivitäten erfahren und drohte, ihn bloßzustellen.»

Lewis saß sichtlich wie auf glühenden Kohlen.

«Könnten wir vielleicht erst in die Redaktion fahren und ein paar simple Fakten feststellen?»

«Genau das wollte ich gerade vorschlagen. Wir müssen versuchen, in der Redaktion so viel wie möglich über ihn in Erfahrung zu bringen. Müssen mit dem Chefredakteur, seinem Stellvertreter, den Kollegen, diesem Personalmenschen – besonders mit dem! – sprechen. Seinen Schreibtisch durchsuchen, nach Möglichkeit seine Bewerbung einsehen. Versuchen, etwas über seine Freunde, seine Freundinnen, seine Feinde, Gewohnheiten zu erfahren, was er gern aß und trank, sein Gehalt, seine Clubs, politische Einstellung ...»

«Wir wissen, daß er konservativ gewählt hat, Sir.»

«... die Zeitungen, die er abonniert hatte, wo er seinen Wagen parkte, seine beruflichen Aussichten ... Damit dürfte sich dann schon einiges anfangen lassen.»

«Eine recht umfangreiche Liste. Gut, daß wir zu zweit sind.»

«Wie meinen Sie das?»

«Ich wollte damit nur sagen, daß uns die Sache ganz schön in Atem halten wird.»

«Hört sich schlimmer an, als es ist. Und wenn Sie gleich losfahren ...» Morse sah auf seine Uhr. 10.45 Uhr.

Lewis machte große Augen. «Sie fahren nicht mit?»

«Heute nicht, nein.»

«Aber Sie haben doch eben gesagt ...»

«Nach dem Mittagessen hab ich ein, zwei wichtige Sachen zu erledigen.»

«Zum Beispiel?»

«Ich will ganz ehrlich sein, Lewis: Man hat mir gesagt, ich sollte es in Zukunft ruhiger angehen lassen, und ein bißchen muß ich wohl doch auf meine Ärzte hören.»

«Natürlich.»

«Daß wir uns nicht mißverstehen: Ich fühle mich bestens. Aber eine kleine Siesta heute nachmittag ...»

«Siesta? Die halten Spanier im Hochsommer, wenn es dreißig Grad im Schatten hat, aber wir sind in England, und draußen hat es Minusgrade.»

Morse sah etwas betreten auf seine Schreibtischplatte.

«Es hat etwas mit der Einladung zu tun, die Sie bekommen haben, stimmt's? Von dieser Deborah Crawford.»

«Ja und nein ...»

«Warum tun Sie so geheimnisvoll? Gestern wollten Sie es mir auch nicht sagen.»

«Nur weil ich mit meinen Überlegungen noch nicht zu Ende gekommen bin.»

«Wie haben Sie vorhin gesagt, Sir: Von jetzt ab müssen wir Hand in Hand arbeiten.»

Morse fingerte sehnsuchtsvoll an der immer noch ungeöffneten Zigarettenschachtel herum.

«Also gut, Lewis. Setzen Sie sich!»

52

Es liegt in der Natur einer Hypothese, daß sie sich, einmal aufgestellt, alles als geeignete Nahrung einverleibt und mit allem Gesehenen, Gehörten, Gelesenen oder Erfahrenen immer stärker und kräftiger wird.

(LAURENCE STERNE, *Tristram Shandy*)

«Es geht nicht um Deborah Crawford, Lewis, sondern um ihre Initialen. DC. Als wir auf die Liste in diesem Aktenordner stießen, habe ich mir einen Fehlstart geleistet. Ich habe automatisch gefolgert, daß JS Julian Storrs war – und das ist wohl richtig – und DC Denis Cornford, und das ist vermutlich völlig falsch. Owens hat Cornford und seine Frau vermutlich gar nicht gekannt. Dafür kennt er eine andere DC, nämlich Adèle Beatrice Cecil, die ABC-Dame aus dem Bloxham Close Nummer 1. Er kennt sie gut genug, um sie mit ihrem Spitznamen ‹Della› anzureden: DC. Und je länger ich hinsehe, desto besser gefällt mir das, was ich sehe.»

«Kann ich Ihnen nicht verdenken. Bildhübsche Person!»

Morse überging das Witzchen und fuhr fort: «Bedenken Sie ihre wichtige Rolle in dem Fall. ‹DC› ist unsere Hauptzeugin. *Sie* sieht Owens an dem Morgen, an dem Rachel ermordet wurde, zur Arbeit fahren. *Sie* ruft Owens eine Stunde später an, teilt ihm mit, daß die Polizei im Bloxham Close ist ...» (wieder ließ Lewis die falsche Straßenbezeichnung durchgehen) «... und ermöglicht es ihm dadurch, seinen Kollegen zuvorzukommen. So hat sie es jedenfalls gesagt. Was aber, wenn das gar nicht stimmt?»

Lewis schwieg abwartend.

«Wenn ich mich recht erinnere, kam für Sie Owens von

Anfang an als Täter nicht in Frage. Wegen des Zeitfaktors. Nach Ihrer Argumentation hätte er es unmöglich schaffen können, an jenem Morgen zum Dienst zu fahren, seinen Wagen zu parken, sich in der Redaktion sehen zu lassen, wieder in einen Wagen zu steigen, nach Kidlington zu fahren, Rachel umzubringen, *wieder* nach Osney Mead zu fahren, das Gespräch mit Della Cecil zu führen, *wieder* nach Kidlington zu fahren und sich mit Handy und Notizbuch zu betätigen, während seine Kollegen sich noch die Socken anzogen. All das hätte er in dieser Zeit unmöglich machen können, haben Sie gesagt. Und natürlich lagen Sie damit völlig richtig ...»

«Danke, Sir!»

«... zumindest in einer Beziehung. In einer anderen aber lagen Sie völlig falsch. Bleiben wir mal bei unserer ursprünglichen Idee, daß es sich bei den Initialen um eine Erpresserliste handelt, auf der auch Della Cecil steht. Weil Owens auch gegen sie etwas in der Hand hat, bleibt ihr, als er sie für seinen Plan zur Beseitigung von Rachel einspannen will, nichts anderes übrig, als mitzumachen.»

«Und haben Sie eine Vorstellung davon, wie dieser Plan aussah, Sir?»

«Leider habe ich sogar eine Vielzahl von Vorstellungen.»

«Dann legen Sie doch mal los.»

«Dreh- und Angelpunkt ist der Zeitfaktor, der Ihnen so viel Kopfzerbrechen macht. Ich will Ihnen jetzt mal skizzieren, wie es sich zugetragen haben könnte. Owens fährt zehn vor sieben zur Arbeit, und sie fährt mit ihrem Wagen hinterher. Als er den Wagen abgestellt hat und seine Ankunft registriert ist, geht er ins Haus, läßt sich kurz sehen, verläßt die Redaktion durch einen Nebenausgang und steigt in *ihren* Wagen, der ein Stück weiter geparkt ist. In Kidlington ermordet er gegen halb acht Rachel James und fährt danach nicht mehr zurück in die Redaktion, sondern begibt sich in Dellas Haus, zu dem er einen Schlüssel hat, um dort zu warten. Als die Polizei eintrifft, kommt ein Gespräch in seinem

Büro an – er weiß, daß niemand da ist –, und eine Nachricht wird auf dem Anrufbeantworter hinterlassen. *Oder auch nicht.* Wichtig ist ja nur, daß aus den Abrechnungen der British Telecom hervorgeht, daß von ihrem Anschluß aus in Owens' Büro angerufen wurde. Und nachdem der Mord entdeckt worden ist und Polizei, Gaffer, Presse und Funk auftauchen, braucht er sich dann nur noch ins Getümmel zu stürzen.»

«Das improvisieren Sie jetzt einfach, Sir.»

«Ja, natürlich», sagte Morse leicht gereizt. «Das ist schließlich meine Aufgabe. Wenn wir uns mit dem Gedanken angefreundet haben, daß es sich um zwei Täter handeln könnte, gibt es Dutzende von Möglichkeiten – das ist wie mit den Lottozahlen –, von denen ich Ihnen nur eine geschildert habe.»

«Aber …»

«Was stört Sie daran? Na los!»

«Fangen wir mal mit dem Wagen an.»

«*Den* Wagen!»

«Meinetwegen. Als er seinen Wagen geparkt hat …»

«Das habe ich nicht gesagt. Hätten Sie genau hingehört, wüßten Sie, daß ich bewußt von *dem* Wagen gesprochen habe. Es kann seiner oder ihrer gewesen sein. Registriert wird die Nummer auf der Karte und nicht die Wagennummer. Sie könnte mit seinem oder er mit ihrem Wagen gefahren sein, sie könnten jederzeit relativ risikolos die Wagen getauscht haben, um sieben ist dort noch nicht viel los. Und auch noch nicht um acht.»

«Bin ich jetzt dran?» erkundigte sich Lewis.

«Schießen Sie los.»

«Ich rede wohlgemerkt von Owens' Wagen, und der stand an dem Morgen im Bloxham Drive – *Drive* bitte, Sir! –, als Owens da war. Die Straße war abgesperrt, aber unsere Jungs haben ihn reingelassen, weil er sagte, daß er da wohnt. Ich hab den Wagen mit eigenen Augen gesehen.»

«Na und? Er – oder sie – hätte ihn in einer Straße in der Nähe abstellen können. Oben auf der Hauptstraße hinter der Häuserzeile. Da hat auch JJ …»

Morse verstummte ziemlich abrupt.

«Es kann sich trotzdem nicht so abgespielt haben, wie Sie sagen, Sir.»

«Nein?»

«Nein. Er ist im Büro gesehen worden. Genau zu der Zeit, als Rachel ermordet wurde. Und zwar vom Personalchef.»

«Von dem wir noch keine unterschriebene Aussage haben.»

«Sie wissen doch, daß er verreist war.»

«Ja, Lewis, ich weiß. Aber Sie haben mit ihm gesprochen.»

Lewis nickte.

«Telefonisch?»

«Telefonisch.»

«Sie haben sich von der Zentrale verbinden lassen?»

Lewis nickte wieder.

«Wissen Sie, mit wem die Zentrale Sie vermutlich verbunden hat?» fragte Morse langsam.

Lewis ging ein Licht auf. «Sie meinen … daß sie mich womöglich zu Owens durchgestellt hat?»

Morse zuckte die Schultern. «Genau das müssen wir jetzt feststellen. Wir wissen, daß Owens der Stellvertreter des Personalchefs war, erst letztes Wochenende war er auf einem Management-Seminar.»

«Glauben Sie wirklich, daß es so war?»

«Das weiß ich nicht. Ich weiß nur, daß es so gewesen sein könnte.»

«Aber es ist alles so … so verstiegen. Und vorhin haben Sie gesagt, wir müßten erst mal ein paar Fakten zusammentragen.»

«Eben.»

Lewis gab sich geschlagen. «Eins wüßte ich allerdings doch gern: wo die Kanone ist.»

«Die Pistole meinen Sie?»

«Meinetwegen die Pistole … Wenn wir wüßten, wo die ist …»

«Wo wir die Pistole vermutlich finden werden, kann ich Ihnen sagen, Lewis …»

TEIL FÜNF

53
Mittwoch, 6. März

Eine brauchbare Definition des Begriffs Hölle auf Erden wäre es, mehrere Tage oder auch nur mehrere Stunden zwangsweise an einer Konferenz der Young Conservatives teilzunehmen.

(Cassandra im *Daily Mirror*, Juni 1952)

Miss Adèle Cecil (die das ‹Miss› dem ‹Ms.› wie auch die ‹Adèle› der ‹Della› vorzog) hatte den vergangenen Abend und die vergangene Nacht in London verbracht, wo sie an einer Tagung von Obmännern und -frauen der Essex Young Conservative Association teilgenommen und auf der sie auch gesprochen hatte. Achtunddreißig dieser wichtigen Persönlichkeiten hatten sich im *Durrants* in der George Street, einem traditionsreichen und geschmackvoll eingerichteten Hotel mit guten Betten gleich hinter der Oxford Street, zusammengefunden. Die Atmosphäre war nüchtern-geschäftsmäßig gewesen, und die meisten Delegierten hatten in den ihnen zugewiesenen Zimmern auch die Nacht verbracht.

Als sie ziemlich früh im Restaurant saß, ihre frische Grapefruit vor sich – danach hatte sie ein English Breakfast bestellt –, teilte der Oberkellner ihr mit, daß jemand sie am Telefon sprechen wollte, und sie nahm das Gespräch in einer der Kabinen vor dem Frühstücksraum entgegen.

«Woher wußten Sie, daß ich hier bin?»

«Wozu bin ich schließlich Detective? Erinnern Sie sich nicht mehr an mich?»

Sie erinnerte sich deutlich an den weißhaarigen, arrogant-ironischen Kriminalbeamten, den sie nie wiedersehen wollte.

«Ich bin erst gegen Mittag wieder in Oxford.»
«Treffen wir uns im *Trout*? Halb eins?»
Während sie sich über Eier, Speck, Pilze und Würstchen hermachte, mußte sie die gutmütigen Spitzen ihrer Tischgenossen ertragen.
«War's dein Liebster?»
«Konnte es wohl nicht erwarten.»
«Zu beneiden, der Mann.»

Im Lauf ihres relativ kurzen Lebens war Adèle etwa zwei Dutzend Männern unterschiedlichen Alters freundschaftlich verbunden gewesen. Mit vielen hatte sie auch geschlafen, allerdings selten mehr als ein- oder zweimal, und nie ohne sich zu vergewissern, daß zuverlässige Kondome zur Hand waren und der AIDS-Test noch nicht allzulang zurücklag.

Die Männer waren alle gleich. Fast alle jedenfalls. Immer mußten sie sofort am Rückenverschluß des BH herumfingern. Oder heutzutage am Vorderverschluß. Warum freute sie sich dann sogar ein bißchen auf die Verabredung zur Mittagszeit? Unsinn, sagte sie sich ärgerlich, während sie den Rover parkte, die schmale Straße unter der Brücke überquerte und an die Bar trat.
«Was nehmen Sie?»
«Orangensaft und Limonade, bitte.»
Sie saßen sich an einem niedrigen Holztisch gegenüber, und Morse fiel sofort wieder auf, wie attraktiv sie war. Sie trug ein schmal geschnittenes anthrazitgraues Kostüm mit einer Stehkragenbluse in Oxfordblau. Das aschblonde Haar glänzte matt.
Morse sah auf sein zweites Pint London Pride hinunter.
«War es eine erfolgreiche Tagung?»
«Sehr erfolgreich», schwindelte sie.
«Freut mich», schwindelte er.
«Stört es Sie?» Sie hielt die Zigarette hoch.
«Tun Sie sich keinen Zwang an.»
Sie streckte ihm die Packung hin.

«Äh, danke. Im Augenblick nicht.»

«Ja dann ...»

«Ich habe nur noch ein, zwei Fragen.»

Sie lächelte charmant. «Schießen Sie los.»

Morse beschlich ein Gefühl von Paramnesie. *Déjà vu.* «Sie haben bereits eine Aussage über den Morgen gemacht, an dem Rachel ermordet wurde?»

«Ja, und das dürfte Ihnen auch bekannt sein.»

«Und es war die Wahrheit?» fragte Morse unverblümt. «Sie könnten sich nicht eventuell getäuscht haben?»

«Natürlich nicht.»

«Sie haben mir erzählt, daß Rachel sich gelegentlich bei Ihnen ausgeweint hat – ich glaube, so haben Sie es formuliert.»

«Ja und?»

«Haben Sie auch über Freunde gesprochen?»

«Und Garderobe und Geld und den Job ...»

«Wußten Sie, daß Rachel ein Verhältnis mit Julian Storrs hatte?»

Sie nickte langsam.

«Haben Sie das Mr. Owens gegenüber erwähnt?» Morse sah sie aus seinen blauen Augen scharf an.

Sie wich seinem Blick nicht aus. «Wie käme ich denn dazu?»

Morse sah einen Augenblick stumm auf die alten Steinplatten herunter, dann fragte er leise:

«Hatten *Sie* mal ein Verhältnis mit Julian Storrs?»

Er machte ein trauriges Gesicht dabei, fand sie, als hätte er die Frage nicht gern gestellt, und plötzlich wußte sie, warum sie sich darauf gefreut hatte, ihn wiederzusehen. Sie bemühte sich stets herauszufinden, was hinter dem Aussehen, den sexuellen Fähigkeiten, den maskulinen Reizen ihrer Liebhaber steckte, und oft genug mußte sie feststellen, daß dahinter praktisch gar nichts war. Lange blickte sie in das flackernde Kaminfeuer, ehe sie sich zu einer Antwort bequemte.

«Ich habe einmal eine Nacht mit ihm verbracht. In Blackpool, auf einem Parteitag.»

Sie sprach so leise, daß Morse sie kaum verstand. Vielleicht wollte er sie auch gar nicht verstehen. Nach einer längeren Pause fing er wieder an.

«Sie haben mir erzählt, daß in Ihrem Internat, dem Roedean, etliche Offizierstöchter waren.»

«Ja, eine ganze Reihe.»

«Ihr Vater hat in Indien gedient?»

«Woher wissen Sie das?»

«Er steht – oder stand – im *Who's Who*. Er ist seit zwei Jahren tot. Ihre Mutter ist vor zwölf Jahren an Krebs gestorben. Sie waren die einzige Tochter.»

«Ganz recht. Das arme Waisenkind ...» Die Fassade der weltgewandten höheren Tochter hatte Risse bekommen.

«Sie haben sein Vermögen geerbt.»

Ein rauhes Lachen. «Ich höre immer Vermögen! Das haben die Buchmacher bekommen.»

«Keine Familienerbstücke, keine Andenken oder dergleichen?»

«Andenken?» wiederholte sie erstaunt.

«Eine Pistole zum Beispiel? Eine Armeepistole?»

«Sie denken doch nicht im Ernst, ich hätte etwas ...»

«Hier stelle ich die Fragen.»

«Die Antwort ist nein», fuhr sie ihn an. «Noch etwas?»

Offenbar war es noch nicht überstanden.

«Wo waren Sie am letzten Sonntag morgen?»

«Zu Hause im Bett. Ich habe geschlafen, bis die Polizei mich geweckt hat.»

«Und dann?»

«Dann hatte ich Angst. Und wenn Sie es genau wissen wollen: Ich habe immer noch eine Scheißangst.»

Morse betrachtete sie noch einmal genau. So attraktiv, so verletzlich – und vielleicht jetzt auch ein bißchen nervös? Einen ängstlichen Eindruck machte sie allerdings nicht.

Verbarg sie ihm etwas?

«Können Sie mir sonst noch etwas über diese schlimme Geschichte sagen?» fragte er ganz friedlich – und spürte sofort, daß er die Frage nicht vergeblich gestellt hatte.

«Nur eins, und vielleicht hat es damit gar nichts zu tun. Julian hatte mich im November zu einem Gästeabend ins Lonsdale College eingeladen, und nach dem Dinner habe ich im Senior Common Room neben einem gewissen Denis Cornford gesessen, der Fellow dort ist. Ich bin ihm nur dieses eine Mal begegnet. Ein sehr sympathischer Mann, genau der Typ, den ich gern näher kennengelernt hätte.»

«Nicht ein bißchen zu alt für Sie?»

«Etwa Ihr Alter.»

Morse legte die Finger um die Zellophanhülle und fragte mit möglichst fester Stimme:

«Und was ist mit ihm?»

«Ich habe ihn in unserer Straße gesehen. Am Donnerstag abend gegen acht. Er hat mich nicht bemerkt. Ich war gerade mit dem Wagen gekommen, und er ging zu Fuß vor mir her und an meinem Haus vorbei. Dann klingelte er an Nummer 15. Geoff Owens machte die Tür auf und ließ ihn herein.»

«Und Sie sind sich ganz sicher, daß er es war?»

«Völlig sicher», antwortete Adèle.

54

Er sah ihr in die klaren Augen. «Wenn du nichts dagegen hast, stelle ich den Mozart jetzt ab, mein Schatz. Auf zwei schöne Dinge gleichzeitig kann ich mich einfach nicht konzentrieren.»

(Zitiert von Terence Benczik in *The Good and the Bad in Mills and Boon*)

Ungewohnt vorsichtig fuhr Morse in seinem Jaguar zum Präsidium. Wieder war ihm, als ob das Namensschild des bewußten Bahnhofs noch immer unkenntlich an ihm vorüberzog. Vor dem Kreisel an der Woodstock Road wartete er geduldig eine Lücke im Verkehr ab, womit er offensichtlich die Nerven eines wild hupenden Verkehrsrowdys hinter sich erheblich strapazierte.

Er hätte nicht recht sagen können, ob er das, was dieses ABC-Mädchen ihm erzählt hatte, wirklich glaubte. Und dabei fiel ihm ein, daß er vergessen hatte zu fragen, ob sie es war, die gelegentlich die faden Parteipamphlete beiseite legte und sich auf das (zweifellos lukrativere) Gebiet der Pornographie wagte.

Mit dem verlockenden Gedanken aber, den Roman mit dem pikanten Titel kurz entschlossen zu beschlagnahmen, spielte Morse nur einige wenige Minuten, denn als er endlich in den Five Mile Drive hineinfahren konnte, meldete sich sein Autotelefon. Er fuhr links heran, denn zwei Dinge gleichzeitig so zu tun, daß ein befriedigendes Ergebnis herauskam, war ihm schon immer schwergefallen. Am Apparat war ein aufgeregter Lewis, der sich aus der Redaktion meldete.

«Ich habe gerade mit dem Personalchef gesprochen, Sir. Er war es.»

«Wer war was, Lewis?»

«Ich hatte nicht Owens an der Strippe, sondern den Personalchef.»

Morse schwieg einen Augenblick, dann sagte er mit geheuchelter Demut: «Ich sollte öfter auf Sie hören, Lewis.»

«Besonders überrascht sind Sie aber nicht?»

«Es gibt nicht mehr viel in diesem Leben, was mich überraschen könnte, Lewis. Wichtig ist, daß wir jetzt allmählich der Sache auf den Grund kommen. Gut gemacht.»

«Ihre junge Dame hängt also nicht mit drin.»

«Vermutlich nicht.»

«Hat Sie Ihnen was Wichtiges erzählt?»

«Schwer zu sagen ... Wir wissen, daß Owens etwas gegen Storrs in der Hand hatte, und es wäre möglich, daß er auch gegen Cornford etwas in der Hand hatte.»

«Was hat denn der damit zu tun?»

«Unsere junge Tory-Schönheit behauptet, sie hätte ihn am Donnerstag in Owens' Haus gehen sehen.»

«Verdammt!»

«Ich bin auf dem Weg ins Präsidium, danach will ich zu den Cornfords. Wenn ich einen Parkplatz kriege.»

«Beim letztenmal haben Sie sich auf den Gehsteig vor das Clarendon Building gestellt.»

«Schönen Dank für den Hinweis, Lewis. Das war mir schon fast wieder entfallen.»

«Aber Ihre Spritze hoffentlich nicht?»

«Aber nein, die mache ich jetzt schon fast automatisch», sagte Morse, der die am Mittag fällige Injektion total vergessen hatte.

Das Telefon läutete, als Morse die Tür zu seinem Büro aufmachte.

«Ich habe Sie kommen sehen», erläuterte Strange.

«Was kann ich für Sie tun?»

«Es geht um diese Formulare, die ich für den Rentenantrag ausfüllen muß. Sie machen mir ganz schön Kopfzerbrechen.»

«Mir auch.»

«Zumindest wissen Sie, wie man mit so was umgeht.»

«Können wir das noch ein bißchen aufschieben? Neuerdings tue ich mich etwas schwer damit, zwei Sachen auf einmal zu machen, und ich muß gleich nach Oxford.»

«Natürlich, es hat ja noch ein bißchen Zeit. Aber vergessen Sie nicht, daß Sie auch bald dran sind!»

Der Bloxham Drive war noch abgesperrt, die Polizeipräsenz nach wie vor deutlich wahrnehmbar. Adèle Beatrice Cecil aber – alias Ann Berkeley Cox, Verfasserin von *Topless in Torremolinos* – wurde von einem Constable durchgewinkt, so wie die Polizisten vor vierzehn Tagen, an dem Morgen, als Rachel James ermordet worden war, Geoffrey Owens durchgewinkt hatten.

Als sie die Tür zu Nummer 1 aufschloß, schlug ihr dumpfe Kälte entgegen. Warum hatte sie auch die Heizung abgestellt? Wie schön wäre es gewesen, sich jetzt gleich in ein heißes Bad, in ein mit einer elektrischen Heizdecke vorgewärmtes Bett oder in die Arme eines Liebhabers zu begeben …

Sie beschäftigte sich mehrere Minuten lang mit Morse und den Fragen, die er ihr gestellt hatte. Was um Himmels willen hatte er von ihr gedacht? Allein in ihrem kalten Haus fing sie plötzlich an zu zittern.

55

Einem Außenseiter mag es scheinen, daß der durchschnittliche Hochschullehrer in Oxford und Cambridge von den 52 Wochen des Jahres nur 24 mit Arbeit verbringt. Wenn man irgendwann im Laufe des akademischen Jahres Mühe hat, den Aufenthaltsort eines solchen Individuums zu ermitteln, braucht dieser Umstand kein Anlaß zur Sorge zu sein.

(*Analyse der Arbeitsbelastung von Hochschullehrern*, hg. von Harry Judge)

Am selben Nachmittag kurz nach vier läutete Morse an der rot gestrichenen Haustür eines vornehmen, mit Bruchstein verkleideten Hauses gegenüber dem Holywell Music Room. Daß es das richtige Haus war, erkannte man schon daran, daß das Wappen von Lonsdale zwischen den Fenstern des mittleren und oberen Geschosses angebracht war.

Doch auf sein Klingeln rührte sich nichts.

Morse machte kehrt und ging über den kopfsteingepflasterten Radcliffe Square zur Pförtnerloge. «Wissen Sie, ob Dr. Cornford im Haus ist?»

Der Pförtner wählte eine Nummer, dann schüttelte er den Kopf.

«Scheint nicht in seinem Büro zu sein, Sir.»

«War er heute schon hier?»

«Ja, heute früh. Um zehn, Viertel nach zehn hat er seine Post geholt.»

«Und Sie wissen auch nicht, wo er sein könnte?»

Der Pförtner schüttelte den Kopf. «Am Mittwoch kommt er nicht oft, da ist Konferenz.»

«Können Sie versuchen, ihn zu erreichen? Es ist wichtig.»

Der Pförtner wählte eine andere Nummer, sprach eine Weile und legte dann auf.

«Sie haben ihn heute noch nicht gesehen, Sir. Zu der Konferenz um zwei ist er nicht gekommen.»

«Haben Sie seine Privatnummer?»

«Die ist geheim, Sir, da kann ich nicht ...»

«Sie wissen wohl nicht, wer ich bin ...»

Der junge Pförtner sah Morse harmlos-offen ins Gesicht. «Nein, Sir.»

«Vergessen Sie's», schnauzte Morse.

Noch einmal ging er zu der roten Tür in der Holywell Street und läutete.

Nichts und niemand rührte sich im Haus.

Neben dem Jaguar stand eine Politesse mit etwas zu großzügig aufgetragenem Lippenstift.

«Ist das Ihr Fahrzeug, Sir?»

«Ja. Ich warte auf den Chief Constable, er ist gleich fertig dort.» Morse deutete unbestimmt in Richtung des Sheldonian. «Jedenfalls will ich das stark hoffen. Wenn nicht, kriegt er die Rechnung, Schätzchen.»

«Dann entschuldigen Sie bitte.»

Morse ging zur Buchhandlung Blackwell's hinüber und stöberte eine Weile in den Regalen. Schließlich kaufte er den ersten Band von Sir Steven Runcimans *Geschichte der Kreuzzüge.*

Er wußte selbst nicht recht, warum.

Dann ging er zum drittenmal zu der roten Tür in der Holywell Street und läutete.

Morse erfuhr es im Präsidium.

Von Lewis.

In einer schmalen Straße, die von der New Road abging, war in einer unter dem Namen Dr. Cornford angemieteten Garage in einem Auto eine Leiche gefunden worden.

Geraume Zeit saß Morse da und schwieg.

«Ich hab nur das eine Mal mit ihm gesprochen, Lewis», sagte er schließlich. «Oder eigentlich zweimal. Ein guter Mensch. Er war mir sympathisch.»

«Aber es ist nicht Dr. Cornford. Es ist seine Frau.»

56
Donnerstag, 7. März

Ist's denn Sünde,
Zu stürmen ins geheime Haus des Todes,
Eh Tod zu uns sich wagt?
(SHAKESPEARE, *Antony and Cleopatra*)

«So, und jetzt erzählen Sie», sagte Morse.

Chief Inspector Peter Warner, der ihm im Polizeirevier St. Aldates gegenübersaß, erstattete seinen Bericht mit bedrückter Stimme und in knappen Worten.

Mrs. Shelly Cornford war zurückgelehnt auf dem Fahrersitz ihres Wagens gefunden worden. Ein Schlauch ging durchs Fenster, die Garage war von innen verriegelt. Es stand so gut wie fest, daß die Todesursache eine Kohlenmonoxidvergiftung durch Auspuffgase war. Auf dem Beifahrersitz lag ein handgeschriebener Zettel: «Es tut mir so leid, Denis, ich kann mir das, was ich getan habe, nicht verzeihen. Ich habe nie einen anderen als Dich geliebt, mein Liebling. S.» Keine Anzeichen von Gewaltanwendung. 97 mg Alkohol im Blut, was, wie Warner anmerkte, zwei oder drei großzügig bemessenen Glas Gin entsprach. Noch waren einige Fragen offen – wo sie sich an jenem Tag vorher aufgehalten hatte, wo der grüne Schlauch und die Schlauchverbindung gekauft worden waren –, aber Verdacht auf ein Gewaltverbrechen bestand nicht.

«Wo mag sie den Gin getrunken haben?» fragte Morse.

«Wenn sie von der Holywell Street zu Fuß gekommen ist, käme das *King's Arms* in Frage, das *White Horse, The Randolph* … Aber wem sage ich das!»

Morse stellte keine weiteren Fragen. Das Quiz kam ihm in den Sinn, das er – eine Ewigkeit schien das schon her zu sein – für die *Police Gazette* verfaßt hatte: «... wofür würden Sie sich entscheiden, um Ihre letzten Tage möglichst angenehm zu verbringen ...» Morse gestand sich ein, daß er Shelly Cornfords Wahl gebilligt hätte. Und was spielte es schließlich für eine Rolle, wo sie die letzten Gläser getrunken hatte – oder vielmehr die letzten «Einheiten», denn das war das Maß, in das er nach dem Willen seiner Diätassistentin neuerdings die vertrauten Pints umrechnen sollte.

«Wollen Sie sie sehen?»

Morse schüttelte den Kopf.

«Aber Sie wollten wohl mit *ihm* sprechen ...»

Morse nickte ergeben. «Wie geht's ihm denn?»

«Der Arzt war da, aber von Medikamenten will er nichts wissen. Er ist mit einem der Sergeants in der Kantine. Wir brauchen ihn nicht mehr.»

«So, und jetzt erzählen Sie», verlangte Morse.

Denis Cornfords Stimme war tonlos und fast mechanisch. «Am Sonntag, kurz vor unserer Begegnung im Pub, hat sie mir gesagt, daß sie am Vormittag mit einem anderen Mann im Bett war. Danach haben wir kaum mehr ein Wort gewechselt. Die letzten drei Nächte habe ich im Gästezimmer verbracht.»

«War es das, worauf sie in ihrem Abschiedsbrief anspielte?» fragte Morse vorsichtig.

«Ja.»

«Es hatte keine anderen Hintergründe?»

«Nein.»

«Sie war bei Ihnen, als wir vor dem Gottesdienst am Sonntag miteinander sprachen, nicht?»

Cornford war nicht überrascht. «Wir hatten uns gerade gestritten. Da mochte sie nicht mit Ihnen reden.»

«Wissen Sie, wer der andere Mann war?»

«Ja. Clixby Bream.»

«Haben Sie das von ihr?»

«Ja.»

«Sie kann also mit dem Mord an Owens nichts zu tun gehabt haben.»

«Nein. Und der Master auch nicht.»

«Hatten Sie etwas damit zu tun?»

«Nein.»

«Warum haben Sie dann am Donnerstag abend Owens aufgesucht?»

«Ich kannte ihn flüchtig, weil ich hin und wieder was für seine Zeitung schreibe. An dem Abend bin ich mit dem Bus nach Kidlington gefahren, dort habe ich in der Schule im Rahmen einer Veranstaltungsreihe der Historischen Gesellschaft einen Vortrag über die ‹Auswirkungen der Einfriedungsgesetze in Oxfordshire› gehalten. Er ging von sieben bis acht. Owens wohnte ganz in der Nähe, es waren fünf Minuten zu Fuß. Ich hatte für ihn einen Artikel über das mittelalterliche Oxford geschrieben, der in drei Teilen erscheinen sollte. Owens hatte gesagt, er müsse ein bißchen gekürzt werden, wir besprachen die Änderungen und wurden uns problemlos einig. Gegen neun bin ich dann mit dem Bus wieder nach Oxford zurückgefahren.»

«Warum haben Sie mir nicht gesagt, daß Sie Owens kannten?»

«Ich wollte in die Sache nicht hineingezogen werden.»

«Was werden Sie jetzt tun?»

«Ich habe dem Master einen Brief geschrieben», sagte Denis Cornford mit unverändert tonloser Stimme, «in dem ich ihm mitteile, daß ich meine Kandidatur zurückziehe.»

«Das tut mir alles sehr leid», sagte Morse leise.

«Das glaube ich Ihnen sogar.»

Als Morse ging, sah der blasse, bebrillte Historiker mit leerem Blick in seinen Tee wie jemand, dem man ein für nur kurze Zeit wirksames Mittel gegen unerträgliche Schmerzen gegeben hat.

«Eine schreckliche Geschichte. Wirklich ganz schrecklich.»

Der Master goß sich einen Single-Malt ein.

«Was zu trinken, Chief Inspector?»

Morse schüttelte den Kopf.

«Wollen Sie sich nicht setzen?»

«Nein. Ich bin nur hergekommen, um Ihnen zu sagen, daß Dr. Cornford mir das von Ihnen und seiner Frau erzählt hat.»

«Hm.»

«Wir brauchen Ihre Aussage.»

«Warum das?»

«Hauptsächlich wegen des Zeitfaktors.»

«Ist das wirklich unumgänglich?»

«An jenem Sonntag morgen ist ein Mord geschehen.»

«Hm. Gehörte sie zum Kreis der Verdächtigen?»

Morse gab keine direkte Antwort. «Sie kann unmöglich mit Ihnen geschlafen und gleichzeitig einen Mord begangen haben.»

«Nein.» In dem faden Gesicht regte sich nichts, aber Morse spürte voller Ärger, daß der Master diese klare Feststellung von Shelly Cornfords Unschuld nicht ungern hörte, denn dadurch wurde stillschweigend auch er entlastet.

«Wie ich höre, hat Dr. Cornford Ihnen geschrieben.»

«Ja, er ist ausgestiegen, der arme Denis. Bleibt also nur noch Julian Storrs. Zum Glück ist das ein guter Mann.»

Morse ging langsam zur Tür.

«Wie denken Sie über Selbstmord, Sir Clixby?»

«Im allgemeinen?» Der Master leerte sein Whiskyglas und überlegte. «Aristoteles betrachtete Selbstmord als eine Form der Feigheit, als eine Flucht vor Schwierigkeiten, bei der man die anderen in ihrem Kummer allein läßt. Wie sehen Sie denn das?»

Morse schüttelte es förmlich vor Ekel bei dem Anblick dieses aalglatten, widerwärtigen Mannes.

«Was Sie für einen Kummer haben, weiß ich nicht, und ich habe Mrs. Cornford nicht persönlich gekannt. Aber daß sie feige war, glaube ich nicht. Ich halte sie eher für ein sehr mutiges Mädchen.» Morse blieb mit verzerrtem Gesicht und bebenden Nasenflügeln an der Tür stehen. «Ja, ich wage sogar die Behauptung, daß sie mehr Mumm im kleinen Finger hatte als Sie im ganzen Körper.»

Lewis wartete in dem Jaguar vor der Pförtnerloge, und Morse ließ sich schwer auf den Beifahrersitz fallen.

In seiner Stimme zitterte die Wut noch nach. «Bringen Sie mich hier weg, Lewis. Schnell!»

57
Freitag, 8. März

Abwesende werden vermittels seiner zu
Anwesenden: Briefwechsel ist der Balsam des Lebens.
(VOLTAIRE, *Dictionnaire philosophique*)

Sergeant Lewis hatte gerade erst das Büro von Morse betreten, als Jane die Post brachte: sechs dienstlich aussehende, geöffnete Umschläge, an die jeweils der entsprechende Vorgang geklammert war. Einen quadratischen weißen ungeöffneten Umschlag mit dem Vermerk «Privat» und dem Poststempel «Oxford», einen Luftpostumschlag, ebenfalls ungeöffnet, mit dem Vermerk «Persönlich» und dem Poststempel «Washington DC».

Jane strahlte ihren Chef an.

«Warum haben Sie denn so gute Laune?» erkundigte sich Morse.

«Ich freue mich eben, daß Sie wieder da sind.»

Der weiße Umschlag enthielt eine Klappkarte. Vorn war eine Frau mit rotbraunem Haar und weißem Kleid zu sehen, die in einem Buch las, auf der Innenseite stand:

Geoffrey Harris-Station
Radcliffe Infirmary
7. März 1996

Ohne Ihr unglückliches Gesicht fehlt uns was auf der Station. Wenn Sie das Rauchen <u>nicht</u> aufgegeben haben, wird nichts aus dem Gin Tonic, den

Sie mir versprochen haben. Passen Sie also gut auf sich auf!

Liebe Grüße
Janet (McQueen)

P.S. Ich habe Ihre Krankenakte durchgesehen (über viele Jahre!), und raten Sie mal, was ich gefunden habe: Ihren Vornamen!

«Warum haben Sie denn so gute Laune?» erkundigte sich Lewis.

Morse antwortete nicht, las aber die wenigen Zeilen noch ein paarmal, ehe er den Brief aus den Vereinigten Staaten öffnete.

Washington
4. März

Lieber Morse,
ich habe gerade Ihre Sache in der Police Gazette gelesen. Woher ich weiß, daß das Quiz von Ihnen ist? Immerhin war ich ja auch mal Detective! Ich persönlich hätte mich für den Champagner entschieden. Und meiner Meinung nach ist das Requiem von Fauré im Vergleich zu dem von Verdi doch ein Leichtgewicht, auch wenn es den päpstlichen Segen hat. Ich weiß, daß Sie bei Wagner weinen, aber ich werde eben bei Verdi weich, und mein schönstes Weihnachtsgeschenk war die Karajan-Aufnahme des Don Carlos.

Ich kenne Ihre Angst vorm Fliegen, aber ein Besuch in dieser Stadt – besonders im Frühling, wie es heißt – ist etwas, das man sich auf keinen Fall entgehen lassen sollte. Wenn ich wieder da bin (April), setzen wir uns auf ein Glas zusammen.

Und warten Sie nicht zu lange, bis Sie in den Ruhestand gehen.

Wie stets,
Peter (Imbert)

Morse reichte Lewis den Brief.

«Der frühere Chef der Metropolitan Police.»

Morse nickte mit einigem Stolz.

«Das ist dann wohl Washington DC.»

«Was sonst?»

«Washington CD – County Durham. Nicht weit weg.»

«Ach so.»

«Was haben Sie heute auf dem Programm, Sir?»

«Tja, mit der Kleinarbeit sind wir wohl praktisch durch ...»

«Bis auf die Harvey Clinic.»

«Und da fahren Sie ja demnächst hin, wie Sie sagten ...»

«Ja, heute früh. Die Frau, die ich sprechen will, ist gerade von einem kurzen Urlaub zurückgekommen.»

«Um wen handelt es sich doch gleich? Helfen Sie mir mal auf die Sprünge.»

«Ich hab Ihnen schon von ihr erzählt: Dawn Charles.»

«Mrs., Miss oder Ms.?»

«Das weiß ich nicht. Sie macht den ganzen Bürokram. Wenn irgend jemand weiß, was dort läuft, dann sie, heißt es.»

«Wann sind Sie mit ihr verabredet?»

«Um zehn. Sie hat eine kleine Wohnung in Bicester, in der Charles Church-Siedlung. Kommen Sie mit?»

«Wohl kaum. Ich habe das Gefühl, daß ich noch mal zu den Storrs fahren sollte.»

Liebevoll steckte Morse das «Lesende Mädchen» (Perugini 1878) wieder in den Umschlag und überflog noch einmal Sir Peters Brief.

Don Carlos.

Die beiden Worte – am Anfang einer Zeile, vor dem Beginn eines Absatzes – sprangen ihm förmlich in die Augen. Morse kannte die Oper nicht gut, aber da war schon wieder dieses DC. Erstaunlich, wie oft sie im Lauf ihrer Ermittlungen auf diese beiden Buchstaben gestoßen waren. District of Columbia – das letzte DC in der Reihe. Und plötzlich verschmolz in seinem Kopf der Name der Verdi-Oper mit einem Personennamen, den er gerade gehört hatte, das «Don» harmonierte mit dem «Dawn», das «Carlos» mit Charles.

War etwa bei *Dawn Charles* (Mrs. oder Miss oder Ms.) der Schlüssel zu dem Geheimnis zu suchen? Waren es ihre Initialen, die auf dem Blatt in dem Aktenordner standen? Die Augen des Chief Inspector funkelten erregt.

«Mr. Julian Storrs wird sich noch ein bißchen gedulden müssen», sagte er nachdenklich. «Ich komme mit, Lewis. Nach Bicester.»

TEIL SECHS

58

Der beste Lügner ist jener, der mit möglichst wenig Lügen am weitesten kommt.

(Samuel Butler, *Truth and Convenience*)

Dawn Charles wirkte ein wenig nervös, als sie die Tür ihrer Wohnung im Woodpecker Way öffnete und die beiden Kriminalbeamten in das Wohnzimmer mit dem grauen Teppichboden führte, wo der ältere, der mit den weißen Haaren, ihr sogleich ein Kompliment über ihr hübsches Zuhause machte.

«Das Dumme ist nur, daß ich die Wohnung auf dem Höhepunkt des Grundstücksbooms für achtundfünfzigtausend gekauft habe. Jetzt würde ich nur noch vierunddreißigtausend dafür bekommen.»

«Wie ärgerlich!»

Der Mann war ihr nicht recht geheuer. Sie dachte an den vergangenen Sommer, als man sie, obgleich sie das grüne Schildchen an die Windschutzscheibe geklebt hatte, bei der Rückkehr aus Frankreich zur Zollkontrolle gebeten und liebenswürdig – viel zu liebenswürdig – nach allem möglichen befragt hatte, nur nicht nach den tausend unverzollten Zigaretten, die in ihrem Kofferraum lagen. Ständig hatte sie das Gefühl gehabt, daß die Zollbeamten sie nur in Sicherheit wiegen wollten, während sie in Wirklichkeit längst Bescheid wußten.

Aber diese beiden, sagte sie sich, können unmöglich Bescheid wissen, mit denen werde ich schon fertig. In Radio Oxford hatte sie kurz vor Weihnachten gehört, was P. D. James Leuten riet, die eines Verbrechens bezichtigt wurden:

«Halten Sie es kurz! Halten Sie es einfach! Ändern Sie, wenn es nicht unbedingt nötig ist, kein einziges Wort.»

«Bitte nehmen Sie doch Platz. Kaffee? Leider hab ich nur löslichen.»

«Trinken wir beide auch lieber, stimmt's, Sergeant?»

«Ja, bestens», sagte Lewis, der sich über eine Tasse Tee bedeutend mehr gefreut hätte.

Zwei Minuten später hielt Dawn einen Krug über die dampfenden Tassen.

«Milch?»

«Bitte», sagte Lewis.

«Danke», sagte Morse.

«Zucker?»

«Nur einen Teelöffel», sagte Lewis.

Morse schüttelte den Kopf und zog die Augenbrauen hoch, als sie zwei gehäufte Teelöffel in ihre Tasse gab und umrührte, und sagte so servil, daß Lewis sich innerlich wand: «Wie schaffen Sie es bloß bei dem vielen Zucker, Ihre großartige Figur zu halten?»

Sie wurde ein bißchen rot. «Hat irgendwas mit dem Grundumsatz zu tun, haben sie in der Klinik gesagt.»

«Richtig, Sie sind ja vom Fach, das hätte ich fast vergessen ...»

Jetzt redete er wieder fast wie der Mann vom Zoll, fand Dawn, und sie war froh, daß nun der Sergeant die Befragung übernahm.

Eine Spur verlegen, eine Spur ungeschickt (fand Morse) erkundigte sich Lewis nach ihrer Ausbildung, ihrer Berufserfahrung, ihrer derzeitigen Stellung, ihrer Beziehung zu Arbeitgebern, Kollegen, Patienten ...

Der Grund war gelegt.

Sie kannte Storrs (wie sie behauptete) nur als Patienten, hatte Turnbull (wie sie behauptete) nur als Arzt und Owens (wie sie behauptete) überhaupt nicht gekannt.

Lewis holte den Brief mit der Prognose für Julian Storrs heraus.

«Glauben Sie, daß diese Fotokopie in der Klinik gemacht wurde?»

«Ich habe den Brief nicht kopiert.»

«Irgend jemand muß es ja gewesen sein.»

«Ich habe ihn nicht kopiert.»

«Haben Sie eine Ahnung, wer es getan haben könnte?»

«*Ich* war es nicht.»

Es war keine sehr überzeugende Vorstellung. Sie begriff, daß die beiden Besucher sie durchschaut hatten, und unter Tränen, aber ohne Hysterie kam schließlich die Wahrheit heraus.

Owens war einer der Journalisten gewesen, die zum fünfundzwanzigjährigen Bestehen des Hauses in die Harvey Clinic gekommen waren. An jenem Abend mußte er etwas gesehen oder gehört haben, was ihn auf Mr. Storrs' Spur gesetzt hatte. Nach Turnbulls Tod hatte Owens sie angerufen, sie hatten sich im *Bird and Baby* in der St. Giles' getroffen, er hatte sie gefragt, ob sie einen Brief für ihn kopieren könne – ja, diesen Brief –, hatte ihr 500 Pfund angeboten, und sie hatte eingewilligt, hatte den Brief kopiert und die Summe in bar entgegengenommen. Und das war schon alles, ein schlimmer Vertrauensbruch, sie hatte so etwas noch nie gemacht und hätte es normalerweise wohl auch nie gemacht – aber das Geld hatte gelockt, sie war so schrecklich knapp dran ...

Morse schwieg, war aber offensichtlich sehr von den langen Beinen in den schwarzen Strümpfen angetan.

«Und wie geht es jetzt weiter?» fragte sie unglücklich.

«Wir müssen Sie bitten, das offiziell zu Protokoll zu geben», sagte Lewis.

«Jetzt gleich?»

«Das wäre wohl das beste.»

«So eilig ist es auch wieder nicht, Miss Charles», schaltete Morse sich ein. «Wir melden uns in Kürze bei Ihnen.»

An der Tür bedankte sich Morse für den Kaffee. «Keine schöne Heimkehr, was?»

«Es ist ja meine eigene Schuld», sagte sie gepreßt und sah zum Besucherparkplatz hinüber, wo der Jaguar stand.

«Wo waren Sie denn?» fragte Morse.

«Ich bin nicht weggefahren.»

«Sie waren hier in Ihrer Wohnung?»

«Ich bin nicht weggefahren.»

«Warum haben Sie das mit dem Protokoll verschoben?» fragte Lewis, als er über die A34 nach Oxford zurückfuhr.

«Weil ich möchte, daß Sie dabei sind, wenn wir heute nachmittag mit den Storrs sprechen.»

«Was halten Sie von ihr?»

«Nicht sehr stark im Lügen.»

«Dafür eine tolle Figur. Beine bis zu den Achselhöhlen. Damit hätte sie glatt einen Job als Revuegirl im *Windmill* gekriegt.»

Morse schwieg, und seine Augen funkelten wieder, als Lewis fortfuhr:

«Irgendwo hab ich mal gelesen, daß sie alle von der Größe und der Figur her gleich sein mußten. Die Revuegirls dort.»

«Vielleicht geh ich mal mit Ihnen hin, wenn wir den Fall hinter uns haben.»

«Geht nicht mehr, Sir. Der Laden ist seit Jahren geschlossen.»

Dawn Charles machte die Tür hinter sich zu und ging nachdenklich zurück ins Wohnzimmer. Um ihre Lippen lag ein leises Lächeln.

59

Alles im Leben ist woanders, und man fährt mit dem Wagen hin.

(E. B. WHITE, *One Man's Meat*)

Lewis parkte rückwärts in die erstbeste Parklücke an der Polstead Road ein, der baumbestandenen Verbindungsstraße von der Woodstock Road nach Jericho, und blieb wartend stehen, bis Morse sich mühsam aus dem niedrigen Beifahrersitz des Jaguar gewunden hatte.

«Haben Sie das schon mal gesehen, Sir?» Lewis deutete auf das runde blaue Schild an der gegenüberliegenden Wand. «In diesem Haus lebte T. E. Lawrence (Lawrence von Arabien) von 1896 bis 1921.»

Morse richtete grunzend den schmerzenden Rücken gerade und murmelte etwas von Ischias.

«Wie wär's mit einem Schild für Mr. Storrs? ‹Hier lebte Julian Sowieso Storrs, Master von Lonsdale von 1996 bis ... 1997›?»

Morse zuckte ungerührt die Schultern.

«Vielleicht nur 1996.»

Sie gingen ein Stück die kurze Straße hoch, deren Häuser alle im gleichen Stil gebaut waren: Steile Giebel, roter Backstein, drei Geschosse, Bruchsteinfassade, Sprossenfenster mit einheitlich weiß gestrichenen Rahmen. Reizvolle, großzügig proportionierte Häuser aus der Zeit der Jahrhundertwende.

«Keine schlechte Wohnlage», bemerkte Lewis.

Morse nickte. «Sehr kultiviert. Kleine große Häuser, Lewis. Im Gegensatz zu großen kleinen Häusern.»

«Wo liegt der Unterschied?»

«In der Zahl der Badezimmer, glaube ich.»

«Aber wohl nicht in der Zahl der Garagen.»

Nein, das gewiß nicht, denn wenn man genauer hinsah, wurde klar, warum rechts und links am Straßenrand die Autos in langer Reihe geparkt waren. Hier gab es weder Garagen noch den Platz, nachträglich welche zu bauen. Um dieser Schwierigkeit abzuhelfen, waren fast alle Vorgärten zubetoniert, mit Kunst- oder Betonsteinen gepflastert oder gekiest, so daß man Personenwagen dort abstellen konnte. Auf der Kiesfläche vor dem vorderen Fenster der Storrs stand ein kleiner, relativ neuer hellgrauer Citroën, um dessen Karosserie ein schmaler rosa Streifen lief.

«Demnach ist jemand zu Hause», folgerte Morse.

«Mrs. Storrs vielleicht. Er hat einen BMW. Außerdem ist das ein Frauenauto.»

«Ach ja?»

Morse spähte noch immer durch die vordere Scheibe des Citroën (vielleicht in der Hoffnung, im Innenraum deutlichere Anzeichen von Weiblichkeit zu entdecken), als Lewis zurückkam, der inzwischen vergeblich geklingelt hatte.

«Niemand zu Hause. Jedenfalls rührt sich nichts.»

«Schon wieder auf Wochenendurlaub?»

«Ich könnte mal im Pförtnerhaus fragen.»

«Tun Sie das, Lewis. Ich bin inzwischen ...» Morse deutete unbestimmt zu dem Pub am Ende der Straße hin.

Morse saß im *Anchor* vor einem Pint John Smith's Tadcaster Bitter, als Lewis wenige Minuten später hereinkam und berichtete, daß die Storrs tatsächlich wieder übers Wochenende weggefahren waren, allerdings hatten sie diesmal ihre Adresse nicht beim Pförtner hinterlegt.

Morse nahm diese Mitteilung kommentarlos zur Kenntnis. Er wirkte zerstreut. Wahrscheinlich sinniert er mal wieder, überlegte Lewis, während er seinen Orangensaft bezahlte. Sinnieren und trinken, sinnieren und trinken – diese Doppelbetätigung bedeutete für den Chief Inspector seit jeher eine untrennbare Einheit. Völlig abwesend aber war er nicht.

«Wenn Sie schon zum Tresen gehen, Lewis – ich nehme noch ein Pint. John Smith bitte.»

Nach längerem Schweigen fragte Morse:

«Wenn jemand mit einem Brief zu Ihnen käme – einem fotokopierten Brief, sagen wir –, in dem behauptet wird, Ihre Frau habe eine leidenschaftliche Liebesbeziehung mit dem Milchmann ...»

Lewis grinste. «Das würde mich ganz schön vom Hocker hauen. Bei uns bringt die Milch nämlich eine Frau.»

«... was würden Sie machen?»

«Den Brief lesen. Überlegen, wer ihn geschrieben hat.»

«Würden Sie ihn Ihrer Frau zeigen?»

«Nur, wenn er als Witz gemeint wäre.»

«Und wie würden Sie das entscheiden?»

«Zunächst weiß man so was natürlich nicht. Ich würde versuchen rauszufinden, ob der Brief echt ist.»

«Eben. Als Storrs eine Kopie dieses Schreibens erhielt, eines Schreibens, das er mit ziemlicher Sicherheit noch nicht gesehen hatte ...»

«... falls Turnbull es ihm nicht gezeigt hat ...»

«Das möchte ich bezweifeln. Es enthielt immerhin ein Todesurteil. Das hätte er Storrs doch wohl etwas schonender beigebracht ...»

«Sie meinen, Storrs wäre, um festzustellen, ob das Schreiben echt war, in die Harvey Clinic gegangen ...» Morse nickte gütig wie ein Lehrer, der einem vielversprechenden Schüler Mut machen will.

«... und hätte ihn Dawn Charles gezeigt.»

«Ja, denn sie hat ja den Überblick über den ganzen Bürokram dort. Sie sind, wenn Sie mir die Bemerkung gestatten, kein Meister der sokratischen Künste, aber wie lange hat es gedauert, bis Sie die Wahrheit aus ihr herausgeholt hatten? Drei, vier Minuten ...»

«Sie glauben, Storrs hat es genauso gemacht?»

«Höchstwahrscheinlich. Er ist nicht auf den Kopf gefallen und würde sich nie mit einer vagen Behauptung erpressen lassen. Als Akademiker hat er gelernt, seine Quellen, seine Literaturangaben, sein Material gründlich zu überprüfen.»

«So daß uns Storrs vielleicht die ganze Zeit um etliche Nasenlängen voraus war.»

Morse nickte. «Wahrscheinlich hat er unsere hübsche Sprechstundenhilfe sofort durchschaut. So viele Verdächtige gibt es dort schließlich nicht.»

Lewis trank langsam seinen Orangensaft. Seine Hochstimmung war verflogen. «Dann sind wir aber noch ziemlich weit vom Zielpfosten entfernt, nicht?»

Die blauen Augen des Chief Inspector blickten höchst erstaunt.

«Wie kommen Sie darauf, Lewis? Wir sind schon in der Zielgeraden.»

60

Samstag, 9. März

Hombre apercebido medio combatido
(Ein wohlgerüsteter Mann hat die Schlacht schon halb geschlagen)
(CERVANTES, *Don Quixote*)

Da er das dunkle Gefühl hatte, er könne mit der Benzinzuteilung für den Jaguar nicht ganz zurechtkommen, hatte Morse einen Dienstwagen angefordert, der ein paar Minuten vor zehn mit Sergeant Lewis am Steuer über die A34 rollte. Kurz vor Abingdon mußte Sergeant Lewis auf Wunsch seines Chefs den Klassiksender ein- und – sobald Morse das Brandenburgische Konzert Nr. 2 erkannt hatte – wieder ausschalten.

«Irgend jemand hat mal gesagt, Lewis, daß es nicht unmöglich sei, sich sogar im Beisein einer Geliebten zu langweilen, und ich muß leider sagen, daß es mir manchmal sogar in der Gesellschaft von Johann Sebastian Bach ein bißchen fad wird.»

«Ach ja? Ich fand es eigentlich ganz nett.»

«Lewis! Er mag phantastisch sein, er mag fürchterlich sein – aber *nett* ist er nie! Nicht Bach!»

Lewis konzentrierte sich auf den dichten Verkehr, während Morse sich in seinen Sitz zurücksinken ließ und für den Rest der Fahrt wie gewöhnlich kaum ein Wort sagte.

Dafür hatte er vorher einiges gesagt, was sich Lewis in Erinnerung rief, während er in viel zu hohem Tempo die Zufahrt Chieveley ansteuerte, die auf die M4 führt ...

Nach der Rückkehr aus der Polstead Road hatte Lewis einen arbeitsreichen und sehr aufschlußreichen Nachmittag verbracht. Zunächst hatte Morse Fragen zu der Strecke gestellt, über die sie zur Zeit fuhren.

«Wie würden Sie nach Bath fahren, wenn Sie einen schönen schnellen Wagen hätten?»

«Am besten und ganz bestimmt am schnellsten über die A34, A4, A46.»

«Und mit einem alten Schlitten?»

«Wahrscheinlich auch nicht anders.»

«Was ist gegen die Strecke Burford–Cirencester einzuwenden?»

«Gar nichts, wenn man hübsche Landschaft sehen möchte oder nicht gern Autobahn fährt.»

Und noch eine Frage.

«Wie können wir herausbekommen, bei welcher Bank die Storrs ihr Konto haben?»

«Vielleicht haben sie ihre Konten bei zwei verschiedenen Banken, aber die Auswahl ist ja nicht allzu groß: Lloyds, Barclays, NatWest, Midland ... Soll ich mal anrufen?»

Morse nickte. «Und versuchen Sie rauszukriegen, wie die beiden in letzter Zeit ihr Geld ausgegeben haben.»

«Könnte ein bißchen zeitaufwendig werden, aber ... Ja, warum nicht. Ich versuch's mal.»

Lewis wandte sich zum Gehen, aber Morse hatte noch eine Bitte.

«Ich hätte gern Ihren Bericht über das Wochenende der Storrs in Bath, den haben Sie ja wohl inzwischen fertig?»

«Ja. Vielleicht sind ein paar orthographische und Grammatikfehler drin, aber geschrieben ist er sehr schön.»

Nur zehn Minuten später wußte Lewis, daß Julian Storrs und seine Frau Kunden bei Lloyds waren. Die Zusatzfrage des Chief Inspector zu erledigen erwies sich schon als schwieriger.

Der Geschäftsführer von Lloyds (Filiale Headington) war

durchaus hilfsbereit, hatte ihm aber nur begrenzt weiterhelfen können. Es sei natürlich ungewöhnlich, aber in solchen Fällen nicht gegen das Berufsethos, vertrauliche Daten über Kunden offenzulegen, dazu müsse Lewis allerdings Verbindung mit der Revisionsabteilung von Lloyds in Bristol aufnehmen.

Was Lewis prompt getan hatte. Auch dort war man gern bereit, ihm zu helfen, zu seiner Enttäuschung aber mußte er erfahren, daß die gewünschten Informationen vermutlich noch nicht alle vollständig vorlagen. Da jetzt fast überall die Möglichkeit bestand, Rechnungen per Kreditkarte zu begleichen, war die Zahl der Buchungen sprunghaft angestiegen, und da die Belege von Einzelhandelsgeschäften manchmal mit Verzögerung eintrafen und durch Überprüfung und Bearbeitung unvermeidliche Verzögerungen eintraten ... ja, eine Weile würde es schon dauern.

«Schaffen Sie es bis heute nachmittag?» hatte Lewis hoffnungsvoll gefragt.

«So leid es mir tut – das ist ausgeschlossen.»

«Morgen früh?»

Ein abgrundtiefer Seufzer am anderen Ende der Leitung «Im allgemeinen können wir unmöglich ... Aber wenn Sie sagen, daß es so dringend ist ...»

Im Büro des Chief Inspector hatte das Telefon geläutet, und Lewis hatte in Abwesenheit seines Chefs den Anruf entgegengenommen. Die Obduktion von Shelly Cornford hatte bestätigt, daß es sich um eine tödliche Kohlenmonoxidvergiftung handelte und eine Einwirkung Dritter auszuschließen war.

Auf der Schreibtischplatte klebte mit Tesafilm ein gelber Zettel:

Lewis!
– Gehe jetzt zum Diab. Zentrum (15.45)
– Ihre Notizen über Bath sehr nützlich, aber bemühen Sie sich doch bitte, Sarah Siddons richtig zu schreiben.
– Sehr schön, daß wir unsere Fakten auf die Reihe bekommen, ehe wir zu große Sprünge machen. Reculer pour mieux sauter!
– Morgen aber machen wir einen Sprung nach Bath. Wie ich vom Royal Crescent erfahre, sind die Storrs wieder dort abgestiegen!
– Ich brauche Ihre Notizen über Julian Storrs.
– Rufen Sie mich zu Hause an. Nach den Archers.

M.

Daneben lag ein Brief des Diabetesvereins Bezirk Thame an Det. Chief Inspector Morse.

> «Willkommen im Club! Ich bitte um Entschuldigung, daß ich mich schon so bald melde, aber in Diabetikerkreisen sprechen sich Neuigkeiten schnell herum.
>
> Wir treffen uns an jedem ersten Donnerstag im Monat von 19.30 bis 21.00 Uhr im Rathaus von Thame und würden uns sehr freuen, wenn Sie uns einen kleinen Vortrag halten könnten. Ein Honorar können wir Ihnen nicht bieten, dafür aber ein aufgeschlossenes und dankbares Publikum.
>
> Im letzten Jahr haben wir etliche prominente Persönlichkeiten bei uns begrüßen dürfen. Unsere letzten sechs Redner waren Dr. David Matthews, Lesley Hallett, Professor Harry Keane, Angela Storrs, Dr. Robert Turner und Willie Rushton.
>
> Es wäre schön, wenn Sie unsere Bemühungen unterstützen könnten. Im Rahmen unseres Programms 1996/1997 suchen wir noch Referenten für Oktober 1996 und Februar 1997. Vielleicht paßt einer dieser Termine in Ihre Planung?

Ich lege einen frankierten Rückumschlag bei und würde mich freuen, von Ihnen zu hören ...

Lewis kam über die ersten Zeilen nicht hinaus, denn abgesehen von seinen beruflichen Ermittlungen hatte er noch nie bewußt einen Brief gelesen, der nicht für seine Augen bestimmt war.

Morse hüllte sich in Schweigen, bis Lewis, der an der Ausfahrt 18 von der M4 auf die A46 abgebogen war, wenige Meilen vor Bath war.

«Wenn Sie eine Geliebte hätten, Lewis ...»

«Nicht die Milchfrau, die ist mir entschieden zu dick!»

«... mit der Sie ein Wochenende verbringen wollten, und wenn Sie Ihrer Frau gesagt hätten, Sie fahren mit dem Zug, während in Wirklichkeit diese Frau Sie irgendwo mit dem Wagen abholen will, am *Randolph* zum Beispiel ...»

«Ja, Sir?» (Hatte Morse die Orientierung verloren?)

«Würden Sie dann trotzdem zum Bahnhof gehen? Würden Sie dafür sorgen, daß die Frau Sie am Bahnhof und nicht am *Randolph* abholt?»

«Tja, also ... ich hab noch nie ...»

«Das weiß ich, Mann», blaffte Morse ungeduldig. «Aber überlegen Sie doch mal!»

Lewis überlegte und glaubte zu begreifen, worauf Morse hinauswollte.

«Sie meinen, man hätte vielleicht ein nicht ganz so schlechtes Gewissen, wenn man das tut, was man gesagt hat, ehe man aus dem Haus gegangen ist?» (Hatte Lewis die Orientierung verloren?)

«So ungefähr», sagte Morse matt, während vor ihnen ein Schild auftauchte, das sie in der Römerstadt Bath begrüßte.

Sobald Lewis vor dem *Royal Crescent Hotel* angehalten hatte, meldete sich Morse verabredungsgemäß über sein Handy bei der stellvertretenden Geschäftsführerin. Die Storrs waren vor etwa einer Stunde mit dem BMW weggefahren, die Luft war rein. Morse stand auf und ging zum Fenster an der Fahrerseite.

«Viel Glück in Bristol.»

Lewis kreuzte zwei Finger der rechten Hand wie zum Logo der National Lottery, und Morse fuhr fort:

«Wenn Sie das finden, was ich hoffe, ist die Schlacht schon halb gewonnen. Und das ist vor allem Ihr Verdienst.»

«Aber ausgeknobelt haben Sie das alles.»

«Ohne Ihre Besuche in Soho hätte ich es nicht geschafft.»

«Wie bitte?»

«Denken Sie an die Revuegirls im *Windmill* …»

«Aber ich bin nie …»

«‹Beine bis zu den Achselhöhlen›, haben Sie gesagt. Gestern schon zum zweitenmal, Lewis, wissen Sie noch?»

61

Im Haus läßt sich kaum ein erfreulicherer Anblick denken als ein gefällig gedeckter und gut bestückter Frühstückstisch.
(Nathaniel Hawthorne, *The House of the Seven Gables*)

Morse blieb eine Weile auf den breiten Steinplatten stehen, die sich am Royal Crescent von Bath entlangzogen. Der 120 Meter lange bogenförmige Gebäudekomplex in bräunlichrotem Ton mit einer Doppelreihe ionischer Säulen war, wie Morse fand, ein atemberaubendes Meisterwerk der Architektur. Im Zentrum der Häuserzeile stand mit der Hausnummer 16 das Viersternehotel.

Durch die weiße Doppeltür betrat er die schwarzweiß geflieste hohe Eingangshalle und begab sich zum Empfang, von wo er sogleich in das dahinterliegende Büro der stellvertretenden Geschäftsführerin gebeten wurde, das einen beigefarbenen Teppichboden und helle Kiefernmöbel hatte.

Sara Hickman aus Leicestershire war eine hochgewachsene, schlanke, attraktive Mittdreißigerin mit grünen Augen (genau wie Schwester McQueen) und dunklen Locken. Sie war geschäftlich-nüchtern gekleidet, hatte eine geschäftlich-präzise Ausdrucksweise und stand einem offenbar geschäftlich überaus effektiv geführten Hotel vor, an dessen Wänden die vielen Auszeichnungen – Blaue Bänder des RAC, Rosetten des AA, Egon Ronay-Sterne – kaum mehr Platz fanden.

Morse, der den angebotenen Kaffee erst dankend abgelehnt hatte, dann aber doch schwach geworden war, hörte sich aufmerksam an, was Sara zu sagen hatte.

Sie hatte fast alle Hotelangestellten noch einmal befragen können, die am vergangenen Wochenende Dienst getan hatten (der Zufall wollte es, daß die meisten von ihnen auch an diesem Wochenende angetreten waren). Allerdings war dem, was der Hoteldirektor bei der Thames Valley Police zu Protokoll gegeben hatte, wenig hinzuzufügen. Ja, doch, vielleicht eine kleine Richtigstellung: Die Storrs hatten, wie am Wochenende zuvor, ein Zimmer mit zwei Einzelbetten, nicht mit Doppelbett; sie hatten nach Möglichkeit wieder dieses Zimmer haben wollen, und zufällig war es als einziges Zimmer mit zwei Einzelbetten noch frei gewesen. Die Anmeldung? Sie reichte Morse die Karte vom vergangenen Samstag, dem 2. 3. 96: Name des Gastes, Adresse, Telefonnummer, Ankunft, Abreise, Staatsangehörigkeit, Zahlungsweise, Paßnummer, Unterschrift, Autokennzeichen – alle Felder waren in gut lesbarer, typisch weiblicher, leicht vornübergeneigter Schrift mit schwarzem Kugelschreiber ausgefüllt. Unterschrieben war die Karte mit «Angela Storrs». Die Unterschrift würde sich relativ leicht nachprüfen lassen, aber für Morse stand fest, daß sie echt war.

«Ihr Geschäftsführer hat am Telefon zu meinem Sergeant gesagt, wir könnten uns vielleicht auch die detaillierten Rechnungen ansehen ...?»

Sara Hickman lächelte und griff nach einem kleinen Pakken Rechnungen, der vor ihr lag.

«Ich hab mir schon gedacht, daß Sie danach fragen würden», sagte sie. «Am Samstag abend haben sie an Tisch 26 gegessen, in der hinteren Ecke des Restaurants. Er hatte als Vorspeise das Rindercarpaccio, getrüffelte Nudeln und Parmesan, als Hauptgericht den Seebarsch mit Selleriesahne und Fenchellikör, als Nachtisch Passionsfrucht. Sie war weniger experimentierfreudig: Consommé, als Hauptgang gebackene Scholle und grünen Salat, hinterher Crackers und Edamer. Der Ober erinnert sich, daß sie ausdrücklich den Edamer verlangt hat.»

«Fettarm, aber sehr genießbar», bestätigte Morse und dachte leise lächelnd an die Philippika seiner gestrengen Diätberaterin, während Sara Hickman fortfuhr:

«Wir kommen zum Sonntag. Mr. Storrs hatte am Vorabend für beide das Frühstück bestellt. Es war schon elf oder halb zwölf, er sagte auch, er sei wohl etwas spät dran, hatte aber den Bestellzettel offenbar vor sich, der Nachtportier erinnert sich daran. Er bestellte für sich ein English Breakfast, aber ohne Nierchen, die Tomate gut durchgegrillt, und zwei Setzeier. Seine Frau wolle das Continental Breakfast mit Frühstücksflocken haben, sagte er, nach Möglichkeit Ricicles – bei uns finden Sie eine größere Auswahl an Frühstücksflocken als bei Sainsbury! –, braunen Toast und Honig, frischen Obstsalat und Orangensaft. Ach ja ...» – Sara hatte noch einmal auf den Bestellzettel gesehen – «... und heiße Schokolade.»

«Wann war das?» fragte Morse.

«Gegen halb acht oder acht. Das English Breakfast gibt es erst ab halb acht, und sie haben beides zusammen aufs Zimmer bekommen.»

«Und gestern abend?»

«Da haben sie nicht im Hotel gegessen.»

«Heute früh?»

«Haben sie wieder auf dem Zimmer gefrühstückt. Diesmal hatten sie den Vordruck sehr zeitig ausgefüllt und an den Türknauf gehängt. Für Mr. Storrs wieder dasselbe ...»

«Woher wollen Sie wissen, daß es nicht für sie war?»

«Die Bestellung war unverändert. Sehen Sie selbst.»

Sie reichte ihm den Bestellzettel für den Zimmerservice über den Schreibtisch, und Morse las den Vermerk «gut durchgegrillt» bei «Tomate», stellte fest, daß «Niere» nicht angekreuzt und bei «Eier (Setzei)» die Zahl 2 eingetragen war.

«Verstehe», bemerkte er. «Nicht mal Ehepaare haben wohl genau den gleichen Geschmack.»

«Ehepaare am allerwenigsten», bestätigte Sara Hickman trocken.

Morse ließ den Blick weiterwandern. Unter «Continental Breakfast» waren angekreuzt «Weetabix» (daneben der Vermerk «Fettarme Milch»), «Joghurt natur», «Toast (braun)», «Kaffee (koffeinfrei)». Die gleiche schwarze Kugelschreiberschrift wie auf der Anmeldekarte. Angela Storrs' Schrift. Kein Zweifel.

«Von den Bestellzetteln brauche ich Kopien», sagte Morse.

«Aber gern.» Sara stand auf. «Ich erledige das gleich. Gehen wir in die Bar?»

Es hatte sich aufgeheitert.

Morse aber empfand den Tag schon seit dem Beginn seines Gesprächs mit Sara Hickman als erfreulich heiter.

62

Queen Elizabeth I schlief hier.
(Hinweis, der sich laut Aussage des British Tourist Board an etwa 2400 Häusern im Vereinigten Königreich findet)

Sie gingen durch die liebevoll gepflegten Gartenanlagen hinter dem Hauptgebäude zum Dower House, einem eleganten Anbau, in dem sich der größte Teil der Suiten und Gästezimmer sowie das Restaurant, die Haupthalle und die Bar befanden.

Gleich hinter dem Eingang entdeckte Morse eine jener (in Bath praktisch obligatorischen) Plaketten, die auf besonders bedeutende Mitglieder des Königshauses hinweisen:

George IV

1820–1830

wohnte hier im Jahre

1799

als Prince of Wales

Morse nahm im Salon Platz und freute sich an dem schamlosen Luxus kunstvoller Wandleuchten, Marmorbüsten und einer schnellen, höflichen Bedienung.

«Was möchten Sie trinken, Sir?»

Eine der schönsten Fragen der Welt.

Morse bestellte ein Bier, sah sich um und musterte besonders eingehend das Porträt über dem Kamin, das laut Aufschrift «Lord Ellmore, 1765–1817» darstellte, einen Mann mit dicken Backen, fadem Gesicht und vorgeschobener Unterlippe, bei dessen Anblick Morse unerfreuliche Erinnerungen an Sir Clixby Bream beschlichen.

Die Toiletten waren auf dem Gang, der vom Salon abging, Damen- und Herrentoilette nebeneinander, die Piktogramme an den beiden Türen deutlich zu erkennen.

Selbst die kurzsichtige Mrs. Adams hatte sie kaum verwechseln können, dachte Morse lächelnd.

«Danke», flüsterte er. «Danke, Mrs. Arabella Adams!»

Mit ihren schwachen Augen und aus einiger Entfernung hatte sie sicher nicht genau erkennen können, ob die Person, die sie gesehen hatte, ein Mann oder eine Frau gewesen war. Zumindest nicht am Gesicht. Gesichter sind bekanntermaßen schwer zu unterscheiden und wirken immer wieder anders, je nachdem ob man sie im Profil oder im Schatten sieht oder ob der oder die Betreffende vielleicht eine Brille aufgesetzt hat. Nun wußte aber die alte Mrs. Adams natürlich ganz genau, wie Männer und wie Frauen aussehen, weil Männer üblicherweise Hosen und Frauen Röcke tragen. Nur beweist die Tatsache, daß jemand eine Hose trägt, heutzutage nicht mehr, daß es sich um einen Mann handelt, nicht wahr, Morse? Sondern nur noch eins: daß die bewußte Person Hosen anhat …

Zehn Minuten später sah Morse, der sich redlich, aber mit ermattenden Kräften bemühte, die überaus großzügig bemessene Portion Räucherlachs-Canapés zu dezimieren, Sergeant Lewis hereinkommen, der fast so selbstgefällig wie der ölige Lord Ellmore blickte und den rechten Daumen hochreckte. Der Chief Inspector machte ihn mit Sara Hickman bekannt.

«Möchten Sie etwas trinken, Sergeant?»

«Ja, danke. Orangensaft.»

«Etwas essen?»

«Was haben Sie denn zu bieten?»

Sie strahlte ihn an. «Was Sie möchten. Unser Küchenchef steht Gewehr bei Fuß.»

«Wenn er mir Setzeier mit Pommes frites machen könnte ...»

«Hm ... das ... ja, das müßte gehen, ich werde gleich mal fragen.» Sie stand auf.

«Wie konnten Sie, Lewis! Das Restaurant im *Royal Crescent* gilt als Gourmet-Tempel.»

«So? Na, dann müßte es ja schmecken.»

In bester Laune reichte er Morse einen Zettel und griff sich gleichzeitig (und sehr zu Morses Erleichterung) zwei Lachscanapés.

«Sie haben doch nichts dagegen, Sir? Ich bin halb verhungert.»

Um halb drei wurde Marilyn Hudson, eine kleine hellhäutige Frau, in Saras Büro gerufen. Marilyn war seit fast drei Jahren Zimmermädchen und Küchenhilfe im *Royal Crescent* und, wie sich sehr bald herausstellte, über das tägliche (und nächtliche) Geschehen im Hotel bestens im Bilde.

Morse befragte sie eingehend über den Vormittag des 3. März, also des vergangenen Sonntags.

«Sie haben ihnen das Frühstück gebracht?»

«Ja, Sir. Gegen Viertel vor acht.»

«Sie haben geklopft?»

«Ja, das mach ich immer. Jemand hat ‹Herein!› gerufen, und da ...»

«Sie hatten einen Schlüssel?»

«Einen Generalschlüssel. Ich bin also mit dem Tablett rein und hab es auf den Ankleidetisch gestellt.»

«Lagen sie zusammen im Bett?»

«Nein, das Zimmer hat getrennte Betten. Sie war auf der anderen Seite, aber nicht zu übersehen.»

«Wie meinen Sie das?»

«Sie hatte einen Schlafanzug mit gelben, schwarzen und grünen Streifen an – rauf und runter.»

«Vertikale Streifen, meinen Sie?»

«Sagt man das so? Rauf und runter eben. Diesmal hatte sie ihn wieder dabei. Heut früh hab ich ihnen auch das Frühstück gebracht. Zimmer sechsunddreißig, dasselbe wie letzte Woche.» Marilyn kicherte ein bißchen nervös. «Vielleicht sollte sie ihn mal wechseln.»

«Kann sein, daß sie zwei von der Sorte hat», warf Lewis ein, was bei Morse offenbar nicht sonderlich gut ankam, denn er runzelte die Stirn.

«Könnte es Ihrer Meinung nach jemand anders gewesen sein? Nicht Mrs. Storrs, meine ich?»

«Nein, Sir. Sie war, wie gesagt, im Bett, aber ...»

«Aber?»

«*Sie* hab ich genau gesehen, aber ihn nicht so richtig. Er war im Badezimmer und hat sich rasiert, mit einem Elektrorasierer, die Tür stand ein Stück offen, und ich hab gesehen, daß er noch im Schlafanzug war, und er hat sich bedankt, aber ...»

«Hätten Sie ihn erkannt, wenn er den Kopf gedreht hätte?»

Zum erstenmal schien Marilyn Hudson ihrer Sache nicht ganz sicher zu sein.

«Ich hatte sie schon vorher im Hotel gesehen, aber auf ihn hab ich nicht so geachtet wie auf sie. Sie war sehr schick angezogen und überhaupt unheimlich elegant, sie hatte eine dunkle Sonnenbrille auf und trug einen weißen Hosenanzug. Genau wie heute.»

Morse wandte sich an Lewis. «Glauben Sie, daß sie *zwei* weiße Hosenanzüge hat, Sergeant?»

«Möglich ist alles.»

Wenn Morse etwas enttäuscht war, ließ er es sich nicht anmerken. «Sie sind sich also bei ihr ziemlich, aber bei ihm nicht so ganz sicher …»

Marilyn überlegte einen Augenblick.

«Ich bin mir bei beiden *ziemlich* sicher, Sir.»

«Marilyn ist eine gute Kraft», sagte Sara. «Auch wenn sie einen etwas begrenzten Wortschatz hat.»

Morse sah sie ein wenig spöttisch an.

«Wegen vertikal und horizontal, meinen Sie? Das finde ich nicht weiter schlimm. Ich habe dafür meine Schwierigkeiten mit Osten und Westen.»

«Viele Leute haben Probleme mit rechts und links …», setzte Lewis an, aber Morse war schon bei seiner nächsten Frage:

«Können Sie noch feststellen, wer am letzten Samstag hier war?»

«Ja, natürlich. Moment bitte.»

Wenig später war sie mit einem Stapel Anmeldekarten wieder da. Morse begann sie durchzublättern. Dann hielt er unvermittelt inne und spürte das vertraute Kribbeln zwischen den Schulterblättern.

Er reichte Lewis die Karte.

Der las den Namen und pfiff leise und sehr überrascht durch die Zähne.

Morse wandte sich wieder an Sara. «Könnten Sie uns eine Kopie der Rechnung für Zimmer fünfzehn machen?»

«Sie hatten recht», flüsterte Lewis aufgeregt. «Sie haben von Anfang an gesagt, daß es ‹DC› war.»

Sara legte Morse die Rechnung vor.

«Einzelzimmer für eine Nacht. Mit Kreditkarte bezahlt.»

Morse überflog die einzelnen Posten.

«Kein Abendessen?»

«Nein.»

«Und kein Frühstück?»

«Nein.»
«Kann ich von hier aus telefonieren?»
«Aber natürlich. Soll ich Sie allein lassen?»
«Wenn es Ihnen nichts ausmacht», sagte Morse.

Zwanzig Minuten später verließen Morse und Lewis das Büro. Als sie gerade hinter dem Empfangstresen entlanggingen, kam ein Gast von der Eingangshalle her auf den Empfang zu und verlangte den Schlüssel für Zimmer 36.

Dann sah er Morse.

«Großer Gott, was machen Sie denn hier?» fragte Julian Storrs.

«Dasselbe wollte ich Sie auch fragen», antwortete Morse mit einem seltsam siegessicheren Lächeln.

63

«Warum haben Sie 1893 jene Arbeiter ermordet?»
«Es war nicht 1893. Es war 1892.»
(Zitiert nach H. H. Asquith)

«Möchten Sie auch mit meiner Frau sprechen? Ich habe sie zum Shopping in der Stadt abgesetzt, aber sie muß bald hier sein.»

«Es wäre uns lieber, wenn wir das Gespräch nur mit Ihnen führen könnten, Sir.»

«Lassen Sie bloß das verdammte ‹Sir› weg!»

Sie saßen zu dritt – Storrs, Morse, Lewis – in dem schönen, geräumigen Zimmer 36 mit Blick auf den Swimmingpool und den durchweichten Crocketplatz.

«Worum geht es überhaupt?» fragte Storrs leicht gereizt. «Jetzt legen Sie endlich los, Mann!»

Morse legte los, indem er zunächst den Hintergrund zu den beiden zur Zeit von ihm bearbeiteten Mordfällen umriß.

Storrs hatte ein Verhältnis mit Rachel James gehabt – und Rachel James war ermordet worden.

Storrs hatte einen Erpresserbrief von Owens bekommen – und Owens war ermordet worden.

Für die Erpressung gab es einen dreifachen Anlaß: Storrs' außereheliche Beziehung zu Ms. James; die von ihm unredlicherweise verschwiegene gesundheitliche Prognose; und die Tatsache, daß seine Frau früher Stripteasetänzerin und Callgirl in Soho gewesen war. Es wäre deshalb recht verwunderlich gewesen, wenn Storrs nicht auf der Liste der Verdächtigen ganz weit oben gestanden hätte.

Was den ersten Mord betraf, hatten sowohl Storrs als auch

seine Frau ein Alibi: Sie waren miteinander im Bett gewesen. Wie widerlegt man so ein Alibi?

Auch für den zweiten Mord hatten beide Storrs ein Alibi. Diesmal befanden sie sich nicht nur gemeinsam in einem Schlafzimmer, sondern auch etwa achtzig Meilen vom Ort des Geschehens entfernt, in ebenjenem Raum, in dem sie jetzt saßen. Doch Alibis lassen sich fälschen, und dann kann man sie auch widerlegen. Manchmal jedenfalls.

Storrs hörte schweigend zu.

Die Mittel? Die ballistische Untersuchung hatte ergeben, daß beide Morde mit derselben Waffe begangen worden waren, einer «Howdah»-Pistole, die gern von Offizieren in den Streitkräften benutzt wird, besonders in Indien, wo Storrs vor seiner Rückkehr nach Oxford Dienst getan hatte. Eine solche Pistole hatte Storrs erworben und besaß sie vermutlich noch, falls er sich ihrer nicht vor kurzer Zeit – vor *sehr* kurzer Zeit – entledigt hatte.

Der Hauptanlaß für die tragische Folge von Ereignissen – ihr Auslöser gewissermaßen – war Storrs' obsessives und maßloses Verlangen gewesen, als krönenden Abschluß für die ihm noch verbleibende Lebensspanne das Amt des Master von Lonsdale und damit verbunden die Würde eines Knight zu erringen.

Ein Motiv also? Ja.

Mittel? Ja.

Wie aber stand es mit der Gelegenheit?

Für den ersten Mord hatte sich das Transportproblem von der Polstead Road nach Kidlington recht einfach lösen lassen, da zwei Wagen zur Verfügung standen. Um das Ziel stand es nicht ganz so einfach, es war sogar denkbar, daß Rachel James aufgrund einer Verwechslung von Hausnummern und einer Silhouette mit Pferdeschwanz versehentlich ermordet worden war.

Für den zweiten Mord war eine sehr viel sorgfältigere und raffiniertere Planung erforderlich gewesen. Das «Miteinander im Bett»-Alibi war möglicherweise beim zweitenmal ein bißchen abgegriffen. Nicht aber, wenn dieses Bett an einem anderen Ort gestanden hatte. Nicht aber, wenn Storrs zur Tatzeit an diesem anderen Ort gesehen worden war. Kein Mensch kann an zwei Orten gleichzeitig sein, das wäre ein Verstoß gegen die Regeln, nach denen der Allmächtige das Universum geschaffen hat. Aber von Oxford nach Bath sind es nur etwas über achtzig Meilen, dazu braucht man in einem schnellen Wagen sehr früh am Sonntag auf der Autobahn ... eine Stunde vielleicht? Zuwenig? Gut, dann eineinviertel Stunden. Zweieinhalb Stunden Fahrt. Dazu noch der Mord. Aufgerundet also drei Stunden.

Während der letzten Minuten von Morses Darlegungen war Storrs ans Fenster getreten und sah in den Garten hinaus. Der Himmel hatte sich wieder bezogen, hin und wieder schlugen Regentropfen einen kurzen Trommelwirbel an die Scheiben. Storrs summte leise vor sich hin, und Morse erkannte die Melodie von «September» aus den *Vier letzten Liedern* von Richard Strauss:

Der Garten trauert
Kühl sinkt in die Blumen der Regen ...

Unvermittelt wandte Storrs sich um.

«Sie wissen, was Sie da sagen?» fragte er leise.

«Ich denke schon.»

«Dann wollen wir doch zunächst mal einiges klarstellen. Am Sonntag haben meine Frau Angela und ich in diesem Zimmer gegen Viertel vor acht gefrühstückt, die junge Frau, die uns zufällig auch heute das Frühstück gebracht hat, kann das bestätigen.»

Morse nickte. «Sie ist sich nicht ganz sicher, daß Sie es am letzten Sonntag waren. Sie hätten sich gerade im Badezimmer rasiert, sagt sie.»

«Wer zum Teufel soll es sonst gewesen sein?»

«Vielleicht waren Sie inzwischen schon zurück.»

«Aus Oxford? Und wie soll ich das angestellt haben? Drei Stunden, sagen Sie, da müßte ich ja um halb fünf losgefahren sein.»

«Sie hatten einen Wagen ...»

«Haben Sie das alles überprüft? Mein Wagen stand nämlich in der Hotelgarage, und ich habe keine Ahnung, wo die ist. Ich habe ihn, während wir uns anmeldeten, draußen stehenlassen und die Schlüssel dem Portier gegeben. Deshalb zahlt man nämlich in diesen Luxusschuppen so viel Geld, falls Sie das noch nicht wußten ...»

Morse nickte. «Das stimmt. Die Garage ist an jenem Morgen erst zehn vor neun aufgemacht worden.»

«Ja, dann ...» Storrs sah ihn erstaunt an.

«Sie könnten einen anderen Wagen genommen haben.»

«Und welchen?»

«Den von Ihrer Frau vielleicht.»

Storrs schnaubte. «Der zufällig vor dem Hotel stand, wie? Per Hubschrauber von der Polstead Road eingeflogen, was?»

«Das weiß ich nicht», räumte Morse ein.

«Also schön. Angelas Wagen steht draußen für mich bereit. Wie bin ich aus dem Hotel gekommen? Es gibt nur den einen Ausgang, ich muß mich unbemerkt an einem schlafenden Nachtportier vorbeigeschlichen haben ...» Er unterbrach sich. «Haben Sie geprüft, ob die Eingangstür nach Mitternacht abgeschlossen wird?»

«Ja.»

«Und?»

«Sie wird abgeschlossen.»

«Ja, dann ...», wiederholte Storrs einigermaßen ratlos.

«Dann ist die einzige Erklärung, daß Sie in jener Nacht nicht im Hotel waren», sagte Morse mit einigem Nachdruck.

«Das wird ja immer schöner! Und wer hat am Sonntag um zehn oder Viertel nach zehn die verdammte Rechnung unterschrieben?»

«Zwanzig nach zehn. Wir haben uns bemüht, alles zu

überprüfen. Sie haben die Rechnung unterschrieben und mit Ihrer Lloyds Visa Card bezahlt.»

Storrs drehte den beiden Kriminalbeamten unvermittelt den Rücken zu und sah wieder in den Garten hinaus.

«Ich habe Sie hinters Licht geführt, bitte seien Sie mir nicht böse. Aber Ihre Geschichte war wirklich sehr fesselnd. Links von uns – von hier aus kann man es nicht richtig sehen – ist der ‹beheizte Fitnesspool›, wie es in dem aufwendigen Prospekt des Hauses heißt. Dort war ich an dem bewußten Morgen kurz nach dem Frühstück, gegen halb neun. Und zwar nicht allein, sondern zusammen mit einem reichen amerikanischen Ehepaar, das die Beau Nash-Suite hatte. Sie kamen aus North Carolina, wenn ich mich recht erinnere, waren wir mindestens zwanzig Minuten zusammen im Wasser. Möchten Sie wissen, worüber wir gesprochen haben? Über dieses verdammte Bosnien. Zufrieden? Sie haben sich bemüht, alles zu überprüfen, sagen Sie. Dann nehmen Sie das gefälligst auch in Ihre Liste auf. Und jetzt entschuldigen Sie mich bitte, ich glaube, meine liebe Frau ist wieder da, ich hoffe, sie hat nicht alles ausgegeben, was – Grundgütiger! Sie hat *noch* einen Mantel gekauft!»

Lewis, der sich das Gespräch schweigend angehört hatte, trat jetzt ebenfalls an das regennasse Fenster. Unter dem Portal jenseits des Gartens stand Mrs. Storrs mit Kopftuch, dunkler Brille und einem langen weißen, ersichtlich teuren Regenmantel und mühte sich, einen der großen bunten Schirme aufzuspannen, die von einer fürsorglichen Hotelleitung bündelweise im Gelände verteilt worden waren und sich jetzt regen Zuspruchs erfreuten, denn der Regen war stärker geworden.

Auch Morse stand auf und stellte sich neben Lewis. Storrs summte wieder:

Der Garten trauert …

«Darf ich Sie und Ihre liebe Frau auf einen Drink einladen? Unten an der Bar?»

64

Hypoglykämie: Abnorme Verminderung des Blutzuckers, ein Zustand, der für Diabetiker schwieriger zu schreiben als zu erkennen ist.

(*Small's Enlarged English Dictionary*, 17th Edition)

«Worüber die da oben wohl jetzt reden, Sir?»

«Wahrscheinlich gibt er ihr Anweisungen, was sie sagen soll.»

Morse und Lewis saßen nebeneinander im Salon. Diesmal hatten sie Lord Ellmore den Rücken zugedreht, weil zwei Herren in dunklen Anzügen vor dem Kamin saßen und Kaffee tranken.

Julian Storrs und ein befrackter Ober tauchten fast gleichzeitig auf.

«Angela kommt gleich. Sie will sich nur umziehen. Ist beim Einkaufen ein bißchen naß geworden.»

«Hoffentlich bevor sie den Mantel gekauft hat, Sir», sagte Lewis.

Storrs lächelte leise gequält, und der Ober nahm ihre Bestellung auf.

«Großen Glenfiddich für mich», sagte Storrs. «Zwei Eiswürfel.»

«Dasselbe für mich», sagte Morse beifällig. «Und Sie, Lewis?»

«Ob im Budget noch ein Orangensaft drin ist?»

Morse wandte sich an Storrs. «Und für Ihre Frau?»

«Einen großen Gin Tonic Light. Setzen Sie es auf meine Rechnung. Zimmer sechsunddreißig.»

Morse erhob keinen Einspruch, und Lewis lächelte vor

sich hin. Heute war er ausnahmsweise mal gut weggekommen. «Tonic Light», wiederholte Morse. «Das ist ohne Zucker, nicht?»

Storrs gab keine Antwort, und Morse fuhr fort: «Ich weiß, daß Ihre Frau Diabetikerin ist, Sir, wir haben es überprüft. Wir haben sogar überprüft, was Sie am letzten Wochenende gegessen haben.»

«Glückwunsch.»

«Nur mit einer Sache komme ich nicht zurecht – mit dem Frühstück Ihrer Frau am Sonntag morgen.» Er machte Lewis ein Zeichen, und der las aus seinem Notizbuch vor:

«Ricicles – eine Art Reisflocken mit Zuckerkruste, meine Kinder aßen das Zeug unheimlich gern –, Toast und Honig, Obstsalat, Orangensaft, heiße Schokolade.»

«Nicht gerade das, was sich Diabetiker normalerweise zum Frühstück bestellen würden, nicht? So viel Zucker ... Alles andere, was sie hier gegessen hat, war wie aus dem neuesten Diabetikerkochbuch.»

«Kennen Sie sich denn mit Diabetes aus, Chief Inspector?» fragte eine neue, strenge und ziemlich rauhe Stimme. Angela Storrs, wie immer im Hosenanzug, diesmal in Kiwigrün, aber ausnahmsweise ohne dunkle Brille, hatte offenbar einiges (das meiste?) von dem Gespräch mitbekommen.

«Nicht sehr», gestand Morse und versuchte, aus dem tiefen Sessel hochzukommen. «Bei mir ist sie erst vor einer Woche festgestellt worden.»

«Bitte stehen Sie nicht auf.» Das war mehr ein Befehl als ein Ersuchen.

Sie setzte sich zu ihrem Mann auf das Sofa. «Ich bin seit zehn Jahren zuckerkrank. Aber Sie kommen bestimmt sehr schnell dahinter. Eine der größten Gefahren für insulinabhängige Diabetiker ist nicht, wie man denken könnte, ein zu hoher, sondern ein zu niedriger Blutzuckerspiegel. Hypoglykämie nennt man das. Müssen Sie auch spritzen?»

«Ja, und man hat versucht, mir beizubringen ...»

«Sie fragten nach dem letzten Wochenende. Ich will es Ihnen erklären. Am Samstag abend war mein Blutzuckerspiegel sehr niedrig, und ich wollte deshalb auf Nummer Sicher gehen, als Julian mich wegen des Frühstücks fragte. Ich hatte zwar Traubenzucker mit, aber am Sonntag morgen war es immer noch nicht so, wie es sein sollte. Und falls es Sie interessiert: Ich habe mein zuckriges Frühstück mit großem Genuß verspeist, so was wird mir ja nicht oft geboten.»

Der Ober brachte die Getränke und ließ sich von Julian Storrs die Rechnung abzeichnen.

«Ich will ganz ehrlich sein», fuhr Angela Storrs fort. «Julian hat mir gerade gesagt, warum Sie hier sind. Alles andere hatte er mir vorher schon gestanden: Die lächerliche Affäre mit dieser Rachel, die Sache mit dem schmierigen Owens ...»

«Haßten Sie ihn so sehr, daß Sie ihn hätten umbringen können?»

«Ich schon», fuhr Storrs heftig dazwischen. «In der Hölle soll er schmoren!»

«Als es um die Kandidatur für das Amt des Master ging ...» – Morse sah von einem zum anderen – «... haben Sie gemeinsame Sache gemacht?»

«Ja», bestätigte Julian Storrs. «Ich habe Angela sofort reinen Wein über meine Krankheit eingeschenkt, und wir kamen überein, sie zu verschweigen.» Er wirkte plötzlich sehr erschöpft. «Ich habe es mir so sehr gewünscht. Mehr als alles andere auf der Welt, nicht wahr, Angela?»

Sie lächelte und legte behutsam ihre Hand über die seine. «Aber ich ja auch, Julian.»

Morse goß seinen Whisky herunter und lechzte nach einem zweiten.

«Ich muß Ihnen eine sehr direkte Frage stellen, Mrs. Storrs, die Sie mir hoffentlich nicht verübeln werden. Direkte Fragen gehören leider zu meinem Beruf. Was würden Sie antworten, wenn ich Ihnen sagte, daß Sie am letzten Samstag nicht mit Ihrem eigenen, sondern mit einem anderen Mann geschlafen haben?»

Sie lächelte wieder, und sekundenlang sah man anstelle

der scharfen Züge das weiche Gesicht einer viel jüngeren Frau.

«Ich würde antworten: Hoffentlich war er gut im Bett ...»

«Aber Sie würden es abstreiten?»

«Bei einem derart kindischen Vorwurf erübrigt sich eigentlich jedes Wort.»

Morse wandte sich an Storrs. «Was würden Sie antworten, wenn ich Ihnen sagte, daß *Sie* am letzten Samstag nicht mit Ihrer eigenen, sondern mit einer anderen Frau geschlafen haben?»

«Ich würde wohl antworten: Hoffentlich war sie gut im Bett ...»

«Aber Sie würden es ebenfalls abstreiten?»

«Natürlich.»

«Möchten Sie sonst noch etwas überprüfen?» fragte Angela Storrs.

«Nur eins noch, weil ich mir da meiner Sache nicht ganz sicher bin.» Morse holte tief Luft und stieß sie geräuschvoll wieder aus. «Sie sagen, daß Sie am späten Samstag nachmittag mit Ihrem Mann in seinem BMW hergekommen sind, hier übernachtet haben und dann am nächsten Morgen nach Oxford zurückgefahren sind. Trifft das zu, Mrs. Storrs?»

«Nicht ganz. Wir sind über Cirencester und Burford gefahren. In Burford haben wir eine Kleinigkeit gegessen und waren in zwei oder drei Antiquitätengeschäften. Ich hätte mir beinah einen silbernen Toastständer gekauft, aber Julian fand ihn überteuert.»

«Ja, dann ist es wohl Zeit, daß wir Ihnen noch etwas mitteilen», sagte Morse langsam. «Finden Sie nicht auch, Sergeant Lewis?»

65

«Ist das eine Frage?»
(Aus einer Aufnahmeprüfung für Oxford)

«Wenn ja, könnte das eine Antwort sein.»
(Antwort eines Kandidaten)

Bis auf ihre kleine Gruppe und die beiden Männer, die immer noch über ihrem Kaffee saßen, war der große Salon jetzt leer.

«Noch eine Runde?» fragte Morse.

«Nicht für mich», sagte Angela Storrs.

«Danke, mir reicht es», sagte Julian Storrs.

«Ich hab noch was drin», sagte Lewis.

Morse tastete nach der Zigarettenschachtel und wäre um ein Haar schwach geworden. Eine Weile sah er aus dem Fenster. Es regnete jetzt in Strömen; hin und wieder sah man einen Gast, Kopf und Gesicht unter einem der bunten Schirme verborgen, zum Dower House hinüberhasten. Wie einfach es bei Regen ist, unter einer Tarnkappe zu verschwinden!

Fast zögernd rückte Morse mit seiner vorletzten Enthüllung heraus.

«Am letzten Samstag hat eine Ihnen wohl beiden bekannte Person hier übernachtet. Sie – ja, es war eine Frau – hat im Haupthaus gewohnt, in Zimmer fünfzehn. Es handelt sich um Dawn Charles, die Sprechstundenhilfe der Harvey Clinic in der Banbury Road.»

Storrs wandte sich an seine Frau. «Na so was! Hast du das gewußt, Liebling?»

«Alberne Frage! Ich kenne die Frau überhaupt nicht.»

Morse ließ nicht locker. «Trotzdem ist es ein eigenartiger Zufall, finden Sie nicht?»

«Natürlich», gab Angela Storrs zurück. «Zufälle sind ihrer Definition nach immer eigenartig. Aber das Leben steckt voll von ihnen.»

(Lewis lächelte vor sich hin. Wie oft hatte Morse etwas in dieser Art zu ihm gesagt …)

«Nur handelt es sich hier nicht um einen Zufall, Mrs. Storrs.»

Julian Storrs brach das unheilschwangere Schweigen, das sich über die Gruppe gelegt hatte.

«Was soll das heißen? Ich habe nur gesagt, daß *ich* sie nicht gesehen habe. Vielleicht liebt sie auch Fauré und wollte genau wie wir zu dem Konzert in der Abtei. Am besten fragen Sie sie selbst danach.»

«Dann wird sich die Wahrheit sehr schnell erweisen», sagte Morse siegessicher. «Sie lügt nicht so gut wie Sie beide.»

Die Atmosphäre war jetzt gefährlich aufgeladen. Storrs erhob sich. «Das höre ich mir nicht mehr länger an, ich …»

«Setz dich», sagte seine Frau so nachdrücklich, daß einer der Männer von seinem Kaffee kurz zu ihnen hinübersah.

«Sie leugnen beide, daß Sie Miss Charles gesehen haben, als sie hier war?»

«Ja.»

«Ja.»

«Danke. Sergeant?»

Lewis schlug erneut sein Notizbuch auf und wandte sich an Mrs. Storrs.

«Demnach haben nicht Sie an jenem Samstag nachmittag in Burford getankt?»

«Am letzten Samstag? Natürlich nicht», fauchte sie den neuen Fragesteller an.

Lewis fuhr ungerührt fort: «Haben Sie kürzlich Ihre Kreditkarte verloren?»

«Warum fragen Sie?»

«Weil jemand sehr gekonnt Ihre Unterschrift gefälscht hat. Unverbleites Premium an der Tankstelle von Burford auf der A40 im Wert von zwölf Pfund. Am letzten Samstag gegen drei.»

«Was wollen Sie damit sagen?» Die Stimme klang bedrohlich ruhig.

«Daß Sie an jenem Tag mit dem eigenen Wagen nach Bath gefahren sind ...»

Jetzt war auch Mrs. Storrs aufgestanden.

«Du hast recht, Julian, das brauchen wir uns nicht länger anzuhören. Komm!»

Aber sie kam nur bis zum Ausgang, wo zwei Herren ihr den Weg versperrten. Zwei Herren in dunklen Anzügen, die die ganze Zeit unter dem Porträt des faden Lord Ellmore gesessen hatten.

Sie fuhr herum. In den weit geöffneten, ungeschützten Augen standen Wut und vielleicht auch ein Stück Haß und Verzweiflung.

Sie sagte kein Wort, während Lewis gelassen auf sie zuging.

«Angela Miriam Storrs, es ist meine dienstliche Pflicht, Sie unter Mordanklage zu verhaften. Sie werden des Mordes an Geoffrey Gordon Owens am Sonntag, dem 3. März 1996, beschuldigt. Es ist auch meine Pflicht, Sie darauf hinzuweisen, daß alles, was Sie jetzt sagen, schriftlich festgehalten und bei einer späteren Verhandlung gegen Sie verwendet werden kann.»

Sie blieb stehen, wo sie stand.

Auch Chief Inspector Morse blieb stehen, wo er stand, und überlegte, ob sein Sergeant den Text richtig hingekriegt hatte, während Detective Inspector Briggs und Detective Constable Bott vom Avon CID Angela Miriam Storrs abführten.

TEIL SIEBEN

66

Es war das erste und das letzte Mal, daß ich gesehen hab, wie Frauen 'ne Pistole benutzen. Die meisten haben Angst vor Schüssen, aber nicht Di'monds-an'-Pearls. Die nich.

(Rudyard Kipling, *Love-o'-Women*)

(Tonbandprotokoll der Aussage von Angela Storrs im Polizeipräsidium Thames Valley in Kidlington, Oxon., am Morgen des 11. März 1996, übertragen von Detective Sergeant Lewis und wegen einiger Abweichungen in Rechtschreibung und Zeichensetzung von Detective Chief Inspector Morse berichtigt.)

Ich habe sie beide umgebracht. Rachel James und Geoffrey Owens. Das mit Rachel tut mir ein bißchen leid.

Ich war siebzehn, als ich in Soho mit dem Strippen und dann als Prostituierte und in Pornostreifen anfing. Julian Storrs kam hin und wieder in den Club, wo ich sieben- oder achtmal am Abend auftrat, dann haben wir uns verabredet und einige Male im West End zusammen geschlafen. An mich hat er beim Sex nie gedacht, das habe ich gleich gemerkt, aber das war mir nur recht. Auf andere Männer war er wahnsinnig eifersüchtig, so was kannte ich überhaupt nicht. Ich will dich mit Leib und Seele, hat er gesagt, und mir sehr bald einen Heiratsantrag gemacht, und auch das war mir recht.

Ich kam mehr oder weniger aus dem Nichts, aber er kam aus einer stinkfeinen Familie und hatte jede

Menge Geld und war Professor in Oxford, und Mum war unheimlich stolz. Sie hat sich für mich immer was Besseres gewünscht, weil sie das für sich nie hingekriegt hat.

Nach den ersten Jahren bin ich ein paarmal fremdgegangen, hauptsächlich mit anderen Profs, aber das waren genauso klägliche Typen wie die alten Knacker in Soho, die einem Fünfer in die Höschen steckten.

An sich gefiel es mir in Oxford, aber richtig warm bin ich dort nie geworden. Ich war eben nicht aus demselben Sandkasten wie die anderen, und wenn sie fragten, wo ich studiert hatte und so, wurde ich immer nervös, weil ich nicht mal so tun konnte, als wenn ich eine von ihnen wäre. Dabei wollte ich so gern dazugehören, Gott weiß, warum. Von Anfang an führten wir nicht das, was man eine gute Ehe nennt. Es dauerte nicht lange, da lief Julian hinter anderen Frauen her, und ich trieb es, wie gesagt, mit anderen Männern. Auch mit dem Master. Der muß jeden Tag sein Bett frisch bezogen haben wie in den feinen Hotels. Aber nun sollte er ja endlich gehen, und damit hat alles angefangen. Oder aufgehört? Julian wollte unheimlich gern Master werden, und es gab nur noch einen Menschen, der sich das mehr wünschte als er, und das war ich.

In London hatte ich ganz schön gefährlich gelebt, wie alle Frauen, die mit Sex ihr Geld verdienen. Ich bin ein paarmal zusammengeschlagen und zweimal vergewaltigt worden, einmal von einem Weißen und einmal von einem Schwarzen, Rassenvorurteile kann mir also keiner vorwerfen. Von den Mädels hatte eine so 'ne Wasserpistole, aus der hat sie jeden, der ihr an die Wäsche wollte, mit enzianblauer Farbe bespritzt. Wieso es gerade diese Farbe war, weiß ich nicht, aber ich sehe sie immer noch vor mir, ich kannte sie aus dem Tuschkasten, den ich als kleines Mädchen hatte, neben Sienna und Karmesinrot. Aber Julian hatte was viel Besseres, er hatte von der Army her eine Pistole, und nachdem ich auf dem Cornmarket an einem Samstagabend mal Ärger mit Fußballrowdys gehabt hatte, sagte er, ich könnte sie ab und zu mal mitnehmen, zur Beruhigung. Sie hat mich tatsächlich beruhigt und mir ein ganz neues Selbstbewußtsein geschenkt, und an einem Wochenende ist Julian mit mir und ein paar seiner Kumpels aus der Reserve zu dem Schießplatz in Otmoor gefahren, und ich habe zum erstenmal im Leben geschossen. Ich habe gestaunt, wie schwierig es ist, wegen des Rückschlags, aber ich habe es hingekriegt und fand es toll. Danach habe ich die Pistole fast immer mitgenommen – geladen! –, wenn ich spätabends allein unterwegs war. Es war ein unheimliches Machtgefühl, das Ding in der Hand zu halten.

Dann kam unsere große Chance. Julian war immer ein ziemlich guter Tip für das Amt des Master, und wenn wir Cornford schlagen konnten, hatten wir es geschafft. Ich fand Denis immer ganz nett, aber er mochte mich nicht. Dafür konnte ich seine amerikanische Frau nicht ausstehen. Aber dann gab es plötzlich nicht nur dieses eine Hindernis, sondern es stellte sich heraus, daß Julian allenfalls noch ein Jahr zu leben hatte. Wir einigten uns darauf, keinem was zu sagen. Und dann kam eine dritte Sache hinzu: dieser Scheißkerl Owens.

Er hatte an Julian geschrieben, nicht an mich, und er hatte gründliche Arbeit geleistet. Er wußte, daß ich Callgirl gewesen war (klingt besser, nicht?). Er wußte von Julians letztem Flittchen. Und er wußte von Julians Krankheit und ahnte, daß er sie dem College verschwiegen hatte. Er würde anrufen, schrieb er, und das hat er dann auch getan, und sie haben sich in der *Chapters' Bar* im *Randolph* getroffen. Owens ging es offenbar nur um Geld, und davon hatte Julian ja genug, aber er hat sich nicht festgelegt und ist hinterher noch mal in die Bar zurückgegangen, und da hatte er Glück: Eine der Bedienungen wußte, wer Owens war, weil er öfter mal über die Veranstaltungen im *Randolph* berichtete. Wir brauchten keinen Detektiv anzuheuern, um seine Adresse rauszufinden, er stand im Telefonbuch.

Ich wußte genau, was ich tat, weil ich schon zweimal die Gegend abgefahren und auch gründliche Arbeit geleistet hatte. Ich stellte den Wagen auf der Hauptstraße oberhalb der Reihenhäuser ab und kroch durch ein Loch im Zaun. Ich glaube, ich wollte ihn gar nicht erschießen, sondern ihm nur einen Denkzettel verpassen, um ihm klarzumachen, daß er seines Lebens nicht mehr sicher wäre, wenn er nicht aufhörte, Julian zu erpressen. Dann sah ich ihn hinter dem Rollo in der Küche und begriff plötzlich, wie lächerlich einfach es wäre, all unsere Probleme mit einem Schlag – in einer Sekunde sozusagen – zu lösen. Ich wußte, daß er allein lebte, daß er es sein mußte, sein Kopf war nur einen knappen Meter entfernt, und ich erkannte den Pferdeschwanz, von dem Julian mir erzählt hatte. Ich hatte eigentlich klopfen und mit ihm reden wollen, aber dann habe ich einfach abgedrückt. Es gab einen lauten Knall, Splitter und eine Menge Rauch, aber gleich darauf war alles vorbei. Und dann weiß ich nur noch, daß ich im Wagen saß und am ganzen Körper zitterte und auf wild herumrennende Leute und heulende Polizeisirenen und all das wartete. Aber nichts passierte. Ein paar Autos fuhren vorbei und ein Zeitungsjunge auf seinem Fahrrad.

Es war ein bißchen wie der Alptraum, den ich oft habe: Ich stehe ganz oben auf einem hohen Gebäude und habe kein Geländer vor mir und weiß, es wäre ganz einfach herunterzuspringen, und dann wäre alles vorbei. In dem Alptraum wache ich in dem Moment, wo ich springen will, immer entsetzt und schweißüberströmt auf. An dem Fenster, da war das so ähnlich. Als wenn jemand gesagt hätte: «Tu's!» Da hab ich es getan. Julian habe ich erzählt, was passiert war, aber er hat nichts damit zu tun.

Den zweiten Mord haben wir zusammen geplant. Jetzt hatten wir ja nichts mehr zu verlieren.

Julian wußte, daß jemand in der Klinik ihn verpfiffen hatte, und kriegte sehr schnell heraus, daß es Dawn Charles war. Jetzt hatten wir also was gegen sie in der Hand und konnten sie für uns einspannen. Sie hatte Geldprobleme, und Julian versprach, ihr unter die Arme zu greifen, wenn sie uns diesen Gefallen täte. Im Grunde war es ja keine große Sache.

Es lief alles wie geplant. Julian fuhr mit dem BMW nach Bath, und ich nahm meinem Wagen. Er fuhr über die M4, ich über Burford. Er meldete sich an und ließ den Wagen in die Hotelgarage stellen. Ich parkte meinen Wagen in einer Nebenstraße hinter dem Hotel. Dawn Charles kam mit dem Zug nach Bath, sie mußte in Didcot umsteigen, hat Julian mir erzählt. Sie meldete sich unter ihrem eigenen Namen an. Als wir von der Abtei zurück waren, aßen Julian und ich zusammen zu Abend, und dann fuhr ich weg. Julian verständigte Dawn Charles übers Haustelefon, sie brauchte ja nur durch den Garten zu gehen. Ich fuhr nach Oxford und von da nach Bicester, Dawn hatte mir den Schlüssel zu ihrer Wohnung gegeben. In die Polstead Road zu fahren wäre zu riskant gewesen.

Falls Julian sie nicht überredet hat, nackt zu schlafen, hat Dawn meinen Schlafanzug angehabt, und am nächsten Morgen brachte das Mädchen ihnen das Frühstück aufs Zimmer. Das mit dem vielen Zucker war ein Fehler, das stimmt. Dawn Charles hat ungefähr meine Größe und Figur, sagte Julian, und wenn sie etwas anhatte, was offensichtlich mir gehörte, konnte eigentlich gar nichts schiefgehen. Alles in allem war es eine elegante Lösung, man hätte sie oder mich ruhig im Hotel sehen können, denn wir wohnten ja beide ganz offiziell da.

Ich hatte mit Owens alles telefonisch verabredet und fuhr am letzten Sonntag frühmorgens wieder in den Bloxham Drive. Wahrscheinlich wäre er bei einem Mann mißtrauischer gewesen, aber ich hatte ihm gesagt, daß ich das Geld mitbringen würde, und er hatte versprochen, mir dafür einen Brief zu geben, in dem er zusagte, keinen Erpressungsversuch mehr zu machen. Ich ging wieder den Hang hinunter, aber diesmal klopfte ich an der richtigen Hintertür. Um Viertel nach sieben ließ er mich ins Haus, und wir gingen ins Wohnzimmer. Ich glaube, wir haben beide kein Wort gesagt. Er stand vor der Couch, und ich holte die Pistole aus der Einkaufstasche und schoß zweimal und ließ ihn dort liegen.

Angela Storrs, 11. 3. 1996

(Die Endfassung bekam Lewis nicht mehr zu Gesicht, sonst hätte er doch etwas gestaunt – und sich vielleicht auf die Schulter geklopft –, weil sein «Siena» in «Sienna» verbessert worden war; die richtige Schreibweise hatte er nämlich extra im *Chambers* nachgeschlagen.)

67

Belbroughton Road ist prächtig in üppigem Wellengewog
Von Prunus und Forsythie, das über die Lande hinzog.
Die Blütenspringflut aufgischtend verläuft sich
im Frühlingstag,
Wie Tümpel stehn die Narzissen am sonnigen Gartenhag.
(JOHN BETJEMAN, *May-Day Song for North Oxford*)

Der Frühling in North Oxford war in diesem Jahr zwar etwas verspätet, dafür aber besonders schön, und sogar Morse, der für potentiellen Blumenschmuck nur einen kleinen Kasten auf der Fensterbank zur Verfügung hatte, freute sich an den üppigen Narzissen und den kurzlebigen Veilchen, wenn auch nicht an den Krokussen.

Am Dienstag, dem 12. März, ging bei Sir Clixby Bream ein Brief von Julian Storrs ein. Nun waren beide Kandidaten aus dem Rennen. Bei der Außerordentlichen Generalversammlung, die am folgenden Tag im Stamper Room stattfand, blieb den Fellows von Lonsdale nichts weiter übrig, als die Amtszeit des derzeitigen Master noch einmal zu verlängern, und eine Mehrheit sprach sich dafür aus, den «Visitator» einzuschalten, jenen Würdenträger mit dem so eindrucksvollen Titel (meist ein Erzbischof), der das Recht und die Pflicht hat, Angelegenheiten der Colleges zu prüfen und darüber zu berichten und bei Problemen, wie sie *omnium consensu* jetzt im Lonsdale aufgetreten waren, beratend einzugreifen. Es war nun so gut wie sicher, daß man einen Kandidaten von außen würde holen müssen. Sir Clixby nahm wie üblich die Entwicklung mit philosophischer Gelassenheit hin … und die Rasenflächen des College sahen gepflegt aus wie eh und je. Das Leben ging weiter, auch wenn Denis Cornford ein gebrochener Mann war und Julian Storrs auf neue Entwicklungen – und auf den Tod – wartete.

Adèle Beatrice Cecil hatte vor kurzem erfahren, daß die Zahl der Mitglieder bei den Young Conservatives von 500000 vor zwanzig Jahren auf 5000 im Jahr 1996 gesunken war; außerdem erwog sie schon seit einigen Wochen eine Änderung in ihrem Leben. Morse mag in dieser Beziehung – aber nur in *dieser* Beziehung – recht gehabt haben, dachte sie: daß die Partei den Bach runtergeht, liegt nicht so sehr an ihrer Politik als an der personellen Besetzung. Ja, es wurde wohl Zeit für einen Kurswechsel. Am Mittwoch, dem 13. März, schickte sie der Zentrale der Konservativen ihre Kündigung. Sie tat dies mit großem Bedauern, aber in dem beruhigenden Bewußtsein, daß sie nie arbeitslos sein würde. Daß sie einen guten Stil hatte, war nicht nur ihr selbst bekannt, sondern auch Morse und ihrem Verlag Erotica Press, der kürzlich eine Fortsetzung zu *Topless in Torremolinos* in Auftrag gegeben hatte («… aber bitte genauso sexy …») Sie hatte dafür schon eine hübsche kleine Idee im Kopf, die sich fast so prächtig entwickelte wie der Goldlack, den sie im Herbst gepflanzt hatte. Hauptpersonen waren ein älterer Mann – ein Mann mit weißen Haaren vielleicht, der nicht *ganz* so alt war, wie er aussah –, und eine bedeutend jüngere Frau, eine Frau in ihrem Alter vielleicht. Altersunterschiede bei heterosexuellen Paaren, das wußte sie von ihrem Verleger, beflügeln garantiert die Phantasie der Leser.

Ein Mann hingegen war das ganze Frühjahr hindurch offiziell als arbeitslos gemeldet und mehr oder weniger entschlossen, zeitlich unbegrenzt in diesem Zustand zu verharren, auch wenn ihn das Gerücht, das soziale Netz werde in

Zukunft etwas lockerer geknüpft sein, ein wenig beunruhigte. Im Augenblick allerdings schien er, da er ständig in Pubs oder Wettbüros anzutreffen war, finanziell noch recht gut gestellt zu sein. Die Leute vom Arbeitsamt würden sich schwertun, seine Behauptung zu widerlegen, mit dem, was er in einem der ihm angebotenen Jobs verdienen könne, sei es ihm unmöglich, seinen gewohnten Lebensstil aufrechtzuerhalten, schließlich sei er ein anerkannter Künstler. Und falls jemand Zweifel an dieser Behauptung anmelden sollte – es gab da jemanden in North Oxford, der immer gern bereit war, ihm eine Referenz zu schreiben …

Auf dem Kaminsims in seinem Schlafzimmer tickte die kleine Standuhr und ging auf die Minute genau.

Unmittelbar nach Mrs. Storrs' Verhaftung hatte Sergeant Lewis alle Hände voll zu tun, konnte sich aber zum Glück auf ein Team tüchtiger Constables stützen. So viele Erkundigungen waren noch einzuholen, so viele Protokolle aufzunehmen und zu tippen, so viele Orte aufzusuchen oder erneut aufzusuchen: Soho, Bloxham Drive, das Zeitungsviertel, die Harvey Clinic, Polstead Road, Lonsdale College, Woodpecker Way, das *Randolph*, das *Royal Crescent Hotel* … Er hatte sich am Mittwoch zum Mittagessen mit Morse getroffen und geduldig zugehört, wie der ziemlich selbstgefällige Chief Inspector sich entscheidende Momente des Falles in Erinnerung gerufen hatte: den Augenblick zum Beispiel, als er die Verbindung zwischen dem Foto der jungen Stripperin in Soho und dem der Frau des Lonsdale-Professors hergestellt hatte; oder als die langbeinige Sprechstundenhilfe aus der Banbury Road sich mühelos ebenjener Professorenfrau in der Gruppe der Revuegirls im *Windmill* zugesellt hatte. Lewis' entscheidende Beiträge zu diesen dramatischen Entwicklungen aber wurden bei dieser Gelegenheit nicht erwähnt, geschweige denn gewürdigt.

Am Donnerstag abend ging Morse zum *Cotswold House*, wo er reichlich dem irischen Whiskey (mit ‹e›, wie der Wirt zu betonen pflegte) zugesprochen hatte, zu Fuß zurück zu seiner Wohnung, als neben ihm ein Wagen Gas wegnahm und sich das Fenster des vorderen Beifahrersitzes elektrisch nach unten bewegte.

«Kann ich Sie mitnehmen?»

«*Ja, hallo!* Nein, danke, ich wohne nur ein paar Schritte …» Morse deutete unbestimmt in Richtung des A40-Kreisels.

«Alles okay bei Ihnen?»

«Bestens. Hätten Sie nicht Lust mitzukommen und sich meine Penthouse-Suite anzusehen?»

«Hatten Sie nicht gesagt, es ist eine Wohnung?»

Strange war sichtlich erstaunt, Morse am Freitag mittag im Büro vorzufinden, verzichtete aber auf seine üblichen Sticheleien.

«Können Sie heute nachmittag mal wegen dieser Formulare vorbeikommen?»

«Am besten machen wir es gleich, Sir.»

«Warum so eilig?»

«Ich bin heute nachmittag außer Haus.»

«Dienstlich?»

«Ja.»

Strange warf Morse einen schlauen Blick zu. «Warum sind Sie denn dann so verdammt guter Laune?»

«Ja, wenn man wieder mal einen Fall gelöst hat …»

«Hm. Wo ist übrigens Lewis?»

«Es gibt noch viel zu tun.»

«Warum helfen Sie ihm dann nicht dabei?»

«Ich fahre übers Wochenende weg.»

«Glückspilz! Mich hat meine Frau zum Rasenmähen verdonnert.»

«Ich habe nur den Blumenkasten vor dem Fenster.»

«Ist was drin?»

Morse schüttelte – vielleicht ein bißchen betrübt – den Kopf.

«Äh – haben Sie was Spezielles vor?» fragte Chief Superintendent Strange.

68

Von Mum und Dad kriegst du nur Shit,
Auch wenn's nicht so gemeint ist.
Sie geben dir die eignen Fehler mit
Und sonst noch ganz viel Bockmist.
(Philip Larkin, *This Be the Verse*)

Nachdem sie die Augen aufgeschlagen hatte, wußte Janet McQueen sekundenlang nicht, wo sie war oder was sie getan hatte. Allmählich aber kam, während sie sich in der lindgrünen Bettwäsche wohlig rekelte, die Erinnerung zurück …

«Jetzt ahne ich schon, wohin wir wollen», hatte sie gesagt, als sie bei der Ausfahrt 18 auf die A46 abgebogen waren. «Bed and Breakfast in Bath. Stimmt's?»

«Du wirst schon sehen.»

Der Jaguar bog in den Circus ein, in die Brock Street, rollte über eine kopfsteingepflasterte Straße und hielt neben einer großen Magnolie. Sie sah mit großen Augen auf das Hotel und legte wie im Gebet die gepflegten ringlosen, manikürten Hände zusammen.

«Wie schön!»

Morse wandte sich der Frau zu, die in marineblauem Nadelstreifenkostüm und smaragdgrüner Seidenbluse mit V-Ausschnitt neben ihm saß.

«Du bist auch schön, Janet», sagte er leise.

«*Hier* hast du uns einquartiert?»

Morse nickte. «Bißchen extravagant, ich weiß. Ja, ich hab für mich die Sarah Siddons-Suite gebucht.»

«Und für mich?»

«Auch die Sarah Siddons-Suite.»

Sie lächelte zufrieden, während der Portier die Beifahrertür öffnete.

«Willkommen im *Royal Crescent Hotel*, Madam!»

Sie hatte plötzlich das Gefühl, eine wichtige Persönlichkeit zu sein. Und fand das wunderbar.

Morse saß – bereits angezogen, gewaschen, rasiert – ganz in ihrer Nähe und las die *Times*.

«Hallo», sagte sie leise.

Er beugte sich vor und küßte sie leicht auf den Mund. «Kopfschmerzen?»

«Ein bißchen.»

«Weißt du, was dein Problem ist? Du trinkst zuviel Champagner.»

Sie lächelte (sie lächelte ständig an diesem Wochenende), als sie an das Glück ihrer gemeinsamen Nacht dachte. Dann warf sie die Steppdecke zurück, stieg aus dem Bett, blieb kurz neben ihm stehen und legte ihre Wange auf seinen Scheitel.

«Ich dusche nur schnell.»

«Keine Eile.»

«Du kannst ja versuchen, das Kreuzworträtsel zu machen, ehe ich mich angezogen habe. Mal sehen, wer zuerst fertig ist.»

Aber Morse schwieg, denn er hatte das Kreuzworträtsel schon fertig und dachte an die Zeile von Philip Larkin, die viele Jahre lang für ihn eine Art Mantra gewesen war:

Aufs Frühstück wartend, während sie das Haar sich bürstete.

Am späten Vormittag gingen sie dann eingehakt durch die Innenstadt, immer den Schildern zu den Römischen Bädern nach.

«Soll ich weiter ‹Morse› zu dir sagen?» fragte sie.

«Es wäre mir schon lieber.»

«Wie Sie wünschen, Sir.»

«Du redest wie Lewis, der nennt mich auch immer ‹Sir›.»
«Und wie nennst du ihn?»
«Lewis.»
«Weiß *er*, wie du mit Vornamen heißt?»
«Nein.»
«Wieso bist du eigentlich mit so einem Namen geschlagen?»
Morse zögerte einen Augenblick. «Meine Eltern mußten beide früh von der Schule abgehen», sagte er dann, «und hatten eigentlich nie so recht eine Chance im Leben. Ruhm und Ehre, das haben sie sich immer für mich gewünscht. Ständig haben sie mich bearbeitet: Ich sollte mir Mühe geben im Leben, dies tun und jenes lassen, sie erwarteten große Dinge von mir. Im Grunde war es so was wie seelische Erpressung.»
«Hast du sie geliebt?»
Morse nickte. «Besonders meinen Vater, auch wenn er getrunken und gespielt hat. Er war sehr ungebildet, aber er konnte die *Lays of Ancient Rome* von Macaulay auswendig und hatte alles gelesen, was über Captain Cook, den größten Helden seines Lebens, gedruckt vorlag. ‹Captain James Cook, 1728 bis 1779›, so hat er ihn immer genannt.»
«Und deine Mutter?»
«War eine sanfte Seele. Quäkerin.»
«Eigentlich ist es ja dann durchaus erklärlich», sagte Janet nachdenklich.
«Mag sein», erwiderte Morse.
«Willst du direkt zu den Römischen Bädern?»
«Warum fragst du?»
«Oder erst ein Bier?»
«Denk dran, daß ich zuckerkrank bin.»
«Ich mach dir deine Injektion», versprach sie. «Aber nur, wenn du mir einen Gefallen tust. Bin gleich wieder da.»
Morse sah ihr nach, als sie in einem Andenkenladen verschwand, betrachtete die geraden, wohlgeformten Beine über den hochhackigen Schuhen, das dunkle, wellige, hoch-

frisierte Haar und dachte, daß er ihr fast jeden Gefallen tun würde, den sie sich von ihm erbat.

Als Morse vom Tresen zurückkam, holte sie die Karte hervor.

«Was soll denn das sein?» fragte er.

«Für wen soll denn das sein, meinst du wohl. Für Sergeant Lewis. Du hängst sehr an ihm, nicht?»

«An Lewis? Blödsinn.»

«Du hängst sehr an ihm, nicht?» wiederholte sie.

Vor ihrem durchdringenden, wissenden Blick schlug Morse die Augen nieder. Er sah auf die schöne Schaumkrone in seinem Glas hinunter und nickte.

«Weiß der Himmel, warum.»

«Ich möchte, daß er diese Karte von dir bekommt.»

«Wozu denn? Am Montag sehen wir uns doch im Dienst.»

«Ich möchte, daß er diese Karte von dir bekommt», wiederholte sie. «Du kannst sie ihm nach Hause schicken. Er hat es verdient, deinen Vornamen zu erfahren. Findest du nicht?»

Schlußgesang
Montag, 18. März

Diese Liste ist nicht für jeden Tom, Dick und Harry. Zusammengestellt hat sie Everett Williams, Leiter des Amtes für Statistik in Florida, und sie umfaßt die 150 ungewöhnlichsten Namen, denen er in seiner vierunddreißigjährigen Amtszeit begegnet ist. Hier einige Beispiele: Tootsie Roll, Curlee Bush, Emancipation Proclamation Cogshell, Candy Box, Starlight Cauliflower Shaw, Determination Davenport. Manche Eltern, meint Williams, haben wohl einen ganz eigenen Sinn für Humor – oder aber etwas gegen ihre Sprößlinge.

(*Gainesville Gazette*, 16. Februar 1971)

Am Montag abend überreichte Mrs. Lewis ihrem Mann eine Postkarte.

«Für dich. Von Inspector Morse.»

«Du hast sie gelesen?»

«Aber ja, was denkst du denn?»

Lewis erhob – den Geruch von Pommes frites schon in der Nase – keinen Protest. Nachdem er sich die Vorderseite der Karte angesehen hatte, eine Luftaufnahme von Bath mit dem *Royal Crescent* und dem *Circus*, drehte er sie um und las, was Morse mit seiner kleinen, sauberen Schrift auf die Rückseite geschrieben hatte und was ihn so sehr bewegte, daß er, als Mrs. Lewis von der Küche her rief, die Eier seien fertig, ein Taschentuch herausnehmen und so tun mußte, als ob er sich die Nase schnaubte.

Der Text lautete:

Für Philister Ihres Schlages, Lewis, wie auch für mich als Altphilologen zählt diese Stadt mit ihren Bädern und Tempeln zu den schönsten in Europa. Sie sollten mal mit Ihrer Frau hinfahren.
Habe ich mich übrigens bei Ihnen schon für Ihre wenigen (!) Beiträge zu unserem letzten Fall bedankt? Wenn nicht, lassen Sie mich das jetzt nachholen, lassen Sie mich Ihnen für alles danken, mein lieber alter Freund.
Immer der Ihre

Endeavour (Morse)

Colin Dexter

«Dexter ist allen anderen Autoren meilenweit voraus.»
The Literary Review
«Seit Sherlock Holmes gibt es in der englischen Kriminalliteratur keine interessantere Figur als Chief Inspector Morse ...»
Süddeutsche Zeitung

Ihr Fall, Inspector Morse
Stories
(43148)

Der letzte Bus nach Woodstock
(22820)

...wurde sie zuletzt gesehen
(22821)

Die schweigende Welt des Nicholas Quinn
(23220)

Eine Messe für all die Toten
{22845)
Ausgezeichnet mit dem Silver Dagger der britischen Crime Writers' Association.

Die Toten von Jericho
(22873)
Ausgezeichnet mit dem Silver Dagger der britischen Crime Writers' Association.

Das Rätsel der dritten Meile
(42806)
«... brillant, komisch, bizarr und glänzend geschrieben.»
Südwestpresse

Hüte dich vor Maskeraden
(23221)
«Ein intelligenter Krimi zum Mit-Denken. So etwas ist selten.»
Frankfurter Rundschau

Mord am Oxford-Kanal
(42960)
Ausgezeichnet mit dem Gold Dagger der britischen Crime Writers' Association.

Finstere Gründe
(43100)
Ausgezeichnet mit dem Gold Dagger der britischen Crime Writers' Association.

Die Leiche am Fluß
(23222)
«... ganz vorzüglich.»
Süddeutsche Zeitung

Der Tod ist mein Nachbar
(23223)
«... ein weiteres listig-verschlungen konstruiertes Kriminalrätsel aus der meisterlichen Hand von Colin Dexter.»
The New York Times Book Review

Und kurz ist unser Leben
(22819)

rororo

Weitere Informationen in der **Rowohlt Revue**, kostenlos im Buchhandel, und im **Internet: www.rororo.de**

3005/11

Virginia Doyle

Virginia Doyle ist das Pseudonym einer mehrfach ausgezeichneten Krimiautorin. Im Rowohlt Taschenbuch Verlag sind folgende Titel lieferbar:

Die schwarze Nonne
(43321)
Wir schreiben das Jahr 1876: Jacques Pistoux, französischer Meisterkoch und Amateurdetektiv, löst seinen ersten Fall auf dem Gut des Lords von Kent, bei dem er eine Stelle als Leibkoch angenommen hat.

Kreuzfahrt ohne Wiederkehr
(43352)
Nach seinem Abenteuer bei dem Lord von Kent beschließt Jacques Pistoux, dem britischen Inselleben den Rücken zu kehren und mit einer amerikanischen Reisegesellschaft eine Kreuzfahrt auf dem Mittelmeer zu wagen. Doch auch hier zieht der Meisterkoch das Verbrechen an wie der Honig die Fliegen.

Das Blut des Sizilianers
(43356)
Nach seinem Kreuzfahrtabenteuer hat es Jacques Pistoux nach Sizilien verschlagen, wo er ganz unfreiwillig zum ersten Undercover-Agenten der italienischen Justiz wird, die ihn als Küchenjungen auf dem Landsitz eines Mafia-Paten einsetzt ...

Tod im Einspänner
(43368)
Im Jahr 1879 verlassen der junge Meisterkoch und seine adelige Geliebte Charlotte Sophie Sizilien und erreichen nach einer abenteuerlichen Odyssee Wien.

Die Burg der Geier *Ein historischer Kriminalroman*
(22809)
Jacques Pistoux befindet sich auf dem Weg nach Frankreich. In Heidelberg engagiert ihn ein adeliger Landsmann ...
Und wieder begibt sich der junge Meisterkoch in ein schmackhaftes Abenteuer.
«Ein wahrhaft appetitliches Lesevergnügen.» *Norbert Klugmann*

Das Totenschiff von Altona
(23153)
Der neue Fall von Jacques Pistoux: Viel Spannung und historisches Hamburg-Flair!

Weitere Informationen in der **Rowohlt Revue**, kostenlos im Buchhandel, und im **Internet: www.rororo.de**

rororo

3750/2